RICK RIORDAN
A DANÇA DO VIÚVO

RICK RIORDAN
A DANÇA DO VIÚVO

TRADUÇÃO DE MARILENE TOMBINI

EDITORA RECORD
RIO DE JANEIRO • SÃO PAULO
2014

CIP-Brasil. Catalogação-na-fonte
Sindicato Nacional dos Editores de Livros, RJ

R452d
Riordan, Rick, 1964-
A dança do viúvo / Rick Riordan; tradução de Marilene Tombini. – 1. ed. – Rio de Janeiro: Record, 2014.

Tradução de: The widower's two-step
ISBN 978-85-01-40382-7

1. Ficção americana. I. Tombini, Marilene. II. Título

14-08562
CDD: 813
CDU: 821.111(73)-3

TÍTULO ORIGINAL EM INGLÊS:
The widower's two-step

Copyright © 1998 by Rick Riordan

Publicado mediante acordo com Gina Maccoby Literary Agency através de Lennart Sane Agency AB

Texto revisado segundo o novo Acordo Ortográfico da Língua Portuguesa.

Todos os direitos reservados. Proibida a reprodução, no todo ou em parte, através de quaisquer meios. Os direitos morais do autor foram assegurados.

Editoração eletrônica: Abreu's System

Direitos exclusivos de publicação em língua portuguesa somente para o Brasil adquiridos pela
EDITORA RECORD LTDA.
Rua Argentina, 171 – Rio de Janeiro, RJ – 20921-380 – Tel.: 2585-2000,
que se reserva a propriedade literária desta tradução.

Impresso no Brasil

ISBN 978-85-01-40382-7

Seja um leitor preferencial Record.
Cadastre-se e receba informações sobre nossos lançamentos e nossas promoções.

Atendimento e venda direta ao leitor:
mdireto@record.com.br ou (21) 2585-2002.

Para Becky

Agradecimentos

Salud y muchas gracias às muitas pessoas que me auxiliaram neste livro — Dorothy Sherman, presidente da GrayZone Investigations; Glen Bates e Bill Chavez, da ITS Investigative Agency; Wiley Alexander, do *San Antonio Express-News*; James Morgan, do Blue-bonnet Palace; Sargento Tony Kobryn, da Delegacia de Bexar County; Dan Apperson, do Serviço de Verificação de Óbitos de Alameda County; Steve Hanson, investigador-chefe do Departamento de Medicina Legal de Bexar County; Detetive Jim Caruso, da Divisão de Homicídios do Departamento de Polícia de San Antonio; Dra. Jeanne Reesman, catedrática do Departamento de Inglês da Universidade do Texas em San Antonio; Alexandra Walsh, da Recording Industry Association of America (RIAA) e Katrine Hughes, da Federação Internacional da Indústria Fonográfica (IFPI). Agradecimentos eternos a Gina Maccoby e Kate Miciak; Jim Glusing e Patty Jepson, por suas histórias do sul do Texas; Maria Luna, por sua paciente ajuda com o *español*; a toda a gangue da Presidio Hill School; a Medina Mud Band; Lyn Belisle; e acima de tudo a Becky & Haley Riordan.

Então prepare-se, meu bem, encare o ritmo com altivez,
Gire ao redor do berço até a alma começar a arder,
E na próxima música vamos ter a nossa vez
Porque a Dança do Viúvo é difícil de aprender.

— "A DANÇA DO VIÚVO",
Brent & Miranda Daniels

1

— Será que você pode pedir para o seu garoto ficar quieto?

O sujeito parado na frente do meu banco no parque parecia ter saído da capa de um álbum do Fleetwood Mac dos idos de 1976. Ele tinha o mesmo tipo físico do Lindsey Buckingham — anormalmente alto, protuberante nos lugares errados, como um reflexo distorcido na casa dos espelhos de um parque de diversões. Tinha cabelo afro, barba e vestia algo parecido com uma calça de pijama preta e solta, dessas usadas na prática de artes marciais, moderninha.

Ele bloqueava o ângulo da minha câmera, focada no Cougar 1968 azul do outro lado do Parque San Pedro, a uns oito metros de distância.

— Então? — Lindsey enxugou a testa. Ele tinha se afastado da sua turma de tai chi e parecia estar com falta de ar, como se tivesse feito os movimentos com muito empenho.

Dei uma olhada no meu relógio. Se a mulher no Cougar fosse se encontrar com alguém, a essa altura isso já deveria ter acontecido.

Olhei para o sujeito do tai chi.

— Que garoto?

A alguns centímetros à minha esquerda, Jem continuava no balanço, bombardeando os alunos de Lindsey Buckingham na descida. Fazia sons de avião com toda a força dos pulmões, que eram bem potentes para um garotinho de 4 anos, e depois apontava os pés como canos de metralhadora e começava a disparar.

Acho que isso dificultava a concentração dos alunos de Lindsey. Um deles, uma mulher baixa e ovoide de moletom rosa, estava tentando se agachar para o movimento da *serpente rastejante* e acabou rolando de costas como se tivesse sido baleada.

Lindsey Buckingham esfregou a nuca e me lançou um olhar furioso.

— O garoto no balanço, imbecil.

Dei de ombros.

— Isso aqui é um parque infantil. Ele está brincando.

— São sete e meia da manhã. Estamos nos exercitando aqui.

Olhei para os alunos de Lindsey. A mulher ovoide de rosa estava se levantando. Ao lado dela, uma pequena mulher latina fazia os movimentos de maneira nervosa, empurrando o ar com a palma das mãos e mantendo os olhos bem fechados, como se temesse o que poderia tocar. Dois outros alunos, ambos brancos de meia-idade com barriguinhas de chope e rabos de cavalo, faziam os movimentos da melhor forma que podiam, contorcendo o rosto e suando muito. A impressão que dava era de que ninguém ali estava alcançando a tranquilidade interior.

— Você devia dizer a eles para posicionarem os pés em um ângulo de 45 graus — sugeri. — Os pés paralelos desse jeito não dão equilíbrio.

Lindsey abriu a boca como se fosse dizer alguma coisa. Deu uma tossida no fundo da garganta.

— Desculpe. Não sabia que estava falando com um mestre.

— Tres Navarre — falei. — Geralmente uso uma camiseta que diz "Mestre", mas hoje está lavando.

Olhei para trás dele, vigiando o Cougar. A mulher ao volante não havia se mexido. Não havia mais ninguém no estacionamento da San Antonio College.

O sol estava subindo por trás da cúpula branca do planetário do campus, mas o frescor da noite já se extinguira do ar. Seria outro dia de 32 graus. Os odores do desjejum na *taqueria* da Ellsworth começavam a percorrer o parque — *chorizo*, ovos e café.

Jem descia de novo no balanço.

— Iiiiiuuuu — gritou ele, para então começar com as metralhadoras.

Lindsey Buckingham me olhou, furioso, e não saiu do lugar.

— Você está bloqueando minha visão do estacionamento — falei.

— Ah, perdão.

Aguardei.

— Não vai sair da frente?

— Não vai calar a boca do garoto?

Que manhã. Não basta que seja outubro no Texas e que a gente ainda esteja esperando pela primeira frente fria. Não basta que sua chefe mande o filho dela de 4 anos junto com você para uma tocaia. É preciso aturar Lindsey Buckingham também.

— Veja bem — eu disse a ele —, está vendo esta mochila? Tem uma Sanyo TLS900 aí dentro: lente *pinhole*, resolução nítida a partir de duzentos metros, mas ela não consegue enxergar através de idiotas. Se você sair da frente, talvez em um minuto eu consiga uma boa filmagem da Srta. Kearnes se encontrando com alguém que ela não deveria encontrar. Minha cliente vai me pagar um bom dinheiro. Se você não sair, o que eu vou ter é uma boa filmagem da sua virilha. É assim que funciona.

Lindsey limpou algumas gotas de suor da barba e olhou para a mochila, depois para mim.

— Quanta bobagem.

Jem continuava a se balançar e a gritar cada vez mais alto. Suas perninhas magras e morenas ficavam flexionadas para baixo ao pegar impulso. Ao chegar lá em cima, ele as soltava, os cabelos pretos sedosos espetados para cima como um ouriço-do-mar, os olhos arregalados, o sorriso largo demais para o rosto. Em seguida, assumia uma expressão de determinação malévola e descia novamente sobre os alunos de tai chi, as metralhadoras disparando. Uma Luftwaffe infantil.

— Por que vocês não fazem a aula em outro lugar? — sugeri. — Tem um lugar legal lá perto do regato.

Lindsey pareceu indignado.

— "O que foi bem-plantado não pode ser arrancado."

Eu teria ficado bem se ele não tivesse citado Lao-Tsé. Isso tende a me irritar. Suspirei e me levantei do banco.

Lindsey devia ter mais de um metro e noventa de altura. De pé, meu olhar ficava na altura de seu pomo de adão. O hálito dele cheirava a cobertor indiano.

— Então vamos decidir no *tui shou* — eu disse. — Sabe como se faz?

— Tá brincando? — Ele bufou.

— Eu me abaixo, eu me mexo. Você se abaixa, você se mexe. Pronto?

Ele não parecia particularmente nervoso. Sorri para ele e o empurrei.

A gente vê por aí o modo como a maioria dos caras se empurra — batendo no alto do peito uns dos outros como os valentões na televisão. Idiotice. No tai chi, o empurrão chama-se *liu*, "arrancar pela raiz". A gente se abaixa, pega o adversário por baixo da costela e depois faz um movimento como se estivesse arrancando uma árvore grande do solo. Simples.

Ao ser erguido, Lindsey Buckingham emitiu um som similar a uma nota grave num sax tenor. Ele voou a uns sessenta centímetros do chão e aterrissou a mais de um metro e meio de distância, caindo sentado diante da turma.

No balanço, Jem cessou as metralhadoras no meio do caminho e começou a rir. Os caras de rabo de cavalo interromperam os exercícios e ficaram me olhando fixamente.

— Minha nossa — disse a mulher de abrigo rosa.

— Aprendam a rolar — falei. — Senão, dói.

Lindsey se levantou devagar, com grama nos cabelos, a cueca aparecendo. Curvado, ele me encarou.

— Caramba! — exclamou.

O rosto de Lindsey ficou da cor de uma romã. Ele cerrou os punhos, que se contraíam e se soltavam, como se ele estivesse decidindo se batia ou não em mim.

— Acho que é nesse momento que se diz "Você desonrou nossa escola" — sugeri. — Então todos nós sacamos nossos *nunchakus*.

Jem deve ter gostado da ideia, pois diminuiu o ritmo do balanço o suficiente para saltar e, em seguida, veio correndo e se pendurou no meu braço esquerdo com todo o peso. Sorriu para mim, pronto para a briga.

Os alunos de Lindsey pareceram desconfortáveis, como se talvez tivessem se esquecido da prática com o *nunchaku*.

O que quer que Lindsey pretendesse dizer foi interrompido por dois estalos agudos vindos de algum ponto atrás de mim, como se fossem tábuas secas se partindo. O som ecoou superficialmente pelas paredes dos prédios da faculdade.

Todos se viraram, semicerrando os olhos contra o sol.

Quando finalmente foquei no Cougar 1968 azul que eu devia estar vigiando, pude ver um fio retorcido de fumaça subindo do lado da janela do motorista.

Não havia ninguém em volta do Cougar. A mulher sentada atrás do volante ainda não havia se mexido, a cabeça reclinada no encosto como se estivesse tirando uma soneca. Tive a impressão de que ela não ia se mexer tão cedo. Também tive a impressão de que meu cliente não iria me pagar um bom dinheiro.

— Meu Deus — disse Lindsey Buckingham.

Nenhum dos alunos dele parecia ter captado o que havia acontecido. Os barrigudinhos pareciam confusos. A mulher ovoide de moletom rosa veio até mim, um pouco amedrontada, e me perguntou se eu ensinava tai chi.

Jem ainda estava pendurado no meu braço, sorrindo distraidamente. Ele olhou para seu Swatch colorido e calculou as horas com mais rapidez que a maioria dos adultos seria capaz.

— Dez horas, Tres — disse-me ele, todo contente. — Dez horas dez horas dez horas.

Jem fazia essa contagem para mim — quantas horas restavam como aprendiz da mãe dele antes que eu pudesse me habilitar para minha própria licença de detetive particular. Eu tinha dito a ele que daríamos uma festa quando chegasse a zero.

Olhei para o Cougar azul lá atrás, com o pequeno fio de fumaça saindo pela janela na altura da cabeça da Srta. Kearnes.

— É melhor voltar para o 13, cara. Acho que esta manhã não vai contar.

Jem deu uma risada como se para ele não fizesse diferença.

2

— O que há com você? — perguntou-me o detetive Schaeffer. Depois, perguntou a Julie Kearnes: — O que há com esse cara?

Julie Kearnes não fez nenhum comentário. Estava reclinada no assento do motorista do Cougar, a mão direita pousada em um estojo de violino gasto sobre o assento do passageiro, e a esquerda segurando no colo o recentemente disparado LadySmith .22 de cabo de madrepérola.

Deste ângulo, Julie parecia bem. Seu cabelo âmbar, meio grisalho, estava preso para trás com uma presilha de borboleta. O vestido de verão branco de renda salientava os brincos de prata e a pele bronzeada sardenta, que já mostrava uma leve flacidez embaixo do queixo e nos braços. Para uma mulher acima dos 50 anos, ela estava ótima. O ferimento de entrada da bala não era nada — uma moedinha negra grudada na têmpora.

Seu rosto estava virado para o outro lado, mas parecia ter a mesma expressão educadamente aflita que ela tinha me mostrado ontem quando nos conhecemos — um leve sorriso simpático, mas hesitante, certa tensão nas rugas em torno dos olhos.

Desculpe, dissera ela, *sinto que... com certeza houve algum engano.*

Ray Lozano, o médico-legista, olhou pela janela do carro por alguns segundos e depois começou a falar com o perito em espanhol. Disse a ele para tirar todas as fotos que queria antes que removessem o corpo, pois o descanso de cabeça era a única coisa que mantinha intacto aquele lado do rosto.

— Será que dá para falar a nossa língua aqui? — disse Schaeffer, irritado.

Ray Lozano e o perito o ignoraram.

Ninguém se deu ao trabalho de desligar a música country que tocava no rádio do carro de Julie Kearnes. Violino, contrabaixo, pura harmonia. Música vigorosa para um assassinato.

Eram apenas oito e meia da manhã, mas já havia uma multidão razoável em volta do estacionamento. Uma unidade móvel da KENS-TV tinha estacionado no fim da quadra. Algumas dezenas de estudantes da faculdade, usando chinelos de dedo, camisetas e bermudas, estavam no gramado em torno do cordão de isolamento. Não pareciam muito interessados em suas aulas matinais. A loja de conveniência na frente da San Pedro fazia bons negócios com os policiais, a imprensa e os espectadores.

— Vigiar uma droga de uma artista. — Schaeffer se serviu de um Red Zinger de sua garrafa térmica. Trinta e dois graus, e ele estava tomando chá quente. — Como você não consegue fazer nem isso sem que alguém seja morto, Navarre?

Ergui a palma das mãos.

Schaeffer olhou para Julie Kearnes.

— Você não pode andar com esse cara, querida. Viu no que dá?

Schaeffer faz dessas coisas. Ele diz que das duas, uma: ou a gente fala com os cadáveres ou se afunda na bebida. Diz que já tem um sermão pronto para o meu cadáver quando o encontrar. Ele é paternal assim.

Virei-me para o outro lado do estacionamento para dar uma olhada em Jem. Ele estava sentado no meu Fusca conversível laranja, mostrando a um dos caras do Departamento de Polícia seu truque de mágica, o que usa os três aros de metal. O policial parecia confuso.

— Quem é o garoto? — perguntou Schaeffer.

— Jem Manos.

— Tem a ver com a Agência Erainya Manos?

— "Sua detetive à moda grega".

A expressão de Schaeffer se fechou e ele assentiu, como se o nome de Erainya explicasse tudo nesse caso.

— Aquela mulher nunca ouviu falar de creche?

— Não acredita nelas. O garoto poderia pegar germes.

Schaeffer balançou a cabeça.

— Então, deixe-me ver se entendi direito. Sua cliente é uma cantora country. Ela prepara uma fita demo para uma gravadora, a fita some, o agente desconfia de um membro insatisfeito da banda que teria sido deixado de fora do contrato com a gravadora e os advogados do agente têm a brilhante ideia de contratar você para rastrear a fita. É isso?

— A cantora é Miranda Daniels. Ela apareceu na *Texas Monthly*. Posso conseguir um autógrafo para você, se quiser.

Schaeffer conseguiu conter a empolgação.

— Só quero que me explique como chegamos a uma violinista morta no estacionamento da faculdade às sete e meia da manhã de uma segunda-feira.

— O empresário de Daniels concluiu que Kearnes era a suspeita mais provável de ter roubado a fita. Ela tinha acesso ao estúdio. Havia tido discussões bem sérias com Daniels sobre planos de carreira. A agência achou que outra pessoa podia ter instigado Kearnes a roubar a fita, alguém que pudesse sair ganhando se Miranda Daniels continuasse limitada ao cenário musical local. Pelo que pude ver, não foi esse o caso. Kearnes não estava com a fita. Não comentou nada a respeito disso com ninguém essa semana.

— Isso não explica o cadáver.

— O que mais posso dizer? Ontem falei com Kearnes, contei para ela abertamente do que estava sendo acusada. Ela negou saber de alguma coisa, mas pareceu bem abalada. Então, quando saiu porta afora hoje de manhã, calculei que talvez eu tivesse me enganado quanto à sua inocência. Talvez eu tivesse agitado as coisas e ela houvesse combinado de se encontrar com quem quer que tivesse lhe pedido para roubar a fita.

Ray Lozano retirou o estojo do violino do assento do passageiro e se sentou ao lado do corpo. Começou a tirar fragmentos do cabelo de Kearnes com uma pinça.

— Agitando as coisas — repetiu Schaeffer. — Que beleza de método!

Um dos policiais do campus se aproximou. Era um sujeito forte, talvez ex-boxeador, mas dava para ver que nunca tinha lidado com homicídios. Aproximou-se de Julie Kearnes como a maioria faz na primeira vez que vê um cadáver — como um acrofóbico movendo-se cautelosamente até o parapeito de uma sacada. Assentiu para Schaeffer e depois deu uma olhada de soslaio para a vítima.

— Eles querem saber mais ou menos quanto tempo vai levar — disse ele se desculpando, como se *eles* não estivessem sendo razoáveis. — Ela cometeu suicídio na vaga do tesoureiro.

— Que suicídio? — questionou Schaeffer.

O grandão franziu o cenho. Hesitante, olhou para a arma na mão de Julie, depois para o pequeno orifício em sua cabeça.

Schaeffer suspirou, olhou para mim.

— Ela foi baleada de certa distância — expliquei. — Num tiro à queima-roupa, o ferimento se abre feito uma estrela. Além disso, os ferimentos de entrada e saída aqui estão em uma trajetória descendente, e é provável que o calibre da arma seja outro. O atirador estava lá em cima em algum lugar. — Apontei para o topo de um prédio do campus, onde uma série de grandes aparelhos de ar-condicionado soltava vapor. — Ela estava com o .22 para se proteger. Disparou ao ser atingida por causa de um espasmo cadavérico. É provável que a bala esteja alojada no painel.

Schaeffer escutou minha explicação e depois acenou com a mão livre num gesto de mais ou menos.

— Vá fazer algo de útil — disse ele para o policial do campus. — Diga ao tesoureiro que estacione na rua.

O grandão se afastou com muito mais rapidez do que tinha vindo.

Um detetive da Unidade de Cena de Crime se aproximou e chamou Schaeffer em um canto. Eles conversaram. O sujeito mostrou a ele uma carteira de identidade e uns cartões de visita que estavam na carteira da morta. Schaeffer pegou um dos cartões e o observou com aspecto sério.

Ao retornar para o meu lado, ele estava quieto, bebendo seu Red Zinger. Por sobre a tampa da garrafa térmica, seus olhos estavam da mesma cor do chá, castanho-avermelhados, e aquosos.

Ele me passou o cartão.

— Seu chefe?

As palavras AGÊNCIA DE TALENTOS LES SAINT-PIERRE estavam impressas em marrom sobre o fundo cinza. Abaixo, em letras menores, havia: MILO CHAVEZ, ASSOCIADO. Fiquei olhando para o nome. Milo Chavez. Não evocava sentimentos de benevolência.

— Meu chefe.

— Não creio que você tenha se deparado com algum motivo para que alguém quisesse matar esta senhora. E não me diga que a droga da fita demo era tão boa assim.

— Não — concordei. — Não era.

— Chegou a verificar se ela tinha grandes dívidas, namorados irritados, o tipo de trabalho circunstancial que detetives particulares de verdade fazem quando não estão cuidando de garotinhos de 3 anos?

Tentei parecer ofendido.

— Jem tem 4 anos e meio e é bem maduro.

— Ahã. Por que se encontrar com alguém aqui? Por que dirigir os 120 quilômetros de Austin a San Antonio e estacionar numa faculdade?

— Não sei.

Schaeffer tentou ler minha fisionomia.

— Quer me contar mais alguma coisa?

— Nada em especial. Não até falar com minha cliente.

—Talvez eu devesse deixá-lo fazer essa ligação de uma cela.

— Se quiser.

Schaeffer tirou do bolso da calça um lenço do tamanho de Amarillo e começou a assoar o nariz. Não se apressou fazendo isso. Ninguém assoa o nariz com tanta frequência e tão meticulosamente quanto Schaeffer. Acho que é assim que ele medita.

— Não sei como Erainya lhe deu este caso, Navarre, mas você devia matá-la por causa disso.

— Na verdade, eu conheço o assistente do agente dela, Milo Chavez. Eu estava fazendo um favor para ele.

Ray Lozano instruía os paramédicos sobre o modo de remover o corpo. A multidão de universitários do outro lado do cordão de isolamento aumentava. Dois outros oficiais estavam encostados na lateral do meu carro agora, observando Jem fazer seu truque com os aros. As melodias do violino caubói continuavam a vibrar no toca-fitas da Srta. Kearnes.

Schaeffer finalmente guardou o lenço e olhou para Julie Kearnes, que ainda segurava seu .22 como se temesse que ele pudesse saltar de seu colo.

— Um tremendo de um favor — disse-me Schaeffer.

3

Durante o trajeto de volta para a região norte da cidade, tive que dar um sermão em Jem para que não aceitasse apostas de policiais gentis para realizar seus truques de mágica.

Jem assentiu como se estivesse escutando. Em seguida me disse que conseguia fazer o truque com seis aros de uma vez e me perguntou se eu queria apostar.

— Não, obrigado, cara.

Ele apenas sorriu para mim e guardou no bolso do macacão suas três novas moedas de 25 centavos.

Teria sido mais rápido pegar a McAllister Freeway para voltar ao escritório de Erainya, mas eu preferi continuar pela San Pedro. Seguindo para o norte pelo elevado, a seis metros do chão durante todo o trajeto, só o que se veem são as colinas e Olmos Basin, alguns milhões de carvalhos, uma ocasional torre de catedral e os telhados de algumas mansões de Olmos Park. Tudo limpo e coberto por floresta, como se não houvesse nenhuma cidade abaixo. A San Pedro é mais honesta.

Por uns três quilômetros ao norte da San Antonio College, a San Pedro é a linha divisória entre Monte Vista e o início da região oeste. À direita ficam as antigas mansões em estilo espanhol com acácias e magnólias enormes, gramados sombreados, jardineiros latinos cuidando das roseiras e Cadillacs nas entradas pavimentadas de pedras. À esquerda ficam os condomínios de apartamentos com tábuas de madeira nas janelas e portas, uma ou outra pequena mercearia vendendo melancias e jornais em espanhol, e casas de dois quartos com crianças vestindo roupas de instituições de caridade espiando de trás de portas feitas de tela.

Seguindo por mais três quilômetros, os outdoors bilíngues desaparecem. Passa-se por conjuntos habitacionais de classe média branca, shopping centers decadentes da década de 1960 e ruas com nomes dos personagens de *I Love Lucy*. O terreno fica mais plano; a proporção entre asfalto e árvores piora.

Finalmente chega-se aos edifícios comerciais espelhados e aos condomínios de apartamentos para solteiros agrupados em torno da Loop 410. A Looplândia poderia ser em Indianápolis, Des Moines ou Orange County. Cheia de personalidade.

O escritório de Erainya ficava num pequeno centro comercial perto da esquina da 410 com a Blanco, entre um restaurante e um outlet de móveis de couro. O estacionamento estava vazio, a não ser pelo Lincoln Continental enferrujado de Erainya e um BMW mostarda bem novo.

Estacionei ao lado do Lincoln, e Jem me ajudou a colocar a capota no Fusca. Depois, pegamos nossas respectivas mochilas e fomos procurar a mãe dele.

O cartaz em estêncil preto na porta dizia: AGÊNCIA ERAINYA MANOS, SUA DETETIVE À MODA GREGA.

Erainya gosta de ser grega. Ela diz que Nick Charles, de *O homem magro*, era grego. Eu digo a ela que Nick Charles era rico e fictício; podia ser qualquer coisa que quisesse. Digo que se ela começar a me chamar de Nora, eu me demito.

A porta estava trancada. A persiana no vidro frontal do escritório estava abaixada, e Erainya havia fixado na caixa de correio uma daquelas mãos feitas de papelão preto e branco, apontando para a direita.

Fomos para a porta do Demo's, ao lado, e quase colidimos com um latino atarracado que estava saindo.

Ele vestia terno com colete azul-escuro e uma gravata larga marrom-avermelhada, com um relógio de corrente de ouro. Usava quatro anéis também de ouro e um alfinete de gravata de zirconita. Exceto pela expressão de buldogue, parecia o tipo de sujeito que pode lhe oferecer crédito para a aquisição de uma sofisticada joia feita de brilhantes.

— Barrera. — Sorri. — Qual é, Sam, veio pegar umas dicas com a concorrência?

Samuel Barrera, diretor regional da I-Tech Segurança e Investigações, não retribuiu o sorriso. Tenho certeza de que, em algum momento da vida, ele deve ter sorrido. Tenho certeza também de que ele teria tomado o cuidado de eliminar qualquer testemunha do acontecimento. A pele em volta de seus olhos era dois tons mais clara do que o restante do rosto moreno e exibia aros ovais permanentes devido a todos os anos usando os óculos escuros-padrão do FBI, antes de se aposentar e ir para o setor privado. Hoje em dia nunca usava os óculos. Não precisava mais. A inescrutabilidade já havia se enterrado em suas córneas.

Ele me fitou com leve desgosto e depois olhou para Jem da mesma maneira. Jem sorriu e lhe perguntou se ele queria ver um truque de mágica. Pelo jeito, Barrera não queria. Ele olhou de novo para mim e disse:

— Meu assunto é com Erainya.

— Até logo, então.

— Provavelmente. — Ele disse isso como se concordasse que um cavalo doente deveria ser sacrificado. Em seguida, passou por mim, entrou em seu BMW mostarda e foi embora.

Fiquei parado olhando o cruzamento da 410 com a Blanco até Jem puxar minha camiseta e me lembrar de onde estávamos. Entramos no restaurante.

Duas horas antes da multidão do almoço, Manoli já estava atrás do balcão da cozinha cortando fatias da grande costela de carneiro que girava no espeto vertical. Parecia que, cada vez que eu ia lá, a costela de carneiro se tornava mais fina e Manoli se tornava mais grosso.

O lugar cheirava bem, a cebolas grelhadas e *spanakopita* assada. Não era fácil conseguir uma atmosfera mediterrânea num centro comercial desses, mas Manoli tinha feito o possível — paredes caiadas de branco, alguns cartazes turísticos de Atenas, uns instrumentos gregos na parede, garrafas de Uzo em cada mesa. De qualquer modo, ninguém ia lá pela decoração.

Erainya estava sentada em um banco junto ao balcão e falava em grego com Manoli. Usava saltos altos e um vestido solto, preto, é claro. Ela se virou quando eu entrei e então levantou a mão ossuda e deu tapas no ar como se fosse em meu rosto.

— Ah, esse *cara* — disse ela para ninguém em particular, aborrecida.

Manoli apontou seu cutelo para mim e sorriu.

Jem correu para a mãe e abraçou a perna dela. Erainya deu um jeito de bagunçar o cabelo do filho e dizer que ele era um bom menino sem suavizar o olhar mortal que estava me lançando.

Os olhos de Erainya são a única coisa grande que ela tem. São enormes e pretos, quase salientes, mas intensos demais para serem engraçados. Tudo o mais nela é pequeno e fino — os cabelos pretos, a constituição ossuda sob o vestido solto, as mãos, até a boca quando ela demonstra preocupação. Como se ela fosse um cabide de lavanderia.

Erainya desceu do banco, veio até mim e franziu o cenho mais um pouco. De salto ela fica com cerca de um metro e meio de altura, mas nunca vi alguém descrevê-la como baixinha. Uma porção de outras coisas, mas nunca baixinha.

— Recebeu minha mensagem? — perguntei.

— Recebi.

— O que Barrera queria?

— Vamos pegar uma mesa — disse ela.

Pegamos. Manoli sentou Jem no balcão e começou a falar com ele em grego. Pelo que eu saiba, Jem não entende grego, mas isso não pareceu incomodar nenhum dos dois.

— Certo — disse Erainya. — Me dê os detalhes.

Contei a ela sobre minha manhã. No meio da narrativa ela começou a balançar a cabeça negativamente e continuou fazendo isso até eu terminar.

— Ah, não posso acreditar — disse ela. — Como foi que você me convenceu a lhe dar este caso?

— Charme masculino?

Ela me lançou um olhar severo.

— Você é bonito, querido, mas não tanto.

Erainya sorriu. Olhou pela janela do restaurante, verificando o escritório. Não havia ninguém barganhando na porta da Agência Erainya Manos. Nenhuma multidão fazia fila querendo contratar a detetive à moda grega.

— Por que Barrera estava aqui? — perguntei de novo.

Erainya fez um gesto de desdém.

— Não se preocupe com aquele *vlaka*, querido. Ele só gosta de vir me bisbilhotar, ver se não estou roubando o negócio dele.

Era uma questão de orgulho, então assenti como se acreditasse. Como se Barrera precisasse dos casos de divórcio e verificação de antecedentes de funcionários comuns no escritório de Erainya para se manter. Como se seus contratos confidenciais com metade das empresas da cidade não fossem suficientes.

Pela milionésima vez, olhei para Erainya e tentei imaginá-la na época em que essa competição tinha sido verdadeira — na época em que o marido dela, Fred Barrow, ainda era vivo e se encarregava da agência, e o nome "Erainya" era anglicizado como "Irene", a pequena assistente do marido, um detetive particular relativamente famoso. Isso foi antes de ela ter dado um tiro no peito de Barrow. Então ele meio que morreu.

O juiz disse que tinha sido autodefesa. Irene disse "que a alma de Fred descanse em paz". Depois ela resgatou as ações do marido e retornou à velha pátria, mas um ano depois estava de volta como Erainya (rima com *Transilvânia*) Manos, bronzeada e muito grega, mãe adotiva de um órfão bósnio muçulmano, a quem dera um nome que tinha lido em algum romance. Ela assumiu a antiga agência do marido e tornou-se investigadora como sempre tinha sido seu destino. O negócio estava em declínio desde então.

Dois anos antes, quando eu havia acabado de me mudar de volta para a cidade e estava pensando em obter a licença de detetive particular, um dos velhos amigos de meu pai do Departamento de Polícia de San Antonio, que não sabia que Barrow tinha morrido, recomendou Fred como o segundo melhor detetive particular da cidade para ser meu mentor, logo depois de Sam Barrera.

Depois que Sam e eu decididamente não nos demos bem, fui ao endereço do escritório de Fred Barrow e, logo nos primeiros trinta segundos que estava lá, descobri que Erainya seria minha instrutora.

O Sr. Barrow está?

Não. Ele era meu marido. Tive que matá-lo.

— Então isso é tudo sobre o caso Kearnes — dizia Erainya. — Quanto lhe resta... vinte horas?

Hesitei.

— Jem diz que são dez.

— Ah, só dez? São vinte. De qualquer modo, temos outras coisas para fazer.

— Você disse que eu podia fazer *isso*.

Erainya tamborilava os dedos na mesa de fórmica. Pareciam duros, puro osso.

— Eu disse que poderia tentar, querido. Alguém é assassinado, isso é o fim da linha. Agora é um problema da polícia.

Olhei para o quadro de Atenas atrás da cabeça dela.

Erainya suspirou.

— Você não quer ter essa conversa de novo, quer?

— Qual conversa? Aquela em que você explica por que não pode me pagar nada esta semana e depois me pede para ficar de babá?

Seus olhos ficaram muito escuros.

— Não, querido, aquela em que falamos sobre o motivo pelo qual você quer esse serviço. Você passa alguns anos em São Francisco como quebra-galho de uma firma qualquer de advocacia e acha que isso o torna investigador? Acha que é bom demais para um caso comum, que simplesmente vai continuar pegando só os que o interessam?

— Tem razão. Não quero ter essa conversa de novo.

Erainya murmurou alguma coisa em grego. Depois inclinou-se para mim do outro lado da mesa e mudou para o inglês no meio da frase.

— ... avisando. Você se acha o máximo, voltando para a cidade com o seu ph.D. em Berkeley e sei lá o quê. Tudo bem. Acha que é bom demais para ser aprendiz porque já andou pelas ruas algum tempo. Tudo bem também.

— Fui eu quem te ensinou o truque com a supercola.

Ela usou as duas mãos dessa vez, balançando-as dos dois lados do rosto como se estivesse batendo em pessoas sentadas ao seu lado.

— Tudo bem, então você me ensinou uma coisa. Até é certo pensar que quer fazer isso porque seu pai era policial. Se você deseja fazer favores pessoais de vez em quando, fazer algo por caridade... tudo bem, ótimo. Mas não é isso que se faz para sobreviver, querido. O emprego é trabalho duro, e você continua tentando não perceber isso. E, na maior parte, não é pessoal. A gente fica sentado dentro de um carro por oito horas com problemas intestinais tirando fotos de algum cretino porque outro cretino nos pagou para fazer isso. Confere escrituras velhas e fala com uns chatos das agências de proteção ao crédito que nem sequer são bonitos. A gente deixa a polícia contente, o que significa ficar longe de qualquer coisa em que as pessoas acabam mortas. Na maioria das vezes não se ganha muito dinheiro, então, sim, talvez seja preciso levar o filho junto. Estou falando sobre o básico. Não sei se você é capaz de lidar com essa parte, querido. Ainda não sei se você consegue.

— Se você não vai me recomendar para a banca, agora é a melhor hora para dizer isso.

Os cabides que formavam o corpo de Erainya pareceram se afrouxar um pouco; ela se recostou na cadeira e olhou pela janela de novo, verificando se havia clientes. Ainda não havia nenhuma fila se formando do lado de fora.

— Não sei — disse ela. — Talvez não. Não se você não puder pegar um caso quando é bom e largar quando é ruim. Enquanto você estiver operando com minha licença, não posso me arriscar a tê-la revogada.

Examinei a fisionomia dela, tentando determinar por que o aviso que ela havia me dado tantas vezes antes tinha uma conotação mais dura dessa vez.

— Barrera lhe disse alguma coisa — arrisquei. — Ele tem influência na banca. Ele estava pressionando você em relação a mim?

— Não seja burro, querido.

— Acabei de ver uma mulher ser assassinada, Erainya. Queria saber por quê. Eu poderia ao menos...

— Isso mesmo — disse ela, chegando um pouco para a frente. — Você dá uma prensa naquela Kearnes num dia, ela é assassinada no dia seguinte. O que isso lhe diz sobre seus métodos, querido? Isso me diz que às vezes você deveria escutar. Você não acaba com uma tocaia porque está ficando impaciente. Não toca a campainha do sujeito e pede a ele para confessar.

Minhas orelhas ficaram quentes. Assenti.

— Certo.

Dedos na fórmica.

— Certo o quê?

— Certo, talvez eu me demita. Bata em retirada. Não seja mais aprendiz. Como queira chamar isso.

Ela acenou, rejeitando.

— Ah, depois de todos esses meses?

Eu me levantei.

Ela ficou me olhando por alguns segundos, depois voltou a olhar pela janela, como se não importasse.

— Como você quiser, querido.

Fiz menção de ir embora.

Quando eu estava na porta, ela me chamou.

— Pense no assunto, querido. Podemos tratar isso como uma folga. Me diga na semana que vem.

Olhei para Manoli, que estava contando alguma coisa para Jem em grego. Pelo tom e pelos gestos que ele fazia, devia ser um conto de fadas.

— Já disse hoje, Erainya.

— Semana que vem — insistiu ela.

Eu disse que tudo bem. Antes que conseguisse ir embora, Jem olhou para mim e me perguntou que tipo de festa nós faríamos quando minhas horas chegassem a zero. Ele queria saber como seria o bolo.

Eu disse a ele que eu precisaria pensar no assunto.

4

Quando voltei ao número 90 da Queen Anne, meu senhorio, Gary Hales, estava na frente de casa, lavando a calçada. Tudo indicava que fazia um bom trabalho. Algumas rachaduras novas tinham brotado. Algumas placas que haviam começado a empenar na semana anterior estavam um pouco mais empenadas. Gary tinha talento para isso.

— E aí, tudo legal? — cumprimentei.

Ele olhou para mim como se estivesse tentando descobrir quem eu era.

Gary é um sujeito pálido, meio agitado, de pele azulada e feições fluidas. É meio desconcertante vê-lo segurando uma mangueira, pois não dá para ter certeza de onde o fluxo de água acaba e Gary começa.

— Ah-hã — respondeu ele. — Sua amiga veio aí.

Suspirei.

— Você a deixou entrar?

A boca dele se comprimiu. Talvez fosse um sorriso. Gary sempre cai na conversa mole das mulheres.

— Ah, seu cachorro velho. O que foi que ela prometeu a você dessa vez?

Outra compressão dos lábios.

— Hã, é. Acho que devia fazer uma chave para ela.

Virei para a lateral direita da casa. O pátio estalava sob meus pés com pecãs, vagens de algarobeira e pétalas de buganvílias vermelhas, o mais próximo das cores de outono que se chega no sul do Texas.

O número 90 da Queen Anne era uma casa de dois andares caindo aos pedaços, em estado de total negação. Possuía uma fachada digna, um trabalho intrincado de marcenaria emoldurando as janelas, uma enorme varanda na frente coberta por uma buganvília, onde se podia sentar à tardinha e beber uma margarita. Mas fazia muito tempo que a tinta branca começara a descascar e parte do telhado de tábuas verdes havia cedido. Em algum momento da década de 1950 a casa inteira havia se deslocado sobre os alicerces, de modo que a metade da direita estava levemente inclinada para trás. Minha mãe dizia que parecia paralisada. Eu preferia pensar nela como extremamente relaxada.

Quando cheguei à varanda do meu apartamento, Carolaine Smith estava parada no vão da porta, deixando o ar condicionado escapar e segurando o telefone na minha direção.

Ela vestia seu conservador tailleur de âncora de televisão — blusa de seda branca, saia e blazer azuis, o cabelo louro escuro penteado todo para trás num coque alto e a maquiagem pesada para as câmeras. Apenas os óculos de grau fugiam do padrão: grandes e de aros pretos, eram resquícios do tempo de repórter, de quando ela ainda chamava a si mesma de Carolyn. Agora, ela só usava os óculos quando queria enxergar.

— Quem é Annie da First Texan? — perguntou. — Ela parece simpática.

— Sem comentários.

— Babaca.

Carolaine me entregou o fone.

Annie da First Texan tinha exatamente a mesma pergunta sobre Carolaine, mas finalmente concordou em me dar a informação que eu havia lhe pedido na sexta-feira passada sobre Julie Kearnes.

Carolaine foi até a cozinha, que cheirava a queimado. Fiquei parado no meio da sala e olhei em volta. A roupa limpa tinha sido guardada. O futon estava de volta ao lugar. As espadas tinham sido tiradas da mesa de centro e postas de volta no suporte da parede. Robert Johnson havia subido no armário e estava escondido entre duas caixas de sapatos.

Ele olhou para mim, esperançoso.

Balancei a cabeça para indicar que Carolaine ainda estava ali.

Ele rosnou baixinho e desapareceu nas sombras outra vez.

Annie começou a falar sobre a conta-corrente de Julie Kearnes. Depósitos diretos quinzenais de algo chamado Paintbrush Enterprises, de 250 dólares cada, feitos regularmente nos últimos dois meses, período a que Annie tinha acesso aos arquivos. Alguns contracheques esporádicos de uma firma de empregos temporários em Austin. Todos os outros depósitos foram realizados em dinheiro, provavelmente dinheiro de shows, nenhum deles somando grandes quantias. Três saques a descoberto no Mercado Central H.E.B. As contas mensais de costume. O saldo de Julie no momento era de 42,33 dólares, cerca de 40 dólares maior que o meu.

Annie me disse que eu lhe devia uma por tê-la feito arriscar seu emprego.

— Algo como Garth Brooks — sugeriu. — E jantar no La Margarita.

Eu disse que não me importaria se ela fosse jantar com Garth no La Margarita, que não iria atrapalhar. Annie me chamou de uns nomes nada lisonjeiros e desligou.

— Droga — disse Carolaine ao tirar uma assadeira do forno.

Acho que o que havia na assadeira tinha sido *chiláquiles* numa vida passada. As tortilhas de milho com bacon estavam retorcidas e fumegantes. O queijo estava marrom e os *jalapeños*, cinza. Cheirava bem mal.

— Papel-alumínio em cima — sugeri. — E da próxima vez, baixe para 180 graus. Esse forno velho está parecendo um reator nuclear.

— Que droga — praguejou Carolaine, ajeitando os óculos. — Tenho que voltar para o estúdio para o jornal do meio-dia.

— Rrrowww — reclamou Robert Johnson lá do armário.

Olhei para a comida queimada e depois para minha sala arrumada e limpa.

— Você não devia ter feito tudo isso.

— Nada de mais.

— Não. Você realmente não devia ter feito isso. Devia parar de fazer Gary deixar você entrar e arrumar a casa. Você não deixa o *seu* apartamento assim tão limpo. Isso me dá nos nervos.

Ela se encostou na pia e levantou as sobrancelhas.

— De nada.

Pela janela da cozinha, fiquei olhando para a árvore lá fora.

Carolaine deixou os braços caírem sobre as coxas.

— Caramba, Tres, o que posso fazer? Mal vi você este mês. Você cancelou três jantares seguidos, me deixou esperando na frente do Majestic por uma hora com dois ingressos para o show, aí eu tento fazer algo legal...

— Desculpe. Foi uma manhã difícil, Carolaine.

Sorriso sarcástico.

— Aposto que sim. Ainda seguindo uma mulher em Austin. Espiando a janela dela com binóculos. Coitadinho.

— Ela foi assassinada.

O sorriso sumiu.

Contei a história. Ela escutou com a expressão suave e solidária, mas seus olhos não estavam totalmente concentrados em mim. Moviam-se levemente de um lado para o outro, como se estivessem lendo equações matemáticas, talvez calculando o que o assassinato representava para minhas perspectivas de emprego.

Quando terminei, ela cruzou os braços.

— O que Erainya disse?

— Que eu estava lidando de um jeito errado com a situação Fim do caso.

— E o que você disse?

— Eu me demiti.

Depois de um instante de silêncio atordoado, Carolaine olhou para o relógio de pulso. Pegou sua bolsa, que estava em cima da bancada, e ficou procurando algo lá dentro. Tentava não demonstrar, mas foi possível ver o alívio relaxando a musculatura de seus ombros.

— E agora? — perguntou ela.

— Não sei. Vai depender do que Milo Chavez quer.

— Você quer dizer que pode continuar trabalhando com ele sem licença... como o trabalho que fez antes?

Ela disse *antes* como se fosse um eufemismo para um assunto que não deveria ser conversado diante de uma companhia bem-educada.

— Talvez — admiti.

— Você quase foi morto na última vez que prestou um favor a esse homem, não foi?

— Foi.

— Não entendo... não vejo por que você não pode simplesmente...

Ela se deteve. Os cantos da boca se comprimiram.

— Diga — pedi. — Por que simplesmente não pego meu diploma e consigo um emprego de verdade ensinando inglês em algum lugar?

Ela balançou a cabeça.

— Não é da minha conta, é?

— Carolaine...

— Preciso ir, Tres. — Em seguida, ela acrescentou sem muito otimismo: — Você podia ir ao estúdio comigo. A gente pede comida, passa a tarde no meu camarim como nos velhos tempos. Podia fazer bem para nós dois.

— Tenho que ligar para Milo.

O gelo se instalou.

— Tudo bem.

Carolaine fechou a bolsa, aproximou-se de mim e me beijou de leve sem de fato me olhar. Ela cheirava a talco de bebê. Havia umas sardas em seu nariz que a maquiagem não tinha conseguido cobrir.

— Desculpe ter incomodado — disse.

A porta bateu atrás dela.

Robert Johnson saltou do armário assim que ouviu o carro de Carolaine dar a partida. Desconfiado, olhou pela janela e depois me lançou um olhar mortal que ele devia ter aprendido com Erainya Manos.

— Você quer brincar de Anne Frank quando as pessoas vêm aqui, então não me culpe.

Ele se aproximou, me deu uma leve mordida no tornozelo e foi direto para o prato de comida.

Tem dias em que todo mundo quer ser seu amigo.

5

Ao pôr do sol o céu ficou da cor de berinjela cozida. Sete milhões de gralhas desceram para uma convenção nas árvores e linhas telefônicas da cidade. Ficaram lá pousadas fazendo um som estridente que devia estar ferrando com o sonar de todos os submarinos no Golfo do México.

Eu estava na cozinha lendo a edição vespertina do *Express-News*. Comecei a beber minha terceira Shiner Bock, e minhas extremidades estavam ficando piedosamente entorpecidas.

Julie Kearnes havia tido o bom senso de ser assassinada num dia fraco de notícias. Mereceu uma pequena reportagem na página 12 do caderno A. Recebi uma menção honrosa por ter ligado para a emergência. O redator tinha feito seu dever de casa e escreveu que os leitores poderiam se lembrar de Kearnes por sua canção "Three More Lonely Nights", gravada por Emmylou Harris em 1978, ou pelo trabalho mais recente de Julie como violinista e vocal de apoio da estrela ascendente local, Miranda Daniels. A polícia não tinha pistas do crime, nem a arma ou testemunhas úteis.

O redator não mencionou nada mais sobre Julie Kearnes — nenhuma das coisas irrelevantes que eu ficara sabendo ao segui-la pela cidade, falar com seus vizinhos e vasculhar seu lixo. Por exemplo, que sua comida favorita era a tailandesa. Que ela fazia compras nas mesmas lojas Nova Era que minha mãe gostava. Que Julie tocava violino em bandas de música country desde os 6 anos, mas secretamente, à noite, preferia ouvir Itzhak Perlman. Que ela bebia vinho branco barato e tinha um papagaio.

Nada disso chegou ao *Express-News* — apenas o fato de que agora Julie Kearnes tinha um orifício na cabeça.

A última parte da reportagem comentava o transtorno causado pela interdição do estacionamento da San Antonio College durante toda a manhã para a investigação. Citava vários estudantes mal-humorados que tiveram de estacionar a várias quadras da faculdade.

Pensei em Julie Kearnes bem-vestida, o violino ao seu lado no Cougar 1968. Pensei no verdadeiro inconveniente de seguir uma pessoa — não o tédio, como diria a maioria dos detetives particulares, mas o momento em que o objeto vigiado começa a se tornar alguém real para nós.

Tomei mais cerveja.

Não tive sorte com o telefone. Tinha deixado recados para Milo Chavez, mas a secretária dele, Gladys, insistiu que ele estava fora de alcance. Milo estava em algum lugar de Boerne, trabalhando num grande evento. Gladys reconheceu que um grande evento em Boerne era um paradoxo, mas disse que não havia nada que pudesse fazer por mim. Sim, ela soubera sobre Julie Kearnes. Sim, a polícia tinha aparecido por lá. Sim, ela deixara mensagens para Milo sobre isso. Não, ela ainda não tinha conseguido entrar em contato com ele. Não, contatar o próprio Les Saint-Pierre, o Deus dos Agentes de Talentos, estava fora de questão. Por que não tentar amanhã?

Agradeci e desliguei.

Eu estava pronto para encerrar o dia. Infelizmente, assim como não é possível parar o tempo, o jantar semanal na casa da minha mãe não podia esperar.

Fui até o banheiro e me olhei no espelho.

— Você consegue — disse a mim mesmo.

Robert Johnson me olhou de soslaio da torneira que pingava e fazia as vezes de bebedouro.

Tomei um banho e me vesti bem — jeans sem furos, minha camiseta *Bay to Breakers*, meus docksides, os mais novos, que ainda não pareciam batatas assadas.

Depois baixei a capota do carro e rumei para o norte pela Broadway em direção a Vandiver Street, ouvindo uma banda de música mexicana estridente no meu rádio AM durante todo o percurso pela Alamo Heights. Quando parei no sinal da esquina da Austin Heights, os dois caras de smoking e chapéu de caubói no Mercedes ao meu lado ficaram olhando.

Ao chegar a Vandiver, é fácil localizar a casa da minha mãe, mesmo no escuro. É só passar pela fileira de casas brancas do pós-Segunda Guerra até encontrar o bangalô rosa de adobe com uma luz verde na varanda. Ou seja, bem discreta.

Ninguém me aguardava na porta, então entrei.

Hoje minha mãe estava queimando incenso de olíbano. As pequenas lâmpadas de Natal cintilavam no avelós, e a banheira de hidromassagem borbulhava sozinha no deque, pronta para a festa. O tema geral da casa era Étnico Eclético — bibelôs mexicanos ao lado de quimonos japoneses e máscaras mortuárias africanas.

Dois caras que eu nunca tinha visto antes jogavam bilhar na sala de jantar. Tinham mais ou menos a minha idade. Usavam jeans apertados, botas, camisas de brim com as mangas dobradas para mostrar os tríceps.

Gesticularam com a cabeça na minha direção e continuaram jogando.

Desci os degraus para a cozinha, onde minha mãe e Jess assistiam à TV. Carolaine estava na tela, fazendo uma chamada para o noticiário das dez. Dizia que teria as últimas notícias sobre o incêndio em um apartamento na região norte.

— Tres, meu querido. — Minha mãe se levantou, apertou minhas bochechas com as duas mãos e me deu um beijo. — Espero que a sopa de tortilha esteja boa.

A mãe estava vestida no estilo Zimbábue. Usava um caftã multicolorido e um longo xale preto. Os brincos de ébano tinham a forma das cabeças da Ilha de Páscoa, e seus braços tinham tantos braceletes prateados que pareciam molas. Ela tinha uns 55 anos, mas parecia ter 35, no máximo.

Jess me deu um oi e continuou assistindo ao jogo do Oilers. Ele tinha se formado no secundário uns dois anos antes de mim. Jogávamos juntos no time da escola. Acho que ele era o Jovem Namorado número três ou quatro desde que minha mãe se divorciou, queimou suas receitas de cozidos e se reinventou como *artiste* da Nova Era.

— Quero que você me conte tudo — disse ela. — Como vai a Carolaine? Nunca mais perdemos o noticiário do KSAT. Você devia dizer a ela para usar aquele vestido verde mais vezes, Tres. Cai muito bem.

Eu disse a ela que Carolaine estava bem e que não, ainda não estávamos morando juntos e eu não sabia quando nem se isso aconteceria. Minha mãe não gostou muito da parte do "se". Pareceu decepcionada por ainda não estarmos vivendo em pecado. Disse que recomendava muitíssimo.

— Hã — disse Jess, sem tirar os olhos do jogo.

Ela foi cuidar da sopa. Adicionou uma tigela de frango fervido e tomates cozidos ao caldo. Fui até o balcão e comecei a picar o coentro para ela.

— E o trabalho? — Ela me olhou de esguelha, atenta.

— Talvez não esteja grande coisa. Tenho um serviço para terminar. Depois disso...

Ela assentiu, satisfeita, em seguida pôs uma mecha de cabelo preto atrás da orelha.

Por costume, tentei localizar algum sinal de cabelo branco. Não havia. Deus sabe o quanto eu tinha xeretado seu armário do banheiro em busca de um tonalizante, sem nunca encontrar nada mais incriminador que vitamina E, extrato de alecrim e alguns cristais medicinais. Ela olhou para mim novamente e sorriu, como se soubesse o que eu estava pensando e gostasse disso. Era um jogo que ela vencia há uns bons 15 anos.

— Sabe — começou ela —, andei conversando com o professor Mitchell, da UTSA.

Piquei o coentro com um pouco mais de força.

— Mãe...

— Por favor, meu querido, foi só um bate-papo.

— Bate-papo, sei.

— Claro. Deve fazer uns dez anos desde que eu fiz aquela exposição com a mulher dele.

No outro cômodo, um dos caipiras encaçapou as bolas do jogo e o outro assobiou em sinal de aprovação. Do sofá, Jess jogou sua lata de cerveja no lixo e acertou. O Oilers estava vencendo.

— Quer dizer que você se deparou com o número do telefone de Mitchell na sua caderneta.

— Isso mesmo.

Empurrei o coentro para dentro da panela com a lâmina da faca. As cebolas já estavam grelhadas, e o creme azedo, pronto. As tiras de tortilha de milho estavam separadas numa tigela, prontas para serem adicionadas.

Enxuguei as mãos.

— E enquanto estava ao telefone... — instiguei.

Minha mãe deu de ombros.

— Tudo bem. Eu perguntei sim se havia alguma vaga no Departamento de Inglês.

Olhei avidamente para a faca grande que eu tinha acabado de usar.

— Bem, realmente, Jackson. Ele foi muito atencioso.

Apenas minha mãe me chama pelo primeiro nome e sobrevive. Ela gosta de me pôr no meu lugar ao lado dos dois primeiros Jackson Navarre — meu pai e meu avô. O terceiro de uma longa linhagem de homens incorrigíveis.

O telefone tocou. Minha mãe tentou parecer surpresa, mas seu fracasso foi retumbante.

— Meu Deus, quem será?

Eu me curvei ao inevitável e disse que atenderia. Minha mãe sorriu.

Levei o telefone para o deque ao lado da hidro e atendi:

— Professor Mitchell?

Um instante de silêncio surpreso do outro lado da linha, e em seguida uma voz paternal:

— Ora, não é o Tres, é?

Respondi que sim, era. Ele riu e deu início àquele discurso-padrão sobre quanto tempo não nos falávamos e o quanto ele estava feliz por eu já ter saído da puberdade. Eu disse que também estava.

— Sua mãe me disse que você estava procurando emprego.

— É, mais ou menos...

Eu queria me desculpar por minha mãe achar que empregos para lecionar na faculdade brotam em árvores e caem maduros assim que os pais de alguém ligam para velhos amigos.

Antes que eu pudesse fazer isso, o professor Mitchell continuou:

— Marquei uma hora para você no sábado às onze horas. É o único dia em que todos estamos disponíveis para as entrevistas.

Hesitei, depois fechei a porta de vidro que dava para a cozinha para evitar o barulho da sinuca e da TV.

— Como?

— Como de costume, o timing da sua mãe foi perfeito — explicou Mitchell. — Houve um grande rebuliço no departamento, o comitê de contratação acaba de se reunir. E por acaso estou nele. Onze horas. Está OK para você?

Um "não" bem-educado teria servido. *Desculpe, minha mãe está novamente se metendo na minha vida e eu tenho um futuro brilhante como detetive particular.* Fiquei esperando ouvir minha recusa. Olhei pelo vidro da porta quando Carolaine apareceu na televisão de novo, desta vez para dar uma notícia durante o intervalo.

Talvez tenha sido o rosto de Carolaine que me enfraqueceu. Talvez tenha sido uma semana quase sem dormir, fazendo vigilância e cuidando de uma criança de 4 anos. Ou o fato de que sempre que eu fechava os olhos agora eu via Julie Kearnes em seu Cougar 1968 azul e pessoas de luvas brancas de borracha pegando fragmentos do cabelo dela com pinça. Quando finalmente respondi ao professor Mitchell, não disse não.

— Onze horas de sábado. Putz, tá, tá bom.

A voz de minha mãe chegou pela linha do telefone do andar de cima. Ela suspirou:

— Morri e fui para o céu.

O professor Mitchell começou a rir.

6

A boa notícia da terça-feira de manhã foi que Gladys, a secretária, conseguiria negociar um encontro para mim com Milo Chavez na hora do almoço. Na verdade, Milo ia se encontrar com outra pessoa, mas Gladys achou que eu poderia aparecer lá e ficar alguns minutos, considerando que havia um homicídio a ser debatido, coisa e tal.

A má notícia era que o almoço exigiria dinheiro.

Tentei o caixa eletrônico da esquina da Broadway com a Elizabeth, mas ele foi teimoso comigo e disse que meu saldo era insuficiente para a retirada mínima de 20 dólares. Tentei pegar um empréstimo em dinheiro com o cartão de crédito. Em algum lugar de Nova Jersey, o pessoal do Visa deu muita risada.

Plano C. Liguei para meus velhos amigos da Manny Forester & Associados. Às nove horas eu tinha três intimações que os portadores da Manny ainda não haviam conseguido entregar. Até as onze eu já tinha encontrado dois dos homens invisíveis, largado o papel aos pés deles e ido embora com nada mais que alguns xingamentos e uma faca de serra brandida na minha cara. Não era minha ideia de um trabalho estável e divertido, mas a entrega de cada intimação me rendia 50 dólares, o que não era uma má fonte de dinheiro numa emergência.

A terceira entrega era para um freguês habitual — William Burnett, também conhecido como Sarge. Pelo menos uma vez por mês eu lhe entregava uma intimação, graças aos zelosos esforços da Manny Forester em favor da mulher e dos credores dele. Ele sempre sorria e acendia seus charutos com as intimações, e ia de bar em bar no centro. Agora já tínhamos chegado a ponto de nos revezarmos para pagar a rodada de cerveja cada vez que eu o localizava. Ele me contava sobre o tempo que passou na guarda costeira em Corpus Christi.

Graças às histórias de Sarge e à hospitalidade da Cantina Azteca, eu estava 30 minutos atrasado para o almoço.

Quando finalmente cheguei ao Tycoon Flats, na North St. Mary's Street, as mesas do pátio do restaurante fast-food estavam se enchendo de universitários da Trinity e de executivos em hora de almoço. O tempo estava encoberto e úmido. Uma fumaça densa da cozinha perambulava pelas algarobeiras e ia parar nos varais das casas sem pintura atrás do restaurante. Toda a vizinhança cheirava a cheesebacon bem-passado.

Não era difícil localizar Milo Chavez. Numa mesa verde de piquenique no meio do pátio estava sentada uma rocha humana de uns 160 quilos, vestindo calça cinza com pregas e uma camisa branca, que provavelmente tinha sido feita sob medida com boa parte do tecido de um balão. Ele usava acessórios de ouro, desde o brinco de pedrinha até a fivela dos sapatos Gucci. O cabelo tinha sido recém-aparado à máquina, o que deixara um resquício de cabelo preto espetadinho, fazendo seu rosto acobreado parecer ainda maior. Um Buda latino ligado em moda.

Sentado na frente de Milo estava um homem branco mais velho que tentava personificar um piloto da marinha. Eu poderia ter me deixado enganar por sua roupa cáqui bem-passada e os óculos estilo aviador, mas a jaqueta de couro era demais. A boca era muito flácida, as sobrancelhas louras grisalhas excessivamente contraídas e nervosas para um homem da marinha.

Ele franzia o cenho e suas mãos estavam abertas, como se fizesse uma cama de gato. Falava com Milo num tom baixo, mas insistente. Captei "*não* vou" diversas vezes.

Tentei ler a fisionomia de Milo, mas não havia nada ali além da calma quase bovina e sonolenta de sempre.

É claro que isso não significava nada. Milo parecia calmo quando me encontrou no Mi Tierra semana passada e contou sobre o problema da fita demo que poderia fazer sua agência perder um contrato de um milhão de dólares. Parecia calmo na nossa festa de formatura da escola, ao jogar creme azedo na cara de Kyle Mavery quando ela fez comentários pejorativos sobre os *green cards* dos pais dele. Parecia calmo na faculdade depois de termos levado tiros do dono de uma casa em Berkeley, cujo cão negligenciado Milo e eu decidimos soltar. Parecia calmo dois anos depois disso, quando foi despedido de seu primeiro emprego da firma de advocacia Terrence & Goldman por causa de sua brilhante ideia de seguir uma testemunha, o que me fez aterrissar na UTI do Hospital Geral de São Francisco. Após muitos anos de idas e vindas em nossa amizade, eu ainda era incapaz de saber quando Milo ia contar uma piada, irromper num ato violento ou me convencer a fazer algo perigoso e idiota que soaria, vindo de Milo, como o procedimento mais óbvio do mundo. Andar com ele, por qualquer período de tempo, não pontuava alto no medidor de diversão de Tres Navarre.

Com minha Shiner Bock long neck e a cesta de batatas fritas, sentei-me ao lado do piloto e fiz uma saudação militar.

— Permissão para subir a bordo?

O piloto olhou para mim.

— Mas quem é...

Milo inclinou ligeiramente a cabeça em minha direção.

— Tres Navarre, este é John Crea, produtor de Miranda Daniels.

— Ex-produtor — corrigiu Crea.

— Muito prazer. — Olhei para Milo. — Estou tentando falar com você desde ontem de manhã, Chavez. Estou começando a me sentir mal-amado.

Milo levantou a mão e retornou sua atenção a Crea.

— Você não vai conseguir se safar dessa, Johnny. Vai abrir mão dos seus dez por cento do projeto final?

Crea riu. Suas sobrancelhas se contraíram.

— Não vai haver nenhum projeto final, Chavez. Você está falando de mais 50 horas no estúdio até sexta. Só horas pagas. Isso é loucura. Mesmo que eu não estivesse de saco cheio das malditas táticas assustadoras dos caipiras... minha nossa, você *viu* o furo que a bala fez, Milo?

— Les está trabalhando nisso — afirmou Milo.

Crea apunhalou a mesa com o dedo médio.

— Se Les está trabalhando nisso, eu quero saber por que ele está indisponível enquanto atiram em mim. Cadê o filho da puta?

— Já disse. Nashville. O pré-contrato com a Century...

— O pré-contrato é história. Vim aqui para me encontrar com Les e ver algum dinheiro, além de alguns sinais sólidos de que vou ter proteção. — Ele me dirigiu uma olhada rápida e bufou. — Não estou vendo nada disso. Tenho mais o que fazer, Milo. *Adiós*.

John Crea se levantou, ergueu o maxilar e ajeitou os óculos estilo aviador e a jaqueta, deixando um rastro de Old Spice ao ir embora com tanta rapidez que nem retribuiu minha saudação militar.

Milo ficou olhando para sua comida, depois para a minha. Estendeu a mão, se apropriou da maior batata da minha cesta e começou a desmembrá-la meticulosamente entre os dedos imensos.

— Ele se veste quase tão bem quanto você — falei.

As feições de Milo se moveram lentamente, de maneira quase imperceptível. É preciso confiar nos olhos dele. Agora estavam escuros e concentrados. Exasperados.

— Johnny era agente da Mel Tillis — explicou ele. — Uma vez eles fizeram um show numa aeronave, e toda a equipe ganhou essas jaquetas de aviação. Isso meio que subiu à cabeça dele.

— Sobre o que ele estava falando agora?

Milo deu uma mordida minúscula na batata.

— Mais problemas com o contrato de Miranda com a Century Records. No domingo à noite alguém deu uns tiros, tentou acertar Crea enquanto ele saía do estúdio, por volta da meia-noite. Ele ouviu um pou, pou e levou alguns segundos para se dar conta de que era uma arma. A polícia foi lá, encontrou um projétil no vão da porta e disse que ia averiguar.

— Um atirador, da mesma forma que aconteceu com Julie Kearnes. Obrigado por me contar.

— Eu pretendia contar, cara.

— Claro. Logo depois de depositar flores no túmulo de Julie.

Milo me lançou um olhar afável.

— Kearnes transformou minha vida num inferno. Ela nos roubou. O que você espera que eu faça... chore?

— Não. Eu não esperaria isso de você. Mas Julie Kearnes não roubou a droga da sua fita, Milo.

Contei a ele sobre meus últimos dias de tocaia, inclusive meu desentendimento com Erainya e minha sensação de que talvez eu devesse procurar algum outro tipo de trabalho num futuro não muito distante.

Milo terminou de dissecar e comer a batata. Tirou do bolso um pacotinho de lenços umedecidos, abriu e começou a remover a gordura dos dedos com cuidado, limpando embaixo das unhas. Captei o aroma de limão.

— Sinto muito, Navarre. É isso que quer ouvir? Se quiser largar isso e deixar para a polícia, ninguém o impedirá. Les e eu vamos dar um jeito.

— Bobagem.

Os olhos pretos de Milo me sondaram.

— Que foi?

— Você e Saint-Pierre não estão dando jeito em coisa nenhuma, Milo, e o seu problema é maior que uma fita perdida. As pessoas estão levando tiros aqui, uma delas morreu. Que merda que está acontecendo?

Ele me lançou um olhar semelhante ao de um touro que está sonolento demais para atacar.

— Você sabe quem é Les Saint-Pierre, Tres? Foi ele quem agendou os shows de cada artista que surgiu no Texas desde 1980, ou trabalhou como agente deles, ou as duas coisas. Não é a primeira vez que ele é repreendido por roubar uma artista de seus patrocinadores locais, por levá-la para o primeiro time. Ele já lidou com coisas piores.

— Por que será que não estou convencido?

Milo espalmou a mão na mesa. Tamborilou os dedos lentamente, como se quisesse ter certeza de que todos os dedos ainda se moviam.

— Eu gosto desse trabalho, Navarre. Não se trata apenas das comissões legais, entende? Estou começando a vender meus próprios achados a 15 por cento. Se Miranda Daniels conseguir o contrato com a Century Records, as pessoas vão começar a notar meu nome.

— Ainda não ouvi nenhuma resposta.

— Está disposto a continuar trabalhando comigo?

— Já trabalhei para uma porção de advogados, Milo. Sabe o que eu detesto nisso? Eles sempre têm que testar a gente. Eles nos dão um pedacinho de um caso e esperam para ver como a gente lida com o problema. Às vezes, essa cautela funciona direito. Com mais frequência, nos deixa com um quadro perigosamente incompleto e alguém acaba ferido. Contando que nos conhecemos há 15 anos, contando que já passamos por isso antes, imaginei que pularíamos o estágio do teste. Tudo indica que estava enganado.

Milo tamborilou os dedos.

— Tudo bem.

— Tudo bem o quê?

— Semana passada eu fiz algumas ligações sobre você, depois que concordou em vigiar Julie Kearnes.

— Ligações — repeti. — Que tipo de ligações?

— Para Roger Schumman, por exemplo. Ele disse que você fez um bom trabalho, que fez bonito ao jogar um agiota pela janela do escritório. Manny Forester também tinha coisas boas a dizer. Parece que você sabe como conseguir resultados discretos sem deixar rastros. Ele disse que, se todos os bandidos dos casos em que ele trabalha tivessem ph.D., talvez fossem tão confiáveis quanto você.

— Você ligou para pedir referências? Minhas?

Milo deu de ombros.

— Faz muito tempo desde São Francisco, Navarre. Eu supunha que você ia se sair bem neste tipo de trabalho. Fiquei contente de descobrir que estava certo.

— Chega de testes, Milo. O que está acontecendo?

Ele começou a dizer alguma coisa e parou. Tamborilou os dedos.

— Les não está em Nashville. Está desaparecido há mais de duas semanas.

Peguei uma faca de plástico e cortei metade do cheeseburguer não comido na cesta de Milo.

— E você não contou à polícia, nem depois do que aconteceu a Julie Kearnes?

— Não é simples assim. Les... — Milo procurou pela expressão certa, algo legalmente neutro. Finalmente, desistiu. — Les faz merda pra caramba. É excêntrico. Bebe, tem outros maus hábitos. Às vezes, ele cai numa farra contínua por alguns dias e temos que encobrir isso dizendo que ele está fora da cidade, como estamos fazendo agora. Não posso ter certeza...

— Ele já tinha sumido por tanto tempo assim antes?

Milo fez que não com a cabeça.

— Mas mesmo assim... — A voz foi silenciando de decepção, sem que ele realmente acreditasse no que estava prestes a dizer.

— Você acha que o sumiço dele está ligado à fita desaparecida? — perguntei. — E os disparos contra John Crea? Agora o assassinato de Julie Kearnes. Você acha que tudo faz parte do mesmo pacote? Alguém irritado por causa do contrato em que vocês estão trabalhando?

— É isso que eu temo.

— A mulher de Les não registrou o desaparecimento?

A expressão aborrecida no rosto de Milo me disse que a Sra. Saint-Pierre não era seu assunto predileto.

— Deixe eu contar a você sobre Les Saint-Pierre, a mulher dele e a polícia. Há cerca de seis meses, da última vez que Les deu o fora, Allison foi ao Departamento de Pessoas Desaparecidas. Sabe o que eles disseram?

Comi um pedaço do hambúrguer e aguardei.

— Disseram que Les *já* estava desaparecido. Há sete anos. Parece que uma ex-namorada tinha o mesmo problema com os sumiços dele, registrou a ocorrência e se esqueceu de informar à polícia quando ele voltou. A delegacia nunca se deu ao trabalho de dar o caso por encerrado, de tirá-lo da lista de pessoas desaparecidas. Dá pra acreditar?

— A gente sabe que isso acontece. O Departamento de Pessoas Desaparecidas está inundado de casos que são resolvidos noventa por cento das vezes antes de sequer terem sido investigados.

— Pois é. Desta vez Allison não tem nenhuma pressa. Toda hora Les brincava que ia fugir para o México. Allison imagina que talvez ele finalmente tenha feito isso e não está derramando nenhuma lágrima.

— Milo, dessa vez não estamos falando apenas do Departamento de Pessoas Desaparecidas. A Divisão de Homicídios vai querer falar com Les. Você tem que contar a eles.

Milo passou a mão pela nuca.

— É mais complicado que isso, Navarre. Uma coisa é nossos clientes acharem que Les é excêntrico, que dá um chá de sumiço por alguns dias de vez em quando. Que a mulher dele denuncia seu desaparecimento depois de uma briga ou seja o que for. As pessoas podem lhe dar essa folga porque ele é Les Saint-Pierre. Mas no minuto em que alguém ouvir o boato de que ele realmente está desaparecido, que *eu* estou procurando por ele...

Ele tirou as mãos da mesa.

— Preciso encontrar Les. Rápida e discretamente. E não tenho tempo para sair por aí à procura de ajuda.

— Você sabe como deixar um sujeito lisonjeado.

Ele pôs a mão no bolso e tirou um rolo de dinheiro que só Milo podia ter carregado sem que a calça ficasse obscenamente protuberante. Um rolo de notas de 50 dólares tão grosso quanto uma lata de Coca.

— Sua chefe não gosta do caso, podemos eliminar o intermediário.

— Não, não podemos — falei. — Não tenho licença própria, e a essa altura parece que nunca vou ter.

— Não importa.

— Eu lhe disse, estou pensando em sair desse tipo de trabalho.

Milo deitou o cilindro de dinheiro na mesa e o fez rolar na minha direção.

— De qualquer modo, você vai investigar o assassinato de Kearnes, Navarre. Não pode desprezar algo desse tipo que aconteceu durante sua tocaia... sei que você pode mais do que isso. Por que não me deixa pagá-lo?

Talvez eu sentisse que estava em dívida com ele. Ou talvez estivesse pensando no tempo que o conhecia, as idas e vindas desde o ensino médio, um sempre voltando a entrar em contato com o outro nos momentos menos oportunos.

Ou talvez eu esteja enganando a mim mesmo. Talvez tenha sido o rolo de dinheiro que me fez balançar — a perspectiva de pagar o aluguel na data certa para variar e não precisar pedir dinheiro emprestado a minha mãe para ir ao supermercado.

— O que você quer que eu faça? — eu me ouvi dizer.

7

A Agência de Talentos Les Saint-Pierre era um casarão vitoriano cinza e marrom na West Ashby, em frente ao Museu Koehler.

Mesmo sem uma placa de identificação, dava para ver que a antiga residência se transformara num ponto comercial. A combinação contrastante de cores, as venezianas uniformes nas janelas, o paisagismo bem-cuidado mas totalmente impessoal, a biruta feita com a bandeira do Texas pendurada na varanda vazia — tudo berrava "prédio comercial".

Já havia dois carros estacionados por ali. Um era uma caminhonete Volvo bege. Quando encontrei Milo na calçada, ele estava olhando para o outro — uma picape preta reluzente que parecia ter sido convertida de um caminhão a um alto custo. Tinha rodas de um tamanho praticamente monstruoso, vidros fumê com adesivos de alarme de segurança nos cantos, frisos laranja, para-lamas com silhuetas prateadas de mulheres tipo Barbie. A cabine dava a impressão de acomodar confortavelmente quatro pessoas deitadas.

— Hoje não é o meu dia — disse Milo.

Antes que eu pudesse perguntar o que isso queria dizer, ele se virou e começou a subir as escadas com dificuldade.

O interior da construção vitoriana era toda de tábua corrida e paredes cor de areia. No vestíbulo, havia uma escadaria que levava ao andar superior. Um vão de portas duplas à direita dava para a recepção, que exibia duas poltronas de junco, uma escrivaninha de mogno, uma lareira e um tapete turco. Um homem branco muito grande, de uns 50 anos, estava sentado junto à escrivaninha e falava com Gladys, a recepcionista.

Quando digo *muito grande* e estou ao lado de Milo, preciso me corrigir. Esse sujeito não era como Milo, mas, por qualquer outra definição, era grande. Alto, tórax amplo, pescoço grosso, mãos avantajadas. Sua constituição era a de um operador de guindaste.

Apesar do calor, ele usava uma jaqueta de brim sobre a camisa branca, jeans azuis novos e botas pretas de caubói. Enquanto eles falavam, ele girava um chapéu no dedo.

Ao ver Milo, seu sorriso endureceu.

— *Hola*, Mario.

Placidamente, Milo foi até a escrivaninha e pegou a pilha de correspondência. Não olhou para o visitante.

— Vai se foder, Sheckly. Você sabe meu nome.

— Ei, o que é isso... — Sheckly falava com o sotaque anasalado, abrupto, de um texano-alemão, alguém que havia crescido nas colinas nos arredores de Fredericksburg, onde muitas das famílias ainda falavam um tipo de *deutsch* caubói. — Seja legal comigo, filho. Só passei por aqui para ver como iam as coisas. Preciso ter certeza de que estão fazendo tudo direito com a minha menina. Já lembrou Les daquele contrato?

Milo continuou folheando a correspondência.

— Les ainda está em Nashville. Eu digo a ele que você apareceu. O contrato está ao lado da privada, no mesmo lugar onde ele deixou.

Sheckly deu uma risadinha e continuou girando o chapéu.

— Vamos lá, filho. Se quiser discutir nosso acordo, tem que me pôr em contato com o patrão. Caso contrário, estou esperando Miranda no estúdio da Split Rail dia primeiro de novembro, e digo mais... vocês mandam aquela fita demo para a Century e eu mando uma cópia do meu contrato para eles. Quero ver se eles vão querer gastar dinheiro numa garota que vai trazer problemas para o departamento legal deles.

Milo abriu outra carta.

— Você sabe onde fica a porta.

Sheckly se levantou da escrivaninha devagar e falou para a recepcionista:

— Pense nisso. — Em seguida, começou a se afastar em direção à porta.

Parou na minha frente e estendeu a mão.

— Tilden Sheckly. Quase todos me chamam de Sheck.

De perto, parecia que todos os pigmentos desnecessários do rosto do Sr. Sheckly tinham se fundido em seu bronzeado, que era escuro e perfeito. Seus olhos eram de um azul tão claro que pareciam brancos. Os lábios não tinham nenhuma tonalidade vermelha. O cabelo devia ter sido grosso e cor de chocolate em algum momento. Havia desbotado para um cinza-acastanhado poeirento, tufos impossíveis de se pentear que mais pareciam pedaços de asas de mariposa.

Eu disse meu nome a ele.

— Sei quem você é — respondeu Sheck. — Conheci seu pai.

— Muita gente conheceu meu pai.

Sheck abriu um sorriso, mas não foi simpático. Era como se eu não tivesse entendido a piada.

— Imagino que sim. A maioria não colaborou com ele tanto quanto eu.

Em seguida, pôs o chapéu e se despediu.

Quando ele saiu, Milo se virou para Gladys.

— O que ele quis dizer com "pense nisso"?

Gladys disse que Sheck havia lhe oferecido um emprego de secretária com um aumento de cinquenta por cento e que ela tinha recusado. Ela parecia um pouco pensativa a respeito.

Milo olhou para o lugar onde Sheck tinha se sentado junto à escrivaninha. Deu a impressão de que estava cogitando dar um soco no mogno.

— Já fez aquelas ligações?

Gladys balançou a cabeça e iniciou uma longa história sobre o dono de uma boate em San Marcos ter ligado e reclamado que Eli Watts and His Sunrisers tinham acabado com o quarto de hotel que reservara para eles e agora queria que a agência pagasse pelos danos. Gladys havia passado a manhã inteira tentando apaziguar as coisas.

Achei que a escrivaninha iria levar o soco, mas os punhos carnudos de Milo foram se abrindo lentamente. Ele resmungou alguma coisa a meia-voz e me conduziu ao seu escritório.

Na sala, tudo tinha sido customizado para o conforto de Milo — duas poltronas enormes de couro vermelho, uma escrivaninha de carvalho de meia tonelada com um monitor de 21 polegadas e uma bombonière do tamanho de uma bola de basquete, estantes de livros que começavam onde a maioria acabava e iam até o teto. O único objeto de pequenas proporções era o violão Yamaha de jacarandá no canto, o mesmo que ele levava para nossas embriagantes viagens de carro aos vinhedos de Sonoma quando estávamos na faculdade. Ainda havia um entalhe em forma de quarto crescente perto da abertura de som, onde eu tinha jogado uma lata de cerveja na tentativa de acertar em Milo.

Sentei do outro lado da escrivaninha, diante dele.

Na parede à direita havia fotos emolduradas dos artistas, atuais e do passado, agenciados por Les Saint-Pierre. Reconheci diversos cantores de música country. Nenhum recente. Nenhum que eu teria considerado grande.

A foto de Miranda Daniels Band estava em destaque no centro — seis pessoas num bar de cabaré, todos virados para a câmera e tentando parecer naturais, como se ficassem assim enfileirados todas as noites. Julie Kearnes e Miranda Daniels estavam lado a lado no centro, sentadas no bar com suas botas de caubói cruzadas na altura dos tornozelos e as saias de brim cuidadosamente arrumadas para mostrar um pedaço da panturrilha.

Miranda parecia ter uns 25 anos, o cabelo escuro e na altura dos ombros, crespo só o bastante para parecer bagunçado. Corpo mignon, quase de garoto. Um rosto comum. Nessa foto ela sorria, olhando de esguelha para Julie Kearnes, que foi pega no meio de uma risada. Com o retoque, quase não dava para ver que Julie era mais velha que Miranda.

Os dois velhos companheiros à direita delas estavam na faixa dos 60 anos. Um tinha barba branca aparada e era magro. O outro era alto, sem nenhuma gordura corporal e cabelo preto ralo e oleoso. Os homens à esquerda eram mais jovens, ambos na faixa dos 40 anos, um de cabelo louro comprido, constituição parruda e com uma camiseta Op; o outro tinha cabelo escuro e crespo, usava um casaco preto de vaqueiro, chapéu preto e tinha uma expressão fechada que provavelmente queria imitar a de James Dean, mas sem muito sucesso. O vaqueiro se parecia bastante com Miranda Daniels, mas vinte anos mais velho.

Na parede atrás da foto, havia uma pálida marca quadrada que me disse que a foto da banda havia substituído a de outra, cuja moldura era um pouco maior.

Milo seguiu meus olhos até a foto na parede.

— Eles não são importantes — garantiu. — O velhote de barba branca é o pai de Miranda, Willis. O cara vestido de xerife é o irmão mais velho, Brent. Julie você conhece, ou conheceu. O magro de cabelo oleoso é Ben French. O surfista troncudo renegado é Cam Compton.

— O pai e o irmão de Miranda fazem parte da banda?

Milo abriu as mãos.

— Bem-vindo ao mundo caipira. O engraçado é que até uns dois anos atrás Miranda era considerada a sem-talento da família. Aí Tilden Sheckly, o ser humano encantador que você acabou de conhecer, se interessou por ela.

— Sheckly faz parte do seu problema?

Milo estendeu a mão para a bombonière.

— Caramelo ou hortelã?

— Caramelo, claro.

Ele me jogou alguns pacotinhos de balas e depois pegou dois para si.

— Sheck é dono daquele cabaré grandão no caminho para o lago Medina, o Indian Paintbrush. Conhece?

Fiz que sim. Qualquer um que já tivesse ido em direção ao lago Medina conhecia o Indian Paintbrush. Localizado junto à rodovia em meio a centenas de hectares de pedra e terra batida, o salão de dança parecia o maior banheiro químico do mundo — uma caixa branca de metal corrugado grande o bastante para acomodar um shopping center.

— Paintbrush Enterprises. — especulei. — A empresa que fazia depósitos quinzenais para Julie Kearnes.

Milo olhou pra mim.

— Será que eu quero saber como você teve acesso à conta bancária dela?

— Não.

Ele deu um meio sorriso.

— Sheck é famoso por promover apresentações de iniciantes. Geralmente mulheres bem jovens. Ele deixa que elas façam o show de abertura da atração principal nos fins de semana, às vezes dá uma oportunidade a elas na banda da casa. Mais cedo ou mais tarde, as leva para a cama. Gerencia a carreira delas por cinquenta por cento do lucro, explora as criaturas pelo máximo de tempo possível. Uma dessas foi Julie Kearnes. Julie agia como boa moça, então mesmo quando ela parou de atrair multidões, Sheckly continuou com ela na folha de pagamento. Ela fazia as planilhas dele, projetava promoções, às vezes abria o show de alguém. Miranda Daniels seria o próximo projeto de Sheckly. Aí Les a tirou de lá bem debaixo do nariz dele.

— E Sheckly ainda acha que é dono dela.

Milo fez que sim.

— E você e Les discordam — continuei.

Milo abriu seu pacotinho de balas e as jogou na boca. Esfregou as mãos, abriu a gaveta lateral da escrivaninha e tirou um documento impresso em papel ofício.

— Você ouviu Sheckly mencionar um contrato ainda agora?

Fiz que sim.

Milo deslizou o papel para mim.

— Antes de contratarmos Miranda Daniels, Sheck tinha todo tipo de planos para ela. Lançaria o primeiro álbum em seu pequeno selo regional, a Split Rail Records. Prepararia uma turnê para èla em pequenos clubes nos Estados Unidos e na Europa, seria seu protetor. Devia pensar em ganhar uns 250 mil com ela. É provável que Miranda não ganhasse nada; um mínimo sobre as vendas e nenhuma exposição nacional. Esse era o plano de Sheck, só que ele nunca pôs nada no papel. É provável que não imaginasse que Miranda seria louca o bastante para passar por cima dele.

"Então Les assinou um contrato com ela. Sheck berrou e esperneou, mas não havia muito a fazer. Na maioria, a banda era formada pelos antigos protegidos de Sheck, Julie, Cam Compton e Ben French, mas eles também não podiam fazer muita coisa. Foram junto com o novo arranjo. Foi só quando Les fez a Century Records se interessar em ouvir a fita solo de Miranda que Sheckly apareceu de repente em nosso escritório com *isso*."

Passei os olhos pelo documento. Era uma cópia de baixa qualidade de um acordo datado de julho passado, assinado por Tilden Sheckly e Les Saint-Pierre como agente de Miranda. Todo o palavrório legal parecia se resumir a uma promessa: que Tilden Sheckly teria prioridade em quaisquer apresentações ou gravações feitas por Miranda Daniels nos próximos três anos.

Olhei para Milo.

— Isso significa que Sheckly pode vetar o contrato com a Century Records?

— Exatamente.

— Este contrato é válido?

— Ora, claro que não. Les ficou bufando quando leu isso. É uma falsificação, o blefe mais antigo que existe. Sheckly só está tentando afugentar a Century Records, e Les não ia cair nessa.

— Então, qual é o problema?

— O problema é que é um blefe muito eficaz. Os grandes selos ficam ariscos com novos talentos. Les teria que ir à Justiça para provar que o contrato é inválido, teria que fazer Sheckly apresentar o documento original. Sheckly poderia enrolar por meses, até que a Century perdesse o interesse em Miranda ou encontrasse outro lugar onde investir seu dinheiro. A janela de oportunidade para um contrato desses se fecha com muita rapidez.

— E Les não está aqui para contestá-lo.

Milo estendeu a mão para pegar o contrato. Eu o devolvi. Ele olhou para o documento com desgosto, dobrou-o e guardou-o.

— Les disse que tinha um plano para dar uma prensa em Sheck, algo que o forçasse a retirar o contrato e a fazer qualquer outra coisa que Les lhe pedisse. Les andava passando bastante tempo com Julie Kearnes desde que assumimos a gestão da banda. Ele disse que ela iria ajudá-lo.

— Chantagem?

— Conhecendo Les como conheço, não duvido. Eu o adverti para ter cuidado com Julie Kearnes. Fazia muito tempo que ela trabalhava com Sheckly; ainda estava recebendo dinheiro dele. Julie era legal com ele, mas eu via seu outro lado. Ela era amarga, temperamental, ciumenta pra caramba. Dizia que Miranda ia descer a ladeira do mesmo modo que ela tinha descido, que era só uma questão de tempo. Que Miranda devia ser mais agradecida, devia mantê-la junto de si quando assinasse com a Century, por toda sua experiência. — Ele suspirou. — Les não me dava ouvidos sobre Kearnes. Eles tinham se aproximado muito no mês passado. Não sei o quanto, pra dizer a verdade.

Aí ele desaparece. Eu esperava que se você ficasse na cola de Julie... — Milo bateu com os nós dos dedos na escrivaninha e assumiu uma expressão séria. — Sei lá o que eu estava pensando. Mas parece que Sheckly solucionou seus problemas muito bem. Primeiro Les, agora Julie. Seja o que for que eles planejavam para tirar Miranda Daniels das garras de Sheck, agora não vai acontecer.

Eu me flagrei olhando novamente para a foto na parede — para a fisionomia desinteressante de Miranda Daniels. Milo deve ter adivinhado meus pensamentos.

— Você não a ouviu cantar, Navarre. Sim, ela vale o esforço.

— Deve haver outras cantoras country por aí. Por que um cara como Tilden Sheckly iria perder as estribeiras por causa de uma garota que fugiu do seu estábulo?

Milo abriu a boca e voltou a fechar. Parecia estar reorganizando os pensamentos.

— Você não conhece Sheck, Navarre. Eu disse que ele deixa algumas de suas artistas bem-comportadas como Julie Kearnes continuarem com ele depois do fracasso. Uma das garotas *menos* cooperativas de Sheck acabou no fundo de uma piscina, num hotel de beira de estrada. Um acidente estranho enquanto nadava. Outro cantor que tentou sair debaixo da asa dele foi pego com um grama de cocaína no porta-luvas e passou três anos no xadrez. Os investigadores do município de Sheck cuidaram dos dois casos. Metade do Departamento de Polícia de Avalon faz segurança no Paintbrush depois do expediente. Já deu para entender, né?

— Mesmo assim...

— Les e Sheck tiveram uma história, Tres. Não conheço todos os detalhes, mas sei que eles ficaram entalados na garganta um do outro por causa de algum negócio há anos. Acho que dessa vez Les foi meio longe demais tentando dar um golpe em Sheckly. Acho que Sheckly acabou decidindo resolver o problema a seu modo. Quero que você me diga isso com certeza.

Desembrulhei um caramelo e o coloquei na boca.

— Três condições.

— Diga.

— Primeira: não minta pra mim. Não retenha nenhuma informação. Se eu pedir uma lista com dez itens, você me dará onze.

— Feito.

— Segunda, consiga balas melhores.

Milo sorriu.

— E a terceira?

— Envolva a polícia. Fale com a mulher dele, aborde o assunto do jeito que quiser, dê o melhor aspecto à situação, chame de "uma necessidade boba para os clientes", mas seja franco com o Departamento de Polícia de San Antonio sobre o sumiço de Saint-Pierre. É preciso pôr o nome dele no sistema. Não vou ficar bisbilhotando por aí por mais duas ou três semanas e depois descobrir que deixei de informar sobre outro homicídio. Ou um assassino.

— Você não pode estar achando que Les...

— Você disse que Julie e Les estavam próximos. Julie está morta agora. Se a polícia começar a procurar por aí e não conseguir encontrar Saint-Pierre, o que vai pensar? Você precisa ser franco com eles.

— Já disse... Não posso simplesmente ir...

Peguei minha mochila do chão e abri o fecho da lateral.

Era uma velha mochila verde de nylon, do tempo da faculdade em Berkeley. Tinha bom uso no meu trabalho investigativo. Ninguém ligava muito para estudantes com mochilas. Ninguém acha que podem estar carregando ferramentas para arrombamento, gravadores ou rolos grossos de notas de cinquenta dólares.

Tirei o dinheiro de Chavez e o coloquei em cima da escrivaninha. Então me levantei para ir embora.

— Obrigado pelo papo, Milo.

Ele se recostou e pôs a palma da mão no meio da testa, como se estivesse verificando a temperatura.

— Tudo bem, Navarre. Senta aí.

— Concorda?

— Não tenho muita escolha.

O telefone tocou. Milo atendeu com um "alô" que era mais um rosnado.

Em seguida, toda a sua disposição mudou. A emoção ecoou de sua voz e seu rosto empalideceu, ficando da cor de café com leite. Ele se inclinou sobre o fone.

— Sim. Sim, claro. Ah... sem problema. Les, ah... Não, não, senhor. Que tal se... não, tudo bem.

A conversa se estendeu assim por uns cinco minutos. Lá pelo meio, eu me recostei. Tentei não olhar para Milo. Ele parecia um pobre garotinho de 10 anos escutando Hank Aaron explicar por que não podia autografar seu cartão de beisebol.

Ao desligar, Milo ficou olhando para o fone. Seus dedos envolveram o maço de dinheiro de modo quase protetor.

— Century Records? — perguntei.

Ele fez que sim.

— Está ficando difícil pra você.

— Eu não queria dirigir a agência inteira, Navarre. Temos outros sete artistas em turnê atualmente. Algumas pessoas que me cobram sobre contratos que Les sequer tinha mencionado. Agora a Century Records. Não sei como vou manter o contrato quando eles descobrirem que Les sumiu.

— Então cai fora.

Milo parecia estar remoendo as palavras em sua cabeça como se elas fossem gelo girando bruscamente em um copo.

— Como assim?

— Deixe a agência ruir, se tiver de ser. Você tem seu diploma de advogado. Parece saber o que está fazendo. Para que precisa dessas coisas?

Milo balançou a cabeça.

— Preciso do respaldo de Saint-Pierre. Sozinho, não dou conta.

— Certo.

— Você não acredita em mim.

Dei de ombros.

— Uma vez alguém me disse que o meu problema era pensar muito pequeno, que eu deveria simplesmente me arriscar e me jogar no tipo de trabalho que gostava de fato, sem me importar com o que as pessoas pensavam. É claro que esse conselho me arrumou uma faca no peito uma semana depois. Talvez você não queira segui-lo.

Os olhos de Milo fizeram um círculo completo pela sala, como se ele estivesse seguindo o percurso de um trem em miniatura. Quando voltaram a focar em mim, estavam firmemente controlados, raivosos.

— Você vai me ajudar ou não?

— O contrato com a Century Records é tão importante assim para você?

Milo cerrou o punho.

— Você não entende, não é, Navarre? Atualmente, Miranda Daniels está ganhando uns 1.500 dólares por show; isso é o pagamento para a banda *toda*, se ela tiver sorte. O nome dela é pouco conhecido no Texas. De repente, a Century Records, uma das maiores gravadoras de Nashville, diz que está interessada o bastante para oferecer um pré-contrato. Eles lhe dão dinheiro por uma fita demo, trinta dias no estúdio, e, se gostarem do que sair de lá, ela tem um contrato garantido. Isso significaria um milhão de dólares logo de saída. O cachê por show subiria dez vezes, e minha comissão iria junto. Outras pessoas da indústria de repente levariam meu nome a sério, não me veriam apenas como o garoto de recados de Les Saint-Pierre. Você faz ideia do que é ver essa possibilidade se apresentando na sua frente e saber que um imbecil feito Tilden Sheckly pode estragar tudo?

Assenti.

— Então, qual é o nosso prazo?

Milo olhou para baixo, descerrou o punho, esfregou a mão aberta no tampo da escrivaninha.

— A fita demo de Miranda deve ser entregue a Century até a próxima sexta. Tenho esse tempo para refazer a gravação e pensar num jeito de manter Sheck calado sobre seu contrato forjado. Caso contrário, há uma boa chance de que a Century volte atrás em sua oferta. Dez dias, Navarre. Depois, se tudo der certo, talvez eu siga o seu conselho. Peço para Miranda me deixar representá-la e deixo que o resto da agência vá para o inferno.

Uma batida na porta. Gladys esgueirou a cabeça pelo vão da porta e disse que Conwell and the Boys estavam lá para os cinco minutos que Milo lhes prometera semana passada. Tinham trazido uma fita.

Milo começou a dizer a Gladys que os mandasse embora, mas então mudou de ideia e pediu para mandá-los entrar.

Quando ela fechou a porta de novo, Milo falou:

— Fitas demo que ninguém pediu. Eu poderia construir uma casa com o que nós temos no quartinho dos fundos, mas nunca se sabe. Tento não esnobar ninguém.

Ele empurrou o dinheiro de volta para mim.

— Quando sair, peça as pastas para Gladys, ela vai saber do que se trata. São uns dados que reuni, coisas que você tem que saber.

— Então você acha que vou ficar no caso.

— Leia as pastas. E já é hora de conhecer Miranda Daniels. Ela vai tocar no Cactus Café em Austin, amanhã à noite. Conhece?

Fiz que sim.

— A morte de Julie Kearnes não vai fazer você cancelar o show?

Meu comentário teve o mesmo efeito de um espirro.

— Só vá lá e dê uma olhada em Miranda. Veja o motivo de todo o rebuliço, depois podemos conversar.

Não protestei muito. Joguei o rolo de notas de cinquenta de volta na mochila e prometi pensar no assunto.

Quando eu estava na porta, Milo chamou:

— Navarre.

Virei-me. Ele olhou por cima do meu ombro para o corredor.

— Dessa vez vai ser diferente. Eu não... eu não me sinto bem com o jeito como as coisas aconteceram daquela vez, tá bom?

Foi o mais próximo que ele já havia chegado de um pedido de desculpas.

Assenti.

— Tá bom, Milo.

Então Conwell and the Boys passaram por mim, só sorrisos, com novos cortes de cabelo, casacos e gravatas. Milo Chavez mudou de humor e começou a dizer aos músicos o quanto estava satisfeito por eles terem aparecido, o quanto lamentava por Les Saint-Pierre estar fora da cidade.

Durante todo o caminho pelo corredor, ouvi as risadas fáceis do encontro.

8

Quando eu ia saindo do escritório, Gladys me deu um envelope cinza grosso e me desejou bom-dia.

As chances de meu dia ser bom caíram consideravelmente quando cheguei lá fora e notei que a caminhonete preta de Tilden Sheckly ainda estava na frente da agência e ele próprio estava lá do outro lado da rua, reclinado no banco do passageiro do meu Fusca.

A tarde estava tão quente que os metais dos carros fumegavam. Com a capota, meu Fusca devia estar tão confortável quanto uma panela de pressão. O fato de que Sheck já devia estar lá me esperando há algum tempo me animou.

Fui até o lado do motorista, mas não entrei no carro. Sheck estava lendo um livro que eu tinha deixado no chão. Ele havia tirado o chapéu e a jaqueta de brim e posto um revólver S & W no painel.

— Sei que os carros se parecem, mas o seu é o que tem os frisos desenhados.

Sheck tirou os olhos do livro, do meu livro, e deu um sorriso.

No quarto ano do colégio, conheci um menino que gostava de pôr fogo em seres vivos sem avisar. Num minuto a gente estava lá rindo com ele sobre o último episódio de *Vila Sésamo* e no seguinte ele acendia um fósforo no jornal picado da gaiola do porquinho-da-índia. Sua fisionomia nunca mudava — pequenos olhos brilhantes, acesos, e um sorriso simpático totalmente desconectado do cérebro. Ele parecia tão doce que os professores o toleravam até o dia em que ele derramou gasolina numa caixa de areia cheia de crianças do jardim de infância e tentou atear fogo.

O sorriso de Sheck me lembrou muito o daquele garoto. Ele sopesou meu livro sobre teatro medieval.

— Você realmente entende essa porcaria?

Ele virou uma página e tentou ler em voz alta algumas linhas de *Caim e Abel*, de Wakefield.

— Nada mau — comentei. — Eles diziam *ego* para "eu".

Sheck deu um tapinha no banco do motorista.

— Vamos lá, entre.

— Eu tenho a política de não sentar ao lado de pessoas armadas.

Ele pareceu notar o revólver só agora.

— Credo, filho, que é isso. Dê um desconto para este velho aqui; como a gente pode andar sem uma arma?

Ele pegou a arma pelo tambor e me ofereceu a coronha.

— Não vai esvaziar o tambor antes?

Sheck deu uma risada.

— Em que mundo perfeito você vive, filho? Vamos, pegue a droga do revólver.

— Não, obrigado.

Ele deu de ombros e pôs o .41 de volta no painel.

— Vou lamentar quando o revólver for coisa do passado. Hoje em dia, todo mundo está a fim das semiautomáticas, têm que ter um pente de 12 disparos. A verdade é que este velho aqui nunca teve a chance... é o melhor revólver já fabricado. Sabe qual é?

— Smith & Wesson M58 — falei. — Estilo M & P.

Sheck assentiu, aprovando.

— Você é um amante de revólveres.

— Conheço revólveres — corrigi. — Não os amo.

Pelo jeito, essa declaração fazia tanto sentido para Sheck quanto o inglês medieval. Ele tentou interpretar isso, não conseguiu e então decidiu continuar falando.

— O surgimento do calibre .41 foi uma evolução perfeita, entende... toda a força de um .44 com a velocidade de um .357. Esse é o tipo de arma que seu pai usava na polícia pelos idos dos anos 1970. Sabe por que foram dispensadas?

Eu disse que não.

— A polícia disparava com pressão total, com a capacidade de uma Magnum. As explosões do cano estavam assustando todas as policiais. — Ele deu uma risada. — Aí o Departamento de Relações Públicas começou a achar que os cidadãos não gostariam... de policiais com Magnuns estourando a cabeça de todas aquelas vítimas desamparadas da sociedade. Uma vergonha.

— O que deseja, Sr. Sheckly?

Sheck marcou o livro com o dedo e o fechou, como se fosse voltar a ler em um minuto. Talvez quisesse saber como as coisas funcionavam entre Caim e Deus.

— Só estou curioso sobre o tipo de história que o seu *compadre* andou contando. Imaginei que você sairia de lá com um bom adiantamento e uma carga ainda maior de bosta.

— Por que exatamente imaginou isso?

Sheck deu uma olhada à direita e sorriu, como se houvesse alguém com quem quisesse compartilhar uma piada.

— Vamos lá, filho. O velho Milo adora pensar que eu sou o bicho-papão causador de todos os problemas dele.

— Todos os problemas. Você se refere a coisas como o produtor de Miranda Daniels ser baleado, a fita demo dela ser roubada, Julie Kearnes assassinada... esse tipo de problema?

Sheck continuou sorrindo.

— Credo, filho, não fui eu que decidi que Miranda precisava de um contrato de nível nacional. Você entende que a Century Records só quer saber *dela*, não é? O resto da banda... aqueles rapazes não vão ganhar nada com isso, além de um aperto de mão. Se quer saber quem está realmente irritado com Milo Chavez para causar problemas a ele, é só pensar na droga do contrato da Century.

— Que engraçado.

— O quê?

— Você não para de dizer "Milo". É Les o responsável pela agência. Algum motivo para não estar preocupado com ele?

O sorriso de Sheck não vacilou.

— Tudo bem. Deixa eu lhe perguntar sobre isso. Se Les Saint-Pierre é tão esperto e todo-poderoso, por que ele contrata um hispânico de 150 quilos para vender música country para bares do interior? Isso faz algum sentido comercial para você? — Ele levantou a palma da mão. — Falo sério agora, não estou tentando ser mesquinho aqui. Só não entendo o que se passava na cabeça de Les. Com certeza, eu não ficaria fora da cidade tanto quanto ele, deixando o Gordo encarregado dos negócios. Eu negocio com qualquer um, não me entenda mal. Mas tem donos de clubes muito piores que eu, que veem Chavez chegando... — Ele balançou a cabeça, lamentando. — Esse tipo de coisa realmente vai atrapalhar as perspectivas de trabalho de Miranda.

Olhei para o S & W azul no meu painel.

— Sr. Sheckly, está quente aqui fora. O único ar-condicionado que eu tenho nesse conversível se chama "quarta marcha". Eu queria ir andando.

— Só estou dizendo, Tres... estou preocupado com meus amigos, os Daniels. Faz muito tempo que Willis e eu nos conhecemos. Eu quero que a filha dele se dê bem. Essa agência cobra dez por cento pelos contratos, e o velho Les está pegando mais quarenta pelo agenciamento. Se eu fosse Miranda e abrisse mão de cinquenta por cento da minha carreira, esperaria um serviço muito melhor.

— E você é o serviço melhor.

— Isso mesmo.

— Eu soube que fez maravilhas por aquela outra garota que patrocinou... a da piscina.

Sheck soltou o ar entre os dentes.

— Você poderia se prestar um favor agora mesmo esquecendo as baboseiras que Chavez andou falando. Eu vou fazer o melhor pela Miranda. Acha que um advogado hispânico vai jogar limpo com você sobre isso? Acha que seu pai estaria argumentando contra mim aqui?

Contei até cinco.

— Sheck... gosta de Sheck, não é?

Ele assentiu.

— Francamente, Sheck... aprecio sua preocupação, mas a única carga de bosta com que me deparei hoje foi despejada no meu banco do passageiro. Eu gostaria que ela fosse retirada daqui.

A fisionomia de Sheck se agravou, mas seus olhos continuaram tão brilhantes e descoloridos quanto um combustível de alta octanagem.

— Isso foi um erro, filho. Posso fazer vista grossa para um erro. Quando jovem, eu também achava que era fodão.

— Vai sair do carro?

Sheck recolocou meu livro no chão. Pegou o revólver do painel e saiu do carro.

— Pensei em falar francamente com você, Tres, porque conheci seu pai. Nunca tive qualquer rivalidade com ele; não vejo motivo para ter com você. Querendo conversar, apareça no meu clube uma noite dessas. Eu o convido para uma cerveja. Mas se você se emaranhar no lado errado do arame farpado no que se refere a Miranda Daniels, eu acabo com você.

Não havia raiva em sua voz, nenhuma aresta de violência.

Ele se virou e atravessou a West Ashby com confiança, de volta para sua caminhonete. Nem se deu ao trabalho de enfiar o S & W no coldre.

9

Cheguei em casa ao entardecer, pus roupa de ginástica e fiz as posições básicas, cinco minutos cada, seguidas por vinte minutos de *chan si gong*.

Depois, fiquei deitado no chão até o suor começar a secar e o ar condicionado dar a sensação de frio novamente. Robert Johnson subiu no meu peito e sentou, me encarando.

— O que foi? — perguntei.

Ele bocejou, me mostrando as pintas pretas do céu da boca. Seu hálito não estava agradável.

Preparei nosso jantar-padrão — tacos de Friskies para ele e *chalupas* para mim. Tomei banho, me vesti e depois tomei uma Shiner no balcão da cozinha.

Meu relógio verde-néon na parede mostrava 19h05. Erainya Manos ainda devia estar no escritório, datilografando os relatórios diários dos clientes. Os professores da UTSA provavelmente também se encontravam em seus gabinetes, preparando as aulas noturnas ou bocejando enquanto avançavam penosamente pelos trabalhos ruins de seus alunos. Tentei me imaginar num desses lugares. Não consegui. Só o que me vinha à cabeça era a visão de um desenho animado em que eu era Willy Coiote, os

73

pés grudados em dois icebergs, as pernas se abrindo conforme eles iam se separando cada vez mais à deriva. Eu segurava uma placa de madeira onde se lia *ops*!

Olhei para o envelope cinza e grosso que estava encostado ao lado da pia. As palavras AGÊNCIA DE TALENTOS LES SAINT-PIERRE estavam impressas em marrom-café no canto superior direito. Sem endereço, da mesma forma que não havia número de telefone no cartão de visitas. Ou a pessoa sabia o que precisava saber para se comunicar com Les Saint-Pierre ou não merecia a informação. Pretensioso.

Abri o envelope e comecei a ler.

No topo da pilha, num papel amarelo, Milo tinha anotado todos os fatos pessoais que sabia sobre o agente de talentos desaparecido. A lista era surpreendentemente curta. Data de nascimento: 8 de abril de 1952. Local de nascimento: desconhecido, algum lugar próximo a Texarkana, Milo achava. Ensino médio em Denton, um ano de estudos de música na North Texas State até Saint-Pierre abandonar o curso e entrar para a Aeronáutica no final da Guerra do Vietnã. Em 1976, ele deu início a sua carreira na indústria da música como produtor de uma grande empresa fonográfica de Nashville. Fora parcialmente responsável pela onda de música texana que aconteceu nos anos seguintes — o nascimento do programa de TV *Austin City Limits*, com seus shows gravados em estúdio; a ascensão de Willie Nelson e dos outros *Outlaws*; o súbito interesse em lugares como Luckenbach, Gilley's e Kerrville. Les era um solteiro convicto até três anos atrás, quando conheceu Allison Cassidy em Nashville. Atualmente, ele e Allison moravam em Monte Vista, não muito longe da agência.

Do outro lado da folha havia uma lista dos bares e outros lugares favoritos de Les em San Antonio e Austin. Neste último local, a lista era mais extensa.

Embaixo desse papel, havia um retrato do Deus dos Agentes de Talentos. Les Saint-Pierre era um cruzamento de Barry

Manilow com um boxeador profissional. A boca descolorida parecia um arco de cupido, e os olhos eram escuros e suaves. Talvez os incautos pudessem até confundi-los como sensíveis. Seu nariz começava como um triângulo fino, mas era óbvio que havia sido quebrado pelo menos uma vez. O pescoço, as faces e a testa eram um pouco grosseiros demais, um pouco neanderthais demais para Manilow. O cabelo era curto, oleoso e estava ficando ralo; a camisa aberta revelava um peito robusto mas branco, sem pelos, e de algum modo ele tinha uma aparência inexpressiva. Sua fisionomia tinha um ar meio abatido e também perigoso — o tipo de fome onívora que se vê em viciados, vendedores de carros e apresentadores insignificantes de programas de entrevista.

Passei os olhos no restante do envelope. Uma cópia do contrato de agenciamento de Les com Miranda Daniels, uma cópia do suposto acordo retroativo entre Tilden Sheckly e Les, uma lista de clientes atuais e do quanto a agência havia faturado em comissões nos últimos seis meses — mais de um milhão de dólares, somando tudo. Havia um resumo das últimas datas em que Les fizera negócios pessoalmente e das últimas pessoas com quem tinha falado. Tilden Sheckly e Julie Kearnes estavam entre elas.

A última pessoa a ver Les Saint-Pierre tinha sido a senhora que molhava as plantas dele. Les tinha saído de casa na manhã de 12 de outubro, disse à horticultora que trancasse a porta ao sair e então sumiu. Nenhum de seus dois carros saiu da garagem.

Milo havia formulado uma lista de vinte ou trinta pessoas com quem Les criara certa inimizade ao longo dos anos. O nome de Tilden Sheckly encabeçava a relação. Diversos outros nomes eram de cantores country famosos. Não havia uma lista de amigos de Les.

Olhei para o relógio. Ainda era happy hour. Pus o envelope cinza e um maço do dinheiro de Milo na mochila e saí para fazer amigos no setor de serviços.

Depois de sete bares e uma dúzia de me-dê-gorjeta-e-talvez-eu-me-lembre-de-alguma-coisa, eu não sabia muito mais do que antes. Falei para todo mundo que era um velho amigo de Les e que estava tentando encontrá-lo. O bartender do 50-50 da Broadway reclamou que Les estava devendo 2 dólares e 30 centavos. O gerente do Diamond Rodeo disse que Les era um sanguessuga, mas que pelo amor de Deus eu não dissesse a ele que tinha dito isso. Um cantor chamado Tony Dell, no La Puerta, me contou uma história incrível sobre como Les certa vez o deixara na Coreia trabalhando oito horas por dia numa espelunca, o que quase o levara ao suicídio. Dell disse que não guardava ressentimentos e, se eu pudesse levar uma fita para Les, ele tinha um ótimo material novo. Todo mundo concordou que ele não aparecia há cerca de duas semanas. Ninguém parecia muito preocupado com isso e ninguém ficou mais caloroso comigo quando eu disse que era amigo de Les.

Estava completamente escuro quando estacionei na frente da mansão de Saint-Pierre em Monte Vista — uma construção de estuque branco de três andares, com um jardim de meio hectare na frente, garagem para dois carros e iluminação suficiente na lateral da casa para confirmar que havia uma piscina e uma quadra de tênis. Fiquei cinco minutos apertando a campainha.

Nada de Les. Nada de Sra. Saint-Pierre.

Voltei ao Fusca e fiquei sentado, pensando no que fazer em seguida. As nuvens noturnas ficaram mais escuras, da textura de casca de cedro. As gralhas deram lugar ao som mais tranquilo dos grilos.

Sob as luzes amareladas do painel, corri o dedo pelas folhas com a letra de Milo, procurando por boates aonde ainda não tinha ido. Meu dedo sempre retornava para um nome em particular.

Que se dane.

Rumei para o norte, para ver se Tilden Sheckly ainda queria me pagar uma cerveja.

10

Cheguei ao topo de San Geronimo Hill e vi o Indian Paint-brush abaixo. A construção de metal brilhava em toda a extensão, muito branca, como um gigantesco hangar para OVNIs. Sua marca registrada de seis metros de altura, uma flor silvestre em néon, acendia uma pétala por vez e depois todas ao mesmo tempo.

O cartaz na beira da estrada dizia TAMMY VAUGHN HOJE! Abaixo, em letras menores que obviamente não eram trocadas há muito tempo, lia-se MIR NDA D NIELS TODOS OS SÁBADOS.

Pelo jeito, Tammy Vaughn tinha seu apelo. O estacionamento de cascalho estava quase lotado, e uma fila de caminhonetes e carros ainda se formava. Ali dentro, os flanelinhas corriam de um lado para o outro tentando orientar o caminho, nuvens de poeira na altura da cintura cintilando diante dos faróis que se cruzavam.

Depois de estacionar o Fusca, fui até a bilheteria e passei pelo corredor de entrada que cheirava a brete de gado. Um leão de chácara usando uma camiseta com a bandeira dos confederados carimbou uma estrelinha verde nas costas da minha mão e me mandou para o salão.

O lugar não era pequeno.

É provável que um disparo de pequeno calibre dado na entrada não alcançasse os anúncios de cerveja em néon fixados nas duas paredes laterais. O teto também exigiria um disparo de longo alcance.

Um palco vazio de uns quinze metros de largura e uns quatro de altura preenchia a parede do fundo. Alto-falantes do tamanho de caixões pendiam do teto, emitindo música enlatada que vagamente lembrava o Alabama.

O balcão do bar se estendia por uns trinta metros, tripulado por um exército de bartenders com camisas vermelhas de caubói. Algumas delas estavam ocupadas atendendo pedidos. A maioria não. Fui andando a favor do fluxo até encontrar uma mulher que parecia particularmente entediada, cujo crachá mostrava o nome *Leena*. Pedi um chope e uma dose de tequila.

— O Sheck está por aí hoje? — perguntei.

Leena começou a fazer uma cara de desgosto e depois parou, subitamente cautelosa.

— É amigo dele?

— Sheck tem amigos?

Leena sorriu.

— Amém.

Eu disse a ela que era um caça-talentos e estava reunindo novos artistas para fazer umas gravações demo que eu queria mostrar a Sheck. Eu não fazia ideia do que estava dizendo, nem Leena, mas ela logo me apontou Tilden Sheckly. Ele estava a uns trinta metros de distância, na beira da pista de dança, tendo uma discussão acalorada com uma ruiva de macacão azul-celeste.

— Acho que ele não vai ficar disponível tão cedo — disse Leena. — Direito de transmissão simultânea.

— Como assim?

Ela gesticulou novamente com a cabeça em direção à mulher de macacão.

— A empresária de Tammy Vaughn. Ela vai exigir alguns direitos para a transmissão pelo rádio. Vai culpar a agência por não ter visto isso quando eles assinaram o contrato. Sheckly vai ser grosseiro com ela. Tammy vai acabar fazendo o show de qualquer jeito porque precisa se tornar conhecida. Lá se vai o contrato.

Sem dúvida, bem naquele instante, Sheckly pegou uma folha de papel e o segurou diante da cara da mulher, como se a estivesse convidando a encontrar alguma frase que sustentasse sua exigência. A empresária afastou o papel e continuou discutindo.

— Toda santa semana ele passa metade da noite discutindo com ela e a outra metade tentando levá-la pra cama — comentou Leena.

— Acho que é melhor eu deixar um bilhete no escritório dele — falei.

— É lá no anexo, depois da arena de rodeio, ao lado do estúdio. — Ela apontou para as portas duplas à direita ao longe, onde o vaqueiro de néon brilhava para a frente e para trás em seu touro também de néon. Leena se inclinou sobre o balcão e me deu um sorriso simpático. — Agora você tem que comprar outra bebida, querido, ou vou ter que parar de falar.

Agradeci, deixei um dólar no jarro dela e me levantei para sair.

Leena suspirou.

— A noite só vai piorar de agora em diante.

A arena estava escura. Em volta, havia 17 ou 18 fileiras de assentos vazios em declive. Nada lá além de alguns barris vermelhos de plástico, acessórios de palhaço de rodeio e os dois portões de metal dos bretes letargicamente abertos. O chão de terra batida estava marcado com os vestígios dos últimos saltos de botas e cascos que haviam andado por ali. Ninguém o aplainara desde então. Desleixados.

Um homem e uma mulher estavam sentados em uma das fileiras superiores e discutiam sobre alguém que se chamava Samantha. Ao me verem, pararam de falar, aborrecidos, e se levantaram. Mudaram-se para o salão para continuar a conversa.

O ruído da música e da multidão soava metálico e distante, como se ecoasse do fundo de um navio-tanque. Contornei o perímetro da arena até uma porta de metal com um aviso em letras brancas, onde se lia SOMENTE FUNCIONÁRIOS. Verifiquei a presença de um alarme. Nada. Nem câmera de vigilância. Abri a porta.

Lá dentro, um escritório vazio revestido de painéis de nogueira cor de creme e carpete rosa. Três escrivaninhas de metal. Na parede, cartazes emoldurados dos artistas de segunda fracassados de Tilden Sheckly, Julie Kearnes entre eles. Havia bastante espaço livre na parede para Miranda Daniels dali a alguns anos. Provavelmente, para muitos outros também.

Duas portas levavam para outros cômodos, à esquerda e à direita. Na da esquerda, lia-se ESTÚDIO, e na da direita, SHECK. Verifiquei a presença de algum equipamento de segurança na porta SHECK e não encontrei.

Tudo bem.

A maçaneta girou.

Após uma olhada na decoração do escritório, fiquei tentado a fechar a porta e abri-la de novo, só para ter certeza de que estava vendo direito.

Parecia a combinação de uma tenda de caçador de safári e um Hard Rock Café. A maior parte do chão era ocupada por um tapete de pele de zebra. A cabeça empalhada de um tigre me olhava com fúria da parede atrás da escrivaninha. O teto era decorado com chifres de cervos como se fossem estalactites. Na parede à direita, uma vitrine de armas fechada com cadeado iluminada por dentro mostrava todo tipo de rifle e escopeta. Na parede à esquerda, uma vitrine idêntica continha instrumentos musicais — um violino, dois violões e uma guitarra elétrica preta. Olhei os instrumentos mais de perto. O violino tinha o nome de Bob Wills engastado em madrepérola.

Fui até a escrivaninha.

Depois de cinco minutos vasculhando, eu não havia descoberto muita coisa. Os poucos registros pessoais que Sheckly tinha eram escritos à mão, rabiscados numa letra cursiva do quarto ano primário com todos os *b*'s e *d*'s inclinados para trás e nenhum dos *i*'s com pingos. Ele era uma dessas pessoas que rabiscavam o papel com estrelinhas e arabescos nas margens das anotações.

Sheck tinha feito algumas ligações recentemente sobre uma empresa de transporte rodoviário da qual era dono e que pelo jeito andara perdendo valor acionário. Também havia anotações sobre telefonemas que tinha dado para Les, entre outros agentes, para discutir os termos de vários contratos com artistas marcados para se apresentarem no Paintbrush. Como Leena, a bartender, indicara, havia várias anotações sobre gerentes e agentes que brigavam pelos direitos não declarados de Tilden para suas transmissões dos principais shows pelo rádio. Pelo jeito, os artistas não ganhavam nenhuma porcentagem do dinheiro da distribuição e não tinham voz quanto ao conteúdo do show que era gravado.

Havia também recibos de passagens aéreas para a Europa datados de vários anos atrás — a maioria para a Alemanha e República Tcheca. Alguns estavam em nome de Tilden Sheckly. Outros, em nome de Alexander Blanceagle. Em dois dos roteiros do início do ano passado, Alexander Blanceagle foi escalado para viajar com Julie Kearnes. Peguei esses.

Por último, havia uma pasta com uma programação dos artistas ao lado das datas em que haviam se apresentado nos últimos dois anos. Alguns desses nomes tinham marcas ao lado, como se tivessem sido conferidos, outros tinham estrelas. Nenhuma anotação sobre Miranda Daniels. Nenhum retrato de Les Saint-Pierre com furos de dardos na testa.

Voltei para o escritório principal e tentei a segunda porta, a que anunciava Estúdio.

Abriu sem problemas.

A sala tinha uns seis metros por seis, era muito iluminada e completamente silenciosa. As paredes e o teto tinham revestimento acústico, e o piso era revestido por um carpete marrom. Microfones boom se estendiam por todo lado como esculturas gigantes feitas de palitos. A parede esquerda estava coberta de engradados para garrafas de leite, torres de equipamentos estéreos dispendiosos e alto-falantes empilhados de qualquer jeito, muitos com coleções de velhos copos do McDonald's no topo.

Encostada na parede direita, havia uma mesa de mixagem de três metros de comprimento. Perto dela, estava um homem sentado numa velha poltrona reclinável, mexendo nos botões de controle e escutando com fones de ouvido estilo Walkman.

Ele tinha uma constituição estranha, musculosa mas desengonçada; o rosto anguloso com expressão pateta era cheio de sardas no nariz e nas orelhas que, se não estivessem presas pelos fones de ouvido, pareceriam perfeitas antenas parabólicas nas laterais da cabeça. Um caipira típico. A única coisa que não era cômica nele era a saliência por baixo do casaco impermeável bege, bem onde um coldre axilar ficaria.

Sem dúvida alguma, ele estava embriagado. Uma garrafa quase vazia de rum encontrava-se no console ao seu lado. Suas pálpebras estavam pesadas, e seus dedos enfrentavam problemas com os controles da mesa de som.

Entrei na sala.

Quando o caipira finalmente notou minha presença, levou alguns minutos piscando e franzindo o cenho para concluir que eu não era outra pilha de equipamento musical. Ele endireitou a poltrona e levou algum tempo tentando apoiar os dois pés no chão. Pôs as mãos para trabalhar e apalpou as laterais da cabeça até encontrar os fones de ouvido e tirá-los.

— Boa noite — falei.

Ele me observou mais atentamente, e suas orelhas ficaram vermelhas.

— Jean, seu maldito...

Ele disse *Jean* do jeito francês, como Claude Van Damme diria.

Eu estava prestes a corrigi-lo quando ele se levantou e começou a andar em zigue-zague na minha direção, levando a mão trêmula para o cabo preto agora exposto da arma.

Isso me fez imediatamente decidir contra a abordagem diplomática.

11

Encontrei o caipira no meio da sala e lhe dei um chute na canela para que se distraísse da arma. Ele grunhiu e tropeçou, a mão buscando instintivamente o lugar da dor.

Agarrei-o pelos ombros e o empurrei para trás. Quando ele caiu, atingiu a lateral da poltrona; os joelhos se ergueram, a bunda afundou e a parte de trás da cabeça bateu na mesa de mixagem. As luzes do equalizador oscilaram, e a garrafa de rum caiu de lado, borrifando os controles.

Ele ficou imóvel, os braços abertos e os joelhos erguidos ao lado das orelhas, parecendo um animal amarrado. Soltou um gemido, como se mostrasse desagrado diante de um mau trocadilho.

Tirei o .38 do coldre axilar, esvaziei o tambor e joguei-o juntamente com as balas num engradado próximo. Encontrei a carteira dele no bolso do casaco impermeável e a esvaziei também. Ele tinha 12 dólares, uma carteira de habilitação onde se lia ALEXANDER BRANCEAGLE, 1600 MECCA, HOLLYWOOD PARK, TX e um cartão de visitas da Paintbrush Enterprises, que o identificava como Gerente de Negócios.

Olhei para a mesa de mixagem. Fileiras de luzes do equalizador ainda saltitavam alegremente. Um conjunto de gravadores de CD e drives digitais estava conectado em rede, todos com olhinhos verdes, prontos para funcionar. Havia umas seis ou sete fitas magnéticas de um gigabyte espalhadas pela mesa. Peguei os fones de ouvido que Alex estava usando e escutei — música country, gravada ao vivo, voz masculina, nada que eu reconhecesse.

Atrás da poltrona, havia uma sacola preta aberta com mais fitas de gravação, alguns fios de microfone e uma porção de pastas e arquivos que eu não tinha tempo de examinar.

O gemido de Blanceagle mudou de tom, ficando mais insistente.

Ajudei-o a afastar os joelhos das orelhas e o fiz se sentar direito novamente. As roupas se ajustavam a ele como um lençol curto demais para o colchão, e seu cabelo, antes bem penteado, agora estava espiralado como o chifre de um unicórnio, no topo da cabeça.

Ele massageou a canela.

— Preciso de um trago.

— Não precisa, não.

Ele tentou se sentar ereto, mas em seguida concluiu que não se sentia muito bem e voltou a se recostar. Tentou fazer uns cálculos vagos, obtusos.

— Você não é Jean.

— Não — concordei. — Não sou.

— Mas Sheck... — Ele juntou as sobrancelhas, tentando pensar. — Você se parece um pouco...

— Com Jean — ajudei. — Pelo jeito sim.

Alexander Blanceagle esfregou o queixo, puxou o lábio inferior. Havia um ferimento em formato de U na gengiva abaixo de um dente.

— O que você quer?

— Não ser confundido com Jean e ser morto, de preferência.

Ele franziu o cenho. Não entendeu. Nossa pequena dança pela sala podia ter acontecido cem anos atrás, com outro sujeito.

— Vim aqui por causa de uma amiga sua — falei. — Julie Kearnes.

O nome foi registrado lentamente, naufragando pelas camadas de torpor do rum até atingir as profundezas da consciência. As sardas de Blanceagle escureceram, tornando-se uma faixa marrom-avermelhada e sólida no nariz.

— Julie — repetiu ele.

— Ela foi assassinada.

As sobrancelhas dele se ergueram. As linhas da boca se suavizaram. Os olhos foram para longe, buscando algo em que se prender. Pura nostalgia. Talvez eu tivesse cinco minutos até ele estar aberto a perguntas.

Não que os bêbados tenham ciclos emocionais previsíveis, mas seguem um padrão de teoria caótica que só faz sentido depois de nos acostumarmos com eles ou de termos nós mesmos nos graduado na matéria.

Virei um engradado, tirei os fios elétricos de dentro dele e me sentei perto de Blanceagle. Desdobrei um dos recibos da companhia aérea que eu havia tirado da escrivaninha de Sheckly e mostrei a ele.

— Você e Julie foram juntos à Europa algumas vezes por conta de Sheckly. Vocês se davam bem?

Blanceagle ficou olhando para o recibo. Seu foco se dissipou de novo. Os olhos ficaram marejados.

— Pô, cara.

Ele se curvou para a frente e pôs a mão que segurava o recibo na testa, como se fosse Carnac the Magnificent lendo um cartão em um envelope lacrado. Fechou os olhos, engoliu em seco e começou a sacudir.

Vou admitir certo desconforto viril quando outro cara começa a chorar na minha frente, mesmo que esteja embriagado, tenha uma aparência engraçada e esteja se sentindo culpado por ter sacado uma arma contra mim. Fiquei sentado, completamente imóvel, até Blanceagle se controlar. Um Muddy Waters, dois Muddy Waters. Vinte e sete Muddy Waters mais tarde ele se endireitou, enxugou o nariz com os nós dos dedos, colocou o recibo no braço da poltrona e deu um tapinha nele.

— Tenho que ir. Tenho que...

Ele olhou para a mesa de som, esforçando-se para lembrar o que estava fazendo antes. Começou a reunir as fitas de um gigabyte, enfiando-as nos bolsos de seu casaco impermeável, que eram pequenos demais para isso. Eu lhe passei uma que escapava de seus dedos.

— Você está copiando um monte de música aí.

Ele guardou a última fita no bolso e fez uma débil tentativa de limpar os controles da mesa de som, enxugando as gotas de rum entre os botões com os dedos.

— Sheck é maluco. Eu não posso simplesmente... já faz seis anos que estou nessa, ele não pode esperar que eu...

Alex apalpou o coldre axilar e se deu conta de que estava vazio.

— Ali — apontei. — O que Sheck não pode esperar?

Blanceagle deu uma olhada em sua arma descarregada dentro do engradado, depois olhou para mim desconfiado, pensando em como eu a havia tirado.

— Qual é mesmo seu nome? — perguntou.

Eu disse. Ele repetiu "Navarre" três vezes, tentando localizá-lo.

— Conhece Julie?

— Eu a estava seguindo no dia em que foi assassinada. Talvez eu tenha contribuído para que isso acontecesse, fazendo pressão na hora errada. Não me sinto muito bem com isso.

Alex Blanceagle reuniu raiva suficiente para soar quase sóbrio.

— Você é outro investigador de merda?

— Outro?

Ele tentou manter o olhar furioso, mas não controlava o foco nem tinha a energia ou a sobriedade necessárias para isso. Seus olhos ziguezaguearam e pararam na altura do meu umbigo.

— Sai daqui — murmurou sem convicção.

— Alex, você teve alguma divergência com Sheck. Está tirando suas coisas. Deve ser por causa das coisas que têm acontecido. Talvez fosse bom falar comigo.

— Vai dar tudo certo. Não se preocupe com Sheck, tá entendendo? Les Saint-Pierre não conseguiu, eu mesmo vou cuidar disso.

— Cuidar exatamente de quê?

Blanceagle olhou para sua sacola meio cheia e oscilou entre a raiva e a melancolia. Se eu tivesse mais tempo e mais rum, talvez acabasse fazendo uma amizade temporária com ele, mas bem naquela hora a porta do estúdio se abriu e meu dublê de cena entrou.

Jean realmente se parecia comigo o bastante para eu não poder rotular Alex de idiota completo por ter nos confundido. Mas Jean era muito mais largo, um pouco mais alto e tinha o cabelo preto mais crespo. Era também menos despojado e se vestia com roupas mais caras — botas pretas, calça cinza apertada, blusa de gola alta preta e paletó de linho cinza. Devia estar uns cem graus centígrados dentro daquele traje. A mão esquerda dele segurava relaxadamente uma Beretta cinza e preta que combinava perfeitamente com as roupas. Os olhos eram da mesma cor dos meus, um tom de mel, porém menores e amoralmente ferozes, como os de um caranguejo. É só me colocar numa dieta de alta caloria, rica em fibras, e me forçar a me vestir daquele modo, e é provável que eu fique igual a ele.

Jean olhou calmamente em volta. Concentrou-se no coldre axilar embaixo do casaco impermeável de Alex Blanceagle, depois notou os bolsos cheios e a sacola. Finalmente olhou para mim. Esse olhar se demorou mais.

Ainda me observando, Jean fez uma pergunta de três palavras, em alemão, para Alex, que respondeu na mesma língua — uma resposta negativa.

Jean estendeu a mão.

Alex se esforçou para ficar de pé. Mancou até nós, tentando tirar o peso da perna que tinha sido chutada. Começou a remexer nos bolsos, tirando as fitas uma a uma e entregando-as a Jean.

Duas caíram no chão. Quando Alex se curvou para pegá-las, Jean o chutou nas costelas com força suficiente para que Blanceagle caísse estatelado. Jean fez aquilo sem raiva nem mudança de expressão, do modo como um garoto poderia chutar um besouro.

Alex ficou deitado no tapete, piscando, tentando se reorientar antes de dar início ao processo de fazer os membros funcionarem.

A pergunta seguinte de Jean, ainda em alemão, foi para mim.

Dei de ombros, desamparado. Jean olhou para Alex, que agora se apoiava num cotovelo e parecia bem contente assim.

Blanceagle me encarou, os olhos semicerrados por bastante tempo.

— Ele é o cara da guitarra havaiana, pelo amor de Deus. Eu me esqueci de remarcar a droga da sessão para a gravação da base hoje, só isso — disse ele, devagar e intencionalmente.

Jean me examinou mais uma vez, tentando furar meu rosto com aqueles olhinhos de caranguejo. Tentei parecer um guitarrista ignorante. Consegui fazer muito bem a parte do ignorante.

Finalmente, Jean fez um gesto de cabeça para a porta.

— Então cai fora.

O inglês dele era perfeito, o sotaque britânico. Um falante de alemão com nome francês e sotaque britânico. Fazia tanto sentido quanto tudo o mais com que eu havia me deparado até então. Olhei para Alex Blanceagle.

— Não se preocupe com aquelas bases — disse-me ele. — Eu cuido disso.

Não havia nenhuma segurança em sua voz.

Quando saí, Jean e Alex estavam tendo uma conversa muito razoável em voz baixa, em alemão. Jean era quem falava mais, batendo com a Beretta cinza e preta na coxa com um descuido que me lembrou muito seu patrão, Tilden Sheckly.

Voltei ao salão, e poderia ter ficado por lá mais tempo. Tammy Vaughn estava começando seu primeiro número, "Daddy Taught Me Dancin'". Eu não era fã de música country, mas já tinha ouvido essa canção uma ou duas vezes no rádio, e Tammy cantava bem. As prováveis duzentas pessoas na pista de dança davam a impressão de um aglomerado insignificante na vastidão do salão, mas todos assobiavam e gritavam. Tilden Sheckly estava parado ao lado da mesa de som, ainda numa discussão animada com a mulher de macacão azul-celeste. Eu poderia ter feito muitas perguntas, dançado um pouco com mulheres de cabeleiras vastas, talvez conhecido mais alguns caras legais armados.

Em vez disso, me despedi de Leena, a bartender. Agora ela estava ocupada, uma garrafa de tequila em cada mão, mas me disse para ficar por ali mais um pouco. Estava chegando a hora de seu intervalo.

Eu agradeci de todo modo, mas já bastava de Indian Paintbrush por uma noite.

12

Ao acordar na terça-feira, fiquei um bom tempo olhando para o teto. Estava enjoado, desorientado, como se tivesse usado os óculos de grau de outra pessoa por muito tempo. Tateei o parapeito da janela até que encontrei o cartão de visitas que estava na carteira de Julie Kearnes. As palavras ali impressas não haviam mudado.

AGÊNCIA DE TALENTOS LES SAINT-PIERRE
MILO CHAVEZ, ASSOCIADO

O rolo de cinquentinhas de Milo também estava lá, não muito mais leve depois da minha noitada.

Por fim me levantei, fiz o alongamento Chen no quintal, tomei um banho e fiz *migas* para mim e Robert Johnson.

Dei uma olhada no *Austin Chronicle*. Miranda Daniels ia se apresentar no Cactus Café pela primeira vez às oito da noite. Depois de lavar a louça, liguei para meu irmão Garrett e deixei um recado dizendo "surpresa, temos planos para hoje à noite". Adoro meu irmão. Adoro mais ainda ter um lugar onde dormir de graça em Austin.

Tentei falar com o detetive Schaeffer na Divisão de Homicídios da Polícia de San Antonio. Ele não estava. Milo Chavez também não.

Tirei algumas notas do rolo de Milo, o suficiente para meu aluguel de outubro, e as deixei num envelope em cima do balcão. Gary Hales o encontraria. Talvez, se as coisas andassem bem até a próxima sexta-feira, eu poderia providenciar o pagamento de novembro também. Mas ainda não.

Deixei mais água e Friskies no balcão da cozinha e uma folha de jornal onde, inevitavelmente, Robert Johnson iria vomitar quando se desse conta de que eu não voltaria para dormir. Depois fui para o Fusca.

Cheguei a Austin logo depois do almoço e passei mais algumas horas infrutíferas visitando os lugares frequentados por Les Saint-Pierre, conversando com pessoas que não o tinham visto recentemente. Dessa vez, afirmei ser um compositor que tentava entregar minha fita a Les. Falei para todo mundo que tinha um novo sucesso garantido, chamado "Amantes de Lubbock". Não foi fácil gerar muito entusiasmo.

Após um almoço tardio, dei uma passada na Waterloo Records, na North Lamar, e encontrei uma fita cassete de Julie Kearnes de 1979 na cesta de promoções. Comprei. Ainda não havia gravações de Miranda Daniels. Havia uma boa quantidade de CDs na seção de artistas texanos com o selo da Split Rail de Sheckly — nomes conhecidos como Clay Bamburg e os Sagebrush Boys, Jeff Whitney, os Perdenales Polka Men. Não comprei nenhum desses.

Segui para o norte pela Lamar e dobrei à direita na 38 para o Hyde Park, mesmo caminho que tinha feito na semana passada quando estava seguindo Julie Kearnes. Virei à esquerda na Speedway e estacionei do outro lado da rua, diante da casa dela.

A vizinhança do Hyde Park não é tão metida quanto o nome faz parecer. Divide-se em partes iguais entre universitários, velhos hippies e velhos yuppies. Tem sua porção de maus eiementos — lavanderias automáticas desmazeladas, moradias estudantis dilapidadas, igrejas batistas. As ruas são tranquilas, sombreadas por carvalhos, e casas da década de 1940, charmosas mas malconservadas, se enfileiram de cada lado.

A casa de Julie Kearnes era apenas malconservada, não charmosa. É provável que na década de 1960 ela fosse o que meu irmão Garrett chamava de "casa de *hobbit*". Acima da porta, um vitral com o símbolo da paz agora estava sujo e quebrado, e os cometas e sóis pintados no remate do telhado e das janelas haviam recebido uma fina camada de cal. O gramado amarelo da frente era sombreado por uma nogueira-pecã tão infestada de lagartas que mais parecia um palito de algodão-doce. A única coisa que parecia bem-cuidada era a jardineira abaixo da janela da sala, cheia de amores-perfeitos amarelos e roxos. Mesmo esses começavam a murchar.

O tráfego da tarde na Speedway estava pesado. Uma van laranja da Universidade do Texas passou. Caminhonetes Ford com cortadores de grama, ancinhos e famílias inteiras de latinos na parte de trás se dirigiam aos jardins mais necessitados. Um bom número de Hondas e Fuscas da década de 1970 se movia pela rua com adesivos descascados nos para-choques, como REAGAN NÃO e HONRE A DEUSA. Austin, a única cidade do Texas onde meu carro passa despercebido.

Ninguém prestava atenção em mim. Não havia ninguém na residência de Kearnes. Se a polícia tinha ido ali, não deixara nenhum sinal óbvio.

Eu estava prestes a atravessar a rua e dar um jeito de entrar quando um cara enfiou a cabeça pela janela do lado do passageiro e disse:

— Achei que fosse você.

O vizinho da casa da frente de Julie tinha traços equinos. Ele sorria, e era de se esperar que zurrasse ou farejasse em busca de um cubo de açúcar. O cabelo grisalho era aparado rente em volta das orelhas, cheio de gel e espetado no topo. Ele usava uma camisa azul enfiada por dentro de bermudas cáqui com um cinto guatemalteco multicolorido. Quando ele se inclinou para dentro do carro, não só senti seu cheiro como me senti num daqueles anúncios surreais de 15 segundos de perfumes de grife.

Ele mostrava o sorriso largo.

— Eu sabia que você ia voltar. Estava sentado na minha namoradeira tomando um *espresso* e pensei: *aposto que aquele detetive da polícia vai voltar hoje.* Aí olhei pela janela e aqui está você.

— É, aqui estou eu — concordei. — Ei... era Jose...?

— Jarras. Jose Jarras. — Ele começou a soletrar.

— Que ótimo, Sr. Jarras, mas...

Jose levantou um dedo como se tivesse acabado de se lembrar de algo de vital importância e se curvou ainda mais para dentro do meu carro.

— Eu não falei? — disse ele, baixando a voz. — Eu falei que algo estranho estava acontecendo.

— É — admiti. — O senhor previu.

Do que será que ele estava falando? Talvez o assassinato de Julie tivesse saído no *Austin American-Statesman.* Ou talvez Jose só estivesse disseminando algumas das grandes teorias que tinha me oferecido na manhã de sábado — sobre como a Srta. Kearnes precisava de sua ajuda porque a máfia andava atrás dela, ou a Polícia Federal, ou as Filhas da República do Texas.

Jose semicerrou os olhos de modo conspirador.

— Comecei a pensar nisso depois de falar com você. Eu perguntei a mim mesmo: por que a polícia estaria tão interessada nela? Por que estão de olho na casa dela? Ela tem um desses namorados traficantes, não é? Vai ter que ir para o programa de proteção à testemunha.

Eu disse a Jose que ele tinha uma mente incrivelmente dedutiva.

— A coitadinha andava superagitada — confidenciou ele. — Até parou de fazer aqueles biscoitos de açúcar para mim. Parou de me cumprimentar. Parecia...

Ele acenou com a mão como se eu pudesse facilmente imaginar os crimes contra a moda que a coitadinha andava cometendo. Assenti em solidariedade.

— Ela recebeu aquela visita no sábado à noite...

— Sei — garanti. — Estávamos vigiando a casa.

A visita tinha sido de uma amiga de Julie, uma aromaterapeuta amadora chamada Vina, cuja vida inócua eu já tinha investigado. Vina viera à casa de Julie com seu kit de óleos essenciais por volta das oito da noite e saíra por volta das nove. Não quis dizer a Jose que as chances de Vina ser uma pistoleira da máfia eram ínfimas.

Jose se debruçou ainda mais para dentro do carro. Mais um pouquinho e estaria no meu colo.

— Você vai arrombar a casa? — perguntou. — Procurar pistas?

Eu garanti a ele que era um procedimento-padrão. Nada com que se alarmar.

— Ah... — Ele assentiu vigorosamente. — Vou deixá-lo fazer seu trabalho. Você não deveria me dar seu cartão, caso eu me lembre de alguma coisa mais tarde?

— Dê aqui sua mão.

Ele pareceu hesitante, depois a estendeu para mim. Peguei minha caneta no painel e escrevi o número do correio de voz alternativo de Erainya, o que diz: "Você ligou para a Divisão de Investigações Criminais".

Ele franziu o cenho para mim por um instante.

— Cortes no orçamento — expliquei.

Quando cheguei à porta da frente de Julie, levei uns dois minutos para encontrar a cópia certa para a fechadura. Encostei-me relaxadamente no batente da porta, tentando diferentes chaves e assoviando enquanto trabalhava. Sorri para um casal de idosos que passou. Ninguém gritou na minha direção. Ninguém disparou nenhum alarme.

Um detetive particular licenciado geralmente diz que cometer crimes em serviço é um mito. Esses profissionais reúnem provas que podem ser usadas no tribunal, e qualquer prova obtida de modo ilegal automaticamente arruína o caso. Portanto, detetives particulares são bons moços. Só ficam de tocaia, como manda a lei. Não se comprometem.

Noventa por cento é verdade. Nos outros dez por cento do tempo, é preciso que encontrem ou peguem algo que nunca irá aparecer no tribunal, e o cliente — geralmente um advogado — não se importa com o grau de ilegalidade que isso envolve, contanto que o detetive não seja pego e relacionado a ele. Eles simplesmente usam alguém sem princípios e sem licença que saiba fazer um jogo duro. Foi assim que eu trabalhei durante cinco anos em São Francisco... sem princípios e sem licença. Depois voltei para o Texas, onde os velhos amigos policiais do meu pai me pressionaram a conseguir uma licença e trabalhar direito. Nenhum deles queria encarar o constrangimento de prender o filho de Jack Navarre.

Forcei a fechadura lateral, peguei a correspondência de dois dias da caixa de Julie e entrei.

A cozinha cheirava a limão e amônia. Os pisos de tábua corrida tinham sido varridos. Exemplares de *O Violinista* e do *Nashville Today* estavam bem-empilhados em cima da caixa de frutas com tampo de vidro que servia de mesinha de centro. Na mesa de jantar, havia flores frescas. Ela deixara uma casa em ordem para alguém que nunca voltaria.

Sentei no sofá e examinei a correspondência. Contas. Uma carta de Tom e Sally Kearnes de Oregon e uma foto do bebê recém-nascido deles. A mensagem dizia *Mal podemos esperar para que você veja Andrea! Com carinho, T & S.* Fiquei olhando para o rostinho rosado e enrugado e depois coloquei a foto e a carta viradas para baixo na mesinha.

Fiz uma rápida vistoria nos aposentos dos fundos. Nenhuma mensagem na secretária eletrônica. Nada para examinar no lixo, além de pó de café mofado. A única coisa interessante estava na prateleira de cima do armário do quarto de Julie. Enterrada embaixo de um edredom, havia uma mala marrom como se veria num teatro vaudeville.

Dentro dela, logo na parte de cima, havia fotos de Les Saint-Pierre. Les tomando cerveja com Merle Haggard, Les recebendo um prêmio de Tanya Tucker, o jovem Les usando uma camisa rosa de colarinho largo, um penteado volumoso e crespo, muito poliéster, parado ao lado de um caubói de discoteca vestido de modo semelhante que devia ter sido famoso, mas eu não o reconheci.

Embaixo das fotos, havia muitas roupas masculinas, dispostas como se alguém estivesse esvaziando gavetas, não pegando coisas para uma viagem. Eram só meias e cuecas. Ou talvez fosse isso que Les Saint-Pierre usava quando viajava. Talvez fosse eu quem tivesse ido aos lugares errados nas férias.

Recoloquei a mala no lugar. No escritório, pousado em seu galho polido de árvore, havia um papagaio verde com cara de faminto. Ele me disse que eu era um cretino barulhento e voltou a arranhar vorazmente seu bloco de osso de siba.

Na cozinha, encontrei uns pistaches para ele, depois me sentei diante do IBM PS/2 de Julie e fiquei olhando para a tela escura.

— Paspalho — falou o papagaio e abriu um pistache.

— Prazer em conhecê-lo — retruquei.

O quadro de cortiça atrás do computador estava apinhado de papéis. Havia uma foto com as pontas amassadas de Julie Kearnes como jovem violinista, seu cabelo ruivo mais comprido, o corpo mais magro. Ela estava parada ao lado de George Jones. Outra foto era mais recente, da Miranda Daniels Band. Julie estava em primeiro plano. Essa foto estava cercada de críticas de shows recortadas de jornais locais, algumas frases sobre o desempenho de Julie Kearnes ao violino destacadas em marca-texto rosa. A primeira página do caderno de entretenimento do *Statesman* exibia apenas Miranda Daniels, de pé entre um contrabaixo e a roda de uma carroça com um pôr do sol falso como pano de fundo atrás dela. O título anunciava atrevidamente: "O renascimento do swing do oeste. Por que uma nova leva do talento texano vai arrebatar Nashville?"

Um quadro de cortiça menor, à esquerda, era mais prático. Exibia canhotos de cheques de 250 dólares da Paintbrush Enterprises, além do cronograma de Julie e uma tabela salarial dos diversos serviços que ela assumira por meio de Cellis Temps nos últimos meses para conseguir pagar as contas — processamento básico de textos e computação de dados para uma porção de grandes empresas da cidade. Quer Miranda Daniels fosse ou não arrebatar Nashville, não parecia que Julie Kearnes estivesse prestes a ficar rica.

Dei uma olhada nos disquetes de Julie. Abri um armário de arquivos e peguei uma pilha de pastas azuis mofadas. Estava começando a vistoriar uma com a etiqueta "pessoal" quando a porta da frente abriu e uma voz masculina perguntou:

— Alguém em casa?

Jose entrou no escritório na ponta dos pés, sorrindo num pedido de desculpas, como se tivesse urgência de urinar.

Ele olhou para a decoração em torno e disse:

— Eu *tinha* que dar uma espiada.

— Teve sorte de não ter levado um tiro.

— Ah... — Ele começou a rir e então viu minha fisionomia. — Você não está armado, está?

Dei de ombros e voltei aos arquivos. Nunca estou, mas não precisava dizer isso a ele.

Jose relaxou e começou a olhar o cômodo, pegando bibelôs e verificando os títulos na estante de livros. O papagaio estalava pistaches e o observava.

— Paspalho — disse o papagaio.

Dei mais uns pistaches para o pássaro. Acredito em incentivo.

Numa análise rápida, a pasta "pessoal" de Julie parecia, em sua maior parte, relacionada a dívidas. Havia muitas. Assim como uma documentação da Statewide Credit Counseling sugerindo que Julie havia começado a negociar a dívida cerca de dois meses atrás. A casa, o papagaio e o Cougar 1968 em que ela fora assassinada pareciam ser seus únicos bens. Tudo indicava que estava com duas hipotecas na casa e a um cheque-salário de Sheckly de se tornar uma sem-teto.

Liguei o IBM de Julie, calculando que daria uma verificada rápida, levaria o disco rígido comigo e o examinaria com mais calma depois, se alguma coisa parecesse valer a pena.

Mas não havia nada que valesse a pena. Na verdade, não havia coisa alguma ali. Fiquei sentado olhando para uma tela verde vazia com um aviso do DOS me perguntando para onde o cérebro dele tinha ido.

Pensei por um segundo e depois desliguei a máquina e abri o gabinete. O disco rígido ainda estava no lugar. Apagado, mas não removido. Isso era bom. Com esforço, retirei-o dali, embrulhei num jornal e o guardei na mochila. Um projeto para o Irmão Garrett.

— O que foi? — perguntou Jose.

Ele estava atrás de mim agora e espiava por cima do meu ombro, fascinado com o computador aberto. A colônia era forte. O papagaio espirrou.

— Nada — falei. — Um monte de nada. Alguém tentou garantir que nada fosse encontrado no computador de Julie Kearnes.

— Deve ter sido aquele homem que veio aqui.

Olhei para ele.

— Que homem?

Jose pareceu exasperado.

— Era disso que eu estava falando lá fora, do homem que veio aqui no sábado à noite. Você disse que sabia.

— Espere aí.

Fiz uma verificação mental. Sábado à noite, a noite antes de eu ter confrontado Julie. Não houve nenhum homem. Eu tinha feito uma tocaia-padrão, com métodos nos quais nem Erainya poderia ter encontrado erros. Vigiei a casa até onze e cinco da noite, trinta minutos após as luzes se apagarem. A essa altura, pode-se calcular que o objeto da vigília está nocauteado. Eu tinha passado giz nos pneus de Julie, para o caso pouco provável de ela sair durante a noite. Depois fui para casa dormir um pouco, antes de voltar para Austin às quatro e meia da manhã seguinte.

— Quando foi que esse cara veio? — perguntei.

Jose pareceu orgulhoso.

— Ele bateu na porta de Julie às onze e quinze. Eu me lembrei de olhar o relógio.

O papagaio eriçou as penas e guinchou:

— Merda, merda, merda.

— É — concordei.

13

Em se tratando de bisbilhotar, Jose era profissional.

Ele lembrava que o visitante havia acordado Julie Kearnes exatamente às onze e quinze de sábado. Lembrava que o homem entrou e discutiu com ela na sala por oito minutos e vinte segundos. Jose os vira pela janela e foi capaz de descrever bem o sujeito — latino, atarracado, bem-vestido, quase 60 anos. Media cerca de um metro e setenta e talvez pesasse uns cem quilos. Tinha chegado num BMW meio dourado. Jose me deu o número da placa, embora eu nem precisasse, pois depois de ouvir a descrição do visitante, já tinha certeza de quem era.

Jose se desculpou por só ter ouvido poucas frases da discussão quando o visitante saiu tempestivamente da casa. Era algo sobre dinheiro.

Jose disse que Julie Kearnes segurava seu LadySmith .22 quando foi até a varanda uma segunda vez, como se estivesse indo atrás do cara.

— Ela não fez nenhum disparo. — Ele parecia decepcionado.

Falei a Jose que ele tinha prestado um grande serviço ao país e empurrei-o para fora. Ele prometeu solenemente ligar para o número em sua mão caso se lembrasse de mais alguma coisa.

Voltei para dentro da casa de Julie e fiquei olhando para o computador desmontado. Olhei para Paspalho, o papagaio, que acabara seu último pistache e agora olhava para o meu nariz. Faminto, sedento, sozinho.

— Robert Johnson não iria gostar de você — falei.

O papagaio inclinou a cabeça, tentando parecer patético.

— Que ótimo — eu disse e estendi o braço.

Paspalho voou e pousou no meu ombro.

— Cretino barulhento — disse ele no meu ouvido.

— Babaca.

Quando cheguei à Guadalupe Avenue, também conhecida como *The Drag*, as calçadas e faixas de pedestres estavam entupidas de estudantes que saíam de suas aulas vespertinas. Os cinco quarteirões de lojas e cafés na extremidade oeste do campus exibiam uma seleção impressionante de destroços humanos — hippies grisalhos, sem-tetos, camelôs, músicos, pregadores e garotas das associações estudantis. Do outro lado da rua, distante do caos, os grandes e pacíficos carvalhos e prédios brancos de calcário com telhados vermelhos da Universidade do Texas se estendiam sem fim, como Roma ou a cidade de Oklahoma, algum lugar sem nenhum conceito de espaço limitado.

A Drag não devia ser o melhor lugar de Austin para pôr os pensamentos em ordem. Por outro lado, ninguém se importaria de me ver sentado na calçada em frente à sede do fundo estudantil com um papagaio no ombro.

Talvez Paspalho oferecesse algumas frases primorosas para os transeuntes. Talvez alguém jogasse moedas se eu estendesse um chapéu. Enquanto isso, eu poderia ver o tempo passar no relógio da torre da universidade e pensar na minha morta favorita.

As finanças de Julie Kearnes não pareciam saudáveis. Examinando-as mais de perto, pude ver o quanto ela estava sob pressão. Andava recebendo lembretes perturbadores do banco que detinha as hipotecas, de todas as principais empresas de cartão de crédito e de um Sindicato de Crédito para Músicos.

A negociação da dívida poderia ter ajudado, mas não se ela perdesse os pagamentos quinzenais de Sheck por andar muito próxima de Saint-Pierre. Não se perdesse o único trabalho musical pago com Miranda por causa do contrato com a Century Records. Os trabalhos temporários que ela andava fazendo não teriam sido suficientes para sustentá-la e pagar as dívidas.

Portanto, talvez ela tivesse decidido fazer algum trabalho sujo. Talvez estivesse esmagada entre Les Saint-Pierre e Tilden Sheckly e tivesse que jogar um contra o outro para tirar vantagem. Roubar uma fita demo para Sheckly ou ir à falência. Descobrir alguma sujeira de Sheckly para Les Saint-Pierre ou perder os shows.

Ela conhecia Sheckly há anos, trabalhava em seu escritório a maior parte desse tempo, fazia viagens à Europa com seu gerente de negócios. Estava em posição de encontrar sujeira.

Talvez ela tivesse cavado alguma coisa boa demais. Les havia desaparecido antes de poder fazer sua jogada. Julie ficou nervosa. Havia sido pressionada por alguns visitantes indesejados no fim de semana, inclusive eu. Então, por fim, decidiu marcar algum tipo de reunião de emergência na segunda-feira de manhã com alguém que poderia ajudá-la, mas em quem não confiava. Tinha pegado seu .22 e ido para San Antonio, a caminho do próprio assassinato.

As pessoas se desesperam, fazem apostas acima de suas possibilidades e geralmente acabam mortas. Com certeza, não foi culpa do investigador precipitado, que só chegou no fim do Ato V.

Talvez. O enredo não me confortava nem um pouco. Também não explicava a mala cheia de roupas íntimas de Les Saint-Pierre no armário de Julie duas semanas depois de ele ter desaparecido. Nem o homem do BMW dourado que sabia o suficiente sobre tocaias para me localizar e esperar até que eu fosse embora no sábado à noite.

Na rua, dois caras de casaco de couro com tachas e penteados verdes de porco-espinho passaram fumando cigarros de

Bali. Um grupo de garotas com camisas de flanela amassada combinando, cabelos longos embaraçados e pele alva deu uma paradinha para me perguntar se eu conhecia um cara chamado Eagle.

Flanela no Texas requer verdadeira dedicação. Até que as frentes frias comecem a chegar, qualquer coisa além de bermudas e chinelos de dedo requer verdadeira dedicação. Disse a elas que estava impressionado. Paspalho até assobiou. As garotas só reviraram os olhos e saíram andando.

Por volta das sete da noite, o céu estava ficando roxo. As gralhas retornaram, vindas do sul, e nuvens pretas despontaram ao norte, cheirando à chuva. A última onda de estudantes fluiu pela Guadalupe, dispersando-se em busca de cafeterias ou festas das fraternidades.

Verifiquei se havia novas revelações sobre Les Saint-Pierre e Julie Kearnes em meu cérebro, concluí que não e então me levantei, bati a sujeira da rua da minha calça e voltei para o Fusca, onde tranquei Paspalho com alguns pistaches e um copo de água.

Fui andando pela Guadalupe Avenue até um telefone público.

Quando liguei para a minha secretária eletrônica, a voz de Chico Marx disse: "Ah, cara, você tem um monte de recados."

Caroline Smith havia ligado, cancelando nossos planos para o fim de semana porque tinha um compromisso fora da cidade. Ela não parecia especialmente abalada com isso. O professor Mitchell tinha ligado da universidade, me pedindo para levar um currículo e um dossiê quando eu fosse para a entrevista no sábado.

Erainya também havia telefonado, me lembrando de que precisava saber até a semana seguinte se eu voltaria ao trabalho e, por falar nisso, se poderia ficar com Jem por algumas horas amanhã à noite. Isso significaria muito para ele. Era possível ouvir Jem no fundo, cantando *Barney, o Dinossauro* a altos brados.

Minha próxima ligação foi a cobrar para Gene Schaeffer, da Divisão de Homicídios da Polícia de San Antonio. Como sempre, Schaeffer aceitou a cobrança educadamente.

— Que privilégio — disse ele. — Preciso pagar para falar com você.

— Devíamos fazer uma conferência via telefone. Você, eu e Ralph Arguello.

— Vá se ferrar, Navarre.

Ralph Arguello é um dos meus amigos de reputação mais duvidosa. Certa vez cometi o engano de apresentar Arguello a Schaeffer, achando que eles poderiam se ajudar num caso de homicídio na região oeste da cidade. Os problemas começaram quando Ralph ofereceu a Schaeffer uma comissão caso ele mandasse qualquer bem não reclamado do depósito de provas da polícia para as casas de penhores das quais Ralph era dono. O encontro entre eles não trouxe sentimentos calorosos a nenhum dos dois.

— Imagino que você tenha um excelente motivo para ligar — disse Schaeffer.

— Julie Kearnes.

A luminosidade na calçada da Guadalupe mudou. Agora, na penumbra, os estudantes passavam com a fisionomia indistinta.

— Schaeffer?

— Lembro. A violinista. Eu supus que você tivesse tido bom senso e saído do caso.

— Só fiquei curioso com o que você descobriu.

Ele hesitou, provavelmente cogitando se desligar não seria suficiente para me dissuadir. Pelo jeito, decidiu que não.

— Não descobrimos nada. O serviço foi limpo e profissional; só havia alguns zeladores no prédio da faculdade àquela hora da manhã e ninguém viu nada. A arma foi um rifle de alto desempenho. Ainda não foi encontrada, e duvido que venha a ser. Seu cliente vai ter que procurar pela fita demo em outro lugar.

— Agora se trata de um pouco mais do que isso.

Contei a Schaeffer sobre o desaparecimento de Les Saint-Pierre. Falei sobre os problemas de Miranda Daniels para se livrar das garras de Tilden Sheckly e da teoria de Milo de que Les poderia ter usado informações fornecidas por Kearnes em algum tipo de tentativa malsucedida de chantagem. E também lhe falei sobre o homem que havia discutido com Julie Kearnes no sábado à noite.

Silêncio no outro lado da linha. Silêncio demais.

— Imaginei que você gostaria de saber sobre Saint-Pierre — continuei. — Imaginei que fosse querer encontrá-lo, esclarecer algumas dessas questões desagradáveis, como, por exemplo, será que ele ainda está vivo? Será que foi ele que mandou matar Kearnes?

— Claro, garoto. Obrigado.

— O cara do BMW. Quem lhe parece ser?

— Como assim?

— Não se faça de idiota, Schaeffer. Você sabe muito bem que é Samuel Barrera. Ele apareceu lá no escritório da Erainya menos de duas horas depois de Kearnes ter sido baleada. Alex Blanceagle, do Indian Paintbrush, me deu a entender que outro investigador além de mim tinha ido lá xeretar. Barrera está nisso de algum modo. Não um de seus vinte funcionários, mas ele próprio. Quando foi a última vez que Sam teve um contrato tão atraente que ele mesmo assumiu o caso?

— Acho que você está tirando conclusões bastante precipitadas.

— Mas você vai falar com Sam.

Schaeffer hesitou.

— Pelo que me lembro, Barrera o dispensou de um serviço. Faz uns dois anos, quando você estava procurando alguma coisa por aí.

— O que isso tem a ver?

— O que foi que ele lhe disse... que você não era muito estável?

— Disciplinado. A palavra foi *disciplinado*.

— Isso realmente ficou entalado na garganta, não foi?

— Eu consegui uma instrutora. Fiquei no programa.

— É. Para provar o que para quem? Eu só estou dizendo, garoto, que você seria imprudente se levasse esse caso Sheckly adiante, se o visse como uma competição pessoal entre você e Barrera. Como amigo, estou aconselhando-o a deixar pra lá. Tenho certeza de que Erainya não vai tirar o seu da reta.

Olhei para os fios de telefone acima. Contei as fileiras de gralhas.

— Você chamou de caso *Sheckly*. Por quê? — questionei.

— Chame-o como quiser.

— Ele já falou com você, não é? Barrera falou, ou alguns dos amigos dele da polícia. Que diabos está acontecendo, Schaeffer?

— Agora você está parecendo paranoico. Acha que podem me pressionar a sair de um caso com essa facilidade?

Pensei em sua escolha de palavras.

— Com facilidade nenhuma. É isso que me assusta.

— Deixe isso pra lá, Tres.

Fiquei olhando para as fileiras de gralhas. A cada segundo, outro pequeno trapo de escuridão vinha voando do céu noturno e se reunia à congregação. Não era possível identificar os gritos como vindos de cada pássaro individualmente, nem do grupo. A estática sonora era incorpórea, um ruído flutuante que ecoava pelas alamedas entre os prédios de calcário do campus atrás de mim.

— Vou pensar no que você disse — prometi.

— Se insistir em ir adiante, se houver mais alguma coisa que precise me contar, qualquer coisa que precise ser denunciada...

— Você será o primeiro a saber.

Schaeffer fez uma pausa. Depois deu uma risada seca, cansada, como de um homem que tivesse perdido tantas moedas na mesma máquina caça-níqueis que toda a ideia de azar começava a parecer divertida.

— Estou plenamente seguro disso, Navarre. Estou mesmo.

14

Era quarta-feira à noite, durante as provas de meio de semestre, e não imaginei que só haveria lugar de pé para ouvir uma banda de música country no Cactus Café. Estava enganado. Um aviso num pequeno quadro branco na frente dizia: MIRANDA DANIELS, COUVERT $5. Havia uma fila de umas cinquenta pessoas esperando para pagar.

A maioria delas era de casais na faixa dos 20 anos — jovens urbanoides de aparência caprichada com cabelos bem-cortados, jeans bem-passados e botas Tony Lama. Alguns universitários. Alguns casais mais velhos que pareciam ter acabado de chegar do rancho em Williamson County e ainda tentavam se ajustar à companhia de gente em vez de vacas.

No fim da fila, dois caras estavam discutindo. Um deles era meu irmão Garrett.

É difícil não ver Garrett com a cadeira de rodas. É um veículo customizado — uma Holstein preta e branca, com assento de couro. Aro de propulsão em vermelho vivo, bem próximo do eixo, como Garrett gosta, nada motorizado; uma almofada com estampa oriental, feita para um cara cuja distribuição de peso pelo corpo é diferente por ele não ter as pernas. Na parte de trás da cadeira, ele colou adesivos: SALVE BARTON SPRINGS, PREFERIA ESTAR CULTIVANDO MACONHA e vários anúncios da Nike e da Converse. Garrett gosta de divulgar calçados atléticos.

A cadeira tem um isopor para cerveja embaixo do assento, um bolso para o cachimbinho de Garrett e um pequeno mastro para bicicletas no qual há muito tempo Garrett colocou uma bandeira dos piratas. Ele brinca que vai pôr lâminas retráteis em suas rodas como havia em *Ben Hur*. Pelo menos eu acho que ele está brincando.

O cara com quem ele discutia vestia jeans remendado e uma camiseta preta e tinha o cabelo comprido louro. Se eu ainda estivesse na Califórnia, o teria confundido com um surfista — ele tinha a constituição física, o rosto queimado pelo vento e os movimentos espasmódicos de cabeça de alguém que havia observado as ondas por tempo demais. Ele soprava a fumaça do cigarro para o chão e balançava a cabeça. "Não, não, não."

— Qual é, cara! — protestava Garrett. — Ela não é Jimmy Buffett, OK? Só gosto das músicas. Ei, irmãozinho, quero te apresentar o Cam Compton aqui, o guitarrista.

O guitarrista olhou para cima, aborrecido por ter de ser apresentado. Uma de suas íris castanhas era circundada por um anel de sangue, como se alguém a tivesse golpeado. Ele me analisou por uns cinco segundos antes de decidir que eu não valia a pena.

— Você e seu irmão têm os miolos no mesmo lugar, filho? — Seu sotaque era puramente sulista, prolongado demais nas vogais para o Texas. — O que acha? Ela vai ser comida viva, não é?

— Claro — falei. — De quem estamos falando?

— Filho, filho, filho. — Compton gesticulou com a cabeça para a porta do café e bateu as cinzas no tapete. — A droga da Miranda Daniels, seu idiota.

— Ei, Cam — disse Garrett. — Calminha aí. Como eu disse...

— Calminha aí — repetiu Compton. Ele deu uma longa tragada no cigarro e me dirigiu um sorriso nada simpático. — Não tô calmo? Só preciso dar uma lição na vadia, só isso.

Vários dos jovens urbanoides da fila deram uma olhada nervosa para trás.

Compton puxou a camiseta, esticando as marcas em azul-acinzentado acima do bolso do peito que provavelmente eram resquícios de palavras após umas seiscentas lavagens. Apontou dois dedos para Garrett e começou a dizer alguma coisa, depois mudou de ideia. Meu irmão estava um pouco baixo demais para se discutir com ele de modo eficaz. A sensação era de estar repreendendo um Munchkin. Então, Cam se virou para mim e fincou de leve os dedos no meu peito.

— Você faz ideia de como é Nashville?

— Você precisa desses dedos para tocar guitarra?

Cam piscou, momentaneamente enfraquecido. Os dedos escorregaram do meu peito. Gesticulou com a cabeça espasmodicamente, tentando readquirir o senso de orientação nas ondas, depois me olhou de novo e deu outro sorriso. Tudo sob controle novamente.

— Se ela tiver sorte, vai conseguir um álbum, filho, uma semana de festas e então *adiós*.

— *Adiós* — repeti.

Cam assentiu e agitou o cigarro para enfatizar seu ponto de vista.

— O velho Sheck sabia o que estava fazendo ao pôr ela comigo. Se ela rejeitar Cam Compton, não vai durar uma semana.

— *Ah* — Uma súbita revelação. — *Aquele* Cam Compton. O artista fracassado do estábulo de Sheckly. É, Milo me falou de você.

Dei um sorriso educado e estendi a mão para apertar a dele.

Aos poucos, a testa de Cam foi ficando vermelha. Ele olhou para Garrett, levantou a extremidade acesa do cigarro e a examinou.

— O que foi que esse filho da puta acabou de dizer?

Garrett ficou olhando de um para outro e puxou sua barba grisalha desgrenhada, como faz quando fica preocupado.

— Posso falar com você? — perguntou-me ele. — Pode nos dar licença?

Garrett rodou a cadeira para fora da fila em direção ao sanitário masculino. Sorri outra vez para Cam e depois segui meu irmão.

— Certo — disse Garrett quando me reuni a ele —, isso vai ser mais uma daquelas cenas do Texas Chili Parlor?

Ele me lançou seu olhar irritado. Com os dentes tortos, o cabelo comprido, a barba e os olhos vidrados, meu irmão pode parecer, de modo perturbador, um Charles Manson parrudo.

Tentei parecer ofendido.

— Vê se me dá um crédito.

— Merda. — Garrett coçou a barriga por baixo da camiseta tie-dye onde lia-se *I'm with stupid*. Pegou um baseado, acendeu e começou a falar com ele ainda na boca.

— Na última vez que saí com você, a gente acabou com uma conta de 300 dólares por quebrar a mobília do bar. Eles não vão mais me deixar entrar no Chili Parlor por dinheiro algum, tá bom?

— Aquilo foi diferente. Eu tinha queimado aquele cara por fraude trabalhista e ele me reconheceu. A culpa não foi minha.

Garrett soltou a fumaça.

— Cam Compton não é um desempregado picareta qualquer, irmãozinho. Ele esteve no *Austin City Limits*, pelo amor de Deus.

— Você o conhece bem?

— Ele conhece metade da população da cidade, cara.

— Pra mim, parece um babaca.

— É, bem, o cara distribui um bagulho do bom e consegue credenciais para os bastidores, então tem certa liberdade de movimento entre as personalidades, sacou? Você me convidou para vir aqui e vai pagar a cerveja. Só não me deixe constrangido.

Ele virou a cadeira sem esperar a resposta. Cam tinha sumido para dentro do clube. Devia ter ido passar parafina na guitarra ou afinar a prancha de surf, algo assim.

Garrett mostrou seu cartão azul de deficiente, fez algum tumulto e nos levou para o início da fila, e em seguida para dentro.

O Cactus Café era um espaço musical improvável localizado apenas a um salão comprido e estreito da esquina do centro acadêmico, com um palco não muito maior que uma cama king-size. Um barzinho ao fundo servia cerveja, vinho e lanches orgânicos. Nada de mais no quesito ambiente, mas há 15 anos esse era um dos melhores lugares de Austin para ouvir bandas ainda desconhecidas e apresentações solo. Em Austin, isso era dizer muito.

Segui Garrett em meio ao aglomerado de gente. Ele passou pelo bar e chegou à parede na outra extremidade do salão. Tive que ficar de pé ao lado dele, encostado nas grossas cortinas bordô, na esperança de que a janela não se abrisse e nós todos fôssemos cuspidos para a chuva da Guadalupe Avenue. Eu só tinha espaço suficiente para apoiar um pé no chão e segurar minha Shiner Bock junto ao peito.

— Um bom público — constatei.

— Eu a vi mês passado no Broken Spoke — disse Garrett. — Espera só.

Não foi preciso. Bem quando Garrett estava prestes a dizer mais alguma coisa, começaram os aplausos e assobios atrás de nós. A banda surgiu de uma sala ao fundo e começou a abrir caminho entre as pessoas.

O primeiro a subir no palco foi o rechonchudo de barba branca da foto na parede de Milo. Willis, pai de Miranda. Ele parecia uma versão texana do Papai Noel — cabelos e costeletas da cor de cimento molhado, um rosto corado alegre, um corpo bem-alimentado, enfiado num jeans Jordache e numa camisa bege sem colarinho. Manco, ele chegou ao palco com uma bengala, que foi então substituída pelo contrabaixo.

Em seguida veio Cam Compton, que não parecia muito feliz. Ele olhou para a plateia de má vontade, como se temesse que todos fossem importuná-lo com pedidos de autógrafo. Quando ligou sua Stratocaster na tomada, pôs uma palheta azul na boca juntamente com várias mechas de cabelo eriçado.

Depois dele veio uma mulher sem graça com aparência de bibliotecária que devia ser a substituta de Julie Kearnes ao violino. Em seguida, o baterista magrelo e velho, que devia ser Ben French. E então um violonista de uns 40 anos, com uma camisa xadrez escura, jeans pretos e um chapéu de caubói um pouco pequeno para sua cabeça — Brent, o irmão mais velho de Miranda.

Miranda não estava na formação.

O Papai Noel se curvou sobre o contrabaixo, endireitou o chapéu claro e acenou para um dos casais mais velhos da plateia. Willis podia estar em sua varanda dando uma palhinha para uns amigos ou tocando de improviso no Elks Club local. O restante da banda estava tenso, nervoso, como se suas famílias estivessem detidas sob a mira de um revólver na sala dos fundos.

Depois de alguns minutos remexendo nos fios e dedilhando as cordas, os músicos olharam com expectativa para o irmão de Miranda, Brent.

Inseguro, ele foi até o microfone, murmurou um "E aí?" e baixou a cabeça, de modo que não se podia ver nada além da aba de seu chapéu preto. Sem qualquer aviso, ele começou a dedilhar o violão como se temesse que o instrumento pudesse fugir. Destemido, seu pai, o contrabaixista, olhou para os outros, sorriu e vocalizou:

— Um, dois, três...

O resto da banda acompanhou e começou a produzir laboriosamente uma versão instrumental de "San Antonio Rose". A violinista serrilhou a melodia de modo insípido, mas competente.

O público aplaudiu, mas sem muito entusiasmo. Muitos continuavam olhando de relance para o fundo.

Ninguém no palco parecia estar se divertindo muito além de Willis Daniels, que batia o pé, dedilhava seu contrabaixo e sorria para a plateia como se fosse totalmente surdo e essa fosse a melhor coisa que ele já ouvira.

A banda continuou trôpega por mais alguns números — uma polca anêmica, uma versão de "Faded Love" durante a qual Cam Compton, em um flashback, se lançou num solo do Led Zeppelin. Depois veio o vocal de "Waltz Across Texas" de Brent Daniels. Depois do segundo verso, concluí que a voz de Brent não era ruim. Na verdade, nenhum membro da banda era ruim. A bateria era firme; o baixo, sólido. Cam teria se saído melhor como roqueiro, mas era óbvio que conhecia a escala musical. Nem mesmo a violinista substituta perdeu uma nota. Mas os músicos não tinham muita harmonia. Não formavam bem um grupo. Com certeza, não valiam os cinco dólares do couvert.

A plateia começou a ficar irrequieta. Será que tinha havido algum engano? Talvez todos pensassem que Jerry Jeff ou Jimmie Dale fosse tocar hoje. Isso poderia explicar.

Então alguém soltou um *yii-huu* lá do bar quando Miranda Daniels saiu da sala dos fundos, usando jeans pretos e segurando um violão minúsculo. Os aplausos e assobios aumentaram conforme Miranda ia abrindo caminho entre o público.

Ela era igual ao que aparentava nas fotos de divulgação — mignon, pele clara, cabelos pretos ondulados. Não era nenhuma beldade, mas pessoalmente tinha um tipo de graciosidade desajeitada, sonolenta, que as fotos não transmitiam.

Quando ela chegou ao palco, a banda interrompeu abruptamente sua valsa pelo Texas. Ela deu um sorriso titubeante para os holofotes — uma alusão às rugas paternas em volta dos olhos —, depois endireitou a camisa preta e ligou seu Martin na tomada.

Sem dúvida, ela era uma graça. Os homens da plateia deviam estar olhando para ela e pensando que não seria nada mau ficar aninhado com Miranda Daniels embaixo de uma colcha quentinha. De qualquer modo, esse era meu palpite imparcial.

O Papai Noel começou a tocar um ritmo ligeiro no contrabaixo, batendo o pé feito um louco, e a plateia começou a bater palmas. O violão rítmico de Brent entrou, mais seguro do que antes, depois a bateria. Miranda ainda sorria, olhando para o chão, mas se balançando um pouco conforme a música. Batia o pé como o pai. Então, ela colocou uma mecha do cabelo atrás da orelha com uma das mãos, pegou o microfone e cantou: *You'd better look out, honey...*

A voz era incrível. Era clara, sexy e poderosa, sem qualquer sinal de reserva. Mas não foi só a voz que me deixou pregado na parede pelos trinta minutos seguintes. Miranda Daniels virou outra pessoa — nada titubeante, nada desajeitada. Esquecida de que estava diante de uma plateia, ela cantava todas as emoções do mundo no microfone. Ela partiu corações, apaixonou-se, armou uma cilada para um homem e depois disse a ele que era um tolo uma canção após outra, quase sem abrir os olhos, e as letras eram a mais pura bobagem country e western, mas vindo dela não importava.

Mais para o fim da série, a banda parou e Miranda fez alguns solos acústicos, sozinha com seu Martin. O primeiro foi uma balada chamada "A señorita de Billy", sobre Billy the Kid pela perspectiva de sua amada mexicana. Ela nos contou o que era amar um homem violento e nos fez acreditar que já tinha sentido aquilo na pele. A canção seguinte era ainda mais triste — "A dança do viúvo", sobre a última dança de um homem com sua mulher, com referências a um garotinho. A letra não deixa claro o modo como a mulher morreu nem se o garotinho morreu também, mas não importava: o impacto era o mesmo.

Ninguém ali dentro se mexia. Os outros membros da banda poderiam ter levantado acampamento e ido embora que a essa altura ninguém teria notado. A maior parte deles dava a impressão de que também sabia disso.

Olhei de relance para Cam Compton, que tinha vindo se sentar ao lado de Garrett numa cadeira que uma mulher havia lhe cedido toda contente. Enquanto ouvia Miranda, a expressão de Cam passou de desdém divertido para algo pior — algo entre ressentimento e necessidade física. Ele olhava para ela da mesma forma que um vegetariano faminto olha para um bife. Gostei ainda menos dele, se é que isso era possível.

No intervalo, os músicos se dispersaram em meio ao público. Miranda escapou para a sala dos fundos. Eu estava tentando pensar no melhor modo de ir até lá e falar com ela quando Cam Compton me fez decidir. Ele engoliu o que devia ser a quarta cerveja que alguém havia lhe trazido, levantou-se sem muito equilíbrio e disse a Garrett:

— Hora de ter uma conversinha com aquela garota.

— Espere aí — falei.

Cam me empurrou para as cortinas. Eu não tive espaço nem tempo para fazer nada.

Quando me levantei, Garrett disse:

— Nã-nã, irmãozinho. Fica frio. — Então ele viu meus olhos: — Merda.

Cam estava indo para a sala dos fundos como um homem cheio de propósito. Uma mulher pôs-se diante dele para dizer o quanto ele era maravilhoso, e ele a empurrou para cima de alguém no bar.

Segui Cam como se também fosse um homem com propósito. Eu ia meter a porrada naquele cara.

15

A sala dos fundos do Cactus Café não era o lugar ideal se a intenção fosse evitar a claustrofobia. Caixas de salgadinhos orgânicos e pequenos barris de chope estavam amontoados até o teto dos dois lados, e no fundo havia uma pilha de papéis que tinha excedido a escrivaninha do gerente e rastejava pela parede presa a tachinhas. Qualquer espaço que pudesse ter sobrado nos cantos agora estava tomado pelos estojos empilhados dos instrumentos da banda.

No meio da sala, Miranda Daniels e uma mulher loura, que estava na plateia, sentavam-se simplesmente a uma mesa de cartas quando Cam Compton entrou sem pedir licença, seguido por mim e pelo gerente do clube. Se alguém mais quisesse segui-lo, tinha dado azar. Não havia espaço nem para fechar a porta.

Em muito pouco tempo, muita coisa aconteceu. Sobressaltada, Miranda ficou nos olhando. A mulher que a acompanhava revirou os olhos, disse "Não dá para *acreditar*" e começou a se levantar remexendo numa latinha de spray de pimenta em seu chaveiro.

O gerente bateu com força no meu ombro e disse:

— Com licença...

Cam foi até Miranda, agarrou-a pelo punho e começou a puxá-la da cadeira. Ele sorria, falando quase a meia-voz, falsamente calmo, do modo como se poderia persuadir um cachorro travesso a sair de sua casinha para poder lhe dar uma boa surra.

— Venha, querida — disse ele. — Vamos conversar lá fora.

Ao mesmo tempo em que tentava fazer funcionar sua lata de gás de pimenta, a loura o xingou, murmurando "seu filho da puta" várias vezes. Miranda pronunciava o nome de Cam e tentava se manter calma e sentada, resistindo aos puxões dele.

— Com licença — disse o gerente outra vez.

Lá fora, já havia mais gente tentando olhar para dentro da sala — o irmão de Miranda, o pai e alguns outros caras da plateia que farejavam uma briga. Todos perguntavam o que estava acontecendo e empurravam o gerente, que por sua vez me empurrava.

Nervosa, Miranda me olhou de relance, sem fazer ideia de quem eu era ou do motivo de eu aparentemente ser o próximo a agredi-la, e depois voltou a falar com Cam enquanto se debatia com os dedos dele em seu punho, pedindo, por favor, que ele se acalmasse.

— Só vamos lá fora um pouquinho, querida. Só vamos lá fora — dizia Cam.

A loura ainda estava sem sorte com seu gás de pimenta. Ou eu esperava até que ela conseguisse acionar a lata ou eu mesmo tomava uma atitude. Decidi pela última opção.

Agarrei Cam Compton pelos cabelos louros eriçados, puxei-o para trás e bati sua cabeça num barril de chope.

Não tenho certeza de se o encantador som metálico veio do barril ou do crânio de Cam, mas foi muito eficaz ao impedir que ele importunasse Miranda. As pernas dele se dobraram e seu rosto atingiu o barril de novo a caminho do chão. Ele se encolheu em posição fetal no linóleo, abrindo e fechando os olhos e tentando descobrir como calar a boca.

A amiga loura de Miranda olhou para mim. Ela tinha acabado de se entender com a lata de gás de pimenta. Apontou para mim, olhou para Cam no chão, percebeu que eu não era um alvo e disse:

— Merda!

— De nada — respondi.

Miranda estava sentada, reclinada na cadeira. Com os lábios comprimidos, segurava o punho, movimentando-o para baixo e para cima. Sua amiga tentou colocar a mão no ombro dela, mas Miranda imediatamente recuou.

— Tudo bem, tudo bem.

O gerente não estava nada bem. Ficara momentaneamente atordoado com meu desempenho em lançamento a barril de chope, mas agora me agarrava pelo braço e urrava:

— Já chega!

Ele tirou o telefone do gancho na parede. Atrás dele, o pai e o irmão de Miranda insistiam em entrar imediatamente.

— Parem! — A voz de Miranda saiu surpreendentemente alta.

O gerente parou de discar. Os familiares de Miranda pararam de empurrar para entrar.

Miranda ergueu as duas mãos como se estivesse se preparando para agarrar uma bola de basquete que ela não queria. Olhou para mim, a boca tentando fazer uma pergunta.

— Tres Navarre. — Eu me adiantei. — Milo Chavez me pediu para vir aqui. Vi Cam meio que se descontrolando, então...

Ergui as palmas das mãos. Não consegui pensar num eufemismo para bater a cabeça de alguém contra um barril.

— Ponho esse cara pra fora ou o quê? — O gerente quis saber.

— É claro que sim! — rugiu o pai de Miranda.

No chão, Cam resmungou qualquer coisa.

Miranda e a loura se entreolharam. Miranda suspirou, exasperada, mas disse ao gerente para deixar pra lá, disse ao pai e ao irmão que estava tudo bem e que eu não devia ser nenhum lunático e, por favor, queiram se retirar.

O pai de Miranda não se convenceu tão facilmente. Ela teve que assegurá-lo várias vezes de que estava bem. Explicou que eu vinha a mando de Milo Chavez. Isso não pareceu acalmar muito o velho. Finalmente, ele voltou para o salão, resmungando profecias apocalípticas sobre jovens malvestidos que carregam mochilas.

Quando o aglomerado se dispersou, a loura olhou para Cam Compton, que ainda estava encolhido. Depois voltou-se para mim e abriu um sorriso.

— Quer dizer que trabalha com Milo?

— Serviço de primeira classe a preços econômicos.

— Que maravilha. Finalmente Chavez fez algo que preste. Quer uma cerveja?

Miranda olhou para ela como se a loura estivesse louca.

— Te mato — murmurou Cam.

— Já volto — eu disse às damas.

Agarrei Cam pelos punhos e o arrastei para fora.

— Muito legal — disse a loura quando eu saí da sala.

Algumas pessoas desviaram o olhar enquanto eu arrastava o guitarrista, passando pelo bar e levando-o para fora. Algumas riram. Uma falou:

— Olé, Cam.

Garret rodava a cadeira atrás de mim, me seguindo para fora.

— Beleza. Acho que posso riscar este lugar da minha lista também. Você devia vir me visitar mais vezes, irmãozinho. Cruz-credo.

Depois que saímos e entramos no saguão do centro acadêmico, deixei Cam sobre uma mesa dobrável. Ele murmurava umas ameaças débeis e tentava cuspir os cabelos para fora da boca.

— Ótimo — vociferou Garrett quando voltamos a entrar. — Jimmy Buffett estará no Manor Downs em duas semanas. Cam conhece o tecladista. Acho que agora posso esquecer aquela credencial para os bastidores.

Pedi ao gerente que pegasse uma Shiner Bock para o meu irmão.

— Foda-se a cerveja — disse Garrett. — Você tem LSD?

Quando voltei à sala dos fundos, Miranda e a loura conversavam, cada uma bebendo uma Lone Star recém-aberta.

Ao me verem, cortaram abruptamente a conversa.

— Ei, gracinha — disse a loura, me oferecendo uma long neck e uma cadeira. — Seu nome é...

Eu repeti.

— Eu sou Allison Saint-Pierre. Imagino que você saiba que esta é Miranda.

Allison Saint-Pierre. A mulher de Les. Tentei não demonstrar surpresa.

Apertei a mão de Miranda. Era macia, quente e nada firme.

— Sou seu fã desde hoje.

Miranda me deu um sorriso ensaiado.

— A primeira parte foi ruim.

— Que nada — disse Allison.

Elas contrastavam bem uma com a outra — Miranda, cabelos escuros, reservada, mignon; Allison, bronzeada, alta, com cabelos louros lisos e um sorriso totalmente desprovido de reserva. O top tomara que caia branco e o jeans exibiam a boa forma de Allison, quase curvilínea demais, o tipo que devia ter atraído todos os assobios nas aulas de educação física do ensino fundamental. Continuei tentando pensar nela como a Sra. Saint-Pierre, embora fosse difícil.

— Seu nome vem de Chaucer — eu disse a ela.

Allison tomou sua cerveja, olhando para mim. Seus olhos eram verdes.

— Essa é nova — surpreendeu-se ela. — A maioria dos caras começa com a Allison do Elvis Costello.

Miranda deu um leve sorriso, como se recordasse dessa conversa repetida em todos os bares que elas tinham frequentado. Ela também dava a impressão de estar acostumada com o fato de Allison ser o centro das atenções fora do palco. Recostou-se na cadeira, ficou olhando para sua bebida e pareceu aliviada.

— "The Miller's Tale" — falei. — Allison ficou famosa por fazer um cara beijar o chão que ela pisa.

Os olhos de Allison ficavam mais claros quando ela ria.

— Direto ao ponto. Já gosto dela.

— É professor de inglês, Sr. Navarre? — perguntou Miranda sem erguer os olhos. — Milo o chamou de... do que mesmo?

— "Um guarda-costas muito esperto" — respondeu Allison e piscou para mim.

— Estou lisonjeado. Onde está Milo?

Allison fez uma careta. Estava prestes a me oferecer uma hipótese pouco lisonjeira quando Miranda a cortou.

— Ele disse que tentaria vir mais tarde, se conseguisse. Algum tipo de crise no escritório.

Allison me dirigiu um olhar cauteloso, provavelmente medindo as palavras.

— Imagino que você soube da diversão que andamos tendo. Balas perdidas, fitas demo roubadas, uma violinista assassinada.

— Sem mencionar seu marido desaparecido.

Eu queria ver a reação delas. Queria ver se Allison sabia que eu sabia, se haviam contado a Miranda. Pelo jeito, as linhas de comunicação de Milo tinham se aberto. Miranda pareceu aflita, mas não surpresa. Allison apenas sorriu.

— Ele vai voltar — insistiu ela, mais para Miranda que para mim. — Conheço bem o babaca para saber disso. Assim que tiver acabado de tomar bola e transar com debutantes.

Ela tentou mostrar um desdém casual, sem muito sucesso.

Houve um silêncio desconfortável. Dei um gole na minha cerveja. Miranda continuou pressionando uma bolsa térmica no punho. Allison ficou inquieta.

De repente, ela deu uma risada. Inclinou-se sobre a mesa na minha direção, e seu cabelo se espalhou pelo ombro direito numa cascata sedosa, como uma cortina sendo puxada. Uma das pontas varreu a mesa até ficar presa no anel de água onde a garrafa de cerveja estava antes.

— Les que se ferre. Miranda foi *minha* descoberta. Sabia disso, Tres?

Miranda começou a protestar.

— Desculpe, meu bem. Não é sempre que consigo o crédito por algo assim. Tenho que me gabar.

Ela agarrou o braço de Miranda. Era para ser um gesto carinhoso, mas com o semblante desanimado da cantora, a cena dava mais a impressão de que ela era apenas uma garotinha que Allison arrastava para fora do supermercado.

— Tilden Sheckly fez uma coisa boa na vida — disse-me Allison. — Conseguiu um lugar para Miranda na South by Southwest Conference na primavera passada. Acabou que eu a vi lá. Conversamos por bastante tempo, ficamos nos conhecendo e depois eu falei dela para Les. Foi assim que tudo começou.

— Não foi isso que Milo contou — contestei.

Allison revirou os olhos.

— Por que não fico surpresa? Se você vai tomar conta de Miranda, saiba que a melhor maneira de começar é por todos aqueles que querem sugá-la. Ela simplesmente não se defende sozinha.

— Por favor... — Miranda já havia se encolhido bastante na cadeira metálica dobrável. Agora ela pegava as bordas do guardanapo como se estivesse procurando um lugar onde se esconder.

— Falo sério — insistiu Allison. — Miranda precisa mandar as pessoas que a tratam mal se ferrarem. Tilden Sheckly, Milo Chavez, Cam Compton...

— Até mesmo seu marido? — perguntei.

— Especialmente ele. Você é o guarda-costas agora, pode me ajudar a fazê-la cair em si.

— Não sou guarda-costas. — Olhei para Miranda.

— Isso não é nada de mais... — começou a cantora.

— Não tenha tanta certeza — interrompeu Allison.

Perguntei o que ela queria dizer.

Allison me lançou aquele olhar de não-vamos-entrar-nessa e estava prestes a dizer algo quando só então pareceu notar o quanto Miranda se encolhia.

Allison bateu na garrafa com a unha.

— Podemos falar sobre isso mais tarde. Miranda ainda tem que cantar hoje. Não há por que tocar nesse assunto do... — Ela parou de falar, pelo jeito imaginando coisas desagradáveis, e depois balançou a cabeça. — Esqueça. O importante é que espero vê-lo bastante por aí, Tres. A gente não se importaria de ver mais algumas cabeças batendo contra uns barris de chope.

A porta se abriu. O irmão de Miranda deu um passo para dentro.

— Está tudo bem?

Brent Daniels parecia ter tomado mais de um drinque desde a minha altercação com Cam. Seu cabelo preto crespo estava despenteado, e a camisa xadrez, meio fora da calça. Seus olhos não focavam direito, e o rosto estava tão corado que as costeletas de dois dias se destacavam tanto quanto uma barba. Ele me lançou um olhar mal-humorado, como um cão de guarda protetor, mas não muito esperto. Retribuí com um sorriso.

— Está tudo bem, Brent. — A voz de Miranda soou subitamente áspera. Fria.

Ele olhou para Allison em busca de uma segunda opinião, depois assentiu mecanicamente, como se ainda não acreditasse.

— Então volto daqui a uns cinco minutos. Vou dar conta da parte de Cam.

Ele fechou a porta.

— Meu irmão mais velho — explicou Miranda, franzindo o cenho para seu guardanapo, depois olhou para mim. Tentou sorrir. — Preciso começar a segunda parte.

— Eu gostaria de falar com você uma hora dessas. Talvez agora não seja...

— Vai ter uma festa na casa dos Daniels na sexta à noite — sugeriu Allison. — Miranda não se importaria...

Allison olhou para a amiga antes de concluir o convite. Miranda assentiu sem entusiasmo, depois me encarou e fez uma contraproposta em voz baixa.

— Vamos gravar amanhã de manhã no Silo Studio, na Red River. Você pode dar uma passada lá, se ainda estiver em Austin.

Ela deu a impressão de que desejava que isso acontecesse. Allison não pareceu muito satisfeita. Talvez tenha sido por isso que eu disse sim.

— Que horas?

— Seis — disse Miranda num tom de desculpas.

— Da manhã?

Miranda assentiu e suspirou.

— Estamos alugando o horário no estúdio. Temos que pegar o que nos dão.

— O que *Milo* lhe dá — emendou Allison. — Como três horas de sono e shows em cidades diferentes todas as noites. Eu também adoraria conversar com você, Tres. Espero que vá à festa.

Eu disse que tentaria comparecer e depois me levantei para sair.

A caminho da porta, me virei.

— Gostei daquela canção, "A señorita de Billy". É composição sua?

Miranda olhou para mim com ar hesitante e assentiu.

— Gosto do verso sobre flores da cor das feridas. Eu nunca teria pensado nisso.

Ela corou.

— Boa noite, Sr. Navarre. Direi a Milo que passou por aqui.

Dessa vez, Allison ficou calada.

Quando a segunda parte começou, eu estava empurrando a cadeira de rodas de Garrett para fora, tentando convencê-lo de que estava tudo bem e de que Cam não tinha sofrido nenhum dano permanente, visto que eu havia arrebentado apenas a cabeça dele. No palco estavam só o baterista usando baquetas vassourinhas e Miranda cantando uma melodia lenta, a voz grave, sensual e poderosa, as letras sobre amor perdido. Na única vez que abriu os grandes olhos castanhos, tive certeza de que estava olhando direto para mim.

Então flagrei Allison Saint-Pierre me observando do bar, sorrindo de maneira seca, como se soubesse exatamente o que eu estava pensando. Como se soubesse que cada sujeito ali dentro também pensava na mesma coisa.

16

Ir ao apartamento de Garrett era como uma incursão por outro mundo. Havia caído um temporal, e a temperatura tinha baixado para uns 22 graus. As ruas molhadas brilhavam, e o ar estava puro. Era suficiente para deixar qualquer um de bom humor, exceto pelo papagaio, talvez.

Paspalho estava me chamando de todos os palavrões possíveis, batendo as asas e me dizendo exatamente como se sentia por ter ficado aprisionado no Fusca durante a maior parte da noite.

— Mais cinco minutos — falei para ele. — E já vamos arrumar uma casa nova para você.

— Cretino barulhento.

Segui a Kombi de Garrett pela rua 26 em direção a Lamar. Eram umas onze horas e ainda havia muita gente no Les Amis, tomando vinho em volta de um fogão Franklin, conversando do lado de fora do Stop 'N' Go, fumando no estacionamento do Tula. Todos curtiam o ar mais fresco. De vez em quando, alguém reconhecia a Carmem Miranda e acenava. Garrett retribuía buzinando no ritmo de "Coconut Telegraph". A colina de frutas plásticas colada no teto sacudia cada vez que ele mudava as marchas. Meu irmão, a celebridade local.

O prédio de Garrett na rua 24 tem todo o charme de um hotel barato de beira de estrada. A construção de madeira tem cinco apartamentos de largura e três de altura, todas as portas de entrada viradas para o sul e pintadas de verde líquen. Chega-se à porta de Garrett subindo três lances de escadas metálicas e atravessando uma passagem de concreto. Sem elevador. Garrett, é claro, escolheu morar no último andar para poder processar o prédio por falta de acessibilidade. A última vez que eu tive notícias, o processo ia bem. O proprietário o amava.

Garrett estacionou a Carmem Miranda entre uma Harley e uma máquina de lavar quebrada. Estacionei na frente de uma casa usada por uma associação estudantil do outro lado da rua.

— É isso aí — reclamou Garrett ao sair da Kombi com desenvoltura e se sentar na cadeira de rodas. — Em casa antes da meia-noite. Obrigado pela noite maravilhosa.

Aí ele viu o papagaio e sua fisionomia se iluminou consideravelmente.

— Puta merda — disse Garrett.

— Paspalho — disse o pássaro e saiu voando do meu ombro para o braço da cadeira de Garrett.

Foi amor à primeira vista.

— Onde você arrumou esse bicho? — Garrett afagava o bico do papagaio. O animal observava a barba dele como se os fios pudessem formar um ótimo ninho. Contei a Garrett que Paspalho tinha ficado órfão, mas sem dizer que sua última dona havia morrido de forma violenta. Como os fãs de Jimmy Buffett têm o apelido de "Parrotheads", cabeças de papagaio, imaginei que a combinação era perfeita.

— Gostou dele? — perguntei.

O pássaro grasnava algumas doces obscenidades no ouvido de Garrett, que sorriu e me convidou a subir e tomar uma cerveja.

Tres Navarre, o mestre da etiqueta. Após arrebentar algumas cabeças, é melhor estar preparado com um atencioso presente de desculpas.

Subimos, Garrett enfrentando as escadas com as mãos e arrastando a cadeira atrás de si. Quando ele abriu a porta, o cheiro de patchuli quase me derrubou. Até o papagaio balançou a cabeça.

— Pegue uma Shiner — pediu Garrett. — Vou pôr um som.

O apartamento dele é um corredor comprido — sala na frente, separada da cozinha por um balcão, e depois um quartinho minúsculo no fundo. A única coisa que impede o lugar de ser claustrofóbico é o teto, que a partir da cozinha forma um ângulo de 45 graus em direção à parte da frente do edifício. Claraboias no topo.

Fui até a geladeira, e Garrett, já sentado novamente na cadeira, foi até a parede onde ficava o equipamento eletrônico, que funcionava tanto como computador quanto como centro de entretenimento. Ele apertou o botão *power*, e as luzes ao norte de Austin foram ofuscadas. Depois pegou um CD.

Enquanto eu ainda conseguia ouvir minha própria voz, aproveitei.

— Quem está ganhando?

Dava para ouvir muito bem o som dos vizinhos de baixo. Tocavam Metallica. Acho que tocar não é o verbo certo para Metallica. Expelir, talvez.

Garrett suspirou.

— Os cretinos compraram alto-falantes de baixa frequência semana passada. Isso foi bem ruim. Aí eu arrumei esse com aquele meu amigo... o que fazia os sistemas *Sensurround* de efeitos especiais para a Dolby, sabe... os efeitos sonoros daqueles filmes de terremotos dos anos 1970. Fechamos um bom acordo.

— Beleza. Terremotos. Depois de dez anos na Califórnia, eu chego em Austin para enfrentar terremotos?

Olhei em volta da cozinha em busca de algo onde me amarrar.

Quando Garrett aumentou o volume, a estante de livros começou a oscilar, derrubando volumes de *O teste do ácido do refresco elétrico* e *The Anarchist's Cookbook*. Os cartazes do Armadillo World Headquarters vibraram na parede. O papagaio começou a fazer acrobacias.

Nos momentos de pausa em que meus fluidos cerebrais recomeçavam a circular corretamente, reconheci a canção: era "Bodhisattva", de Steely Dan. Nós a estávamos ouvindo tanto quanto tendo com ela uma experiência em braille.

Dei um jeito de conseguir abrir a cerveja e beber enquanto o edifício sacudia. Quando a canção acabou, tudo ficou quieto, exceto pelo papagaio, que ainda tentava dar o fora batendo no vidro da claraboia. O som dos vizinhos do andar de baixo tinha parado.

Garrett deu o sorriso de um louco.

— Peguei eles.

— Alguém... — Parei para reajustar o volume da voz. — Alguém já chamou a polícia?

— Quem? Fred?

Fred, o policial. Tudo na base do primeiro nome.

— Acho que isso responde à minha pergunta.

Garrett fez um gesto com a mão, descartando essa possibilidade.

— Chamar Fred é trapacear. Às vezes alguém novo se muda para um apartamento do lado e tenta fazer isso por algum tempo. Nunca dura muito. Agora, onde está o tal disco rígido que você quer ver?

Dei a ele o disco que tinha tirado do computador de Julie Kearnes.

Garrett foi até o computador. Deu um toque no teclado. A tela se acendeu, alaranjada, e ganhou vida com um curto solo de bandolim. Garrett assobiou Steely Dan e começou a combinar e ligar os cabos SCSI que estavam em sua gaveta de itens sobressalentes.

Sentei-me ao lado dele numa velha poltrona reclinável que tinha sido do nosso pai. Depois de doze anos, o couro ainda tinha um leve cheiro de seus charutos cubanos e de bourbon derramado. O braço esquerdo estava entalhado no lugar onde eu tinha cavado uma trincheira com uma faca de ponta para os meus soldados de plástico quando tinha 7 anos. Era um lugar confortável para se sentar.

— Droga — praguejou Garrett.

— Que foi?

Ele começou a dizer alguma coisa, depois olhou para mim, provavelmente dando-se conta do esforço que teria que fazer para filtrar o que estava pensando em linguagem de computação para o inglês comum.

— Nada.

Fiquei tomando minha cerveja e escutando Garrett trabalhar com as ferramentas. Finalmente ele conectou o disco rígido a uma coleção multicolorida de fios e digitou alguns comandos no teclado.

— OK, foi — disse ele. — Só mais alguns minutos.

Ele ativou um dos outros processadores — Garrett tem oito, para o caso de querer dar uma festa um dia. A tela escureceu e depois ressurgiu com uma página cinza da rede mundial de computadores. As luzes de seu roteador ISDN piscaram. Ele clicou em mais alguns comandos.

— Em que você anda trabalhando? — perguntei.

— Os cretinos que dirigem a RNI — reclamou Garrett.

Toda vez que fala sobre a empresa, Garrett começa com esse comentário, mesmo que ele esteja lá há tanto tempo e tenha acumulado tantas ações que *ele mesmo* já se transformou em um dos cretinos que dirigem a RNI.

— Eles me pegaram para fazer a interface gráfica de um programa de gerenciamento de contabilidade. Fiz o troço ficar realmente eficiente, só que o programa ainda trava quando mescla os dados armazenados.

— Então é para isso que estão te pagando. Mas no que *realmente* está trabalhando?

Garrett sorriu, sem tirar os olhos da tela.

— Pega a tequila lá na cozinha e eu te mostro. Isso exige tequila.

Não sou de desobedecer a uma ordem categórica. Peguei a garrafa na cozinha e nos servi. Meu irmão e eu compartilhamos a mesma opinião sobre tequila — deve ser Herradura Añejo e tomada pura, sem limão nem sal, de preferência em grandes quantidades.

O papagaio estava empoleirado na ponta de um banco de bar, olhando invejoso para os tragos nos copos, a cabeça inclinada de lado.

— Desculpe, mas não — falei para ele.

Quando voltei à poltrona, Garrett estava com um novo programa aberto e pronto para fazer sua demonstração.

— Certo — disse ele. — Digamos que você tenha algum dado sensível para guardar no seu computador. O que você faz?

Dei de ombros.

— Sei lá, escondo num disco em algum outro lugar. Uso um programa que possa proteger o computador.

— É, mas discos podem ser encontrados, e se alguém for bom nisso, pode invadi-los localizando a partição do disco. Ou com um programa para descobrir senhas. Os discos também podem ser destruídos.

— Então...

— Então a gente lança um bumerangue.

Ele selecionou um arquivo chamado *Garrett.jpg*.

— Eis meu dado sensível: uma foto minha que quero guardar, mas sem que ninguém veja. Então não fico com ela, deixo que a internet a guarde para mim. Faço o *upload* do troço, codifico para que fique invisível e inócuo e depois o programa para ficar circulando ao acaso, transferindo-se de servidor para servidor, de modo que não fique no mesmo lugar por mais de cinco minutos. O arquivo fica saltando pela internet, impossível de ser encontrado até que eu lhe envie o código de recuperação. Aí ele volta para casa.

Ele clicou no arquivo e ficamos observando-o desaparecer do disco rígido e ser enviado para a rede. Então Garrett digitou uma série de números. Dois minutos depois, o arquivo voltou a existir.

— Viu? — disse ele. — O arquivo estava na Noruega. Quando alguém notou que estava lá, ele já foi para outro lugar.

A foto se abriu, mostrando Garrett sentado na frente de um bar qualquer com uma mulher no colo. Ela usava jeans, um capacete e uma camiseta Harley-Davidson levantada, exibindo seios bem fartos. Garret fazia um brinde para a câmera com uma garrafa de Budweiser.

— Fotos de família — falei.

— Mulheres motociclistas — disse ele, afetuosamente. — Elas entendem que há coisas que só um homem sem pernas pode fazer.

Tentei não fazer uso da imaginação. Outro trago de tequila ajudou.

Uma luz vermelha piscou no canto do computador.

— Bingo! — exclamou ele.

Garrett reativou o processador que estava investigando o computador de Julie Kearnes como se fosse a Inquisição espanhola. Agora aparecia na tela um documento de texto, praticamente intacto. Uns poucos caracteres sem sentido atestavam sua viagem pela lata de lixo cibernética.

— Nomes e números da previdência social — anunciou Garrett, descendo até o fim do documento. — Sete páginas. Datas de contratação. Datas de... DO, o que é isso, datas de óbito? Parecem ser várias empresas diferentes, grandes firmas de Austin. Isso faz algum sentido para você?

— Arquivos do departamento de recursos humanos das empresas, listas de funcionários falecidos ou que se aposentaram e pararam de receber seus benefícios quando morreram. Parece ser uma década de nomes para quase todas as firmas onde Julie Kearnes fez serviços temporários. Ela roubou essas informações.

Garrett acenou com os dedos, sem ficar impressionado.

— Amadora. Qualquer um poderia baixar isso. Nenhuma empresa vai ficar guardando com cuidado registros de pessoal antigo. Mas por que ir atrás disso? E por que ocultá-los?

Pensei nisso, e uma ideia desconfortável começou a se formar em algum lugar sob o zunido prazeroso da Herradura.

— Dá para me conseguir uma cópia impressa?

Garrett sorriu.

Dois minutos depois, eu voltava para a poltrona com mais uma dose de tequila e sete páginas de nomes de funcionários falecidos de toda Austin.

Garrett desligou o computador, deu um tapinha no teclado como se faz com um animal de estimação e depois se afastou da escrivaninha. Começou a remexer em uma bolsa presa à lateral da cadeira de rodas até que encontrou um saco plástico cheio de maconha. Tirou dali uma nota de cinco dólares e um pedaço de papel e começou a enrolar um baseado.

— Então, me conte — começou ele. — Qual é a tua? Por que esse súbito interesse pela música country?

Contei a ele sobre meus últimos dois dias.

Não há questões de confidencialidade quando falo com Garrett. Nem é tanto por ele ser incrivelmente honrado no que diz respeito a guardar segredos, mas sim porque Garrett nem sempre se lembra do que eu digo por tempo suficiente para contar a alguém. Se não for sobre informática, Jimmy Buffett ou drogas, Garrett nunca se dá ao trabalho de salvar a informação em seu velho disco rígido.

Quando acabei de falar, ele balançou a cabeça lentamente. Soprou a fumaça em direção ao papagaio, que se curvou para ela.

— Às vezes você me assusta, irmãozinho.

— Como assim?

Garrett arranhou a linha do maxilar sob a barba com as pontas dos dez dedos.

— Vejo você aí sentado nessa poltrona, bebendo e falando sobre seus casos. Só precisa de um charuto e de uns cinquenta quilos a mais.

— Não comece, Garrett. Não estou virando o nosso pai.

Ele deu de ombros.

— Se você diz, cara. Você continua bancando o detetive, enveredando pelo velho território do xerife, trabalhando com os amigos dele do departamento... O cara está morto, irmãozinho. Assassinato solucionado. Você já pode tirar a capa do Super-Homem.

Tentei ficar irritado, mas a tequila e a poltrona agiam contra mim. Olhei para a ponta dos meus sapatos.

— Acha que eu gosto de ser conhecido como o filho de Jackson Navarre cada vez que trabalho num caso? Acha que isso facilita as coisas para mim?

Garrett deu uma tragada.

— Talvez você goste exatamente disso. Poupa-o do problema de amadurecer e ser outra coisa.

— Meu irmão, o especialista em amadurecer.

Ele sorriu.

— É, bem...

Eu me recostei ainda mais na poltrona.

Garrett notou o quanto seu baseado estava diminuindo e se esticou para trás para pegar uma piteira no cinzeiro. O coto de sua perna esquerda apareceu brevemente embaixo das bermudas de brim. A pele era lisa, fina e rosada, como se fosse de um bebê. Não havia cicatrizes deixadas pelos trilhos do trem que muito tempo atrás havia cortado um terço da perna de Garrett.

— Lembra-se do Big Bill? — perguntou ele.

A estratégia favorita de Garrett. Quando em dúvida, traga à baila algo constrangedor da infância de Tres.

— Pô, não. Por que não refresca minha memória?

Garrett deu uma risada.

Big Bill era um garanhão que meu pai mantinha no rancho em Sabinal. O filho da puta mais agressivo e cruel que já nasceu. O cavalo, quero dizer, não meu pai.

O xerife insistiu para eu aprender a cavalgar no Big Bill quando eu era criança, defendendo a teoria de que depois eu conseguiria lidar com qualquer cavalo do mundo. Cada vez que eu tentava, Big Bill ia intencionalmente em direção aos galhos baixos das árvores para tentar me derrubar. Em nossa terceira cavalgada juntos, ele conseguiu, e eu estava tão agarrado às rédeas quando caí que, ao atingir o solo, não consegui largar. Minhas mãos ficaram envoltas nas tiras de couro por uns 400 metros com Big Bill galopando, me arrastando pela maior extensão de terreno com cactos que conseguiu encontrar. Quando voltei para casa com metade dos espinhos do terreno nas roupas e nos cabelos, meu pai julgou a cavalgada "um pouco impetuosa demais".

— Encontrei a sela dele no rancho mês passado — disse Garrett. — Mandei lustrar. Está lá no meu quarto, se você quiser ver.

— É para as mulheres motociclistas, sem dúvida.

Garrett tentou parecer recatado.

— Na verdade, ela me fez pensar no meu irmãozinho. Ainda tenho essa imagem sua, cara: um garoto de 9 anos sendo arrastado por um cavalo a galope.

— Tá bom. Entendi.

— Com quantos anos você está agora? Vinte e oito?

— Vinte e nove. Tem uma diferença.

Garrett deu uma risada.

— Me desculpe por não sentir pena de você. Só me parece que você ainda tem tempo de tentar outras coisas, irmãozinho. Talvez pudesse conseguir ter uma vida em que não levasse tiros com tanta frequência, sem namoradas chateadas e sem que seu irmão mais velho fosse expulso dos bares quando você vem visitá-lo.

— Sou bom no que faço, Garrett.

— É isso o que seu chefe diz? Que você é bom no que faz?

Hesitei.

— É — disse Garrett. — Como eu disse, você nunca conseguiu deixar isso pra lá quando precisou.

— Está dizendo que eu devia ter sido como você, que eu devia ter pulado num vagão de carga todas as vezes que as coisas em casa começavam a feder?

Foi uma coisa cruel de se dizer, mas Garrett não reagiu. Simplesmente continuou fumando e olhando para um ponto qualquer acima da minha cabeça.

Depois de algum tempo, a música heavy metal no vizinho de baixo recomeçou, chacoalhando a garrafa meio vazia de tequila em cima do baú do Exército que pertencia ao nosso pai e que Garrett usava como mesa de centro.

Ele olhou para o chão com resignação cansada e depois pegou outro CD.

— Espero que você consiga dormir com música — disse.

17

— Sr. Navarro, não é?

O pai de Miranda me cumprimentou com as duas mãos e quase todo o restante do corpo. Era um bom truque, considerando que para fazer isso, ele tinha que pendurar a bengala na dobra do braço e se apoiar na perna boa, sem cair.

— Navarre — falei. — Mas me chame de Tres.

Willis Daniels continuou apertando minha mão. Seu rosto estava vermelho, radiante, como se ele tivesse acabado de completar o percurso do Iron Man e amado cada minuto.

— Claro. Navarre. Desculpe.

— Sem problema — falei. — San Antonio. Navarro. Conexão histórica. Lido com isso o tempo todo.

Estávamos parados na entrada do Silo Studio, na esquina da Red River Street com a 7. O estúdio era um depósito térreo reformado, com janelas de esquadrias metálicas e paredes externas marrons de estuque texturizado. A porta principal ficava nos fundos do prédio, onde era o estacionamento.

Estávamos *bem* no vão da porta, eu entrando, o Sr. Daniels saindo. Um cara com um carrinho de mão cheio de equipamento elétrico esperava atrás de Daniels, puto da vida com a própria falta de sorte. Daniels não parecia tê-lo notado.

O velho semicerrava os olhos contra o sol e inclinava o rosto para mim, como um pregador que estivesse para me oferecer importantes palavras de consolo na saída da igreja. Ele cheirava a couro molhado e xampu.

— Quero me desculpar por ontem à noite — falou ele. — Situação difícil essa, Cam perder o controle daquele jeito. Com certeza, não tive intenção de julgá-lo mal.

— Não foi nada.

— Cam foi demitido, é claro.

Assenti com amabilidade.

O cara com o carrinho pigarreou bem alto, mas Daniels continuou sorrindo exultante para mim.

Com a camisa de flanela vermelha, jeans pretos e o cabelo grisalho crespo agora sem o chapéu, Daniels parecia ainda mais com o Papai Noel que na noite anterior. Ele estava muito bem para alguém com mais de 60 anos que tinha tocado até as duas da madrugada.

— Sabe que você parece hispânico? — perguntou ele. — Acho que foi por isso que pensei em Navarro. É o cabelo escuro. Uma tez meio morena. Não se importa que eu diga isso, não é?

Balancei a cabeça. Tez morena. Talvez eu devesse ter ficado com o papagaio. Talvez eu devesse ter arrumado um tapa-olho.

— Soube que talvez vá à nossa festa amanhã à noite — continuou ele. — Espero que vá mesmo.

— Farei o possível.

— Ótimo.

Acenamos com a cabeça um para o outro, ambos sorrindo.

Apontei para o estacionamento, o caminho que ele tomava.

— Não está participando das gravações hoje?

Ele pareceu surpreso, depois deu uma risadinha e soltou uma cadeia de curtos nãos.

— Só vim trazer Miranda. Um velho como eu não aguentaria.

Ele se despediu com mais apertos de mão e sorrisos e então finalmente notou o sujeito com o carrinho. Daniels fez um estardalhaço, saindo do caminho e lhe desejando bom-dia.

Fiquei observando-o ir embora num pequeno Ford sedan vermelho. O cara do carrinho desapareceu ao virar na lateral do prédio.

Agachei-me para examinar os degraus de cimento aos meus pés. Nada. Olhei para cima, para as laterais das paredes. O buraco da bala era um entalhe amarelado no estuque marrom, a pouco mais de um metro de altura, logo depois da entrada. Enfiei meu dedo indicador, que coube até a primeira articulação. A beirada do orifício estava marcada no lugar onde a polícia havia retirado a bala, mas ainda era possível vislumbrar a trajetória básica. Olhei para trás e para cima. Ao lado, havia um edifício-garagem. Provavelmente do terceiro andar. Provavelmente um .22 — um disparo imbecil de tão longe, mais eficaz para ferir do que matar, a menos que se tenha sorte. Era provável que a polícia tivesse ido lá em busca de cápsulas.

Ainda assim...

Fiz uma rápida excursão ao prédio vizinho. Tive uma boa conversa com o atendente do estacionamento sobre os dias de coleta de lixo e depois subi ao terceiro andar e encontrei o que queria na primeira tentativa, bem junto ao elevador. Guardei meu prêmio na mochila e voltei ao Silo.

O saguão do estúdio era uma plataforma de carregamento reformada. Na parede do fundo havia uma porta, onde estava escrito PRIVATIVO, e uma figueira doente no canto que pelo jeito fazia as vezes de cinzeiro.

Ao lado da figueira, um sujeito branco de camisa sem mangas e bermudas estava encostado na parede, lendo o *Nashville Today*. Sua cabeça balançava para cima e para baixo como se estivesse escutando um Walkman.

— Ajuda? — perguntou ele.

— Discos de ouro.

Ele olhou para cima, mantendo a cabeça curvada sobre a revista.

— Como?

— Devia haver discos de ouro nas paredes.

Ele coçou o nariz e depois fez um leve gesto de cabeça em direção à porta com a placa de PRIVATIVO, a única outra saída do saguão.

— O estúdio é por ali.

— Obrigado. Eu devo ter me perdido.

Tendo preenchido suas obrigações com a segurança do prédio, ele retornou à revista e ao Walkman invisível.

Segui por um longo corredor com várias portas baratas de cada lado. Cada uma tinha um aviso idêntico de PRIVATIVO. Alguém devia tê-los comprado na liquidação.

O corredor acabava numa cortina preta bem grossa. Esgueirei-me pelo canto e saí em uma grande sala circular onde dava para ouvir Miranda cantando, mas a princípio não pude vê-la.

O lugar cheirava a isopor queimado. Fios fixados com fita adesiva corriam pelo chão, pelo teto, entre as luzes fluorescentes e pelas paredes que pareciam feitas com material de embalagem de ovos.

Divisórias portáteis cinza, superacolchoadas, se espalhavam aleatoriamente pela área de gravação, mais parecendo travesseiros verticais que paredes.

No centro de um V feito com duas dessas divisórias, estava Miranda Daniels. Ela usava gigantescos fones de ouvido pretos que dobravam o tamanho de sua cabeça. Um microfone estava apontado para seu rosto e outro para o violão, e com todos os fios e pessoas olhando para ela da sala de controles envidraçada, não consegui evitar a impressão de que assistia a algum tipo de execução.

Contornei a sala e subi cinco degraus até a área de controles, onde Milo Chavez e três outros caras estavam de pé diante de um console de gravação que parecia um condensador de *Jornada nas estrelas*.

Miranda estava no meio de uma canção — um dos números mais dançantes que eu ouvira na noite anterior. O som que saía dos dois alto-falantes do tamanho de caixas de sapato pendurados na parede era puro e nítido, mas parecia fraco apenas com a voz e o violão de Miranda. A acústica do estúdio parecia absorver toda a reverberação de sua voz, de modo que as palavras simplesmente evaporavam assim que deixavam sua boca.

Milo me olhou de relance, murmurou um cumprimento e depois continuou olhando pelo vidro.

Um dos engenheiros tinha se curvado tanto sobre o console que a princípio achei que estivesse dormindo. Ele estava com a cabeça virada de lado, o ouvido a poucos centímetros dos botões, como se quisesse ouvir o som que faziam quando eram acionados. O outro engenheiro estava com o olhar atento ao monitor do computador. Mais precisamente, estava com um dedo ali, batendo nas barrinhas coloridas que tremulavam, como se isso fosse afetar o movimento delas de algum modo. Pelas marcas oleosas no monitor, dava para ver que ele sempre fazia isso. O terceiro homem estava um pouco mais afastado do console. Pelo porte e pelas ordens que dava aos outros dois, imaginei que fosse o novo produtor, o substituto de John Crea, mas ele mais parecia um diretor-assistente — camisa azul de poliéster, calça de tecido sintético, meias brancas e sapatos sociais. O cabelo era grisalho, mas estava comprido demais, num estilo conservador da década de 1970. Os braços carnudos, peludos, estavam cruzados, e a cara fechada me fez ter vontade de me desculpar por chegar atrasado. Havia uma bandeirinha americana dourada pregada no bolso da camisa.

— Desculpe não tê-lo encontrado ontem à noite. Soube que fez amizade com Cam Compton — murmurou Milo.

— Em algum lugar de San Antonio, tem uma loja enorme e extravagante com uma placa de bronze em sua homenagem.

Milo fechou a cara e olhou para as próprias roupas — camisa de raiom solta de mangas curtas, calça social preta e docksides bordô que faziam os meus parecerem os primos mais pobres do interior. Um ser humano com uma constituição física menor teria ficado corcunda com aquela corrente de ouro no pescoço.

— Se é preciso mandar fazer todas as roupas, pode-se muito bem mandar fazer roupas bonitas. Algumas pessoas, Navarre, não podem simplesmente usar jeans e camiseta de ontem.

Dei uma olhada na minha camiseta para ver se havia alguma mancha.

— Tenho duas dessa. Que crise foi aquela ontem à noite?

Miranda continuava cantando. De vez em quando, ela abria os olhos e fitava com um jeito nervoso a sala de controle, como se soubesse como sua voz estava soando. Ela *dava* a impressão de estar cantando com todo o coração, expirando profundamente com o diafragma e comprimindo a fisionomia ao pronunciar as palavras, mas a energia da noite anterior não estava passando pelos alto-falantes. O primeiro engenheiro virou a cabeça um pouco mais.

— Eu disse que havia algo de errado no microfone dela. Você e a droga dos seus microfones V87.

O diretor-assistente grunhiu. O segundo engenheiro bateu um pouco mais no monitor.

Milo apontou para a esquerda com o polegar. Demos alguns passos em direção à porta, fora do alcance do ouvido dos caras do estúdio.

— Diga que decidiu nos ajudar — insistiu Milo.

— O que houve com você ontem?

Ele coçou o canto da boca, encontrou alguma partícula invisível que o incomodava, rolou-a nos dedos e deu um peteleco nela.

— Tive um dia maravilhoso. Andei por aí, gentilmente explicando às pessoas que talvez não tivesse certeza do paradeiro de Les. Vários clientes importantes caíram fora. Os policiais deliraram. Ficaram tão empolgados quanto eu imaginava. Assim que pararem de bocejar, tenho certeza de que irão fazer uma enorme caçada ao cara. — Milo me lançou um olhar acusatório.

— A honestidade é uma virtude — consolei.

— Aí recebi uma ligação do nosso contador. Nada bom.

— Nada bom quanto?

Agora os dois engenheiros discutiam sobre as qualidades dos microfones com diafragma.

— Ela *tem* que cantar com o violão? — protestou o que batia no monitor.

O diretor-assistente deu de ombros, mantendo o olhar preocupado na sala de detenção imaginária abaixo dele.

— A moça disse que se sentia mais confortável assim.

— Ela *soa* como se estivesse confortável? — vociferou o outro engenheiro.

Milo continuava olhando para a frente.

— Pelo jeito, Les não me contou tudo. Alguns dos cheques das comissões não foram para a conta principal. Dias atrás, um de nossos cheques de pagamento para o aluguel de uns equipamentos voltou. Existem também alguns credores que eu desconhecia.

— Isso é mau?

— Mau o suficiente. O custo mensal de funcionamento da agência é de 15 mil. Isso só o básico... contas de telefone, transporte, administração, gastos promocionais.

— Quanto tempo mais você consegue segurar a onda?

Milo deu uma risada sem graça.

— Consigo manter os credores quietos por algum tempo. Não sei quanto. Felizmente são os nossos clientes que nos pagam, não nós que os pagamos. Portanto, não precisam saber de nada imediatamente. Mas na verdade a agência devia ter falido no início do mês. Les tinha feito acordos para pagar nossas contas até então, mas ele não teve como cumpri-los.

— Na mesma época em que desapareceu.

Milo balançou a cabeça.

— Você tinha que colocar desse modo, não é?

Miranda forçou a voz em mais um verso.

— Olha só — dizia um dos engenheiros —, é um Roland VS880, tá bom? Não é o captador o problema aqui. Cara, a gente não precisa da droga do *digital delay*, se ela estiver cantando direito. A moça é um peixe morto.

— Faça uma tentativa — insistiu o diretor-assistente. — Coloque um pouco nos fones de ouvido dela, vamos ver se isso a anima.

Por fim, contei a Milo sobre meus dois últimos dias.

Ele me observou enquanto eu falava. Quando terminei, ele parecia estar fazendo uma contagem regressiva mental e depois olhou de novo pelo vidro e suspirou.

— Não estou gostando nada disso.

— Você disse que Les brincava sobre fugir para o México. Se esse plano que ele tinha para pegar Sheckly era perigoso, se desse errado...

— Nem comece.

— Armazenar fundos da agência, puxar identidades de falecidos de arquivos de recursos humanos... o que isso parece?

Milo levou as palmas às têmporas.

— De jeito nenhum. Esse não é... Les não faria isso. Não é o jeito dele de fazer as coisas.

O tom de Milo me advertia a não pressionar. Então não pressionei.

Olhei novamente para Miranda, que estava terminando o último refrão.

— Isso vai afetá-la muito?

Milo ficou com os olhos fechados.

— Talvez ainda funcione. O estúdio já foi pago até a semana que vem. A Century Records vai precisar de boas garantias, mas vai esperar pela fita. Se conseguirmos mandar uma boa a tempo, se tirarmos Sheckly do nosso pé...

Miranda terminou a canção. O som morreu no instante em que ela parou de vocalizar. Ninguém disse nada.

Finalmente, o engenheiro perguntou meio desanimado:

— Fazemos outra tentativa? A gente podia transmitir apenas a base para ela. Dar uma mexida nos abafadores.

Miranda olhava para nós. O diretor-assistente balançou a cabeça.

— Vamos fazer um intervalo.

Então ele se inclinou sobre o console e apertou um botão.

— Miranda, querida, intervalo de alguns minutos.

Os ombros de Miranda caíram um pouco. Ela assentiu e foi andando devagar com o violão até a saída.

Milo ficou observando-a sair pela cortina preta.

— Você queria falar com ela — comentou ele.

— É.

— Vai lá, primeira porta à esquerda. Eu adoraria ser positivo com ela, mas nesse momento é impossível.

Ele se virou, concentrado no console de gravação como se estivesse pensando no quão difícil seria erguê-lo e jogá-lo pelo vidro.

18

Miranda estava deitada numa cama de armar com os braços sobre o rosto e os joelhos flexionados. Ela deu uma olhada rápida quando abri a porta e cobriu de novo os olhos.

Entrei e deixei minha mochila na mesinha redonda ao lado dela. Tirei meu saco de croissants e uma pistola Montgomery Ward .22. Miranda abriu os olhos quando a arma fez seu som metálico sobre a mesa.

— Achei que um café da manhã lhe faria bem — falei.

Ela franziu o cenho. Ao falar, exagerou um pouco no sotaque arrastado.

— Os croissants estavam resistindo, Sr. Navarre?

Sorri.

— Gostei. Não tinha certeza se você possuía algum senso de humor. — Ela ergueu os braços acima da cabeça. Usava uma camiseta branca de mangas cortadas que dizia COUNTY LINE BBQ e havia uma pequena mancha oval de suor grudando o tecido na barriga no ponto onde ficava o violão. A parte interna dos braços era tão branca que os leves pontinhos dos pelos das axilas pareciam ter sido feitos com caneta esferográfica fina.

— Depois das últimas manhãs que tive no estúdio, é preciso ter senso de humor — comentou ela.

— É difícil conseguir o som certo. Os engenheiros estavam falando alguma coisa sobre os microfones.

Miranda esticou as pernas e, com os dedões, tirou os sapatos de plástico dos pés.

— A culpa não é dos microfones, mas não é sobre isso que você veio conversar, é? Devo perguntar sobre a arma?

Ofereci a ela um croissant de chocolate. Ela pareceu pensar no assunto por um minuto, depois girou as pernas para o chão e se sentou. Balançou a cabeça, e seu cabelo preto emaranhado se reacomodou sobre os ombros. Ela umedeceu os lábios. Depois desviou-se do croissant de chocolate que eu segurava e foi direto para o único de presunto e queijo. Droga. Uma mulher de bom gosto.

Ela afastou o .22 com o dedo. Garota do interior. Não é do tipo que fica nervosa perto de armas.

— E então?

— É a pistola que alguém usou para atirar em John Crea. Encontrei-a na lata de lixo do terceiro andar do estacionamento aí do lado.

Miranda deu uma mordida no croissant.

— Alguém simplesmente deixou lá? E a polícia não...

— É difícil subestimar a imbecilidade dos criminosos. A polícia sabe que são imbecis e tentam investigar de acordo com isso, mas às vezes ainda os subestimam. Deixam passar possibilidades que não passariam pela cabeça de ninguém que tivesse bom senso, como usar uma Montgomery Ward .22 para dar um tiro a quase cem metros do alvo e, a caminho do elevador, largá-la no lixo. A polícia está achando que o atirador deve ter usado uma escopeta e que a levou consigo para abandoná-la em algum outro lugar. Isso é o que uma pessoa esperta faria. A maioria das pessoas que acaba impune por um crime não faz o que é esperto. Faz do jeito mais burro possível para enganar a polícia.

— Então... vai levar a arma à polícia?

— Provavelmente. Alguma hora.

— Alguma hora? Depois do que aconteceu à coitada da Julie Kearnes, atingida exatamente do mesmo modo...

Balancei a cabeça.

— A coitada da Julie foi morta por um profissional. Seja quem for que deixou isto, era um amador. Acidentes similares, ambos ligados a você, mas não foram cometidos pela mesma pessoa. É isso que não entendo.

— Se eu puder ajudar...

— Acho que pode. Conhece Sheckly bem melhor que eu.

Sua expressão endureceu.

— Não o conheço tão bem assim. E não, ele não teria nada a ver com isso.

— Alguém está tentando dificultar as coisas para o seu lado desde que você começou a cortejar a Century Records. Tem alguma teoria?

Miranda deu uma mordida no meu croissant de presunto e queijo. Assentiu com a cabeça enquanto mastigava. Depois de engolir, disse:

— Quer que eu admita que Tilden Sheckly é uma pessoa difícil. Sim, ele é. Tem um péssimo temperamento.

— Mas...

Ela balançou a cabeça.

— Mas Sheck não faria essas coisas. Ele conhece Willis, conhece todas as famílias de Avalon County há milhões de anos. Eu sei o que as pessoas acham, mas Sheck sempre foi um cavalheiro comigo.

Ela olhou para mim meio hesitante, com medo de que eu pudesse contradizê-la, pedir que comprovasse isso.

— Se ele é um cara tão legal, por que você assinou com Les Saint-Pierre?

Miranda comprimiu os lábios, como se tivesse acabado de passar batom.

149

— Sabe aquela moça que tocou no Paintbrush há algumas noites, Tammy Vaughn?

— Eu assisti ao show dela.

Miranda ergueu as sobrancelhas. Pelo jeito, não tinha imaginado que eu fosse fã de música country. Gostei dela por isso.

— Há um ano — continuou Miranda —, Tammy Vaughn estava onde eu estou. Fazia shows locais no sul do Texas, em Austin. A maioria em salões de baile. Aí, conseguiu um bom agente e assinou contrato com a Century Records. Eles são o único grande selo com escritório no Texas, sabia disso? Começaram a prestar atenção nos talentos daqui, pegando os melhores e mandando para Nashville. Agora Tammy faz shows por 1.500 dólares a noite. Abriu para LeAnne Rimes em Houston. Tem uma casa em Nashville e outra em Dallas.

— E Sheckly não pode fazer isso por você.

— Desde que posso me lembrar, meu pai mal paga a hipoteca pelo rancho. Trabalha como empreiteiro o dia todo, toca a noite toda e nunca vai conseguir se aposentar. Nem vamos falar de Brent. A ideia de poder ajudá-los...

— Está me dizendo que foi apenas a promessa de dinheiro?

Ela pensou nisso e pelo jeito decidiu ser franca.

— Não. Você tem razão. Assinei com o Les por causa do jeito como ele falou quando nos conhecemos. Les Saint-Pierre tem uma coisa... simplesmente não dá para dizer não para um cara como ele. Além disso, Sheck ou não, às vezes é preciso fazer escolhas para sua carreira. Não dá para agradar sempre a todos.

— Allison — falei.

Miranda fechou a cara para mim.

— Perdão?

— Essa frase é de Allison Saint-Pierre, não é?

Miranda pareceu desconfortável. Largou o croissant meio comido e limpou os dedos. Ficou olhando para a pistola.

— E Cam Compton? — perguntei.

Miranda tirou os olhos da arma. Devagar, deu um sorriso.

— Se ele quer dificultar minha vida? Não, senhor. Cam... sei que não vai acreditar em mim depois de ontem à noite, mas Cam é praticamente inofensivo. Sabe como é, cão que ladra não morde.

— Sei.

— Estou falando sério. Cam nada mais é que a versão poodle de Tilden Sheckly. Ele faz o maior esforço para parecer malvado, perigoso, como se tivesse todo esse lado violento pronto para irromper, mas na verdade não faria nada se Sheck não dissesse "pega". E mesmo que fizesse, não teria cérebro para fazer direito.

— Você acha? Mesmo depois de ontem?

— Eu sei. Cam arrumou uma lojinha de música em San Antonio, comprou depois de fazer sucesso com um disco em algum lugar da Europa há uns dez anos. Ele vai voltar para isso, vai voltar a trabalhar na banda da casa no Paintbrush. Daqui a duas semanas, nem vai mais se lembrar de Miranda Daniels. Ele não espera nada de mim.

Parecendo satisfeita, como se acabasse de se convencer, Miranda voltou a se esticar na cama e ficou olhando para o teto.

— Sabia que Jimmie Rodgers fez sua última gravação dois dias antes de morrer? A tuberculose estava corroendo seus pulmões de tal modo que ele teve que deitar numa cama no estúdio entre as canções, igual a esta aqui. Não paro de pensar nisso.

— Devo guardar a pistola?

Ela deu um sorriso.

— Não. É só que as últimas gravações de Jimmie Rodgers são tão boas. É deprimente.

— Você não está nada mal.

Ela não pareceu incentivada.

— Sua família apoia sua carreira? — perguntei. — Sua mãe?

Ela analisou sete ou oito ladrilhos do teto.

— Ela morreu. Faz muito tempo. Milo não contou?

Balancei a cabeça.

— Sinto muito.

— Acho que ele nem tinha motivo para contar. Não penso muito nisso.

Ela mexeu um pouco mais os lábios, como se não conseguisse alinhá-los direito.

— Mas não foi essa sua pergunta. Sim, papai me apoia muito. É incrível como ele continua acompanhando. Você pode dizer o que quiser de Tilden Sheckly, mas ele incentivou papai a ficar comigo quando montamos a banda, a tocar em todos os shows que pudesse, e esse tem sido o meu maior conforto. Temos um contrabaixista de reserva para substituí-lo quando fazemos shows maiores, mas mesmo assim... ele é um velho burro de carga. Se não fosse pela música dele quando eu era menor, por todos os discos de Ernest Tubb e de Bob Wills, e por minha mãe cantando na cozinha...

Ela entrou num devaneio, e eu me concentrei no meu croissant, deixando sua mente trabalhar à vontade por alguns instantes.

— E Brent?

Os olhos de Miranda ficaram mais límpidos e frios.

— Ele me apoia.

— Você não parecia contente com ele ontem à noite.

— Você tem irmãos?

— Um irmão e uma irmã. Os dois mais velhos.

— Vocês se dão bem todo o tempo, Sr. Navarre?

— Certo, entendi.

Ela deu um sorriso seco.

— Você parece ser um cara legal. Ontem à noite, perguntou sobre "A señorita de Billy". Aquela foi a única canção que compus sozinha, Sr. Navarre. As outras são de Brent. Sabia disso?

Eu disse que não, tentando não parecer surpreso demais.

— É engraçado como soam no estúdio — disse ela por fim. — Ás me dizia...

— Ás?

Miranda rebobinou a mente e então sorriu.

— John Crea. Meu antigo... meu ex-produtor. Ele gostava de ser chamado de "Ás", ainda mais com aquela jaqueta de aviador e tudo.

— Aposto que sim.

— Bem, Ás me dizia que alguns cantores devem reproduzir no estúdio o que os faz se sentirem bem no palco para que o som saia direito na sessão de gravação. Drogas, a plateia gritando para eles, o que for. Alguns têm que dar as costas para a sala de controle ou cantar no escuro. Ele me contou sobre um roqueiro que tinha que ficar de cabeça para baixo para fazer o sangue circular direito antes de cantar. Não estou brincando. Ás sempre dizia que faria qualquer coisa que eu precisasse para que as canções saíssem boas.

— Você sabe do que precisa?

Pude vê-la pensando na resposta certa, a fisionomia endurecendo com um grau de seriedade que não parecia natural. Depois, olhou para mim e decidiu descartá-la. Sua expressão se suavizou, e ela sorriu.

— Não, só consigo me imaginar de cabeça para baixo no escuro com uma garrafa de uísque, cantando *Billy rode out last night...* — Ela chegou a cantar o verso, mas logo se abateu. — Não ajuda a melhorar minha voz, mas com certeza deixa minha cabeça mais leve.

Uma campainha tocou no corredor vindo da área de gravação. Miranda inflou as bochechas e soltou o ar.

— Deve ser o patrão me chamando de volta. Quer ficar? Quer me ver suar para gravar mais algumas faixas ruins?

Balancei a cabeça.

— Preciso fazer mais algumas visitas antes de voltar para San Antonio. Você não respondeu à minha pergunta.

Ela me fitou nos olhos. Tentou manter o sorriso brincalhão, mas com esforço.

— E qual foi a pergunta, Sr. Navarre?

— Quem você acha que está lhe causando tanto pesar, se não for Sheckly ou Cam? Conhece alguém que gostaria de ver você perder sua grande chance?

Ela olhou para baixo, as mãos apoiadas na beira da cama e os ombros encolhidos. Ela era pequena o bastante para que suas pernas ficassem penduradas e ela balançasse os pés.

— Não tive intenção de cortar o convite de Allison para nossa festa — comentou Miranda. — Você será bem-vindo amanhã.

— Obrigado.

— Allison tem sido minha melhor amiga nos últimos meses. Tem sido muito boa para mim.

— Ainda não respondeu à minha pergunta.

Quando Miranda se levantou, ficamos próximos o bastante para uma dança a dois. Vi pontinhos verdes em suas íris castanhas, salpicos que eu nunca teria notado de outra forma. Ela falou tão baixinho que mal a ouvi.

— O engraçado é que Allison Saint-Pierre é praticamente a única pessoa que me deixa morrendo de medo. Você perguntou, e eu respondi. Não é uma coisa terrível de se dizer sobre uma amiga?

Milo Chavez segurou a porta.

— Eis a campeã.

Ele passou por mim e pôs seu braço enorme em torno dos ombros de Miranda. Ela desviou os olhos dos meus e sorriu para Chavez. Depois descansou a cabeça no peito dele, deixando transparecer o cansaço.

— Está indo muito mal, Milo.

— Não — insistiu ele, encontrando sua positividade e abrindo o melhor sorriso que eu já tinha visto. Eu mesmo fiquei quase convencido, quase pronto a acreditar que nossa recente conversa sobre seu chefe desaparecido tinha sido um sonho. — Espere só, Miranda, e vai ver. Vai ficar impressionada. Vai escutar a si mesma na gravação finalizada e vai pensar: "Quem é essa estrela que estou ouvindo?"

Miranda tentou sorrir.

Enquanto andavam juntos pelo corredor, Milo esfregava os ombros de Miranda como um técnico de boxe e lhe dizia o quanto estava indo bem. Miranda deu uma rápida olhada para trás, para mim, e depois voltou a olhar para a frente. A campainha tocou de novo, chamando-os para dentro.

19

Liguei para minha informante do telefone público do Mercado de Produtos Naturais de North Lamar. Uma das amigas que dividem a casa com Kelly Arguello, acho que o nome dela era Georgia, atendeu o telefone um pouco ofegante, como se estivesse acabando seus exercícios físicos matinais. Quando perguntei por Kelly, ela disse:

— Não sei se ela está em casa. Quem é?

Eu disse meu nome.

— Ah. — A voz dela subiu meia oitava. — Kelly está. Só um minuto.

O fone bateu em alguma coisa.

Ouvi Kelly rindo por um bom tempo antes de pegar o fone. Dizia a Georgia para calar a boca.

— Tres?

— Kelly. Como vai a faculdade?

Ela pigarreou, fazendo um daqueles sons guturais semelhantes aos do idioma alemão.

— Provas de meio de semestre. Direito contratual. Mais alguma pergunta?

— Preciso rastrear uma pessoa desaparecida e de um levantamento da documentação dela. Se estiver muito ocupada...

— Eu disse isso? Você está na cidade?

Hesitei.

— Estou.

— Passe aqui. Acho que ainda tenho uma Shiner Bock na geladeira.

Olhei para o teto do edifício-garagem na outra extremidade do terreno. Era rodeado por itens comestíveis gigantes feitos de papel machê — morangos, berinjelas, leite.

— Eu posso mandar as informações por e-mail se você precisar estudar ou coisa parecida.

— Você sabe que não.

Depois que Kelly desligou eu fiquei lá parado, olhando para a imensa galinha de papel machê. Qualquer semelhança com personagens reais ou fictícios era pura coincidência.

No início do meu aprendizado, Erainya usou três palavras para me dizer como encontrar um informante: *estudantes de direito*. Ficam felizes de ver qualquer soma de dinheiro, por menor que seja, e não fazem perguntas, exceto por uma ocasional — "Onde está a cerveja?". Estão acostumados a trabalhar muito, são inteligentes e sabem como extrair os melhores resultados da burocracia. Tudo isso é muito mais do que se pode dizer da maioria das pessoas que comanda os serviços de informação.

Infelizmente, minha estudante de direito tinha se revelado um pouco mais do que eu havia barganhado. Levando-se em conta que fora indicada por seu tio Ralph, não sei por que fiquei surpreso.

Quando cheguei à casa de Kelly Arguello no bairro de Clarksville, ela estava do lado de fora, podando uma madressilva que tomava conta da parede externa de seu quarto e ameaçava avançar sobre a janela.

Não é difícil localizar Kelly. É o tipo de garota que chama atenção, mas desde que se mudou para Austin e pôs luzes roxas no cabelo, encontrá-la ficou ainda mais fácil.

— Adoro essa coisa — disse ela quando me aproximei por trás. — Infelizmente, as abelhas também.

— Você é alérgica?

Sem tirar os olhos da tarefa, ela arregalou os olhos e fez que sim várias vezes.

— As criaturinhas zumbiram na minha janela durante todo o verão. É a primeira manhã que está fresca o bastante para fazer uma poda. Se ficarmos com esta casa para o semestre que vem, na primavera, vou ter que trocar de quarto com Dee.

Ela equilibrou o peso na escada e esticou o braço ao longo da janela. Usava uma blusa verde de cirurgião e um calção branco masculino que devia ter disfarçado sua silhueta, mas por alguma razão não o fazia. Ela ainda mostrava o corpo esbelto e harmoniosamente esculpido de uma adolescente nadadora. Mal completara 21 anos, mas nenhum bartender com bom senso deixaria de lhe pedir a carteira de identidade. Seu cabelo preto e roxo estava preso num rabo de cavalo e balançava cada vez que ela podava um galho.

— Você vai cair — falei.

— Ora, segure a escada, seu palerma.

Fiquei segurando a escada, olhando para o lado, assim não encarava os calções de natação de Kelly. Concentrei-me na casa ao lado.

— Seus vizinhos também são jardineiros.

Kelly fez um "sshhh", embora ninguém pudesse ter me ouvido. O quintal do vizinho consistia em terra batida, uma ambrósia, um velho chassi de Chevrolet apoiado em blocos de concreto e uma geladeira marrom encostada num carvalho.

— Eu tenho uma ideia. — Kelly pôs a ponta da língua para fora ao tentar podar um galho. — Eu, Georgia e Dee estamos pensando em sair da faculdade e abrir um negócio de utensílios domésticos de segunda mão. Sabe, vender essas máquinas de lavar e geladeiras velhas que as pessoas deixam em seus quintais. É só dar uma volta por esse lado de Austin e você vai ver que há uma grande demanda. O que acha?

— Acho que seu tio se orgulharia de você.

Ela sorriu. Não é sempre que percebo a semelhança entre Kelly Arguello e seu tio. É possível notá-la quando ela sorri. Embora, graças a Deus, em Kelly o sorriso não tenha aquele ar maníaco.

Ela se inclinou para um último galho curvado que pendia sobre a janela.

— Certo. O suficiente por agora. Tem um isopor na varanda. Pegue a Shiner Bock.

— São dez e meia.

— Prefere uma cerveja mais leve, então?

Peguei a Shiner. Kelly tomou uma Pecan Street Ale. Sentamo-nos no banco de balanço feito de madeira na varanda, e ela ligou um pequeno computador azul portátil e começou a copiar as informações que eu havia coletado até agora sobre Les Saint-Pierre.

O laptop apitava de um modo desagradável. Ela praguejou, segurou-o no ar pela tela, reacomodou-se, sentando sobre os pés descalços, e recolocou o computador no colo, clicando na tecla delete várias vezes.

— Brinquedo novo? — perguntei.

Ela franziu o nariz, estilo coelho, e ficou assim por alguns segundos.

— Ralph?

Ela assentiu.

— Eu comentei com ele que estava economizando para comprar um. Aí ele foi e comprou este para mim. Ele sempre faz esse tipo de coisa.

— É que ele ficou chateado por você ter conseguido todas essas bolsas de estudo. Ele tinha a intenção de pagar toda a faculdade.

— Acho que ele daria uma surra nos meus professores se eles não me dessem apenas notas altas.

— Isso não é verdade — falei. — Ele *pagaria* alguém para dar uma surra neles.

Ela não pareceu achar graça. Continuou digitando e semicerrando os olhos enquanto tentava entender a letra de Milo Chavez.

— *Lo hace porque le importas*, Kelly.

Ela fez que não tinha ouvido.

— Você quer toda a documentação referente a esse cara? — perguntou Kelly. — Como da última vez?

— Consiga a certidão de casamento. Carteira de habilitação. Crédito. Ele também tem uma passagem pela força aérea. Podemos pelo menos conseguir a data e a natureza da dispensa. Verifique os cadastros de contribuinte, especialmente contratos, permissões para construções...

— Basicamente tudo — resumiu ela e folheou mais alguns papéis, adquirindo confiança na tarefa, até chegar aos arquivos dos departamentos de recursos humanos do computador de Julie Kearnes, todas as sete páginas. — Uau. — Ela leu algumas linhas e me fitou com olhos arregalados. — Mas que diabo é isso?

— Parte do nosso problema. Esse cara pode ter deixado de existir.

Ela assentiu lentamente, tentando decidir se fingia estar acompanhando meu raciocínio ou não.

— É?

— Digamos que você estivesse metida num lance perigoso.

— Tipo o quê?

— Sei lá. Mas você sabe que vai fazer alguns inimigos e quer deixar uma porta aberta para escapar. Ou talvez esteja de saco cheio da sua vida e planeje há muito tempo dar o fora, mas aí surge uma situação indigesta e você calcula que chegou a hora certa. Seja como for, você quer desaparecer da face da Terra por algum tempo, talvez para sempre. O que faria?

Kelly pensou a respeito. Estudantes de direito podem levar um tempo para subverter o que aprenderam — para ver as ilegalidades possíveis, em vez das legalidades. Mas quando finalmente conseguem fazer isso, é assustador.

— Eu começaria a construir uma nova identidade — decidiu ela. — Nova identidade, novo crédito, uma papelada completamente limpa, sem rastros. Passaria uma cantada em alguém que tivesse acesso aos arquivos de funcionários de alguma grande empresa, como esses. — Ela deu uma olhada mais atenta às folhas impressas. — Eu procuraria alguém falecido que fosse mais ou menos da minha idade, alguém que tivesse morrido longe de sua cidade de origem, de modo que as certidões de nascimento e de óbito nunca se encontrassem. Poderia pedir a certidão de nascimento da pessoa na cidade de origem, conseguir um novo número de previdência social com ela e depois uma carteira de habilitação e até um passaporte. É isso mesmo?

Fiz que sim.

— Nota 10.

— As pessoas realmente fazem isso?

— Centenas de vezes ao ano. É difícil ter os números porque ninguém faz propaganda dos casos bem-sucedidos.

— O que significa... — Ela começou a reavaliar o serviço que eu estava lhe pedindo para fazer. — Minha nossa.

— Significa que precisamos estreitar o campo de ação. Precisamos encontrar nesses arquivos os candidatos mais prováveis a terem dado uma vida nova a Les Saint-Pierre: homens de quase 50 anos que nasceram fora do estado e morreram recentemente. Não deve haver muitos. Depois temos que descobrir se algum desses falecidos requisitou nova documentação de identidade nos últimos, digamos, três meses.

— Isso ainda pode significar cinco ou seis nomes a rastrear. E mesmo assim, podemos perdê-lo. *Se* é que ele realmente desapareceu.

— Verdade.

— Temos quanto tempo?

— Até a próxima sexta.

Ela ficou me olhando.

— Isso é impossível. Vou ter que estudar Estatísticas Vitais hoje.

— Vai poder fazer?

Ela levantou as sobrancelhas.

— Claro. Posso fazer qualquer coisa. Mas tem um preço.

— Quanto?

— Que tal um jantar?

Dei um peteleco no gargalo da minha garrafa.

— Kelly, seu tio tem uma grande coleção de armas.

— O quê? Não posso convidar você para jantar?

— Claro que pode, eu é que não posso aceitar.

Ela revirou os olhos.

— Isso é uma bobagem, Tres.

Fiquei quieto tomando minha cerveja. Kelly guardou os arquivos dos recursos humanos na pasta e voltou a digitar. De vez em quando, a fragrância da madressilva podada passava pela varanda, um odor estranho para meados de outubro.

Tirei cinco das notas de Milo da mochila e dei a Kelly.

— Se tiver alguma despesa extra, me avise.

— Claro.

Ela voltou a fuçar a pasta e pegou a foto de Les Saint-Pierre.

— Que horror!

Tentou imitar a expressão de Les, sem conseguir reproduzir direito o franzir de sobrancelhas.

Do outro lado da rua, um executivo tropeçou ao sair pela porta e derramou café na gravata. Ergueu os braços como se fosse o Drácula, soltou um palavrão e depois foi andando com mais cuidado para seu BMW. Sua casa de dois andares parecia ter sido construída nas últimas 12 horas — cheia de tapumes de alumínio branco, e o gramado ainda se constituía de quadrados verdes que não tinham se unido. A casa ao lado da dele era um velho barraco vermelho com uma loja ao lado que vendia cerâmica e cristais. Austin.

— Como foi crescer sem sua mãe? — perguntei.

Kelly levantou uma das sobrancelhas e olhou para mim sem virar a cabeça.

— Por que está perguntando isso?

— Por nada. Só curiosidade.

Ela esticou o lábio inferior para soprar uma mecha de cabelo cor de uva que estava caída no rosto.

— Não penso muito nisso, Tres. Não passei a infância pensando que havia algo diferente comigo nem nada disso. Meu pai estava sempre por perto; cinco ou seis tios em casa. As coisas simplesmente eram do jeito que eram.

Girei o restinho de cerveja na garrafa.

— Você se lembra dela?

Os dedos de Kelly relaxaram no teclado. Ela olhou para a porta e, momentaneamente, pareceu mais velha do que era.

— Sabe qual é o problema, Tres? Os parentes estão sempre nos dizendo coisas. Lembram a gente do que fazíamos, do jeito que nossa mãe era. Nós misturamos isso com as fotografias antigas e logo ficamos convencidos de que também temos as mesmas lembranças. Então, se quisermos manter a sanidade, enterramos tudo.

— Por quê?

— Por que não é o suficiente. Se você é criada por homens, tem que aprender a lidar com eles. O fato de não ter tido uma mãe... — Ela hesitou, os olhos ainda procurando por algo no vão da porta. — Acho que com uma mãe, a gente conta com certa intuição, compreensão e conversa. Com um monte de homens em casa, a garotinha precisa usar outra tática. Aprender formas furtivas de conseguir o que quer. Na verdade, é um bom treinamento para trabalhar em firmas de advocacia. Ou com você.

— Muito obrigado.

Kelly sorriu. Deu uma olhada nos outros documentos, encontrou pouca coisa que a ajudasse, devolveu o envelope e fechou o laptop.

— Assim que eu conseguir alguma coisa, aviso — disse ela.
— Vai voltar para San Antonio?

Fiz que sim.

— Quer que eu diga alguma coisa ao seu tio?

Kelly se levantou tão de repente que o balanço começou a se movimentar meio torto. Ela abriu a porta telada.

— Claro. Diga a ele que estou esperando um convite seu para jantar.

— Você está querendo me matar.

Ela sorriu como se eu tivesse imaginado exatamente o que ela tinha em mente e fechou a porta, me deixando sozinho na varanda, no banco que ainda ziguezagueava.

20

Existem dois postos de serviço estaduais entre Austin e San Antonio, resquícios de tempos mais simples, antes que as construtoras salpicassem lojas de conveniência e outlets a cada cem metros ao longo da rodovia.

Resisti à vontade de parar no primeiro, embora a Shiner Bock de Kelly Arguello estivesse começando a se manifestar em meu organismo, mas depois de passar por New Braunfels, minha bexiga se contorcia, inflando como balões de animaizinhos. Decidi parar no segundo posto.

Estacionei o Fusca com tanta rapidez para ir ao banheiro que nem notei a picape com o trailer para cavalo que estava na minha frente.

Assim como não notei direito o sujeito que estava ao meu lado no mictório. Ele cheirava um pouco a fumaça de cigarro, e a camisa xadrez e o perfil pareciam familiares, mas não há lugar tão inviolável quanto o espaço entre dois homens na hora de mijar. Não olhei para ele até nós dois termos nos ajeitado e estarmos lavando as mãos.

— Brent, não é?

Ele secou as mãos com a toalha de papel algumas vezes, franzindo a cara para mim. Não trocava de roupa nem se barbeava desde ontem. As bolsas sob os olhos estavam inchadas, resultado da tequila extra do show da noite anterior.

— Tres Navarre — falei. — A gente meio que se conheceu ontem à noite no Cactus.

Brent jogou a toalha de papel fora.

— A testa de Cam Compton.

— Isso.

— Eu lembro.

Brent olhou para trás de mim, para a entrada do banheiro. Eu estava parado entre ele e a saída, impedindo a passagem dele. E era óbvio que ele queria passar. Dois homens conversando no banheiro era apenas um pouco menos esquisito do que tomar conhecimento um do outro diante do mictório. Talvez eu devesse compensar oferecendo-lhe Red Man. Ou comentando os jogos decisivos da temporada. Etiqueta entre amigos.

— Você está com Miranda? — perguntei.

Ele olhou em volta, desconfortável.

— Não, só com o equipamento.

— Ah.

Ele se esquivou um pouco mais. Tive compaixão e dei um passo para o lado, para que pudéssemos sair ao mesmo tempo.

O posto estava bem movimentado para um dia de semana. Numa das extremidades da ilha oval gramada, os bancos de piquenique estavam lotados com uma enorme família de latinos. Homens gordos de camiseta regata tomavam cerveja enquanto as mulheres e as crianças iam e vinham entre as mesas e suas velhas caminhonetes, carregando caixas térmicas e recipientes com salgadinhos e marshmallows. Um cachorrinho passava pelas pernas das crianças. No meio-fio, enfileiravam-se carretas com cabines escuras, seus motoristas dormindo, barbeando-se ou comendo lá dentro com o olhar fixo no horizonte, pensando no que quer que passe pela cabeça dos caminhoneiros.

Uma igreja batista local havia montado uma mesa de doações na base dos degraus que levavam aos banheiros. Várias louras empertigadas ofereciam folhetos sobre a lei que proíbe o consumo de bebida alcoólica por quem está dirigindo e Bíblias de bolso gratuitas, além de donuts e café. Um cartaz verde anunciava Cristo também ama os viajantes e se agitava no vento úmido.

Brent Daniels não se empolgou ao perceber que estávamos estacionados perto um do outro — meu Fusca bem atrás de sua picape com o trailer.

O veículo de Brent era um Ford branco com frisos marrons. Os vidros tinham uma tonalidade quase prateada, impossibilitando a visão do interior da cabine.

O trailer, feito de metal marrom, era para apenas um cavalo e tinha as palavras Rocking U Ranch pintadas num bege que não combinava com o restante.

— Equipamento num trailer para cavalo — falei. — Criativo. Brent assentiu.

— Mais barato que um furgão. Willis conseguiu um bom preço por ele.

Ficamos lá parados. Eu não sabia bem por que Brent havia parado para conversar. Então me dei conta de que, por algum motivo, ele queria que eu fosse embora antes.

Quando a gente está com vantagem, eu digo, faça pressão.

— Eu estava falando com Miranda sobre a música de vocês hoje de manhã. Ela me contou que foi você quem compôs a maioria das canções. Disse que você apoia o fato de ela as gravar.

Os dedos de Brent envolveram a maçaneta da porta do Ford e permaneceram ali. Era difícil ler sua expressão, em grande parte uma apatia grosseira talvez misturada com algum divertimento seco. Com a barba de um dia por fazer, pude ver que alguns fios das costeletas estavam ficando brancos, como as de seu pai.

— Apoio? — repetiu ele. — É mesmo?

— Ela parece achar que sim. Já tentou gravar sozinho? Chegar a Nashville? Você tem boas canções.

Isso tornou o ar divertido mais evidente. Percebi um tique espasmódico no olho esquerdo de Brent, como se ele estivesse tentando sorrir mas uma pane em seu rosto o impedisse.

— Pergunte a Les sobre isso — disse ele. — Tenho 42 anos, sequer tinha começado a compor... — Ele se deteve e decidiu mudar de tática. — Só comecei a compor faz uns dois anos. A maioria dos artistas que consegue chegar lá tem entre 15 e 18, alguns até menos. Miranda está no limite, com 25. Les diz que se você passa dos 30 anos como artista, está acabado.

— Les disse isso, é? Quantos anos ele tem, 45?

O olho de Brent tremeu mais um pouco.

— Acho que a regra não se aplica a agentes.

Nós dois olhamos para a estrada quando outra carreta passou rugindo, o motor tão barulhento quanto o de um avião. Algumas gotas de chuva respingavam no asfalto aleatoriamente a intervalos de alguns segundos. O vento estava lento, pesado e quente, e as nuvens não pareciam decidir o que fazer — irromper ou seguir em frente, deixando as colinas baixas num verde ainda mais escuro, quase roxo.

— E o resto da banda? — perguntei. — O Sr. Sheckly parece achar que vocês vão ser deixados para trás se o contrato de Miranda com a gravadora sair. Alguém mais além de Cam ficou chateado com isso?

Brent perdeu qualquer sorriso que talvez estivesse formando. Roçou a bota no meio-fio, um ligeiro sinal de impaciência.

— Acho que você devia perguntar a eles, não é? Julie morreu. Cam foi despedido. Com isso, restam Ben French e a família, não é?

Atrás de nós, um caminhoneiro estava flertando com uma das mulheres batistas, chamando-a de "docinho". Ela tentava manter o sorriso de polietileno no lugar, falando sobre como

Jesus queria que o caminhoneiro tomasse um café e ficasse desperto na estrada. Seu tom não era muito convincente.

— Você tem um emprego diurno? — perguntei a Brent.

— Não. E você?

Ah. Uma pista.

Brent continuava com a mão na maçaneta do carro, sem fazer nenhum movimento para abri-lo. Olhei para o vidro prateado sem ver nada além do meu reflexo, empolado e indistinto.

— Se eu não o conhecesse — falei a Brent —, acharia que você não quer abrir essa porta.

Brent olhou para sua bota e, em seguida, para o vira-lata do grupo latino que agora circulava entre as colunas de metal da cobertura entre uma construção e outra.

Brent sorriu para o cachorrinho.

— Está trabalhando com Milo? — perguntou ele.

— Isso mesmo.

Brent assentiu.

— Então é melhor ir nessa.

Ele abriu a porta da cabine e entrou, tentando não fazer isso com muita rapidez. Tentei não ser muito óbvio ao olhar, mas não havia muito para ver — apenas os pés bronzeados de uma mulher cruzados nos tornozelos e apoiados na janela como se ela estivesse dormindo no assento de trás. Ela tinha as unhas pintadas e uma corrente de ouro no tornozelo.

Brent fechou a porta, e eu o perdi atrás da película do vidro.

A caminhonete partiu, e uma gota grande de chuva morna caiu bem no meu nariz.

A moça batista deu um suspiro de alívio porque o caminhoneiro paquerador tinha acabado de ir embora. Ela me chamou e me ofereceu um donut. Eu agradeci, mas Jesus teria que encontrar outra pessoa. Só haviam restado os que tinham recheio de geleia.

21

— Está registrada — disse Ralph Arguello.

Ele entrou, sentou ao meu lado no banco traseiro de seu Lincoln marrom e me devolveu a Montgomery Ward .22. Chico ligou o carro, saiu do estacionamento da casa de penhores e seguiu rumo ao sul pela Bandera.

— Você ficou cinco minutos inteiros lá dentro — falei.

— É. Desculpe a demora. Minha amiga do registro de dados faz todos os recibos das armas para a casa de penhores. Às vezes, quando não quero esperar, ela faz uma seleção prévia para mim, entende? Hoje ela estava um pouco ocupada.

— Conseguiu o nome e o endereço do dono?

— O que você acha?

— Acho que deve ter conseguido o nome de solteira da avó dele e seu sabor predileto de sorvete.

Ralph abriu um sorriso amplo.

— *Que padre, vato.*

Quando Ralph abre um sorriso amplo, o gato da Alice fica com inveja. Ele deixa um psicopata nervoso. Talvez seja porque não é possível ver seus olhos por trás das grossas lentes redondas. Ou então é o jeito como seu rosto fica corado, como uma daquelas máscaras de diabo gorducho que vendem em Piedras Negras. Quando ele sorri desse jeito, pode significar que ganhou mil dólares na moleza, fez uma boa refeição ou simplesmente baleou alguém que o incomodava. É difícil distinguir.

Ele tirou uma folha de papel do bolso da camisa *guayabera* de linho branco e me entregou. Com letra de imprensa meticulosa e minúscula, Ralph tinha escrito: C. COMPTON 1260 PERRIN-BEITEL SA TX 78217.

— Tenho uma história sobre esse cara — começou Ralph.

Isso não era de surpreender. Se Ralph Arguello não tivesse uma história para contar sobre alguém, a pessoa em questão seria um nativo raro e maçante de San Antonio.

Li o nome C. Compton de novo.

— Conte.

Ralph tirou um baseado de algum lugar e começou a beliscar cuidadosamente as extremidades.

— Compton trabalha para aquele palácio musical, o Indian Paintbrush. Conhece?

— Conheço.

— Lembra o Robbie Guerra, o meia do Heights?

Como sempre, eu não fazia ideia do curso que o raciocínio de Ralph estava tomando ou de onde sua informação tinha vindo, mas fiz que sim.

— Como ele está?

— Ele morreu, cara, mas essa é outra história. Seis meses atrás, tínhamos um ótimo acordo com uma empresa fornecedora de restaurantes e alguns dos lugares que trabalhavam com ela. O Indian Paintbrush era um deles. A cada dez engradados, um era separado, Robbie e eu o pegávamos, e todos os envolvidos levavam algum. Compton era músico ou coisa parecida, mas durante o dia também trabalhava com o gerente de negócios, um cara...

— Alex Blanceagle. Sardas. Orelhas grandes.

— Isso mesmo. Bem, Compton e Blanceagle sabiam sobre o acordo dos engradados, levavam a parte deles, estava tudo correndo na boa. Ate que, uma noite, eu e Robbie acidentalmente fuçamos na carga errada. Isso acontece. Chegamos no intervalo dos guardas, tipo, normal, tudo parecia legal, e começamos a tirar os cilindros compridos de papelão da plataforma de carregamento. Achamos que talvez estivessem cheios de canos de cobre ou coisa parecida, porque estavam pesados pra caramba, mas tudo bem, mercadoria é mercadoria. Cinco segundos depois, todos esses *gabachos* apontavam armas para a nossa cara: Blanceagle, Compton e dois alemães gritando em alemão. Robbie e eu levamos um passa-fora, metade em alemão, com armas apontadas para nossa cabeça todo o tempo. Blanceagle berrava como se nunca tivesse nos visto antes e nos dizia que tínhamos sorte de sair vivos dessa. Então a gente disse *chupa me*. Esse foi o fim do acordo.

Ralph acendeu a *mota* e deu uma longa tragada. Pela agitação que demonstrava, podia muito bem estar me contando sobre sua última festa de aniversário.

— Descreva esses alemães.

Ralph fez uma descrição bem precisa de Jean, o homem com a Beretta no estúdio de Sheckly. O outro cara que ele descreveu não me parecia familiar.

— O que havia nos cilindros?

Ralph soltou a fumaça.

— *No se, vato*. Todos aqueles caipiras e nazistas apontando armas para mim, eu não ia pedir para dar uma olhadinha. Provavelmente kits de treinamento para a Klu Klux Klan, né?

Seguimos em silêncio pela Bandera por mais alguns quilômetros, passamos pelo anel rodoviário e entramos numa zona residencial, onde as casas pareciam bunkers militares, planas e escondidas atrás de antigos muros de tijolos e muitos arbustos. Os muros exibiam a pichação fresca de alguma gangue. Uma cabine telefônica na esquina da Callahan tinha sido arrancada e estava caída num banco no ponto de ônibus. Em cima dela, havia uma fileira de garrafas vazias de MD 20/20, as quais um garotinho sem camisa golpeava com um pedaço de pau.

O céu não ajudava a conter a impressão geral de que toda a vizinhança tinha sido recentemente arrasada. Uma camada bem baixa de nuvens cinzentas fazia pressão sobre ela, como se fosse material de isolamento. O ar havia esquentado de novo e agora pairava ali, estagnado e pesado.

Depois de passarmos por alguns quarteirões, Chico inclinou a cabeça para trás e perguntou a Ralph, em espanhol, se ele queria parar no Número Catorze, visto que estávamos passando por ali. Ralph deu uma olhada em seu Rolex de ouro e disse que sim, claro. Depois, tirou o Sr. Sutil debaixo do assento do motorista e o carregou. Sr. Sutil é a Magnum .357 dele.

— A garotada anda fazendo barulho — justificou ele. — Esses babacas.

— Número Catorze — falei. — Um nome fácil de lembrar.

— Então, cara, quando se tem vinte casas de penhores, tenta-se batizar todas elas.

Ele enfiou o Sr. Sutil na cintura da calça jeans, por baixo da *guayabera*. A maioria das pessoas não poderia usar uma Magnum desse jeito e não deixar aparente. A maioria das pessoas não tem a circunferência de Ralph, nem suas camisas de linho tamanho GG.

Chico encontrou uma estação de rádio tocando Def Leppard e aumentou o volume. É provável que ainda estivesse na parada de sucessos em San Antonio.

— Então — disse Ralph — viu minha sobrinha quando foi a Austin?

— Ela está bem. Trabalha bem, como você disse.

— Ela anda nessa fase *con crema*, cara. Às vezes, não a entendo.

— *Con crema*?

— Você sabe o que quero dizer. Não fala espanhol. Só sai com caras brancos.

— Jura?

173

Ralph fez um gesto afirmativo, se remexendo um pouco no assento. Fiz o mesmo. Ficamos olhando pela janela. Ele decidiu mudar de assunto.

— Por falar em *con crema*, cara, você está de novo andando com aquele *cabrón*, Chavez?

Eu não tinha falado nada a Ralph sobre o caso. Não que isso importasse. É provável que Ralph tivesse ficado sabendo sobre meu encontro com Chavez no dia em que ocorreu. Qualquer coisa que acontece dentro dos limites da cidade, Ralph geralmente toma conhecimento a tempo de começar a fazer apostas.

— Milo está enrolado com um lance, Ralph. Eu disse a ele que tentaria ajudar.

— É. — Ralph abriu um sorriso. — O cretino já sabe o que quer ser quando crescer?

Eu nunca soube com certeza quando nem como Milo e Ralph tinham se conhecido. Eles simplesmente se conheceram e se detestaram. Nós três tínhamos frequentado a Alamo Heights, é claro, mas pelo que eu saiba, os dois sujeitos nunca trocaram uma palavra, nunca tomaram conhecimento um do outro. Eu nunca tinha estado com os dois ao mesmo tempo. Tirando o fato de serem latinos da região norte, os dois não podiam ser mais diferentes. Ralph tinha vindo da pobreza, da periferia, onde seu pai morrera por causa do pó de cimento que penetrara em seus pulmões na fábrica onde trabalhava e onde a segunda geração de nativos ainda tinha *green cards* falsos porque era mais fácil do que fazer *La Migra* acreditar em sua nacionalidade. Ralph havia coseguido completar o ensino médio graças ao seu talento no futebol, a astúcia, uma navalha e uma certeza inabalável de que um dia valeria um milhão de dólares. Milo viera de uma plácida família próspera. Era um dos poucos latinos que tinha sido aceito nos círculos dos brancos, era convidado para as festas, tinha até uma namorada branca. A notícia de que ele brincava com algo relacionado à música depois do ensino médio, entrou no negócio e finalmente se formou em direito não deixou seus velhos amigos surpresos nem empolgados. Nenhuma sensação de que ele havia encarado adversidades insuperáveis. O fato de ter trocado de trabalho novamente e ido para a indústria da música country gerou, no máximo, alguns sorrisos divertidos.

— Milo vai bem.

Ralph deu uma risada.

— Não foi por causa dele que você quase foi morto em São Francisco?

— Essa é uma interpretação.

— É. Lembra aquele troço que a gente derramava na água na aula de química? O que era mesmo...

— Potássio.

— Isso mesmo. Explodia, não é? Isso é você e Chavez, cara. Não dá para acreditar que você voltou a falar com aquele cretino. Pensou naquela oferta que eu fiz mais cedo?

— Eu não estaria concentrado no lance, Ralph. Já tenho preocupações o bastante.

Ralph soprou uma baforada de maconha contra o vidro e balançou a cabeça.

— Não entendo você. Desde a escola que tento e ainda não consegui. Você empurra um cara de uma chaminé no décimo andar...

— Circunstâncias especiais. Ele ia me matar.

— Quebra a perna de um sem-vergonha só porque uma dama te pediu, sem ganhar nada.

— Ele estava fraudando os cheques da previdência social dela, Ralph.

— Agora trabalha para Chavez sabendo que ele vai te ferrar, cara. Aí eu ofereço 500 por semana na moleza, pra fazer a mesma coisa, e você me diz que não dá. *Loco*.

Chico tinha ficado quieto até então. Agora virou um pouco a cabeça e disse:

— Ele que se foda.

Olhei para Ralph.

Ralph deu outro tapa no baseado.

— Chico é novo.

— Notei.

Chico mantinha os olhos na estrada, mão esquerda na direção e o enorme braço direito estendido no encosto do assento. No ombro ele havia tatuado LA RAZA em letras bem pequenas. Seu cabelo estava coberto por uma bandana amarela, amarrada atrás, estilo pirata.

— Ele que se foda — repetiu ele. — Pra que você precisa desse veado, cara?

Ralph sorriu para mim.

— Ei, Chico, esse cara é legal. Tirei o dele da reta de uns babacas no ensino médio.

— *Você* tirou o *meu* da reta?

— É, cara. Você lembra. — Depois para Chico. — Isso mudou a vida dele, cara. Virou esse fodão das artes marciais. Ele é bom.

Chico grunhiu, sem se impressionar.

— Um cara que eu conheci no xadrez fazia tae kwon do. Dei uma sova nele.

Seguimos em frente.

A casa de penhores Número Catorze ficava num centro comercial de cinco lojas quase na esquina com Hillcrest, entre o Mayan Taco King e o Joleen's Beauty Shop. No toldo amarelo vivo, estava escrito COMPRAMOS OURO!!! As vitrines estavam pintadas com abóboras, bruxas e notas de dólar sorridentes que não combinavam muito com as grades contra arrombamento e os mostruários de armas ao lado.

Diante das lojas, havia uma cobertura de metal apoiada em colunas quadradas brancas. Na frente do Número Catorze, estavam dois garotos latinos, com uns 17 anos talvez, ambos de jeans pretos e jaquetas dos Raiders, encostados nas colunas. Dariam bons zagueiros se estivessem na escola. Entre eles, reclinado na calçada, apoiado nos cotovelos, estava outro garoto, este bem mais magro, que evidentemente tinha comprado suas roupas com os zagueiros. As roupas estavam enormes em todos, mas em especial no cara magrinho. Os três pareciam uma família de elefantes que tinha conseguido um desconto para fazer uma lipoaspiração.

Ralph e Chico foram andando em direção a eles. Eu os segui.

Nenhum dos garotos se mexeu, mas o magrinho do meio sorriu. Ele tinha o queixo mais pontudo que eu já tinha visto, com um tufinho espetado de barba adolescente. Fazia com que a parte inferior de seu rosto parecesse ter se moldado de um estribo.

— E aí, patrão — disse ele. — *¿Que pasa?*

Ralph retribuiu o sorriso.

— Vega. Quer levar suas *chiquitas* aqui para brincar em outro lugar? Vocês estão atrapalhando a entrada do meu negócio, cara.

Tive a sensação de que Ralph e Vega já tinham passado por isso algumas vezes antes. Eles se entreolharam, ambos sorrindo, esperando que algo eclodisse.

O que eclodiu foi a paciência do nosso novo homem, Chico. Ele saiu do lado de Ralph e disse:

— Foda-se!

Foi até o magrinho e o levantou pela jaqueta com uma das mãos. Isso talvez fosse de impressionar se o garoto não pesasse 45 quilos ou se Chico não tivesse separado bem as pernas e dado a Vega uma bela oportunidade de lhe dar uma joelhada no saco.

O joelho de Vega era puro osso, e o que lhe faltava em peso, sobrava em ferocidade. Ao dar a joelhada, a fisionomia de Vega se retesou e os dentes se cerraram de tal modo que o tufo de barba quase tocou o lábio inferior.

Chico grunhiu, largou o garoto e se dobrou, começando a se virar em câmera lenta. Seu rosto ficou da cor de sua bandana. Um dos zagueiros lhe deu um chute no traseiro, e ele caiu de lado no asfalto, gemendo.

— *Mierda, mierda.*

Olhei para Ralph.

— Ele é novo.

— Pois é.

Vega ajeitou as roupas folgadas e voltou a se sentar, sorrindo outra vez. Cofiou a barbicha e falou para os amigos que grande *pachuco* durão Chico era. Eles riram.

— Pô, cara — disse Vega —, uns fregueses vieram aqui hoje, patrão, mas não pareciam gente boa, certo? Falamos para eles que não ia dar. Estamos tomando conta para você.

Nesse instante, um homem grisalho magrelo saiu da loja, olhou para Ralph meio atemorizado e começou a se desculpar em espanhol.

— Sr. Arguello, juro que eu não sabia que eles estavam aqui. Já mandei irem embora duas vezes.

Então, o velho começou a brandir timidamente um jornal enrolado e enxotou os garotos, mandando-os irem embora. Ninguém lhe deu atenção. Os garotos olhavam para a Magnum .357 que agora Ralph segurava.

— Sabe, *vato* — disse Ralph para mim, descontraidamente —, antes era só *La Familia* que vinha até nós. Pelo menos, eram adultos, certo? Agora a gente tem esses garotos cretinos, que pensam que só porque podem bater no professor de matemática têm direito a receber dinheiro por proteção. É triste, cara. Realmente triste.

Vega olhou para a pistola na mão de Ralph como se fosse uma grande piada.

— Vai atirar em mim, patrão?

Ele não estava com medo. Talvez não seja possível sentir medo quando se tem 17 anos, está com os amigos na retaguarda e conhece armas do jeito que outros garotos conhecem skates.

Por outro lado, eu não gostei do modo como Ralph sorria. Já o tinha visto usar um .22 como um grampeador elétrico num cara que havia tocado em sua namorada num bar. Ralph sorriu desse mesmo modo quando grampeou a palma do sujeito no balcão de madeira.

— Nós temos armas — disse Vega. — Tipo, no meio da noite. Na frente da sua casa, certo?

Chico estava de quatro agora, puxando o fôlego ruidosamente e murmurando que ia matá-los.

Vega olhou para baixo.

— Bom cachorro.

Isso arrancou outra risada dos zagueiros.

Ralph estava totalmente imóvel, paralisado. Eu calculei que faltavam poucos segundos antes que se decidisse em que parte do corpo daquele garoto ele iria abrir um furo.

— É melhor vocês três irem embora — falei.

Vega olhou para mim pela primeira vez.

— Quem é esse, patrão? Sua namorada?

Antes que Ralph pudesse atirar, eu agarrei Vega pelo tornozelo e o puxei. O garoto, que estava apoiado nos cotovelos, caiu e bateu a cabeça no cimento da quina das escadas. Soltei-o assim que os amigos zagueiros perceberam que precisavam agir.

Não uso muito a posição de montar o tigre. Geralmente um adversário não ataca como um tigre, de cima. Quando o primeiro garoto saltou sobre mim, dei um passo arco e meus braços se moveram para cima em círculo, a mão direita rolando no peito dele e a esquerda na perna. Ele voou sobre mim como se tivesse sido lançado do topo de uma roda de fiar. Não olhei para trás para ver como ele havia aterrissado no asfalto do estacionamento.

O segundo garoto me atacou pela lateral. Agarrei sua jaqueta larga, virei bem a cintura e o joguei por cima do meu joelho. Ele caiu de bunda com um estalo abafado.

Quando, com o canto do olho, vi Vega se mexer, notei o lampejo de metal e me virei, já teria sido tarde demais.

Ouvi um clique.

O garoto estava apoiado num cotovelo, uma faca comprida na mão, a ponta imobilizada a poucos centímetros da minha coxa. Ralph estava ajoelhado ao lado dele, sorrindo com calma, o cano da .357 pressionado no olho do rapaz. A cabeça dele estava inclinada no mesmo ângulo do cano, como se estivesse olhando por um telescópio. O outro olho se contraía espasmodicamente.

— Ele derrubou você, cara — disse-lhe Ralph amavelmente. — Se tiver algum bom senso, fique onde está.

Nós três ficamos paralisados por alguns séculos. Então, enfim, a faca de Vega caiu com um estalo na calçada.

— Você tá morto, patrão. Sabia?

Ralph abriu seu sorriso.

— Vinte ou trinta vezes, cara.

Ralph pegou a faca de Vega, levantou-se e guardou o Sr. Sutil. Olhei em volta. O cara que eu tinha derrubado de bunda ainda estava no mesmo lugar. Olhava fixamente para mim. Os olhos estavam marejados e ele se inclinava de lado, tentando escapar da dor. O rapaz que eu tinha jogado no estacionamento estava tentando se levantar, mas parecia que o ombro esquerdo estava grudado no chão. Acho que ele havia fraturado a clavícula.

Ajudei os garotos a se levantarem e comecei a arrebanhá-los para fora do estacionamento.

Eles foram andando pela Bandera, Vega gritando que sabia onde eu morava e que minha família estava morta. Eu gritei para ele que seu amigo precisava de um médico para cuidar da clavícula. Vega me mostrou o dedo. O olho ainda estava se contraindo por causa do cano frio e oleoso da .357.

Quando voltei para a entrada do Número Catorze, Chico estava sentado na calçada, tentando não vomitar. Olhou para mim de modo ressentido.

— Golpe de sorte — falei. — Achei que você tinha o cara na mão.

O velho com o jornal enrolado tentava explicar a Ralph que estava tudo bem e que dali em diante ele controlaria as coisas. Parecia nervoso.

Ralph sorriu para mim, tirou um maço de dinheiro preso por um clipe e separou algumas notas.

— O mínimo que posso fazer, cara.

O preço por surrar adolescentes era 200 dólares. Muito mais caro que alguns tiros de .357. Devolvi o dinheiro a Ralph.

— Não, obrigado.

Ralph balançou a cabeça.

— Quer dizer que você não quer entrar nessa, hein, *vato*?

Ele riu e depois se virou, entrando no Número Catorze para dar uma olhada nos negócios.

22

Há nítidas desvantagens em se ensinar uma criança de 4 anos a ver as horas. Assim que passei pela porta de entrada de Erainya às seis da tarde, Jem olhou para mim da mesa de jantar, apontou para seu relógio colorido e disse que eu estava atrasado. Agora tínhamos apenas trinta minutos antes do início do nosso filme no Galaxy. Ele não queria perder os trailers.

Saiu em disparada da mesa e correu em minha direção. Em vez do nosso abraço apertado usual, ele gritou "Olha só!" e provou em seguida o quanto havia praticado seus movimentos, pousando um chute no meu saco.

Também há desvantagens em se ensinar artes marciais a uma criança de 4 anos.

Enxuguei umas lágrimas e fui mancando para a cozinha com ele, garantindo-lhe que ele estava aprendendo muito bem os fundamentos.

A cozinha cheirava a comida queimada e alho. O cheiro sempre dava a impressão de que Erainya havia acabado de cozinhar, apesar de eu nunca tê-la flagrado fazendo isso. Sempre desconfiei de que, quando tinha visitas, ela surrupiava todos os cozinheiros gregos de sua antiga pátria de um estabelecimento escravizante qualquer e os trancava no porão. É claro, essa era a mesma mulher que havia baleado o marido, portanto, nunca tive coragem de realmente dar uma olhada no porão. Não faço ideia do que ou quem mais eu encontraria lá embaixo.

Erainya me passou um prato de papel com três divisões, cheio de comida mediterrânea. Estava tão enrolado em filme de PVC que não dava para ver o que havia por baixo. Eu sabia que era comida porque Erainya sempre me dava um prato desses quando eu ia lá. Pelo jeito, minha incerteza no emprego não tinha modificado o ritual.

— Na hora certa — eu disse. — Estava começando a pensar que talvez tivesse que ir ao mercado este mês.

— Ah. — Ela fez um gesto com as mãos no ar, mas de modo apático, demonstrando falta de ânimo. Estava de blusa preta e calça escura, o que significava que ela esperava algo para hoje à noite. Erainya só se abstém do vestido polo usual quando a situação exige que ela rasteje, corra ou arrombe. — São sobras. Quibe. Charuto de folha de uva. *Spanakopita*. Tem um pouco de *melitzanosalata*... que é... salada de berinjela, acho que vocês chamariam assim.

A língua materna de Erainya é o inglês, mas de vez em quando ela gosta de esquecer como se traduz alguma coisa do grego. Diz que pensar em grego desanuvia sua alma.

Jem correu até o quarto para pegar seus tênis. Quando ele desapareceu no corredor, Erainya perguntou:

— Pensou bem nas coisas, querido? Sobre o emprego?

— Estou pensando. Tenho uma entrevista marcada. Para uma vaga na faculdade.

Erainya me encarou.

— Achei que você não suportava a ideia de uma sala poeirenta e um terno de tweed.

— Talvez eu estivesse desdenhando essa possibilidade sem saber como realmente é. Ninguém nunca me ofereceu uma sala poeirenta e um terno de tweed.

Erainya voltou a demonstrar indiferença com um gesto.

— Não que eu ligue... não quero você de volta se não for trabalhar direito. Não vou perder minha licença por causa de suas idiotices, querido.

— Sam Barrera falou de novo com você?

— Não sei de nada sobre os casos de Sam Barrera e não sei de nada sobre o que você anda fazendo na sua folga, entendeu?

— Claro.

Erainya lançou um olhar furioso para os panos de prato.

— Também não vou deixar o *ouskemo* me dizer o que fazer. Talvez ele tenha amigos em muitos lugares. Não é meu dono.

Assenti. Ficamos quietos, escutando Jem jogar brinquedos e outros objetos pesados pelo quarto, procurando os calçados certos para compor um visual legal.

— Seria bom ter umas informações sobre um cara chamado Tilden Sheckly — comentei. — Sobre uns carregamentos que ele anda fazendo através de seu estabelecimento, especialmente qualquer conexão que isso possa ter com a Europa. Se sua amiga da Alfândega soubesse de alguma coisa... como é o nome dela?

— Corrie. Não ouvi falar nada disso.

Assenti.

Jem voltou com um par de Reeboks roxo e me mostrou como as luzes no calcanhar acendiam quando ele pulava. Ele também tinha posto na cabeça uma máscara do Gasparzinho, com tufos do cabelo preto grosso saindo pelos buracos dos olhos. Disse a ele que estava incrível.

Erainya começou a colocar alguns objetos na bolsa enquanto Jem me contava como seria sua fantasia de Halloween. Pelo jeito, a fantasia não tinha nada a ver com a máscara do Gasparzinho. Depois me disse quantas horas e minutos faltavam até às seis da tarde de domingo, quando ele ameaçaria fazer travessuras em troca de doces. Depois me falou sobre o filme ao qual íamos assistir — algo a ver com marsupiais que se transformam em guerreiros cósmicos.

Erainya guardou o gravador, a lata de spray de pimenta, a caixa obrigatória de chicletes verdes e cinco lenços de papel, dobrados em triângulos. Ponderou sobre o chaveiro, esfregando o polegar na pequena chave dourada que abre o armário das armas.

Então ergueu os olhos e percebeu que eu a observava. Seus olhos endureceram, parecendo obsidianas. Guardou as chaves na bolsa e fechou o zíper.

— Duas horas é tempo suficiente? — perguntei.

Tentei manter a voz casual, desinteressada. Erainya respondeu do mesmo modo.

— Claro, querido. Ótimo.

Jem desistiu de me explicar as virtudes dos marsupiais extraterrestres. Voltou a subir num banco da bancada da cozinha e começou a colorir uma figura do Godzilla.

— O caso Langoria? — perguntei.

Erainya hesitou por tempo suficiente para confirmar.

— Não é nada, querido. Não se preocupe com isso. Só vai ser mais rápido resolver alguns problemas enquanto Jem estiver fora com você.

O menino coloriu uma auréola vermelha na cabeça de Godzilla, focando a energia na ponta do pincel atômico com um grau de concentração que nenhum adulto conseguiria.

— Erainya...

Ela me interrompeu com um olhar. Ao falar, dirigiu-se para Jem.

— Não perca tempo se preocupando com a pessoa errada, querido. Posso lhe contar tudo a respeito na semana que vem, quando você voltar ao trabalho.

Não respondi.

Erainya murmurou algo em grego que soou como um provérbio. Suspirou e pendurou a bolsa no braço.

— Nós nos encontramos aqui de volta às nove. E nada de balas no cinema, hein?

Jem reclamou um pouco disso, dizendo à mãe que nós sempre comprávamos Dots e Red Vines, mas sabia que não devia pressionar. Simplesmente calou a boca e deixou sua mãe reescrever as regras do modo mais ridiculamente injusto. Essa é uma lição que todo mundo acaba aprendendo com Erainya.

23

Depois do cinema, deixei Jem em casa e joguei uma moeda: Compton ou Blanceagle. Estava esperando que a moeda caísse de pé e eu pudesse ir para casa.

Em vez disso, deu Blanceagle. Rumei para o endereço que tinha visto na carteira de habilitação de Alex, Mecca, número 1.600.

A Mecca Street, como o nome diz, é um lugar aonde a maioria das pessoas só vai uma vez na vida, apenas com a ajuda de Alá e só depois de muitas tribulações. Uma vez que se encontra a rua, ela segue de maneira pouco lógica pela subdivisão do Hollywood Park, desaparece e reaparece, seguindo o que no passado era o leito de um riacho que passava pelas colinas, bem onde agora era a Loop 1604.

Peguei a 281 Norte e assim que saí me entreguei ao *hajj*, rezando para algum dia achar a casa de Alex Blanceagle.

Hollywood Park revelava sinais de envelhecimento desde que eu fui até lá pela última vez, quase dez anos atrás. As pseudocasas de rancho que margeavam as ruas estavam mais desgastadas; os gramados, onde antes vicejavam árvores frutíferas e grama cor de esmeralda, agora regrediam para a vegetação rasteira original, algarobeiras e cactos.

Na maioria dos quarteirões, a aparência impecável da gringolândia afluente dera lugar a realidades mais sensatas e práticas — cataventos, margaridas de plástico nos jardins, varandas cheias de triciclos, birutas, cartazes políticos, abóboras e esqueletos de papel.

A casa de Blanceagle ficava numa das áreas mais bonitas, com terrenos de meio hectare, finas caixas de correio de ferro fundido e uma ou outra cerca branca de madeira. A casa em si tinha dois andares, metade de calcário, metade de cedro, e era afastada da rua. Estacionei um quarteirão depois, na Mecca, e em seguida subi a entrada de cascalho para carros em direção à porta de entrada, levando minha mochila.

Nenhuma luz no exterior. Havia uma iluminação difusa por trás de uma cortina no andar superior e de outra na lateral da casa — talvez a janela da cozinha. Eu estava quase na entrada quando percebi que a porta não era pintada de preto, mas sim que estava completamente aberta.

Fiquei parado ao lado da entrada, deixando os olhos se acostumarem. Entrei e permaneci encostado na parede.

Uma sala tipicamente masculina, iluminada apenas pelo clarão do corredor à direita e da escadaria à esquerda. Duas grandes poltronas reclináveis e uma namoradeira que não combinava com o ambiente, tudo feio e funcional. Uma TV de tela grande e um equipamento de som. Uma estante de livros, cuja maior parte era ocupada por CDs enfileirados. No canto, um bar. Uma porta de correr envidraçada que levava à varanda dos fundos. E uma estranha combinação de odores da qual não gostei nem um pouco — fumaça antiga de cigarros, mofo, rato morto.

Fiquei escutando. Um tilintar vinha pelo corredor, da cozinha.

Eu devia ter ido embora bem naquele instante.

Em vez disso, segui pelo corredor, entrei na cozinha e fiquei na linha de fogo de Sam Barrera, diretor-presidente da I-Tech

Segurança e Investigações. Ele estava sentado atrás do balcão de tampo grosso, comendo uma tigela de sucrilhos, e quando entrei no cômodo sua pequena .22 estava exatamente apontada para minha testa. Ele não pareceu surpreso em me ver. Largou a colher da mão livre e enxugou um pingo de leite do queixo.

— Largue a mochila. Venha até aqui e vire de costas.

— Oi, Sam. Prazer em vê-lo também.

Fiz o que ele mandou, bem devagar. É melhor não tomar qualquer liberdade com um cara que foi agente especial do FBI por 16 anos. Sam deu a volta no balcão e me revistou. Como sempre, cheirava a Aramis.

Pegou minha carteira. Dava para ouvi-lo remexendo na minha mochila, pondo as coisas em cima da bancada, depois voltando a se sentar no mesmo lugar. Seus sucrilhos nem tinham perdido o aspecto crocante.

— Olhe para mim — ordenou ele.

Eu me virei.

Sam usava um terno escuro com colete e uma gravata marrom. Os anéis de ouro deixavam sua mão direita quase volumosa demais para segurar o .22. De cenho franzido, ele me lançou um olhar duro, vítreo.

Segurou meu rolo de dinheiro de Milo Chavez e me mostrou. Em seguida, a fotografia de Les Saint-Pierre. Por fim, meu cartão de visitas da Agência Erainya Manos.

Aguardou uma explicação.

— Eu também estou meio curioso — comecei. — Encontrar um detetive corporativo do seu nível na cozinha de outra pessoa, comendo seus sucrilhos com uma colher e um .22... não é comum me deparar com esse cenário.

— Eu estava com fome. O Sr. Blanceagle não vai precisar deles.

Olhei para o teto. O cheiro de rato morto estava mais fraco na cozinha, mas ainda se fazia presente. Quando finalmente compreendi de onde vinha aquele odor, o impacto foi forte.

Não sei por que algumas coisas deixam um buraco no meu estômago e outras não. Já vi uma dezena de cadáveres. Já vi duas pessoas serem mortas bem na minha frente. Isso geralmente não me abala até algumas horas depois, no meio da noite, debaixo do chuveiro. Agora, apesar de Blanceagle não estar na minha frente, mesmo considerando que eu só tinha visto o cara uma vez, alguma coisa provocou um bolo em meu estômago. A ideia de que aquele pobre coitado estava morto lá em cima — o cara bêbado, patético e desclassificado no estúdio de Sheckly que tinha feito o pequeno favor de dizer que eu era músico para que eu pudesse ir embora —, de que ele estava reduzido ao cheiro de um roedor, atingiu-me.

Era constrangedor, com Sam Barrera lá. Tive que engolir em seco algumas vezes. Pressionar as mãos na textura ondulada da parede da cozinha atrás de mim.

— Lá em cima?

Barrera assentiu.

— Há dois dias — calculei. — Baleado com uma Beretta.

Barrera surpreendeu-se com isso, meio desconfortável com minha conjectura.

— Está vendo? — falei. — Você dispensou um aprendiz incrível.

— Vou sobreviver. Vá ver. Eu espero.

Foi quase mais fácil do que ficar na cozinha. Lá em cima, pelo menos, se eu vomitasse, Barrera não estaria me olhando.

Meus pés estavam pesados enquanto eu subia as escadas.

Eu respirava do modo mais superficial possível, mas não adiantou. Depois de apenas dois dias morto numa casa fria, o cheiro não devia ser tão nauseante, mas por alguma razão, cada vez que eu o sentia, parecia pior que antes.

Alex estava de bruços numa cama queen-size, com as mesmas roupas que tinha usado no Indian Paintbrush. Os membros esquerdos estavam estendidos e os direitos dobrados junto ao corpo, dando a impressão de que ele estava escalando. Os lençóis encontravam-se em um estado de desarrumação que combinava com sua posição, a mão direita agarrada a um pedaço de tecido. Os fluidos tinham colado seu rosto ao lençol. Havia moscas.

Fiquei parado na porta por um bom tempo antes de conseguir fazer meus pés colaborarem. Forcei-me a chegar mais perto, a verificar os ferimentos. Havia dois — um orifício limpo nas costas do casaco impermeável bege, talvez disparado de uns três metros de distância, e outro na têmpora de Blanceagle, com as bordas da carne estreladas e dilaceradas, à queima-roupa. Era difícil ter certeza sem despi-lo e verificar a lividez, mas dava para saber que o corpo não tinha sido movimentado. Ele havia entrado no quarto com alguém atrás dele e caiu de bruços na cama. Em seguida se aproximaram e terminaram o serviço. Simples.

O resto do quarto estava indistinto, como se toda a luminosidade estivesse concentrada no cadáver. Tentei focar na mesa de cabeceira, na cômoda, ver sem tocar.

Havia uma caixa de sapatos em cima da escrivaninha, cheia de correspondência que parecia ter sido cuidadosamente remexida. As gavetas estavam abertas. Um par de luvas de borracha estava pendurado na de cima, e a cadeira estava empurrada para trás, como se alguém tivesse acabado de se levantar. O serviço inacabado de Sam Barrera. É possível que até ele tenha se arrepiado, sozinho numa casa escura, vasculhando a papelada com um morto bem ao seu lado na cama. Talvez até ele tenha que dar um tempo desse tipo de serviço para comer sucrilhos.

Não vomitei. Dei um jeito de descer de volta para a cozinha, onde Barrera ainda estava comendo e segurando o .22 sobre o balcão.

— Posso me sentar? — perguntei.

Ele me analisou e talvez tenha visto que eu não estava muito animado. Acenou para o banco na frente do dele.

Sentei, respirei fundo algumas vezes.

— Imagino que ainda não chamou a polícia.

Sam levantou um pouco o ouvido direito, como se Deus estivesse lhe dizendo alguma coisa.

— Blanceagle está morto há dois dias. Pode esperar mais algumas horas. Agora vou lhe perguntar o que perguntei a Erainya: qual é o seu negócio com Blanceagle? E com Les Saint-Pierre?

Fiquei olhando para a tigela de sucrilhos dele, para os flocos dourados no leite gorduroso e branco. Meu estômago deu um salto mortal.

— Experimente um pouco. Ajuda. Produtos de milho fazem bem.

— Não, obrigado. Erainya não tem nenhum negócio com Blanceagle. Estou sozinho nessa.

— Sozinho — repetiu ele.

— Isso mesmo.

— Sem licença.

Fiz que sim. Sam balançou a cabeça e pareceu azedo, como se suas piores suposições sobre a natureza humana tivessem acabado de ser confirmadas.

— Conte tudo — ordenou.

— E depois?

— Depois veremos.

Contei o básico a ele. Sam fez algumas perguntas — como era Jean, o que exatamente Les Saint-Pierre disse a Milo Chavez sobre seu plano para forçar Tilden Sheckly a cooperar. Por duas vezes, Barrera encheu a mão de sucrilhos da caixa e comeu, um floco por vez.

Quando terminei de falar, ele disse:

— Já falei com o detetive Schaeffer da Polícia de San Antonio. Vou falar com a polícia de Hollywood Park. Você nunca esteve aqui hoje. Não está mais trabalhando nisso.

— Assim, sem mais nem menos?

— Diga ao Sr. Chavez que ele terá de fazer o melhor que puder por seus artistas. Diga que Les Saint-Pierre provavelmente vai acabar aparecendo mais cedo ou mais tarde e que não há problema algum com Tilden Sheckly, pelo que você pôde averiguar.

— E que Papai Noel vai trazer um belo triciclo para ele no Natal.

O rosto de Barrera se contorceu. Ele dobrou os dedos, e os anéis de ouro roçaram uns nos outros, soando feito conchas.

— Esse lance com a cantora, Miranda Daniels, isso é coisa secundária. Esqueça. Acha que tem algo a ver com o sumiço de Saint-Pierre, acha que um cara como Tilden Sheckly iria perder tempo com assassinatos por causa de um contrato de gravação... — Barrera fez uma pausa. — Você não sabe no que se meteu, Navarre. Estou lhe avisando para sair dessa.

— Tem uns carregamentos passando pelo Indian Paintbrush — retruquei. — Um lance da Alemanha, uns cilindros compridos e pesados. Blanceagle disse que o arranjo está acontecendo há uns seis anos. Les Saint-Pierre descobriu isso com Julie Kearnes, que provavelmente soube do esquema por meio de Alex Blanceagle. Les ameaçou expor o negócio para impedir que Sheckly exigisse seus direitos sobre Miranda Daniels. Les calculou mal, seja com relação a quanto a informação era nociva ou à violência com que Sheck reagiria. Agora ele sumiu, e as duas pessoas que o ajudaram a conseguir essas informações estão mortas. Como estou indo?

— Nada bem — disse Barrera. — Cale a boca.

— Você falou com Alex Blanceagle pelo menos uma vez antes... ele me disse que outro investigador tinha ido lá xeretar. Esteve em Austin no sábado à noite, discutindo com Julie Kearnes depois que eu encerrei a tocaia. Na hora, ela não quis colaborar, enxotou você da casa com um revólver. No domingo à noite, depois de ter sido procurada também por mim, talvez após ter recebido umas ligações do pessoal de Sheck, ela estava com medo suficiente para marcar um encontro com você em San Antonio. Sheck descobriu. Julie ainda não confiava em você, então ela foi armada, sem nenhuma informação por escrito. Chegou ao local do encontro um pouco cedo, ou foi você que apareceu um pouco tarde, e ela levou um tiro na cabeça. Você chegou lá, encontrou uma cena de crime e decidiu que era mais seguro seguir em frente e fazer perguntas mais tarde. Para quem está trabalhando, Sam? O que Sheckly está ocultando que vale a morte de algumas pessoas?

Barrera se levantou devagar e deu uma olhada em seu relógio de ouro.

— Pegue suas coisas. Vá para casa e fique lá. Vou chamar ajuda.

— Você tem cinco detetives em tempo integral só no escritório de San Antonio, além de 15 sedes regionais. Tem uma dúzia de clientes de nível nacional fechando contratos de investigação por seu intermédio. Se está na sala de Blanceagle em pessoa, se foi a Austin discutir com Julie Kearnes, isso deve ser grande. Alguma coisa que seus amigos do FBI providenciaram para você, talvez.

— Sua outra opção é que eu o entregue a uma das agências envolvidas.

— *Uma* das agências?

— Um pessoal bem distante da sua alçada, Navarre. Poderiam garantir que você fique calado. Também teriam algumas questões difíceis para Erainya Manos sobre o seu modo de operar. Poderíamos correr atrás da revogação da licença dela, poderíamos garantir que sua candidatura nunca aparecesse para análise. Isso tudo antes de trazermos o promotor público.

— Você seria tão cretino?

Sam me olhou de maneira impassível. Não havia nenhuma ameaça implícita. Era um simples teste de múltipla escolha.

— Tudo bem. — Comecei a reunir meu dinheiro, minhas ferramentas de arrombamento, minhas fotos e papelada. Guardei tudo na mochila, os dedos mal funcionando. Meu estômago ainda estava revirado, quente.

Sam Barrera me observou fechar a mochila. Eu não diria que ele relaxou, mas seus olhos estavam um pouco menos intensos.

Pôs a arma no coldre, atrás do casaco. Inclinou a cabeça para o lado, alongando os músculos do pescoço, e o quadradinho preto e lustroso de cabelo no alto da cabeça cintilou.

— Você disse seis anos — comentou ele. — É por aí. Talvez algum dia eu lhe mostre meus arquivos, lhe mostre como se monta um verdadeiro caso. Talvez eu possa lhe explicar como é, fazer toda aquela preparação e documentação só para descobrir que um informante que você anda cortejando desapareceu, depois outro levou um tiro na cabeça no dia que você queria falar com ele. Depois ver alguém como você entrar valsando no caso e agindo como se a situação fosse sua. Você não está fazendo nenhum favor a Erainya seguindo essa linha de trabalho, garoto. Não está fazendo nenhum favor a si mesmo. Vá para casa.

Peguei minha mochila e me pus de pé, quase perdendo o equilíbrio.

— E, Navarre — retomou Sam. — Você não encontrou nada? Nada que indique o paradeiro de Les Saint-Pierre? Nenhum documento para o qual você não conseguiu explicação?

Levei um segundo para perceber que ele estava na verdade me fazendo uma pergunta, em vez de dando outra ordem. Fiquei olhando para ele até que se sentiu obrigado a acrescentar:

— Saint-Pierre devia me dar uma informação. Não estava lá no quarto de Blanceagle nem na casa de Julie Kearnes.

Fiz um gesto negativo com a cabeça. A única coisa que não tinha dito a Barrera era sobre as fichas dos departamentos de recursos humanos, e aquilo não era material para chantagem. Naquele instante, pareceu-me uma coisa banal a ocultar, uma forma de conseguir me vingar um pouquinho de Barrera.

— Nada — falei. — Não encontrei nada. Bem como você achava, Sam.

Ele analisou minha fisionomia e assentiu. Quando fui embora, ele estava começando a falar pelo telefone com a polícia de Hollywood Park, explicando-lhes exatamente como iriam lidar com o problema.

24

O Jeep Cherokee verde de Milo buzinou na entrada da minha casa às dez horas da manhã de sexta-feira.

Abri a porta do passageiro:

— Não acredito. Ela está viva.

Sassy, o basset hound, estava sentada no banco e bocejou. Sua língua se desenrolou como uma grande mortadela. Mudou as patas dianteiras de posição e bufou. Talvez fosse um cumprimento amigável, ou então ela estava tendo uma trombose canina.

— Que idade você tem? — perguntei-lhe. — Fez um pacto com Satã?

Sassy arfou. Virou a cabeça de lado, tentando me ver com o olho que tinha aparência leitosa, o da catarata. No local em que o outro olho devia estar, havia um cânion fundo de crosta e pelo cinza.

— Sassy continua na boa — respondeu Milo. — Está com um abscesso que preciso drenar todas as semanas.

Ele me mostrou uma das orelhas marrons e sedosas de Sassy, que normalmente seriam do tamanho de um sapato 45. Hoje, parecia que alguém havia costurado um bulbo de sucção nela. Sassy continuou com os dentes arreganhados e ofegando enquanto Milo examinava o abscesso. Ela virava a cabeça de um lado para o outro como se alguém a estivesse chamando, mas não conseguia saber de onde.

Quando nós a sequestramos dos antigos donos que a maltratavam em Berkeley oito anos atrás, eu já a considerava velha. A essa altura, ela já devia estar com uns 20 anos. Em anos caninos, é como se estivesse por aí desde a Guerra Civil.

Não foi fácil movê-la para o assento de trás. Imagine um saco de bolas de boliche com pernas curtas e gordinhas e mau hálito. Quando finalmente nos pusemos a caminho, Milo lhe arrumou uns biscoitos caninos geriátricos supermacios e cerveja para nós. Ele serviu a cerveja em canecas de café.

Saímos do Loop 410 na Broadway e seguimos para o sul, escutando Sassy mastigar. A maior parte do biscoito saía pela lateral da boca, mas ela o degustava com apreço mesmo assim.

Entreguei a Milo uma folha de papel impressa.

Ele deu uma olhada, o melhor que podia sem derramar a cerveja nem sair da estrada.

— Isso é...

— Meu primeiro relatório.

Ele franziu o cenho.

— Seu *relatório*? Vou pagar mais por isso?

— Erainya Manos está tentando incutir em mim uns hábitos irritantes, como seguir procedimentos, escrever relatórios diários para os clientes, esse tipo de coisa.

Ele o devolveu.

— Faça uma versão em áudio.

Eu contei a ele sobre o assassinato de Alex Blanceagle. Depois relatei o que Samuel Barrera tinha dito sobre as instruções de comunicar a Milo o encerramento do caso. Sassy parecia interessada. Não parava de enfiar o focinho entre os bancos, tentando depositar a baba com os resíduos de seu biscoito na minha cerveja.

Quando terminei, Milo perguntou:

— E você ainda acha que Les desapareceu por conta própria?

— Acho que é uma forte possibilidade. Acho que ele estava usando Julie Kearnes com outras finalidades. Fez com que ela roubasse uns arquivos dos departamentos de recursos humanos das empresas para as quais ela prestava serviço, provavelmente fazendo-a pensar que eles fugiriam juntos, chegando até a levar uma mala para a casa dela em sinal de boa fé. Depois, livrou-se dela.

— E ela não falou nada para ninguém. Por quê?

— Ela não podia sair por aí falando sobre o que andava fazendo, ajudando Les a chantagear Sheckly. Talvez ainda esperasse que Les fosse voltar para buscá-la. Talvez simplesmente não quisesse admitir que ele tinha lhe passado a perna.

— Mas você não tem certeza de nada disso.

— É por isso que quero dar uma olhada na casa de Les.

— Você já viu como Sheckly é, Navarre. Agora Alex está morto. Não precisa ser nenhum gênio para imaginar o que aconteceu com Les.

Seguimos alguns quarteirões em silêncio.

Milo podia estar certo. Teria sido muito mais fácil para ele pensar que seu patrão não o havia abandonado voluntariamente, não havia afundado em problemas. Para mim, seria muito mais fácil acreditar que Les Saint-Pierre era apenas outro cadáver esperando para ser encontrado. Cadáveres são alvos estáticos.

Caso contrário, se Les Saint-Pierre tivesse adotado uma nova identidade com a ajuda de Julie Kearnes, mesmo que Kelly Arguello e eu trabalhássemos horas a fio para encontrá-lo, as chances seriam mínimas. As chances de encontrar o rastro dele até sexta-feira, quando a fita demo de Miranda devia chegar à Century Records, seriam praticamente inexistentes. Se Sheckly insistisse em seu falso contrato de prioridade, não haveria meio eficaz de desafiá-lo. Miranda voltaria para o estábulo de Sheckly, se tornaria outra artista estagnada esperando para acontecer.

— Você não vai seguir o conselho desse Barrera sobre abandonar o caso — observou Milo.

— Não, não vou.

— Mesmo que isso possa metê-lo numa fria. Você e sua chefe. Por quê?

Não tive uma resposta imediata. Joguei outro biscoito no banco de trás, esperando que o focinho de Sassy o seguisse. Não tive sorte.

Fiquei girando minha caneca em pequenos semicírculos na coxa e observando o movimento na Broadway — o Whopper Burger abandonado, o museu Witte, a loja de fantasias.

— Talvez eu não tenha gostado do jeito como Barrera chamou o problema de Miranda de "secundário". Talvez não aprecie o modo como certas pessoas estão sendo atropeladas e Barrera as trata como se fossem peixe pequeno num lago. Algum cliente importante está pagando um valor de cinco ou seis dígitos para que ele lhes faça justiça, disso tenho certeza. Não paro de pensar em Julie Kearnes e Alex Blanceagle e em quantas pessoas mais serão assassinadas antes que Barrera ache que vale a pena tomar uma providência.

Milo assentiu.

— Não posso pagar cinco ou seis dígitos.

— Cerveja numa caneca de café vale muito.

Milo pegou a direita na Hildebrand. Ele fez gestos amplos com os braços para girar o volante, como se estivesse dirigindo um barco. Precisava se curvar para olhar pelas janelas, que eram feitas para motoristas de tamanho normal.

— Ele está enganado, sabia?

— Quem?

— Barrera. Está enganado sobre você não ser talhado para esse tipo de trabalho.

Fiquei olhando para ele.

— Encontrar cadáveres ocasionalmente? Passar a maior parte do tempo rastreando documentos em tribunais municipais e levando portas na cara? Acha que esse trabalho em que você me meteu é divertido, Milo? Depois de sete anos, é como o que dizem sobre a guerra... horas de tédio pontilhadas por segundos de terror. Se isso se torna uma rotina, começa a desgastar.

Milo sorriu, lamentando, e balançou a cabeça.

— Você está se enganando, cara. Qual é mesmo o estilo de artes marciais que você pratica... tai chi, não é?

— E daí?

— O estilo mais lento que existe, o que levaria a maioria das pessoas à beira da loucura e da impaciência. O que estudou na universidade... Idade Média?

— E daí?

— E daí que é isso. Você é todo *medieval*, Tres. O tipo de cara que trabalharia 17 anos numa única iluminura ou passaria 12 horas vestindo uma armadura para uma luta de justa de três segundos... isso é você, Navarre. Se o processo não fosse difícil, você não curtiria.

— Acho que acabo de ser chamado de idiota.

Milo deu um sorriso com o canto da boca.

Ele nos conduziu pela McAllister Highway, passou pela Universidade Trinity em direção a Monte Vista. Viramos à esquerda na Main.

— Seu pai ainda mora por aqui? — perguntei.

Milo fez que sim.

— Foi indicado pela Rey Feo na *Fiesta* do ano passado. Ficou todo entusiasmado.

Tentei me lembrar do tipo de negócio que o pai de Milo tinha. Lojas de peças de automóveis, talvez.

Dei um tapinha na imagem da Virgem de Guadalupe que Milo tinha colado no painel.

— Seus velhos finalmente fizeram você voltar para a igreja?

— Hã, não exatamente. A Virgem é para os negócios.

— Como?

Milo balançou a cabeça com tristeza.

— Não contei a você por que Les me contratou?

— Porque você cuidava da parte jurídica do negócio?

— Não. Isso era uma vantagem adicional, mas não. Les queria entrar no mercado *tejano*. Por fim, eu o fiz desistir dessa ideia e me dar Miranda Daniels, mas por algum tempo a gente circulou pela cidade, tentando firmar um contrato com aspirantes a Selenas.

Franzi o cenho.

— O que vocês entendiam de música *tejana*?

Milo beliscou o próprio braço. Fim da explicação.

— Suas possíveis clientes gostavam de Nossa Senhora de Guadalupe?

Milo deu de ombros, olhando para a Virgem como se fosse uma aquisição com a qual ainda não estava completamente satisfeito.

— Algumas. Ficavam à vontade, era um ponto de referência. Já era bem ruim falar com elas em inglês.

Assenti. Eu tinha falado com Milo em espanhol por tempo suficiente para saber que ele não se sentia tão confortável quanto eu. Havia muitos latinos que consideravam a falta de fluência de Milo um insulto pessoal. Uma lobotomia cultural, e eu quase podia ver Ralph Arguello sorrindo.

— Não pode ter sido a única razão para Les tê-lo contratado.

Milo assumiu uma expressão azeda.

— Não, não foi a única. Les também precisava de alguém porque tinha acabado de pressionar sua assistente anterior a se demitir. Eles não estavam concordando quanto às decisões a serem tomadas nos negócios.

— Quem era a assistente anterior?

— Allison Saint-Pierre.

Sem nenhuma razão aparente, Sassy latiu uma vez, rosnou um pouco e então voltou ao seu biscoito. Talvez Milo a tivesse treinado.

— Por falar no casal feliz — disse Milo.

Paramos na frente da mansão de estuque branco dos Saint-Pierre.

Não havia carros na entrada, apenas a picape marrom e branca de Brent Daniels com o trailer para cavalo estava estacionada no meio-fio.

Milo fez cara feia para a caminhonete.

— Por que diabos ele fez isso?

— O quê?

— Brent deixou o equipamento aqui. Que burrice.

— Talvez...

Milo já estava balançando a cabeça.

— Ninguém devia estar aqui a esta hora, exceto o pessoal da limpeza, talvez. Vamos.

— Mas...

Milo já estava fora do carro. Sassy precisou de ajuda para descer, mas depois disso foi andando feito uma pata atrás dele, num passo bem lépido.

Milo tinha uma chave da porta da frente. Supondo que não havia ninguém em casa, ele a girou na fechadura e permitiu nosso acesso. Um erro.

A porta da frente levava diretamente para uma sala do tamanho de um pequeno santuário. As paredes eram de estuque branco, listradas com colunas de janelas a intervalos regulares e tapeçarias de Oaxaca, cada uma representando um ano de trabalho de toda uma aldeia. Numa das paredes havia uma lareira de tijolos expostos e, em outra, um bar completo. Os três sofás brancos em volta da lareira teriam ocupado a maior parte de qualquer outra sala, mas ali pareciam ridiculamente pequenos, reunidos no canto de um deserto revestido de pisos vindos de Saltillo. Distribuídos aparentemente ao acaso no resto da sala, havia pedestais com obras de arte — peças folclóricas, esculturas de bronze, vasos de cerâmica. Tudo valioso, mas sem nenhuma relação entre si.

Na beirada do sofá mais próximo havia duas pessoas, mas antes que eu realmente conseguisse processar o que via, Brent

Daniels já tinha dado um salto e estava ajeitando a camisa xadrez e a calça jeans.

Isso deixou apenas Allison Saint-Pierre na beirada do sofá, tranquilamente apertando o cinto de seu roupão branco felpudo.

O cabelo louro estava despenteado, o rosto num belo tom de vermelho, como se ela tivesse acabado de nadar vigorosamente na água gelada.

— Meu bem — disse ela para mim —, você não bate na porta?

25

Allison pegou um cigarro numa caixinha de teca que estava na mesa de centro e o acendeu com um isqueiro de cerâmica em formato de papa-léguas, cuja chama saía pela boca. Depois ficou segurando o cigarro com os cinco dedos, como se fosse um charuto.

Estávamos sentados em volta da lareira, nos grandes sofás brancos. Milo, de braços cruzados, lançava um olhar furioso para Allison. Olhei para os grânulos do chá gelado que a empregada tinha acabado de me servir. Sassy dormitava bem contente com a cabeça caindo do sofá e as ancas no colo de Milo, a cauda batendo na barriga dele. Brent Daniels franziu o cenho ao olhar para o próprio zíper, provavelmente só agora percebendo que ainda estava meio aberto.

— Que divertido — concluiu Allison.

Se ela estava se sentindo desconfortável semidespida diante de três homens e um basset hound, conseguiu esconder bem. Enganchou o pé esquerdo atrás do joelho direito e fez uma ligeira tentativa de puxar o tecido felpudo de volta sobre a coxa com a base do copo de chá gelado. Era uma coxa bem bonita.

Ao seu lado no sofá, havia um jornal dobrado num artigo. Consegui ver metade da manchete — SHOW DE DANIELS — e metade de uma foto de Miranda. Allison me pegou olhando.

— Já leu isso? — perguntou ela.

Quando fiz que não com a cabeça, ela olhou para Milo, fazendo-lhe silenciosamente a mesma pergunta. Foi a primeira vez que ela tomou conhecimento da presença de Chavez.

— Já vi — murmurou ele.

Olhei para Milo, esperando que ele prosseguisse no assunto. Ele não retribuiu.

Allison sorriu para mim.

— A pressão está rolando, meu bem. É o *Recording Industry Times* de hoje. Fizeram uma bela reportagem sobre Miranda, descobriram que a fita demo dela vai para a Century Records semana que vem. Pelo jeito, um dos críticos deles assistiu a um show dela semana passada e disse que se a fita tiver metade da qualidade do show, Miranda Daniels vai ser a próxima no topo das paradas da Century Records. Esse é o tipo de matéria que cria um bom alvoroço para uma negociação de contrato. Mais um gol para Les Saint-Pierre.

Seus olhos cintilaram de prazer. Os de Milo não. Brent se mexeu, desconfortável, os olhos ainda fixos no zíper.

Allison continuou, inabalável.

— Se fôssemos espertos, usaríamos isso para esquentar a negociação. Conseguir mais de cinquenta por cento para Brent pelos direitos das canções, rumar para um contrato múltiplo. Les que se ferre. Nós podemos fazer melhor.

— *Nós*? — Milo coçava a base da cauda de Sassy. — Vai voltar a agenciar, Allison?

Ela continuou sorrindo. Levantou o dedo mínimo conforme o cigarro ia queimando, mas não havia nada de delicado no modo como o tragava.

— Isso depende.

Milo deu um gole no chá.

— Xi, não sei não. Acha que a agência pode pagar? Você quer começar a receber comissões fora da cama?

A expressão de Allison se endureceu de modo instantâneo. Ela balançou a cabeça, como se tivesse acabado de se fazer uma pergunta em silêncio e tivesse decidido que a resposta era não.

— Você é um completo babaca, Chavez.

Milo assentiu em agradecimento.

— Brent? — Allison prolongou o nome, tornando a voz doce novamente como se estivesse prestes a pedir um imenso favor.

O irmão Daniels olhou para ela. Ela acenou com o cigarro para a porta de entrada e deu um sorriso simpático.

O semblante de Brent se fechou. Relutante, tirou os braços do encosto do sofá, levantou, fechou o zíper e olhou para mim como se quisesse dizer alguma coisa.

— Tchau, meu bem — disse Allison, dispensando-o. — Mais uma vez, obrigada.

Brent fechou a boca, trocou um brevíssimo olhar com Allison e saiu. Ela me encarou, desafiando-me a falar. Não o fiz.

— Estou ficando em Austin com amigos — explicou ela. — Como a festa de Miranda é hoje à noite e tal, pensei em voltar para cá. Brent fez a gentileza de me dar uma carona.

— Haha — disse Milo.

Bem devagar, Allison largou o copo.

— Quer dizer algo a respeito disso, Chavez?

— Não banque a sensível, meu bem. Les não ficaria surpreso. Não é a primeira vez que você tenta se dar bem transando com um grande cliente.

Allison se levantou e largou o cigarro. Deu dois passos normais em direção a Milo e, em seguida, outros dois bem rápidos, cerrando os punhos bem antes de partir para cima dele. Sassy foi expelida do meio deles como uma linguiça saindo do moedor. O copo de chá de Milo caiu do sofá e se partiu no piso.

Quando percebi a ferocidade com que Allison estava atacando, era tarde demais para fazer alguma coisa. Com dificuldade,

Milo conseguiu segurá-la pelos punhos e jogá-la para o lado, derrubando-a no chão, mas naquele curto período de tempo, ela tinha realizado alguns danos.

Milo estava com um vergão vermelho, do formato de um punho cerrado, ardendo sob o olho direito, e outro na têmpora. As unhas de Allison tinham aberto duas linhas pontilhadas de sangue e pele no pescoço. A camisa azul-bebê de Milo estava amassada e respingada de chá.

Meio dolorida, Allison se sentou no chão. Por pouco não tinha aterrissado nos cacos de vidro. O roupão tinha se aberto e o espaço entre seus seios era bronzeado e levemente sardento. Ela afastou os cabelos dos olhos. Embora estivesse um pouco ofegante, seu tom era incrivelmente calmo.

— Assim que eu assumir a agência, vai ser um prazer enorme demitir você.

Milo apalpava o pescoço.

— Com certeza. Nesse meio-tempo, temos problemas. Tres quer dar uma olhada lá em cima.

Allison respirou fundo duas vezes e se levantou. Ao ajeitar o roupão, suas unhas deixaram pequenas manchas de sangue no tecido.

A empregada se materializou com uma vassoura e uma pazinha. Aproximou-se e começou a limpar o vidro quebrado de maneira indiferente, como se isso sempre acontecesse mais ou menos a essa hora.

Allison esfregou as palmas das mãos e olhou para mim. Seus olhos verdes ainda tinham toda a simpatia dos de um crocodilo.

— Claro, meu bem. Com licença. Vou pegar um revólver para matar Milo se ele ainda estiver na minha casa quando eu voltar.

Nada em seu tom aludia remotamente a uma brincadeira.

Quando ela se retirou, Milo inclinou-se para a frente e apoiou o queixo na mão. Sassy foi até ele e começou a lamber um arranhão que Allison tinha feito em seu braço.

Milo olhou para mim com tristeza, depois decidiu não tentar uma explicação.

— Vai lá, meu chapa — disse ele, acenando para a escadaria. — Não tenha pressa.

— E se ela voltar armada?

Milo olhou para a porta por onde Allison havia passado.

— Estou fora da mira. Ela tende a atirar para a esquerda. Não se preocupe, a menos que ouça mais de um tiro.

Enquanto eu seguia para a escadaria, a empregada varria os cubos de gelo e os cacos de vidro e oferecia a Milo algumas palavras de consolo em espanhol, que eu tinha quase certeza de que ele não entendia.

26

Allison podia estar parada na porta do quarto de Les há muito tempo. Eu não saberia dizer. Eu estava sentado diante da escrivaninha de Les, de costas para a porta, examinando caixas de sapatos cheias de cartas e fotos antigas, tonto com a tentativa de entender o Sr. Saint-Pierre.

A tarefa devia ter sido simples. Eu tinha a vida inteira do sujeito na minha frente, embalada e rotulada com capricho em pequenas caixas. Ainda assim, eu me sentia como um bêbado fazendo o teste do bafômetro. Não parava de tentar pôr o dedo na ponta do nariz, e eu poderia jurar que o nariz mudava de lugar todas as vezes.

Allison ficou me observando por tempo suficiente para pelo menos identificar a caixa de sapatos que eu remexia, tirando algumas cartas de dentro.

— Essa é a caixa "Te peguei" dele — disse ela.

Eu gostaria de pensar que não tive um sobressalto visível, mas Allison estava sorrindo quando me virei.

Ela havia vestido uma camisa polo cor de pêssego, calça de ciclista e Adidas brancos. Usava luvas de tecido sem dedos. Um desavisado não notaria a rigidez no lado esquerdo de seu corpo, justamente o lado que tinha batido no chão quando Milo a derrubou.

Tirei outra carta da caixa que Les rotulara como "Correspondência".

— Ele mostrou essas a você? — perguntei.

Allison arregalou os olhos.

— Ah, não, ele não me *mostrou*.

Ela entrou e se sentou na beira da cama. A três metros de distância, dava para sentir o perfume Halston. As pernas formavam um V diante dela, apenas os calcanhares de seu Adidas tocavam o tapete. Ela olhou em volta com um leve interesse, como se essa fosse a primeira vez que entrava no quarto de Les.

— Desculpe pelo que aconteceu lá embaixo. — Ela dava a impressão de estar se desculpando por causa de um esbarrão casual num elevador. — Milo me dá nos nervos.

Fiquei olhando para ela.

Ela tentou imitar minha expressão — olhos arregalados, boca entreaberta.

— Algum problema? — perguntou.

— Não. Acho que não.

— Veja só, meu bem, se você cresce com quatro irmãos numa cidadezinha de matutos, tem que aprender a lutar. Se eu ficasse por aí como uma menininha aceitando merda de caras como Chavez, não teria sobrevivido ao sétimo ano da escola.

Decidi que era mais seguro voltar minha atenção para a carta que estava lendo.

Era mal datilografada num papel fino. Todos os *O*'s eram sólidos círculos pretos e os *A*'s se inclinavam para a direita. Lia-se:

Caro Jason:

Gostei muito do que você disse que iria fazer por mim
e espero que goste das canções e que sua editora decida
pegá-las para o seu catálogo. Eu realmente quero trabalhar

duro como escritora da casa e adorei o fim de semana que
passei com você. Por favor, me telefone logo.
  Patti Glynn

A carta datava de cinco anos atrás. Patti havia grampeado sua foto no verso da carta, caso Jason se esquecesse de quem ela era. Era bonitinha — rosto arredondado, cabelos castanhos finos, olhos bem separados e iluminados de esperança.

Havia pelo menos umas vinte cartas dessas com datas que chegavam a 1982, muitas com fotos anexadas, todas de mulheres diferentes endereçadas a um nome masculino diferente. Às vezes, eram para Larry, o chefe da gravadora, às vezes para Paul, o produtor. Às vezes, junto a alusões veladas a noites de paixão, mencionavam cheques que estavam enviando. Uma mulher escreveu que anexava 500 dólares porque acreditava que Jason-Paul-Larry iria comprar exatamente o presente certo de aniversário que consolidaria seu nome junto ao diretor de Artistas & Repertório da EMI-Capitol.

Olhei para Allison.

— Estas cartas...

— Claro — confirmou ela. — São todas para Les.

— Ele tinha uma reputação, tinha contatos verdadeiros. Se quisesse usar as mulheres, não precisava mentir sobre quem era. Por quê?

Os tênis foram para a frente e para trás algumas vezes.

— Nunca o confrontei com isso, mas acho que sei o que ele diria. Que era uma brincadeira inofensiva. Que era uma espécie de seleção, pois, se elas realmente eram tão burras, sucumbiriam ao primeiro golpista que encontrassem em Nashville, então ele podia poupá-las da viagem.

Eu não estava conseguindo captar direito o tom de Allison. Não era de ressentimento. Era mais de melancolia.

— Você acha que era uma brincadeira inofensiva?

Allison sorriu, mexendo no tecido da palma da luva.

— Não, meu bem. Acho que Les tinha um vício. Sempre queria ser a resposta para os problemas de todo mundo, pelo menos até a pessoa sair da sala, assinar seu contrato ou o que quer que fosse. Quanto menos a pessoa importava para ele, mais louco ele ficava para lhe oferecer o que ela queria ouvir e mais ele gostava disso. Entende?

— Não tenho certeza.

Ela deu de ombros.

— Acho que você teria que conhecê-lo. Não importa. A questão é que ele não poderia ter parado de vender confiança nem se quisesse. Era um baita agente.

— Então por que iria querer sumir?

Allison cruzou as pernas na altura dos tornozelos e se curvou para a frente, batendo o dedo no queixo como se fingisse estar pensando.

— Meu Deus, Tres. Tirando o fato de que ele nunca poderia se afastar do trabalho de outra forma, que tinha nascido filho da puta, que sua lista de clientes estava se erodindo de tal modo que ele precisou fixar suas esperanças em desconhecidas como Miranda, que estava bebendo, cheirando ou engolindo a maior parte de seus lucros, que nós dois brigávamos todas as vezes que nos víamos, fora isso, não faço ideia.

Olhei para meu colo, onde havia recolhido as coisas mais úteis das gavetas da escrivaninha de Les.

Segurei no ar um nécessaire de couro preto cheio de vidros de comprimidos e saquinhos. Tirei uma embalagem com uma dúzia de comprimidos brancos.

— Anfetaminas? — perguntei.

Allison deu de ombros.

— Não consigo me manter a par. Ele toma uísque Ryman direto. Os comprimidos mudam. Acho que isso aí é ritalina.

— O medicamento que dão para crianças hiperativas?

Ela sorriu.

— Esse é o meu marido.

Vasculhei as outras coisas — o Livro do Ano de 1969 da Denton High School, depois mais fotos de Les com vários nomes da indústria fonográfica.

— Não há testamento — falei.

— Ele não vai fazer. Foi claro sobre isso. Gosta da ideia de que as pessoas vão brigar pelas coisas dele quando ele se for.

Vasculhei outros papéis sem realmente ver o que eram. Eu sempre voltava à foto de Patti Glynn.

— Você disse que Miranda precisava se proteger do seu marido. É a isso que se referia?

Ela pareceu achar a ideia engraçada.

— Eu disse que ela precisava se defender sozinha, meu bem... o que é diferente de se proteger. E Deus, não. Les não teria mexido com Miranda. Pelo menos, não desse modo.

— Porque ela tem talento de fato?

— Em parte. E também por causa do jeito dela.

— Moça do interior, ingênua, um pouco dócil demais para seu próprio bem. Parece o tipo de Les mesmo, não muito diferente das moças desta caixa.

Allison sorriu, decepcionada.

— Eu poderia dizer muitas coisas, meu bem, mas Miranda é minha amiga. Tire suas próprias conclusões.

Tentei ler nas entrelinhas, mas só o que vi na fisionomia dela foi teimosia. E talvez o mais leve matiz de ressentimento.

Olhei para a caixa de correio.

— Essas outras mulheres. Não acabaram percebendo quem Les era? Não ficaram furiosas? Não causaram problemas?

Allison franziu o cenho, como se estivesse tentando se lembrar de algum detalhe banal de seu baile de formatura.

— Elas se encantavam com Les por algumas noites, talvez por algumas centenas de dólares. Sentiam-se bem com a possibilidade de suas carreiras chegarem a algum lugar, e depois a maioria voltava ao trabalho nas marcenarias de Plano ou Dimebox ou de qualquer inferno de onde tinham vindo.

— Você foi uma delas.

Ela me olhou exatamente do mesmo modo que tinha olhado para Milo antes de atacá-lo. Levou cerca de trinta segundos para desistir.

— Não. Sabe a diferença, meu bem? Eu me vinguei. Casei com o cretino.

— Não foi exatamente como rir por último.

Allison abriu os dedos, examinando o tecido das luvas.

— Mas ri o suficiente.

— Se você tiver razão, se Les sumiu por conta própria, aposto que ele não deixou nada no banco para você, mas sim todas as contas da casa, o pagamento dos cartões de crédito e nenhuma garantia de renda proveniente da agência, pelo menos não sem uma batalha judicial. Você não poderá receber nem o seguro de vida até ele ser legalmente declarado morto, e isso pode levar anos.

A raiva de Allison se derreteu num sorrisinho, como se eu tivesse acabado de lhe fazer uma oferta que ela não tinha intenção de aceitar, embora a apreciasse. Levantou-se para sair.

— É por isso que fico tão feliz que você esteja aqui, Tres. Vai trazer o velho Les para casa.

Ela me deixou sozinho, olhando para a foto de Patti Glynn, mas dessa vez cogitando se não havia algo além de inocência ali, algum potencial latente de malícia que precisava ser esmagado. Por um instante perturbador, achei que talvez estivesse compreendendo Les Saint-Pierre.

Tampei a caixa de sapatos e decidi que era hora de ir embora.

27

A Monster Music de Cam Compton era um cubo branco de dois andares na Perrin-Beitel Road, bem ao lado do Departamento de Segurança Pública. No andar de baixo ficava a loja, com janelas gradeadas, estacionamento para cinco carros e portas prateadas cheias de adesivos de marcas de guitarras. No andar de cima, ficava a casa de Cam. A porta de entrada localizava-se ao lado do prédio, e se chegava a ela por uma escadaria metálica e uma passagem estreita de concreto. Uma janela bem grande permitia a Cam olhar para fora e aproveitar a vista — um fluxo interminável de adolescentes desajeitados e guardas com cara de buldogue empenhados no ritual americano da baliza entre cones laranja.

Tentei lá em cima primeiro, mas não obtive resposta. Então, tentei a loja de música, que para uma tarde de sexta-feira não estava exatamente lotada de fregueses.

— Cam está ocupado — disse o atendente.

Olhei por cima do ombro do sujeito e, através do vidro, vi a sala onde Cam dava aula de guitarra para um adolescente cuja acne era do mesmo tom de vermelho de sua Stratocaster.

Cam estava curvado, examinando os dedos do garoto, que os movia na escala. Na testa dele havia uma marca amarela e roxa do tamanho de uma panqueca, resultante do nosso último encontro no Cactus Café. Seu rosto estava inchado como o de um bêbado na ressaca da manhã seguinte, e as roupas amassadas sugeriam que ele tinha se arrastado da cama e descido bem a tempo de dar essa aula. Provavelmente uma semana normal na vida de um grande astro da guitarra.

Voltei a olhar para o atendente. Era um homem grande e flácido, com braços que tinham massa muscular, mas não eram definidos. Seu rosto não via uma lâmina de barbear, uma escova de dente nem uma tesourinha nos pelos nasais há muito tempo. Estava com uma camiseta da Harley-Davidson com furos de cigarro na barriga.

— Já vi Cam em melhores dias — falei.

Harley sorriu.

— Um cara deu uma surra nele. Um sacana filho da puta de um detetive particular ou coisa assim. Jogou Cam de cabeça numa parede. Depois, ontem à noite, voltou e deu uma sova nas costelas.

— Você viu isso?

Harley se curvou para mais perto de mim.

— Não, mas sabe o que eu disse pro Cam? Pra ele me levar na próxima vez. Eu dou um aperto nesse sacana filho da puta.

Sorri apreciativamente.

Os acordes lentos e distorcidos do Bad Religion atravessavam o vidro da sala de aula. Cam balançava a cabeça e o adolescente sorria. Um talento em desenvolvimento.

— Ele vai querer falar comigo — falei a Harley. — Diga que é o cretino filho da puta.

Harley começou a rir e depois viu que eu falava sério. Coçou a barba. Apontou para mim com o polegar e tentou formular uma pergunta.

— Não sei de nada sobre as costelas — emendei. — Só fiz o machucado na testa. E foi um barril de chope. Os machucados ficam mais bonitinhos com um barril de chope.

Harley coçou a barba mais um pouco. Depois abriu um sorriso lentamente. Virou-se e continuou o que estava fazendo antes de eu entrar — pendurando correias de guitarra num mostruário giratório.

— Cam não é bem um patrão — disse ele. — Fique à vontade.

Entrei na sala de aula. Cam acenava com a cabeça e dizia coisas positivas sobre o fá do garoto. Aí os dois me viram.

Pisquei para o garoto e lhe disse para continuar com o bom trabalho no fá. Depois olhei para Cam, cuja testa arroxeada estava ficando quase vermelha.

— Como você está?

— Estou com um aluno. — Ele conseguiu dizer.

— Ele pode praticar. — Virei para o garoto. — Aposto que você já sabe tocar "Glycerine", não é, rapaz?

O garoto me dirigiu aquele olhar de exultação dos guitarristas iniciantes quando sabem tocar o que foi pedido. Olhou para baixo e, obedientemente, começou a dedilhar a canção da Bush.

— Vamos conversar — falei a Cam.

— Por que acha que eu iria querer...

— Fui visitar Alex Blanceagle ontem à noite. Ele está bem pior que você. Jean também fez uma visita.

Os olhinhos injetados de Cam se arregalaram um pouco. Ele olhou em volta, desconfortável, para o aluno e para Harley, que sorria para nós pelo vidro, esperando pelo início de algum tipo de show.

Cam pôs sua palheta entre os dentes e falou pelo canto da boca.

— Lá em cima. E você não vai ferrar comigo de novo, tá ouvindo?

Levantei as mãos. Trégua.

Harley pareceu decepcionado quando viu que iríamos conversar em outro lugar. Cam me conduziu para o calor da tarde lá fora e depois escada acima. Entramos na casa, e ele foi direto para a geladeira.

O apartamento de Cam era mais ou menos do mesmo tamanho que o meu — um cômodo principal, um armário embutido, banheiro e cozinha. Encostada na parede sul, uma cama de solteiro desarrumada estava ocupada por pilhas de roupas que, reviradas, ainda retinham o formato e a textura em grade dos cestos de lavanderia, como uma gelatina saída da forma. Contei duas guitarras elétricas em estojos abertos no chão e um violão Ovation preto de 12 cordas num tripé de canto. A mesa de centro era uma caixa de utensílio doméstico da Sears coberta de cravelhas sobressalentes, pacotes de cordas, latas velhas de cerveja Olympia e um pássaro bem grande com o penacho vermelho, chapéu e o traseiro grandão que balança para cima e para baixo. Em vez de cadeiras, Cam tinha amplificadores de guitarra. Os pôsteres nas paredes eram todos da loja — propagandas com garotas de biquíni mostrando os últimos lançamentos em mesas de mixagem, alto-falantes ou conjuntos de correias. A única coisa ali que refletia cuidado e manutenção meticulosa era a coleção de CDs. Tomava três prateleiras feitas de tijolos de concreto e tábuas.

Fui até lá e fiquei observando os títulos enquanto Cam buscava cerveja. Os CDs eram de todos os tipos, guitarristas de rock, jazz e country, muito Eric Clapton e Chet Atkins e pouquíssimo Blind Willie McTell para o meu gosto. Os títulos estavam organizados em perfeita ordem alfabética, exceto pela prateleira de cima, que iniciava pelas gravações do próprio Cam. Fiquei surpreso com a quantidade — eram pelo menos 15 CDs diferentes. Puxei um. A capa era uma fotocópia ruim do retrato de Cam, com seu nome e o título *Caubói americano,* e o resto das anotações estava no que parecia ser escrita cirílica. Russo? Tcheco? Verifiquei os outros títulos. A maioria era de lançamentos estrangeiros semelhantes. Apenas um tinha o selo da Split Rail Records, com data de cinco anos atrás e intitulado *O melhor de Cam Compton.* É provável que esse tenha conseguido um disco de platina.

Cam abriu uma Olympia para si mesmo e foi até a cama como se estivesse com dor. Afastou a pilha de roupas e sentou-se devagar, os cotovelos para a frente, do modo como a gente se abaixa para entrar numa banheira com água quente demais.

— Você está com as costelas machucadas — falei. — Andaram te repreendendo ontem à noite?

— Que porra que você tem a ver com isso?

Peguei uma pilha dos CDs gravados por Compton e me sentei em um dos amplificadores, de frente para ele. Fiquei passando um por um.

— Interessante sua discografia. Bulgária, Romênia, Alemanha. Deve ter feito sucesso por lá.

Cam me examinou, desconfiado. Seu olho com o anel de sangue em volta da íris estava quase fechado. Sua vontade de ficar calado lutava contra o impulso de falar sobre si mesmo. O último acabou vencendo.

— Há um bom mercado na Europa — admitiu ele. — Ainda mais depois da abertura do leste. Consegui ficar no top 10 da parada de sucessos por uma semana na Iugoslávia antes que o país sucumbisse.

— Não diga?

Ele assentiu de mau humor, como se toda a confusão política tivesse sido uma conspiração para tirá-lo das paradas de sucesso.

— Bem, a Alemanha, é claro, sempre adorou as coisas do Texas, cavalos, chapéus de caubói, música country. Não se cansam desse troço. Sheckly me fez excursionar quatro ou cinco vezes pelas casas noturnas de lá. Bom dinheiro.

— É? — Mostrei um CD que tinha visto antes. — O que é isso... russo?

Cam deu um grunhido. Estava tomando mais cerveja, aquecendo-se para a nossa conversa.

— Uma fã me mandou isso com uma carta bem legal. Disse que o CD não estava mais tocando direito e que ela o adorava, e perguntou se eu podia mandar uma cópia do original americano. Era uma garota bem bonita.

— Você mandou?

— Não pude. Não tem original. É uma gravação pirata de um dos meus shows em Munique. Metade dos títulos aí é pirata. Pô, metade dos títulos na Europa. Agora você vai me contar sobre o Alex B.?

Deixei o CD de lado.

— Vim aqui para te dar uma força, Cam.

Ele parou com a cerveja a meio caminho da boca e então baixou a lata.

— É mesmo? Faz com que eu seja despedido um dia e agora vai me dar uma força?

— Alex Blanceagle foi assassinado com um tiro.

Ele piscou, ficando com os olhos fechados por um segundo.

— E o que isso tem a ver comigo?

— Ele andava falando com um homem chamado Samuel Barrera sobre os negócios de Sheckly. Mais especificamente sobre aqueles carregamentos que você ajudou a fazer através do Indian Paintbrush.

Cam improvisou um sorriso. Passou a mão no machucado da testa.

— Não tenho contato com Sheck há muito tempo, filho. A última ajuda que dei a ele foi assinando contrato com a banda de Miranda. Veja aonde isso me levou. Se Sheck tem algum outro tipo de problema, não tem a ver comigo.

— Não até onde eu sei, Cam. Samuel Barrera é ex-FBI e é muito bom. Vai acabar vindo falar com você. Com algo assim, ele vai envolver a Alfândega, o promotor público. Quer saber o que acho? Sheck e seus amigos sabem que alguma coisa está para acontecer, sabem que Les Saint-Pierre provocou um vazamento de informação e estão vedando todos os lugares de onde isso possa ter surgido, Julie Kearnes, Alex Blanceagle, você. Se eu fosse você, estaria preocupado.

Cam olhou para sua cerveja, pensou por uns cinco segundos e decidiu dar uma risada.

— Bobagem.

— Pergunte a Alex Blanceagle se é bobagem.

Abri a mochila e tirei a Montgomery Ward .22 de Cam. Deixei a arma ao meu lado sobre o amplificador.

— Você pode ter matado John Crea, Cam. Improvável, mas possível.

Cam olhou para o revólver e seu olho palpitou.

— Do que você está falando agora? Pra que isso?

— Desconfio também de que a fita demo esteja por aqui em algum lugar. Você não seria esperto o bastante para jogá-la no lixo. Acha que eu deveria entregar o revólver à polícia, Cam, dizer onde o encontrei? Eu poderia dizer o nome do idiota no qual a arma está registrada e como ele provavelmente se esqueceu de limpar o interior do tambor para não deixar as digitais. Eles juntam isso com o assassinato de Julie Kearnes, com o modo como aconteceu, e adivinhe quem vai acabar sendo culpado?

Por baixo dos roxos, Cam ficou vermelho. Levantou-se bem devagar, segurando a lata de cerveja como se fosse jogá-la.

— Espere um minuto...

— Quando se trata de ajudantes de Sheckly, você está no fim da cadeia alimentar, Cam. Aposto que ele sequer o pagou, aposto que só sabe como deixá-lo irritado e nervoso e como pôr ideias na sua cabeça para que faça o que ele quer. Ele não tem nada a perder usando você, e quando as pessoas forem lá bater na porta com mandados de prisão por problemas maiores, você será o primeiro sacrifício que ele vai oferecer. Sheckly te fez de bobo direitinho.

Os olhos de Cam se semicerraram. A raiva ficou difusa e se emaranhou dentro dele. Ele baixou a lata de cerveja.

— E o que acha que eu devia fazer, filho... ficar lá sentado e curtir a faca nas minhas costas? Como acha que a gente se sente?

Teve uma época, não faz muito tempo, que eu estava bem firme ao lado de Miranda Daniels... mesmo depois que ela passou pro Sr. Saint-Pierre. Eu a levava ao Paintbrush todas as noites, numa boa, bem amigos. A gente falava de negócios. A gente se entendia. Eu ia cuidar dela, ela seria minha passagem para algum outro lugar que não aqui. — Ele fez um gesto indicando o ambiente ao redor. — Pareço estar chegando a algum lugar?

— Você acha que ela deve uma a você?

— Mas é claro.

— Você acha que o mundo inteiro deve uma a você. Tem um ego tão grande que coleciona suas próprias gravações piratas, Cam. É provável que até as autografe para você mesmo. Acho que sua percepção do que Miranda prometeu pode estar um pouquinho distorcida.

Ele deu um passo à frente.

— Você está pedindo, filho, vai levar.

— Corta essa, Cam. Eu quero livrar Miranda das mãos de Sheckly para que o contrato com a Century Records aconteça. Você bem que podia me dar o impulso necessário para isso.

Cam deu uma risada estridente.

— Já ouvi isso antes.

— De Les, você quer dizer?

Cam balançou a cabeça, desgostoso, foi até a cozinha e pegou outra cerveja na geladeira.

— Pergunte à pequena Srta. Daniels. Pergunte se eu não falei para ela na primeira vez que ela veio chorando por causa do contrato dela com Sheckly. Poxa, eu imaginava que ela ia me levar junto no contrato com a Century Records, com certeza. Estaríamos feitos. Eu disse a ela que se alguém quisesse manobrar um pouco Sheck, só teria que dar uma espiada naqueles shows que ele anda gravando para o rádio. Talvez se aproximar de Julie Kearnes, pedir para ela baixar um ou outro arquivo dos computadores da Paintbrush, perguntar sobre aquelas viagens à Europa com Alex B.

Fiquei imóvel. O único som que se ouvia era o da geladeira e do tráfego na Perrin-Beitel.

— Você falou tudo isso para Miranda?

— É o que estou dizendo.

— E se alguém fosse cavar onde você disse para cavar...?

Cam me deu um leve sorriso.

— Não que cada sujeito em sã consciência que tenha trabalhado na Paintbrush não saiba. Não que os artistas principais não saibam, filho. Faz anos que isso incomoda todo mundo. Só que ninguém pode provar. Eu conto tudo a você e o que eu ganho?

— Eu o apresento a Sam Barrera, garanto que ele fará um acordo justo.

— O preço seria mais alto que isso, filho.

— Alguém já chutou suas costelas, Cam. Acha que pode se dar ao luxo de ficar esperando por uma oferta melhor?

O sorriso de Cam se dissolveu.

— Então, dá o fora.

— Você devia falar comigo, Cam.

Ele atravessou o cômodo, pegou o .22 do amplificador e o segurou sem firmeza em minha direção, sem se importar com o tambor vazio.

Eu não tinha muito mais a dizer.

Abri a porta. O calor imediatamente me envolveu, juntamente com os ruídos do tráfego e o cheiro do escapamento dos carros.

Quando saí, Cam Compton estava parado diante de sua coleção de discos com o .22 enfiado embaixo do braço. Ele examinava um por um os CDs que eu havia tirado do lugar e usava sua camiseta encardida para limpar a frente de cada embalagem antes de recolocá-los no lugar certo.

28

Naquela noite, precisei me convencer a sair de casa, afastando a possibilidade de uma simples *chalupa* no jantar, meu livro de teatro medieval e talvez até uma soneca. Segui para o endereço que Miranda Daniels havia me dado — a casa do rancho da família, perto de Bulverde.

Fazia menos de um ano que um caso de herança tinha me levado naquela direção, mas fiquei impressionado com a urbanização, com o quanto precisei ir mais longe para começar a cheirar os cedros e fertilizantes.

San Antonio cresce em camadas concêntricas, como uma árvore. Uma das poucas maneiras em que a cidade é ordenada.

Meu avô raramente saía do centro para além do Brackenridge Park, a menos que estivesse procurando algum cervo para caçar. Minha mãe achava que a loja de tecidos Scrivener no Loop 410 era o limite da cidade. Na minha época de estudante do ensino médio, o ponto mais afastado do mundo conhecido era o Loop 1604, e ele ainda se constituía de grandes extensões de carvalhos, cactos e pedreiras de calcário.

Agora eu podia passar pelo 1604 e ainda estar a meio caminho da vila de Bulverde antes que deixasse de haver uma loja de conveniência no campo de visão.

224

O céu atrás de mim era de um tom laranja-acinzentado urbano e, adiante, tornou-se preto rural. Logo acima das colinas, a lua cheia formava um círculo branco difuso atrás das nuvens.

Saí da rodovia na Ranch Road 22, uma estrada estreita de mão dupla sem iluminação, sem placas de limite de velocidade, cheia de curvas e nada nos acostamentos além de cascalho e arame farpado. Um caminho de matar, meu pai diria.

Nos meus tempos de adolescente sedento de sangue, eu ficava importunando o xerife para me contar sobre todos os acidentes de trânsito que ele supervisionava em estradinhas rurais como a RR22. Ele geralmente se negava a me contar, mas certa noite, em que tinha bebido bastante e havia ficado de saco cheio, contou-me em detalhes sobre uma colisão frontal particularmente desagradável. Ele me disse que cenas de homicídio não eram nada em comparação a acidentes de carro, e então contou aquela história para comprovar. Nunca mais pedi para ouvir suas histórias do trabalho.

Desviei uma vez para não bater num cervo morto. Moirões de cerca e marcadores de quilometragem flutuavam nos meus faróis e sumiam de novo. Às vezes, eu passava por um outdoor que anunciava um novo empreendimento residencial que estava para ser construído — Calle verde, ótima moradia. Aposto que o pessoal que se mudou para cá com a intenção de uma aposentadoria no campo estava adorando isso. As lojas da 7-Eleven e os supermercados H.E.B. viriam a seguir.

A curva para a Serra Road não estava sinalizada, apesar do que Miranda havia me dito, e não era muito mais larga do que uma entrada particular para carros. Felizmente, era possível ver a festa dos Daniels da RR22. A uns quatrocentos metros, do outro lado de um pasto escuro, as luzes ardiam entre as árvores e havia uma fogueira acesa, além do zunido distante de música.

Fui seguindo aos solavancos pela Serra Road com pedras batendo embaixo do Fusca. O ar estava morno e tinha uma estranha mistura de odores — esterco, lenha queimada, gasolina e cravo-de-defunto. Mais uma curva à direita me levou ao mata-burro da propriedade dos Daniels.

O pátio da frente era um hectare inteiro de cascalho e grama. Uma dúzia de picapes estava estacionada em torno de um carvalho centenário com a altura de muitos andares e iluminado de cima a baixo com pequenas lâmpadas de Natal. Uma das picapes era um troço preto enorme com frisos laranja e bonecas Barbie prateadas impressas nos para-lamas. Será que podia haver duas dessas no mundo? Não com a minha sorte.

A casa em si era térrea, comprida e branca, com uma varanda que se estendia por toda a frente e que agora estava lotada. Willis Daniels e seu contrabaixo eram o centro das atenções. Ele e um grupinho de músicos caubóis grisalhos, nenhum do grupo de Miranda, mandavam ver numa velha canção — Milton Brown, pelo que me lembro da coleção de discos 78 rotações do meu pai. Todos os músicos estavam para lá de bêbados e faziam um som legal.

Pequenos agrupamentos se espalhavam pela propriedade, bebendo, conversando e rindo. Meia dúzia estava brincando de atirar ferraduras ao lado da casa, a iluminação proporcionada por um fio de lâmpadas pendurado entre uma algarobeira e um galpão de ferramentas. Algumas mulheres de vestidos, botas e muitos adereços de prata se reuniam em volta de uma fogueira, ajudando crianças de olhos exaustos a assar marshmallows. Todas as cabines das picapes estavam escuras e fechadas, mas nem todas vazias.

Dois homens conversavam perto do carvalho — Brent Daniels e meu camarada Jean.

Brent usava a mesma camisa xadrez imunda e os jeans pretos que vestia nas últimas três vezes que o vi. As roupas não estavam ficando mais bonitas, nem ele. Seu cabelo preto parecia o de um animal morto na estrada há um dia. Desconfortável, ele mudava de posição a cada minuto.

Jean usava um paletó de linho azul-escuro, calça social que estava um pouco apertada na cintura, camisa branca de seda sem colarinho, botas pretas e uma pulseira de prata. Segurava o ombro de Brent com uma firmeza um pouco excessiva e estava inclinado sobre o ouvido dele, dizendo-lhe alguma coisa.

Ao perceber que alguém observava a conversa, Jean olhou em torno até me encontrar. Fitou-me por um segundo, seus olhinhos ferozes, indiferentes; terminou o que estava dizendo a Brent, recuou e deu uma risada, batendo no ombro do irmão de Miranda como se eles tivessem acabado de compartilhar uma boa piada. Brent não riu. Virou-se exasperado e foi andando para a casa.

Jean se encostou no carvalho. Apoiou o pé no tronco, pegou um cigarro enrolado à mão e começou a procurar um isqueiro nos bolsos. Ficou me observando ir em sua direção.

— O cara da guitarra havaiana.

— É trabalho honesto.

Jean acendeu o cigarro e assentiu.

— Sem dúvida. Trabalho honesto.

— Por que está aí parado no escuro? — perguntei. — Seu patrão fica muito constrangido de apresentá-lo às pessoas na festa?

Jean semicerrou os olhos. Articulou as palavras *seu patrão* como se estivesse tentando interpretá-las, como se desconfiasse de que tinha acabado de ser insultado.

— Sheckly — concluiu ele.

— É... o caipira grandão e feio. Você sabe.

Sob a luz das lâmpadas de Natal, o sorriso de Jean parecia artificialmente luminoso. A ferocidade de seu olhar não diminuiu nem um pouco.

— Sei.

— Você fez um serviço e tanto dando um fim a Alex Blanceagle na outra noite.

Nenhuma resposta. Jean deu uma tragada, virou a cabeça e soprou a fumaça sem pressa em direção à varanda. Os velhos músicos embriagados tinham se lançado em algo novo — um instrumental que lembrava vagamente Lester Scruggs. Duas mulheres dançavam juntas logo ali ao lado.

Olhei para a porta de entrada. Brent Daniels agora estava parado ao lado de uma lata de lixo cheia de gelo, tomando sofregamente uma cerveja. Várias pessoas falavam com ele, que não prestava atenção alguma.

— O que foi aquilo? — perguntei a Jean

Ele seguiu meu olhar e captou o que eu queria dizer.

— Eu disse a Brent Daniels que admirava a irmã dele. A música dela. Falei que esperava que ela fizesse um tour pela Europa em breve.

— Como Cam Compton fazia. Daria um bom meio de transporte, não é? Um tour com a banda é uma boa cobertura, com muitos equipamentos, para o caso de você ter produtos que queira distribuir para vários lugares da Europa.

Jean expirou mais fumaça. Encarou-me com seus olhos de caranguejo.

— Está pretendendo provocar, Sr. Navarre, ou é simplesmente um idiota?

— Geralmente não sou assim — confessei. — Geralmente não encontro tantos cadáveres numa semana. Você costuma deixar tantos por aí?

Jean deu um sorriso frio.

— Um idiota — concluiu ele.

Ele se desencostou da árvore e estava se inclinando para a frente para dizer alguma coisa quando uma comoção irrompeu ao lado da casa.

Alguém próximo ao galpão berrou "Ahhh!" como se tivesse acabado de ver uma grande jogada. Uma mulher deu um grito agudo, e um aglomerado de gente começou a convergir para o local onde estavam atirando as ferraduras. Alguns xingavam, outros riam. A quadrilha de Willis Daniels foi parando conforme os músicos se levantavam para ver o que estava acontecendo.

Um caubói bêbado se afastou cambaleando da cena, rindo, contando a todos o que tinha acabado de acontecer em voz alta o bastante para que Jean e eu pudéssemos ouvir bem. Pelo jeito, Allison Saint-Pierre tinha acabado de nocautear Tilden Sheckly com uma ferradura.

Olhei para Jean.

Com calma, ele jogou fora o cigarro, que bateu numa raiz e desapareceu na fresta entre outras duas e se resumiu a um pontinho laranja. Jean olhou para mim e sorriu de modo quase simpático dessa vez.

— *Meu patrão* — disse ele com satisfação.

Depois se virou e saiu andando sem pressa na direção oposta, escuridão adentro.

29

Sheckly não estava exatamente nocauteado, apenas meio fora de combate.

Abri caminho entre os espectadores e o encontrei sentado no chão, as pontas dos dedos nas têmporas e uma expressão de total desânimo. Ele vestia preto da camisa às botas. O chapéu estava caído ali perto. Abaixo do olho esquerdo, sua face parecia um corte transversal de um filé mignon malpassado. Um pouco mais acima e a ferradura o teria deixado cego.

Uma mulher mais velha estava agachada ao lado dele, dando tapinhas em seus ombros e tentando consolá-lo. Suas palavras saíam de modo indistinto. A margarita que ela segurava na outra mão gotejava num ângulo de 45 graus.

Dois tipos metidos a caubói estavam de pé do outro lado. Pareciam ansiosos para ceder um lenço ao homem afluente, um braço para ele se apoiar ou um revólver para balear Allison Saint-Pierre. Qualquer coisa de que ele precisasse.

Sheckly balançou a cabeça umas duas vezes, apalpou a face ferida com as costas do punho cerrado, olhou para o sangue nos nós dos dedos e seu rosto readquiriu alguma cor. Então, ele tentou se levantar, sem sucesso. Numa segunda tentativa, vacilante, com a ajuda dos caubóis, pôs-se de pé.

— Eu vou matar aquela vadia maluca.

Os homens concordaram com murmúrios.

Sheckly piscou. Enorme e desajeitado, deu um passo em falso, como um cavalo drogado.

Ele passou os olhos pela multidão, fixou-os em mim brevemente e pareceu fazer uma conexão difusa. Depois, seus olhos continuaram se movendo.

Allison Saint-Pierre não estava no meu campo de visão, embora algumas pessoas estivessem olhando na direção da casa e balançando a cabeça enquanto especulavam sobre ela. Eu me dirigi à casa.

Quando dei um encontrão em Willis Daniels na varanda, ele se virou e agarrou meu braço. Por um segundo, achei que o velho fosse me surrar com a bengala. Mal o reconheci. O sorriso de Papai Noel tinha sumido. Seus olhos estavam inflamados, os cabelos cor de cimento grudados na testa suada.

Ele pareceu desapontado ao ver que eu não era alguém em quem ele queria dar uma surra. Pelo menos não naquele instante.

— Droga — murmurou, baixando a bengala.

— Allison passou por aqui?

Willis levantou a bengala novamente e a brandiu para ninguém em particular. Depois, olhou furioso na direção da cancha de ferraduras e começou a resmungar coisas sobre a Sra. Saint-Pierre que não são adequadas aos ouvidos dos elfos de Papai Noel. Entrei.

Instrumentos de cordas decoravam as paredes. Duas crianças dormiam num sofá de couro artificial na sala enquanto seus pais contavam piadas a estudantes de agronomia e preparavam coquetéis na cozinha. A porta do primeiro quarto do corredor estava aberta. Uma mulher que eu não conhecia tinha desmaiado na cama em meio a uma pilha de chapéus de caubóis. A porta do segundo quarto estava entreaberta, e a voz de Allison saía num tom tão vacilante que me fez estremecer — como uma corda sendo afinada em mi a ponto de pensarmos que ela vai arrebentar na cara do guitarrista.

— Ele me deu um empurrão! — berrava ela. — Não vou ficar lá parada como você e...

— Allison... — A voz de Miranda estava um pouco mais controlada apenas. — Você precisava se ver agora, garota.

Abri a porta.

As duas estavam de pé ao lado da cama. Miranda parecia uma jovem dançarina de quadrilha com sua saia longa de brim, blusa branca e lenço amarrado no pescoço. Não usava maquiagem, mas a cor do seu rosto parecia mais saudável que o usual porque ela estava irritada. Seus olhos castanhos estavam claros.

Ela tirou um graveto do cabelo de Allison. Podia escolher entre muitos. O rosto de Allison estava sujo, e toda a lateral do seu corpo, empoeirada. A blusa vermelha havia saído de dentro dos jeans. Ela estava com a mesma expressão assassina que eu vira em seus olhos naquela tarde, mas agora as pálpebras estavam inchadas e vermelhas, algumas lágrimas misturadas à poeira.

Miranda me viu primeiro. Os ombros da cantora relaxaram um pouquinho, e mesmo sem dizer nada, sua postura me convidava a entrar. Se eu estivesse sozinho num cômodo com Allison naquele instante, também ficaria feliz em ter uma companhia.

— O que aconteceu? — perguntei.

Allison começou. Teve alguma dificuldade para me pôr em foco. Respirou, trêmula, antes de conseguir me responder com algo que não fosse um grito.

— Sheck.

— Ele a empurrou. Então você calculou que simplesmente iria acertar o crânio dele com uma ferradura?

Allison esticou os dedos e levou-os às orelhas.

— Ele foi muito rápido. Juro por Deus que da próxima vez...

Sua voz ficou embargada. Por mais violenta que fosse a encenação que ela estava acostumada a fazer, por mais que normalmente conseguisse se safar, dessa vez havia se surpreendido. A musculatura do rosto começava a relaxar.

— Não pode haver uma próxima vez — disse Miranda.

— Você podia ter matado o cara, Allison — falei. — Fácil.

Ela deu um jeito de voltar a focar em mim.

— Quem bateu a cabeça do Cam num barril de chope foi você, Tres. Qual é... tudo bem *você* agir assim?

Miranda me dirigiu um olhar que não consegui decifrar direito. Ela parecia estar querendo me dizer algo.

Não sei bem por que, mas naquele instante o quarto onde estávamos se tornou mais nítido para mim. Percebi que devia ser o de Miranda. A colcha vinho e azul na cama, a miniatura de cavalo de madeira na escrivaninha, os arranjos secos de sálvia e lavanda ao longo do peitoril da janela, tudo parecia combinar com ela. Um minúsculo violão Martin claro estava encostado num canto. Na mesa de cabeceira, havia algumas fotos emolduradas da família Daniels. Era um quarto estranho — tinha poucas coisas, era arrumado mas também aconchegante, sem dúvida feminino. Normalmente, eu teria imaginado que pertencia a uma garotinha com uma mãe caprichosa ou talvez à avó de alguém.

Miranda continuava me fazendo um pedido silencioso.

Olhei para Allison.

— Que tal eu levá-la para casa? Seria bom você sair daqui.

Resposta errada. Miranda comprimiu os lábios, mas disse:

— Boa ideia.

Allison se recompôs. Estava prestes concordar, acho, quando Tilden Sheckly entrou no quarto.

Movia-se como se ainda estivesse grogue, mas conseguiu dar um fac-símile bem horripilante do seu sorriso normal. O lado esquerdo do rosto ainda estava ensanguentado e sujo. O suor achatava o cabelo castanho grisalho, conferindo-lhe a forma do chapéu que havia se perdido.

— Allison Saint-Pierre — disse ele num resmungo —, acho que precisamos conversar.

Sheck andou em direção a ela. Eu cometi o engano de tentar impedi-lo, calculando que ele ainda estivesse atordoado.

No instante seguinte, eu estava sentado no tapete, com a sensação de que meu maxilar tinha acabado de ser marcado a ferro. Na boca havia sangue ou cerveja escura — Guinness, talvez. Não me lembro do soco de Sheckly. Com certeza, não tive tempo de bloqueá-lo.

— Já falo com você, filho — disse Sheckly sem firmeza. Seus olhos focavam um pouco mais minha esquerda. — Vamos trocar umas palavrinhas sobre entrar sem licença no escritório das pessoas. Agora, saia do meu caminho.

Ele agarrou Allison pelo punho.

Ela conseguiu se desvencilhar e arranhou o lado machucado do rosto dele, mas Sheck parecia estar esperando por isso. Fez uma careta, inclinou-se para trás e depois sorriu, como se acabasse de ter permissão para tentar de novo com um pouco mais de força.

— *Sheckly* — disse Miranda com suavidade, mas insistente.

— Miranda, querida. — Ele continuava tentando fazer a boca voltar a funcionar direito, continuava tentando dar à voz aquele tom aveludado de sempre. — Isso não é culpa sua, meu bem. Eu sei disso. Mas você entende o que sua amiga aqui fez? Na festa do seu pai? Acha que vou deixar que ela se safe dessa... isso seria certo?

Allison tentou dar outro tapa e teve o punho interceptado. Com as costas da outra mão, Sheck lhe deu um tapa que soou como um cinto de couro.

Miranda ficou imóvel, olhando para os dedos de Sheckly em volta do punho de Allison. Não tive sorte na tentativa de sair do chão.

Sheck estava levantando a mão para bater de novo quando Brent Daniels apareceu na porta e engatilhou sua espingarda.

Brent não precisou dizer nada. Sheck conhecia muito bem o som de uma arma dessas. A mão dele ficou paralisada ao lado do ombro, como se estivesse jurando a bandeira, e ele se virou.

Ao ver que era apenas Brent, ele tentou reconstruir o sorriso. Uma gotinha de sangue pingou do queixo.

— Ah, meu Deus, filho, baixe essa droga. Você sabe que eu não...

— Saia daí — insistiu Brent.

A voz de Brent estava firme e mortalmente séria. Seus olhos ainda estavam injetados, mas não havia o aspecto vidrado do álcool neles. Nenhuma hesitação e nenhuma inquietude. Os olhos de Brent estavam alertas, perigosos, e não sei bem por que eu cheguei a pensar nele como um imbecil.

— Brent... — Miranda começou a dizer, com mais firmeza que antes.

— Cale a boca, Miranda.

Sheckly deu um passo para o lado em direção ao pé da cama e enxugou o queixo.

— Tudo bem, Brent. A casa é sua. Só me parece...

— Saia daqui, Sr. Sheckly.

Sheck levantou as mãos devagarzinho, desistindo.

— Tudo bem, filho. Tudo bem.

Ele olhou para Allison, avisando que ainda não tinha acabado. Procurou um lenço no bolso e se deu conta de que não tinha. Foi andando em direção a Brent até seu peito ficar a poucos centímetros do cano da escopeta.

— Posso passar?

Brent deu um passo para o lado em silêncio. Sheckly captou um lampejo de prazer deslumbrado em seus olhos.

— Marla se orgulharia de você, filho. Pegando numa arma de novo. — Acho que Sheckly piscou. Com a cara daquele jeito, era difícil saber o que era intencional e o que era um espasmo.

— Você faz uma boa figura de homem.

Então, murmurando com satisfação para si mesmo sobre todas as pessoas que iria matar, Tilden Sheckly saiu do quarto.

Quando ele foi embora, o cano da arma de Brent baixou. Eu fiquei de pé.

Allison caiu na cama. Mesmo com as mãos unidas, elas tremiam. Ela deu um sorriso torto para Brent, fez uma careta, passou a língua pelo canto da boca e sentiu o sangue ali.

— Meu herói.

Brent corou violentamente, mas acho que não foi pelo comentário de Allison. Miranda olhou para ele com uma expressão entre indignação e solidariedade.

— Ah, Brent... Meu Deus, sinto muito.

— Cale a boca, Miranda — repetiu Brent. Ele olhava para o chão, cavando um buraco no tapete com o cano da espingarda. — Pelo menos uma vez, fique calada.

30

Eu me encostei numa coluna de cedro na varanda dos fundos da casa dos Daniels, olhando para o outro lado do campo escuro na direção do celeiro, onde Brent Daniels havia se recolhido. Só era possível ver o que ficava iluminado pelo lampião a querosene que ele tinha pendurado no teto, e à distância de cem metros, não era muito. Aparentemente, a construção era metade garagem de trator e metade apartamento. Na lateral mais próxima a mim, havia uma janela cortinada sem iluminação alguma.

O campo que nos separava estava marcado por sulcos negros, que formavam valas pontilhadas por montículos de terra. A uns trinta metros, via-se a silhueta escura de uma retroescavadeira. Algum tipo de obra hidráulica em andamento.

Toda vez que meu coração batia, o maxilar latejava no ponto atingido por Tilden Sheckly. As gengivas inferiores estavam inchadas, mas não havia nenhum dente quebrado, e a língua parara de sangrar onde eu a tinha mordido. Em comparação a Sheckly — em comparação a um monte de gente que eu vira essa semana —, eu me considerei sortudo.

Atrás de mim, os sons da festa esmoreciam. As lanternas traseiras das picapes formavam olhinhos vermelhos pela Serra

Road e entravam na RR22. Acima da minha cabeça, o mata-insetos elétrico crepitava cada vez que cumprimentava um mosquito. De vez em quando, alguma vaca ou cavalo peidava lá no pasto. Acha que estou brincando? Fique num rancho por algum tempo — vai conhecer intimamente esses sons noturnos.

Eu tinha terminado minha última cerveja e agora estava ocupado rasgando o copo de plástico em tiras para formar uma flor. Allison Saint-Pierre acabara conseguindo uma carona com outra pessoa. Havia um monte de sujeitos prontos a brigar pela oportunidade. Não briguei.

Eu começava a cogitar a possibilidade de dar a volta no pátio, entrar no carro e sumir quando a porta telada se abriu, Miranda Daniels veio e se sentou ao meu lado na balaustrada. Ela havia tirado o lenço e puxado a blusa branca de dentro da saia, deixando-a cair solta e amassada. Sob a luz negra do mata-insetos elétrico, suas roupas emitiam vários tons de violeta, e os lábios estavam roxos. A única coisa que não mudou de cor foi o cabelo. Era tão preto que não dava para distinguir onde ele começava e terminava no escuro.

— Obrigada por esperar — disse ela.

— Conseguiu acalmar seu pai?

— Acho que sim. Ele acha que eu devo desistir do projeto de gravação. Diz que está estragando suas festas.

— Sem falar na relação dele com Sheckly.

Quando ela respirou fundo, as clavículas desenharam um traço embaixo da blusa.

— Papai gostaria de me ver como uma artista local por mais um tempo, isso é fato. Ele não confia na velocidade com que Les vem cuidando das coisas. Ele e Sheckly concordam sobre isso.

— E você? O que você quer?

Ela passava a unha do polegar na palma da mão como se estivesse tentando tirar uma farpa.

— Você deve achar que eu simplesmente me deixo levar, não é? Que eu deixo todo mundo ter sua vez na direção do barco.

238

Allison está sempre me dizendo... — Ela parou de falar, balançou a cabeça, insatisfeita consigo mesma por pegar esse desvio.

— Eu realmente não tenho certeza. A cada manhã, sinto coisas diferentes.

— Allison me mostrou um artigo no *Recording Industry Times* de hoje. Aparentemente, acham que você logo vai estar rica o bastante para quitar o rancho do seu pai e comprar o resto de Bulverde.

Miranda deu uma risada inquieta.

— Eles estão supondo que Les Saint-Pierre está por aí para me representar.

— Falei com Cam Compton também. Ele disse que tinha falado com você sobre algumas maneiras de fazer o negócio com a Century acontecer, algumas formas que Les poderia ter usado para barganhar poder contra Sheck.

Miranda franziu o cenho. Parecia estar remexendo em suas lembranças, tentando fazer conexões. Finalmente, encontrou uma.

— Você quer dizer com relação a Julie. Algo a ver com os shows dos artistas principais.

— Então ele realmente falou com você.

— Cam disse uma porção de maluquices.

— Mas você passou as informações a Les.

Miranda deu de ombros.

— Eu não... Talvez sim. Mas não seriamente. Eu disse a Les que só era um monte de maluquices. Disse a ele para não fazer nenhuma tolice por causa disso.

— Mas ele fez. Les começou a se aproximar de Julie Kearnes. Começou a cavar, a buscar as sujeiras de Sheck.

Ela estremeceu.

— Não quero falar sobre isso.

Escutamos outra caravana de picapes roncando e estalando pelo caminho de cascalho. A voz de Willis Daniels vinha da cozinha agora, agradecendo alguém por ter vindo.

— Você me pediu para esperar — lembrei-a.

Miranda fez que sim, mas não disse nada.

— Se quer me convencer do quanto Allison Saint-Pierre pode ser assustadora, não se preocupe. Já vi o demônio.

Acho que Miranda corou. Difícil afirmar sob a luz do mata-insetos.

— Não — disse ela. — Agora me sinto mal por ter falado dela do jeito que falei. No minuto que você foi embora do estúdio, me arrependi.

— Mas ainda se sente inquieta em relação a ela.

— Sei lá. Não. Vamos esquecer isso.

A expressão no rosto de Miranda me dizia que ela não conseguiria se esquecer disso, pelo menos não mais que por algumas horas. Ela olhou em direção ao galpão, onde as mariposas começavam a se reunir em torno do lampião de querosene.

— Você não aprova que ela esteja andando com o seu irmão?

A expressão de Miranda endureceu.

— Você entendeu o lance com Brent? Sobre o que Sheckly disse?

— Só que as palavras doeram.

Ela se endireitou, apoiando as costas, os ombros e a cabeça na coluna de cedro, como se fosse medir sua altura.

— Marla era a mulher de Brent. Faz dois anos que ela morreu.

A letra da música que Miranda tinha cantado na outra noite retornou a minha cabeça, um dos números que eu não pude acreditar que tinha sido composto por Brent. "A dança do viúvo."

— Sinto muito.

Ela aceitou as condolências com um dar de ombros.

— Marla tinha diabetes. Diabetes juvenil insulino-dependente.

O modo como Miranda jogou a frase, de modo tão casual, como um médico, disse-me que o nome da doença tinha se tornado parte do vocabulário da família há muito tempo.

— Não havia tratamento?

— Não. Quer dizer, sim, havia. Não foi isso que a matou exatamente. Ela tentou ter um bebê.

Miranda olhou para mim, na esperança de que eu pudesse concluir o resto da história sem que ela precisasse fazê-lo. Concluí.

— Isso deve ter acabado com Brent.

Assim que falei, dei-me conta da burrice daquela observação. O cara tinha 42 anos e ainda morava num celeiro atrás da casa do pai. Não penteava o cabelo nem se barbeava e, pelo jeito, usava as roupas até caírem de podres.

— Por um tempo, na época — continuou Miranda —, papai teve que trancar as armas porque Brent estava ameaçando se matar. Era disso que Sheckly falava. Penso em Brent com Allison, em como ela pode decepcioná-lo. — Miranda ficou olhando para o lampião do outro lado do campo. — Sabe aquela expressão... a vida de uma pessoa é como uma música country? Somos nós. A mãe morre, depois Brent e Marla...

— E você? — perguntei.

— Está vindo — disse ela com absoluta certeza. — O que é meu está vindo.

Um mata-insetos elétrico não costuma ser uma boa iluminação para me ajudar a avaliar se uma mulher é bonita. Mas quando Miranda olhou para mim, foi exatamente essa a minha conclusão. Não estou falando de bonitinha — a qualidade vulnerável de graciosidade que eu imaginara nela quando a vi no palco do Cactus Café. Agora havia um tipo de teimosia silenciosa em sua fisionomia que lhe caía bem, um ar muito mais velho, mais estável do que eu vira antes.

— Você... — Eu me interrompi. Queria perguntar a Miranda se ela morava ali, no quarto cor de vinho e azul bem-arrumado que eu tinha visto. Esperava que ela dissesse não, que o quarto era apenas um museu da sua infância. Não consegui pensar num modo de fazer a pergunta sem que soasse crítica. Mas não precisei. Miranda ouviu meus pensamentos.

— Sim — retrucou ela. — Sinto muito, mas moro. Brent...
ele não teve muita escolha sobre ficar aqui. No meu caso, acho
que é só uma questão de preguiça.

Havia outras possibilidades, mas teria sido vil desafiá-la. Em
vez disso, perguntei:

— Por que não foi uma escolha para Brent?

— Ele não tem plano de saúde. As contas médicas de Marla
eram estratosféricas. Se Brent tentasse conseguir trabalho, ela
deixaria de receber os benefícios do governo para a saúde. Eles
eram forçados a ficar desempregados. Aquele barraco lá é praticamente tudo que tinham, e isso só porque papai insistiu. Marla
aceitou por eles. Brent teria preferido ir parar na rua. Ele é muito
orgulhoso.

Tentei associar a palavra *orgulho* a Brent. Exigiu algum esforço.

Vinda da cozinha, a voz de Willis Daniels dava risadas longas e altas. Estava se despedindo do que devia ser seu último
convidado.

— Por que você me convidou para vir aqui? — perguntei
novamente.

Miranda olhou para suas mãos.

— Lá dentro... no meu quarto... você não entendeu.

— Acho que não. Achei que estava me pedindo para tirar
Allison daqui.

Os faróis da última caminhonete seguiam pela Serra Road.
Assim que viraram na RR22, sons de coisas se quebrando ir-
romperam na cozinha — como se alguém varresse uma bancada
cheia de copos com uma bengala. Willis Daniels berrou quatro
ou cinco obscenidades. Depois tudo ficou quieto de novo.

— Não — disse Miranda, não em resposta ao barulho, mas
como se estivesse meramente continuando nossa conversa. —
Eu queria que você *me* tirasse daqui. Não me importo para onde.

31

Eu dirigia o Fusca meio depressa demais, fazendo as curvas da RR22 a oitenta quilômetros por hora.

O vento soprava no conversível, vindo de trás. O cabelo de Miranda esvoaçava debaixo do lenço que ela havia amarrado na cabeça, as mechas pretas indo para a frente, dando a impressão de estarem numa corrida desesperada para vencer o resto de seu rosto ao sair de Bulverde. Ela não fazia tentativas de puxá-las para trás.

Cem metros atrás de nós, um carro com faróis estrábicos seguia devagar.

— Sabe como chegar ao escritório de Les? — perguntou Miranda, tão baixo que quase não a ouvi por causa do vento.

— Claro.

Tínhamos decidido que eu a levaria para a casa vitoriana da agência para ela passar a noite. Miranda sabia onde ficava a chave de emergência. Disse que Les mantinha um quarto de hóspedes para artistas em turnê e achava que ele não se importaria se ela ficasse lá.

Eu tinha certeza de que ela tinha razão sobre Les não se importar.

Depois de um tempo, ela esticou a mão e apertou meu braço. Sua mão estava incrivelmente quente no frescor do vento.

— Obrigada. Você está bem?

— Claro. Meu maxilar dói um pouco.

Miranda soltou meu braço.

— Gostei de você ter levado aquele soco.

— Por quê?

— Eu estava pensando que era um super-homem, jogando pessoas contra barris de chope e trazendo croissants e revólveres para mulheres necessitadas.

Balancei a cabeça.

— Mas minhas cuecas são vermelhas. Quer ver?

Ela sorriu.

— Talvez mais tarde.

Fizemos outra curva. Os faróis iluminaram uma faixa da mata. Fantasmas escuros se moviam por trás dos cedros — cervos, raposas, gambás. Os faróis atrás de nós desapareceram, depois reapareceram, ainda cerca de cem metros atrás.

Quando viramos para o sul na I-10, os faróis estrábicos viraram conosco. À frente, as nuvens fulguravam sobre San Antonio.

Ainda estávamos no perímetro de Avalon County quando os faróis atrás de nós começaram a diminuir a distância.

— Já era hora — falei.

— Como?

Diminuí a velocidade, e os faróis começaram a nos alcançar, depois diminuíram a velocidade por um tempo. Eu diminuí ainda mais a marcha.

Finalmente, eles desistiram. Uma luz vermelha brilhou em cima do carro, e uma sirene começou a tocar. Era um Ford Festiva preto.

— O que... — Miranda começou a dizer.

— Provavelmente nada — menti.

— Quantas cervejas você tomou? — perguntou ela, nervosa.

Paramos no acostamento.

Olhei pelo espelho retrovisor. O sujeito que vinha andando para o lado do passageiro parecia um orangotango malbarbeado. Tinha a pele clara, feições primatas e um tufo de cabelo laranja no alto da cabeça. Uma das mãos segurava uma lanterna próxima à orelha, e a outra estava embaixo de seu blazer marrom amassado.

O sujeito que vinha para o meu lado era um louro troncudo vestido com uma camisa polo turquesa e calça esporte. Ele tinha uma arma no coldre. Os dois se mantinham próximos ao carro, cautelosos.

— Ufa! — exclamei. — Acho que eles não estão com um bafômetro.

A cerca de um metro e meio, a luz das lanternas percorreu o conversível. O louro veio até mim.

Em outras circunstâncias, eu teria dito que ele tinha uma fisionomia simpática — feições grandes, nariz vermelho, um bigode eriçado, testa larga sem rugas ainda com as marcas do chapéu. Um cara legal para acompanhar numa cerveja.

Circunstâncias diferentes não incluiriam o cenho franzido desconfiado, a luz brilhando nos meus olhos nem a mão esquerda dele pousada na semiautomática.

— Tudo bem? — falei.

O Cara Legal franziu o cenho ainda mais.

O sujeito de cabelo laranja foi até Miranda e ficou olhando para ela de modo quase ressentido.

— Srta. Daniels?

Miranda pareceu surpresa, mas então o nome que ela queria veio à sua mente:

— Ei, Elgin. Tudo bem? Como vai a Karen?

Olhei para o Cara Legal.

— Elgin... esse é o codinome dele, não é?

— Cale a boca, senhor.

Senhor. Ótimo. O aperto de mão cortês.

Elgin coçou seu tufinho de cabelo laranja, recuou da janela de Miranda e em seguida avançou de novo. Ele parecia desconfortável. Coitado do cara, tinha planejado uma noite legal de brutalidade policial. Dois contra um. Sem damas presentes. Ninguém que soubesse seu nome. Isso não estava no roteiro.

— Queira sair do carro, por favor, senhorita.

Miranda olhou para mim em busca de algum tipo de conselho. Eu sorri. Ela tentou colocar aquele mesmo sorriso no rosto quando se virou para Elgin.

— Claro, Elgin. Espero que não haja nada de errado.

Elgin a ajudou a sair do carro. Iluminou meus olhos com a lanterna e depois a dirigiu para o banco de trás.

— O que tem nesse estojo? — perguntou.

Ao meu lado, o Cara Legal olhou e suspirou.

— É a droga de um violão, Elgin. O que você acha? — Depois para mim. — Preciso ver a habilitação e os documentos do veículo, senhor.

— Será que dá para vocês me mostrarem uma identificação?

O Cara Legal me encarou.

— Os documentos.

— Calma — disse Elgin.

Eu tinha uma boa ideia do que estava por vir. Estendi o braço para o porta-luvas para pegar os documentos do seguro. Fiz o movimento devagar, mantendo a mão dentro do raio da lanterna.

Quando meus dedos estavam para alcançar o puxador do porta-luvas, Elgin soltou um palavrão em voz alta, tirou sua nove milímetros e gritou:

— Arma!

Cara Legal era rápido. Em um segundo, ele estava com sua semiautomática no meu ouvido e a outra mão segurando meu pescoço. Em cinco segundos, eu tinha sido puxado por cima da porta e jogado no chão. Um dos olhos não conseguia ver nada, o outro só distinguia algumas luzes indistintas. Uma coisa grande, dura e pontuda estava cravada entre minhas omoplatas. Devia ser o joelho do Cara Legal. Ele levou mais alguns segundos para prender meu braço direito com a mão livre numa chave de braço decente. Devia estar pressionando um pouco mais perto do nervo acima do cotovelo. Fica mais incapacitante desse jeito. Decidi não fornecer essa informação voluntariamente.

Ele ficou assim por um minuto, talvez menos. Eu não podia ver nem ouvir Miranda, embora Elgin dissesse de vez em quando:

— Senhorita, não interfira.

Elgin fez a encenação de vasculhar meu porta-luvas.

Não levou muito tempo para que o calor e a umidade do asfalto passassem para minha camiseta. Acho que havia umas pedrinhas na minha narina esquerda, e meu maxilar estava latejando de novo. A sensação era de que meu pescoço tinha sido arrancado pela metade com um abridor gigante de garrafas.

— OK, Frank.

— Pegou? — perguntou Cara Legal Frank.

— Peguei — afirmou Elgin.

— Levante-se — disse-me Frank. Sem o *senhor* dessa vez.

Ele me puxou e jogou meu peito de encontro ao carro, ficando bem atrás de mim. Frank e eu olhávamos para Elgin, que agora sorria maldosamente, segurando um .38 genérico com o cabo enrolado com fita adesiva.

— Imagino que tenha uma licença para isso? — perguntou-me Frank.

— Nunca vi isso antes.

— Ele estava com isso — murmurou Miranda. Depois com um pouco mais de certeza. — Ele estava com a arma. — Ela envolvia o corpo com os braços, apontando com o queixo. — Elgin, você a pôs no carro. Acabei de ver.

Elgin deu uma risada nervosa. Acenou com o .38 a esmo.

— Ah, por favor, Srta. Daniels. Sabe muito bem...

— Isso se chama plantar evidências — falei para Miranda. — Você não está dizendo nada que esses caras não saibam.

— Mas eu o *vi*. — O tom dela era suave mas obstinado, como uma criança descrevendo um amigo invisível.

Ficamos todos em silêncio. Havia uma porção de enredos possíveis a partir dali. A maioria deles não valia porcaria nenhuma.

Elgin olhava para Frank, querendo respaldo. Eu não podia ver a cara de Frank, mas pela reação de Elgin, diria que ele não daria respaldo algum.

— Juro por Deus... — começou Elgin.

— Minha nossa — disse Frank com desgosto na voz.

Ele me deitou no chão de novo, com menos brutalidade dessa vez, e mandou Elgin me vigiar, se fosse capaz.

Elgin veio e me lançou um olhar furioso. Sem convicção, apontou o .38 para as minhas costas. Em seguida, pôs a bota na minha nuca e a deixou lá.

Decidi ficar de boca calada. Às vezes, consigo.

Frank levou Miranda até o Festiva preto.

Eu tinha uma vista maravilhosa do pneu esquerdo traseiro do Fusca. Os sulcos estavam ficando desgastados. Um carro passou pela rodovia, diminuiu a marcha para olhar e seguiu em frente.

O rádio de Frank estava lhe dizendo alguma coisa.

Depois de um tempo, ele se aproximou e falou a Elgin:

— Venha aqui um minuto.

Eles se afastaram de mim. Não ouvi a primeira parte da conversa até Elgin protestar alguma coisa.

— Bobagem — disse Frank, um pouco mais alto.

A conversa continuou num tom muito baixo para que eu ouvisse, mas parecia claro que Frank não estava nada satisfeito com Elgin. Sequer o chamava de "senhor".

Finalmente, Frank veio até mim, tirou as algemas e me pôs de pé.

— Volte para o seu carro.

Fiz isso. Miranda se juntou a mim, fazendo força para não olhar para nada. Seu lenço havia caído e estava em volta do pescoço, e os cabelos eram um aglomerado preto embaraçado por causa do vento.

Elgin me fitou de modo exasperado; depois seus olhos encontraram-se com os de Frank e ele seguiu para o Festiva.

— Desculpe por isso — disse Frank. — Um simples engano.

— Beleza — retruquei. — Fale isso enquanto eu tiro o asfalto do nariz.

Frank balançou a cabeça.

— E se eu quiser dar queixa no Departamento de Polícia de Avalon County?

Frank olhou para mim de maneira afável.

— Não vai querer fazer isso.

Quando partimos, Elgin e Frank estavam começando a ter uma discussão entre colegiais sentados no capô do carro e berrando um com o outro. A lateral do meu corpo começou a se sentir um pouco melhor.

Então Miranda começou a chorar.

32

A Agência Les Saint-Pierre tinha entrado no espírito de Halloween. Alguém — eu apostava em Gladys, a recepcionista — havia colocado um monte de abóboras na varanda da frente e uma réstia de alho sobre a porta. Será que Milo Chavez usaria uma fantasia e ficaria distribuindo balas para os futuros astros que viessem fazer uma visita? Duvidei.

Miranda subiu os degraus da antiga casa vitoriana e então, sem explicação, sentou-se no chão da varanda. Eu pus seu violão e sua sacola junto à porta e me sentei ao lado dela.

Era uma hora da madrugada; finalmente o tempo havia refrescado o suficiente para estar confortável. Eu não me sentia confortável. A maior parte do meu peso tinha sido drenada para minhas mãos e meus pés. A única coisa que me mantinha desperto era a dor persistente no maxilar e na lateral do corpo.

Miranda devia ter ainda menos horas de sono que eu. Sentou-se com a parte superior do corpo inclinando-se para a frente e para trás, como se estivesse corrigindo o equilíbrio de um barco. Fazia tempo que tinha parado de chorar, mas seus olhos ainda estavam inchados e úmidos.

— Desculpe — disse ela. — Eu simplesmente fiquei pasma com Elgin. Ele e a mulher... ela é prima do Ben French, meu baterista. Eles já foram a algumas das festas do meu pai. Elgin parecia um cavalheiro.

— Um cavalheiro. Como Tilden Sheckly.

Isso soou mais hostil do que eu pretendia.

Miranda se inclinou para trás até os ombros tocarem a parede. Ela olhava para os torreões escuros da Mansão Koehler, do outro lado da rua.

— E se eu não estivesse lá?

— Sorte a minha você estar. Frank e Elgin queriam me deixar preocupado com outra coisa além do negócio de Tilden Sheckly.

Ela abraçou os joelhos. Havia tirado as botas no carro, e agora seus dedos apareciam debaixo das dobras da saia de brim. Ela cavava o chão com eles, como se estivesse tentando pegar uma das tábuas de madeira do piso da varanda.

— Sheck estava falando comigo hoje — disse ela. — Antes de toda aquela confusão com Allison. Ele me convidou para morar na mansão.

— O quê?

Ela inclinou a cabeça para trás e fechou os olhos.

— Ele mora num alojamento de caça atrás do Paintbrush, onde tem uns seis milhões de quartos. Sheck e ofereceu uma ala inteira só para mim e tempo livre no estúdio. Não é nada como o Silo em Austin, mas mesmo assim. Ele disse que eu ficaria mais perto da agitação.

— Sei.

Ela abriu os olhos e deu um leve chute na minha canela.

— Não é o que você está pensando. Seria como uma comunidade de artistas.

Ela me olhou com incerteza, como se tivesse esperança de que eu fosse concordar. Uma comunidade de artistas, convenientemente no mesmo corredor do quarto de Tilden, aposto.

Miranda não tinha tirado o pé descalço da minha perna. Talvez só estivesse cansada demais para notar.

— Seu pai não aprovaria — especulei.

Mas minha mente já não estava mais no que eu dizia. Eu olhava para Miranda, tentando me lembrar da fotografia dela que eu tinha visto no escritório de Milo cinco dias atrás. Estava tentando sobrepor aquela imagem, ver se conseguia lembrar por que eu achara tão difícil acreditar que Tilden Sheckly fosse querer ser seu dono.

— Les também me desencorajaria — acrescentou ela. — Se ele estivesse por aqui.

Percebi o que ela queria dizer. Tentei parecer o mais convincente possível.

— Les acreditava em sua carreira, Miranda. Seria um trouxa se não acreditasse. Se ele se encrencou com Sheck, foi problema dele. Não seu.

Miranda me analisou e relaxou um pouco os ombros.

— Eu fico preocupada. Vai ser ótimo quando isso tudo for decidido, de um modo ou de outro.

— Eu entendo. Não faça isso.

— Não faça o quê?

— Mudar-se para a casa de Sheckly. Você devia se mudar da casa do seu pai e ter um lugar seu, Miranda. Mas não a casa de Sheckly.

Então ela me olhou de outro modo, sem cansaço, sem me fazer perguntas que pudessem ser postas em palavras. Seu pé ainda descansava na minha perna.

Pigarreei.

— Foi um dia longo. Você vai tocar amanhã à noite?

— No Paintbrush. Todos os domingos nós fazemos o show de abertura para a atração principal.

— Bem...

Eu me levantei para ir embora. Miranda me deu a mão.

Eu a puxei para cima, mas ela não me soltou. Fomos até a porta, onde Miranda pegou uma chave extra de trás da caixa de correio na parede.

Quando ela abriu a porta da agência, os odores de gás de ar condicionado e flores frescas se fizeram notar, resquícios de um dia quente.

Ela se virou para mim e sorriu.

— Boa noite?

— É. — Minha voz saiu irregular.

Eu queria soltar a mão de Miranda para que ela não percebesse que eu estava tremendo um pouco. Ela não deixou.

Ela umedeceu os lábios.

— Talvez... seja meio desconfortável ficar aqui sozinha hoje.

Diversas vozes sibilaram em meus ouvidos, de Erainya Manos, Milo Chavez, Sam Barrera e várias outras — todas falando sobre o distanciamento profissional e lealdade ao cliente e me avisando para não começar coisas de que fosse me arrepender. Miranda continuou sorrindo, e as vozes continuaram se afastando. Com a pouca reserva que consegui reunir, tentei pensar em algo para dizer, algo bem-educado e espirituoso como modo de recusar. Em vez disso, murmurei:

— Talvez eu pudesse...

— Talvez sim — concordou ela.

A mão de Miranda apertou a minha, e ela me conduziu para dentro, passando por baixo da réstia de alho sobre a porta.

33

Foi só o medo de encontrar Milo Chavez se ele fosse trabalhar de manhã que me fez chegar em casa na Queen Anne Street, 90 antes do amanhecer. Dormi umas três horas antes que o telefonema de Kelly Arguello me acordasse.

— Meu Deus — disse ela. — Que barulho é esse?

Esfreguei a remela dos olhos e tentei identificar algum som incomum que não fosse o rangido dentro do meu crânio.

Ah.

— É só o Robert Johnson — respondi.

— Você está torturando o coitadinho?

Robert Johnson continuava fazendo seu ronronar de motor sobrecarregado. Tentei tirar meu pé debaixo de suas patas dianteiras. Ele rolou de costas para poder atacar com todas as quatro. Esfreguei sua barriga com os dedos dos pés enquanto ele investia contra meu tornozelo.

— Mais ou menos — falei. — Estou atrasado com o café da manhã dele.

— Você deve fazer um café maravilhoso.

Tentei me levantar do futon. Erro. Segurei-me na tábua de passar roupa, sentei de novo e esperei que os nebulosos balões pretos sumissem.

Dei o máximo de mim para pôr a cabeça para funcionar enquanto Kelly começava a fazer o resumo do que havia encontrado até agora sobre Les Saint-Pierre.

Mais uma vez, ela me surpreendeu. No mundo da burocracia governamental, não se pode esperar muito de um período de 48 horas, mas Kelly dá seu jeito. Já havia conseguido todas as informações que Les tinha no Departamento de Veículos a Motor — registros dos chassis do Mercedes conversível e do Seville que ele havia deixado, seus registros de habilitação, requerimentos anteriores, o registro de Allison Saint-Pierre. Kelly havia pedido uma cópia da multa por dirigir embriagado que Les recebera no ano passado em Houston. Isso levaria mais uma semana, pelo menos.

Ela submetera toneladas de requerimentos ao Seguro Social e a várias outras agências governamentais, à procura de documentos recém-emitidos para qualquer dos nomes que constavam nos arquivos de recursos humanos de Julie Kearnes. Tínhamos sido um pouco liberais demais no processo de pesquisa, afunilando o leque para os seis candidatos mais prováveis a novo Les Saint-Pierre, mas mesmo com essa quantidade de nomes, rastrear a documentação era um pesadelo. Kelly planejava continuar na segunda-feira de manhã.

— Como conseguiu os registros de habilitação com tanta rapidez? — perguntei.

— Nada de mais. Falei para o cara da recepção que estava trabalhando numa intimação para a formação de um júri para o Gabinete do Promotor Público. Como daquela vez que você me contou em São Francisco. Tem razão, funciona como um feitiço.

— Kelly, eu não sugeri aquilo como modelo de comportamento.

— Ei, como assim? Quer que eu devolva a informação?

Hesitei. Tres Navarre, o exemplo moral.

— Eles compraram o discurso do Promotor Público, é?

— Claro.

— Com seu cabelo roxo e tudo?

Ela suspirou.

— Poxa, Tres, eu nem uso piercing no nariz nem nada. Eu sei me vestir como uma executiva. Fico bem num blazer.

Não discuti isso.

Kelly continuou e me contou sobre as certidões de óbito dos pais de Les Saint-Pierre em Denton County, as quais a haviam levado a um acordo judicial sobre o inventário dos bens deles, que por sua vez lhe dera uma lista das propriedades herdadas por Les. Ele recebera a pequena casa da família em Denton e uma casa de veraneio no lago Medina. Kelly enviara requerimentos a Denton County e Avalon County pedindo cópias dos registros do avaliador sobre as duas propriedades.

— Lago Medina — repeti. — Avalon County.

— É o que diz aqui. Estou em dúvida sobre o local em Denton, mas tenho quase certeza de que ele ainda tem a propriedade do lago.

— Por quê?

— Fiz uma busca no Departamento de Parques e Vida Selvagem. Les tem um veleiro de água doce registrado.

Assobiei.

— Agora você está merecendo ganhar um bônus.

Uma porção de caçadores de documentos desconsidera o Departamento de Parques e Vida Selvagem. Normalmente, eu não o teria tentado tão cedo. Geralmente, começa-se pelo óbvio e vai-se trabalhando em direção ao que está obscuro. Felizmente, nesse caso, Kelly tinha trabalhado de outro modo. Seu procedimento foi mais ditado pela localização de todos os gabinetes governamentais de Austin em relação à sua linha de ônibus.

— Não é um barco grande — informou ela. — Tem 25 pés. Ele nem precisava tê-lo registrado, mas parece que registrou mesmo assim.

Pensei no quarto de Les, nas caixas de sapatos rotuladas, até em suas drogas ilegais e seus golpes em mulheres, tudo classificado e arquivado de maneira caprichada. Talvez o cretino tivesse sido um pouco excessivo na organização.

— Continue.

— Ele comprou o barco na Plum Cove, no lago Medina. Dei uns telefonemas, consegui o endereço do dique seco que ele aluga.

Encontrei uma caneta enfiada na fresta entre a tábua de passar e o nicho do telefone e anotei as informações.

— Bom material.

— É. Pelo menos sobre o barco ninguém mais perguntou.

Minha caneta ficou paralisada sobre o papel.

— Como assim?

— Quando eu estava no DVM, o atendente reconheceu o nome Les Saint-Pierre de algumas semanas atrás. É um nome incomum. Ele comentou que Les deve estar com muitos problemas.

— Por quê?

— Parece que eu fui a segunda pessoa da Promotoria Pública procurando pelos cadastros dele esse mês.

34

Minha mãe estava de cócoras no pátio dos fundos do vizinho, pintando glicínias numa cerca de pinho. Tive que pisar cuidadosamente com meus sapatos sociais entre um campo minado de formas de tortas cheias de cores variadas. Ela usava um macacão roxo e uma camiseta fúcsia com os dizeres "Night in San Antonio", ambos salpicados de tinta acrílica. O ar estava quente, estagnado, e minha mãe suava quase tanto quanto a garrafa de Pecan Street Ale ao seu lado, numa das pedras do caminho.

Sem olhar para cima, ela me cumprimentou, movimentando o pincel para formar um cacho de pétalas roxas. Ao lado do seu nariz, havia uma impressão digital da mesma cor.

— Sabe que já vendem plantas — falei. — Você pode simplesmente ir a uma loja e comprar.

Ela reprimiu uma risadinha. Acho que essa foi a primeira indicação de que talvez ela estivesse ali no calor aspirando os gases das tintas há muito tempo.

— É *trompe l'oeil*, Jackson. — Depois ela baixou a voz. — Os Endemen estão me *pagando*.

Olhei para a casa dos Endemen lá atrás. O Sr. Endemen, um jornalista desmazelado, estava sentado diante de sua máquina de escrever na mesa de jantar. Esforçava-se para parecer ocupado, mas não parava de nos espiar, olhando de relance pela janela panorâmica. Contorcia o rosto, como se a vista que ele tinha dali não houvesse melhorado com a minha chegada.

— Não vou contar para ninguém — prometi.

Minha mãe terminou suas pétalas e olhou para mim, surpresa.

— Bem... — Ela levantou as sobrancelhas. — Desculpe, achei que você fosse meu filho.

— Mãe...

— Não, você está ótimo, querido. O que houve com seu queixo?

—· É uma contusão.

Ela hesitou. Tinha notado outra coisa também — aquele rubor de feromônios que apenas mães e namoradas conseguem detectar, aquela aura que lhe dizia que eu tinha aprontado alguma na noite passada.

Qualquer conclusão a que tenha chegado, guardou para si. Olhou para mim enquanto passava o pincel numa forma de torta.

— Não sei se eu teria escolhido a gravata marrom, mas está bom. Acho que o estilo conservador é melhor para uma entrevista.

— Uma mulher de macacão roxo me dando dicas de moda.

Ela sorriu.

— Estou muito orgulhosa de você. Quer levar um saquinho *mojo* para dar sorte?

— Na verdade, eu estava pensando em pegar o Audi emprestado.

Minha mãe comprimiu os lábios.

Ela estendeu o braço para pegar a cerveja, e eu recuei para que ela não sujasse de tinta minha calça preta. Depois de dar um gole na Pecan Street Ale, ela olhou a cerca de cima a baixo para ver como estava indo seu trabalho.

— O Sr. Endemen quer parreiras ao longo da parte de cima. Acho que fica excessivo com as glicínias, não acha?

Pensei a respeito.

— Você é paga por planta?

Ela suspirou.

— Era uma pergunta de cunho artístico. Eu não devia ter feito a você. Espero que queira o Audi só para ir à universidade, não é?

Fiz meu melhor olhar de inocente.

— Não... tenho um trabalho para fazer depois. Seria melhor se não tivesse que usar meu próprio carro.

— Um trabalho — repetiu ela. — Querido, a última vez que você pegou meu carro emprestado para um trabalho...

— Eu sei. Eu lhe pago por qualquer conserto.

— Jackson, não é essa a questão.

— Mãe, posso trocar de carro com você ou não?

Ela largou o pincel, limpou as mãos num trapo e com dois dedos puxou seu chaveiro do bolso do peitilho do avental.

— Estou com as mãos grudentas.

Tirei a chave do chaveiro.

— Obrigado.

Minha mãe se inclinou para mais perto da cerca e traçou uma nova espiral em sua trepadeira. O Sr. Endemen continuou datilografando na sala de jantar, olhando pela janela de vez em quando para ver se eu já tinha ido embora.

— Então, está nervoso? — perguntou minha mãe.

Voltei-me para ela.

— Com a entrevista?

Ela fez que sim.

— Não estou suando — respondi. — Sentar com um monte de professores não vai ser a pior coisa que me aconteceu essa semana.

Ela sorriu intencionalmente.

— Não se preocupe. Vai se sair bem.

Ela me encarou de novo. Por um minuto, pensei que ela pegaria um lenço de papel, molharia um pouquinho na língua e limparia minhas bochechas como fazia quando eu tinha 5 anos.

— Esperamos vê-lo amanhã.

— Vai fazer sua tradicional festa à fantasia?

Achei que depois de tantos anos eu conseguiria excluir o ressentimento da voz. Não sei bem se consegui.

Ela fez que sim.

— Isso não significa que não podemos fazer uma comemoração dupla, Jackson.

— Vou fazer o possível.

— Você vai vir — insistiu ela.

Quando fui embora, ela ainda estava deliberando se fazia ou não as parreiras.

O segurança particular do bairro passou pela frente da casa enquanto eu abria o Audi sedan branco da minha mãe. Viu minha roupa formal e pela primeira vez em dois anos não diminuiu a marcha nem me olhou com desconfiança.

Havia um saquinho *mojo* me esperando no painel do carro.

35

— Acho que foi tudo bem — disse-me David Mitchell. — Entre, entre.

O gabinete dele ficava no terceiro andar do Prédio de Ciências Humanas e Sociais, no mesmo corredor da sala de entrevistas. Na porta do gabinete, havia um quadrinho do *Peanuts* mostrando Lucy em sua banca de psiquiatra com o aviso O DOUTOR ESTÁ. Professor Mitchell, um homem na vanguarda do humor.

Seu espaço de trabalho era desordenado mas aconchegante, cheio de estantes abarrotadas, arquivos de metal amassados e vasos com plantas moribundas. Na parede dos fundos, havia um computador Macintosh tão grande quanto um Hyundai. Acima, um cartaz do Festival Renascentista de Houston. Mais quadrinhos de Lucy e Linus se espalhavam pela sala, fixados com fita adesiva como se fossem Band-Aids colocados com pressa.

Mitchell me ofereceu uma cadeira e uma Pepsi Diet de seu estoque particular. Aceitei a cadeira.

— Bem — disse ele. — Depois desse interrogatório pelo qual você passou, talvez tenha alguma pergunta.

Ele assentiu, incentivando. Fizera isso durante toda a entrevista formal enquanto seus três colegas — dois homens brancos mais velhos e um latino — olhavam para mim e franziam o cenho, perguntando-me repetidamente o que eu tinha feito desde a pós-graduação. Ao apertarem minha mão no fim, todos pareciam apreensivos, como se devessem ter usado luvas cirúrgicas. Talvez minha mãe tivesse razão. A gravata marrom podia ter sido uma má escolha.

Fiz algumas perguntas a Mitchell, que balançava bastante a cabeça. Ele tinha cabelos grisalhos, assim como as costeletas, que eram aparadas no formato das barbatanas dos automóveis da década de 1950. Suas feições eram emaciadas e angulosas, e os olhos pareciam contas, como os de uma fuinha. Uma fuinha legal. Uma boa e velha fuinha.

Mitchell me inteirou sobre a vaga que havia sido aberta no departamento.

Pelo jeito, o velho Dr. Haimer, que, segundo todos lembravam, ensinava literatura medieval desde que o curso se chamava "Autores contemporâneos", havia finalmente se aposentado na metade do semestre. Semana passada, na verdade. Seus dois professores adjuntos tinham se demitido em protesto, deixando as aulas de Haimer nas mãos de outros professores adjuntos e de alguns professores de literatura americana que provavelmente achavam que Marie de France era algum tipo de corrida de bicicleta.

— Literatura medieval não é um campo muito popular — explicou Mitchell. — Geralmente, teríamos uma porção de professores esperando para preencher a vaga numa emergência, mas...

— Por que Haimer saiu?

Mitchell balançou a cabeça.

— Ele se opunha à inclusão de mais programas independentes de estudos étnicos. Disse que isso era fragmentador, que o currículo devia ter um cânone inclusivo.

— Ops.

Mitchell ficou sério.

— Ele tinha boas intenções. O fato é que disse o que se passava na cabeça de muitos de nós. No entanto, seu voto foi a única discordância aberta no conselho do corpo docente. Isso se espalhou entre os alunos e se iniciaram os boicotes, os protestos no Patillo, cartazes que diziam Racista. Não é o tipo de relações-públicas que o reitor queria.

— Então por que eu? Vocês não precisam de outro sujeito branco.

Mitchell olhou para mim como se eu tivesse acabado de contar uma piada.

— É claro. O comitê preferiria alguém "de gênero e etnia diversa", acho que esse é o termo corrente.

— Porém?

Ele balançou a cabeça, transmitindo um pouco mais de desgosto.

— Tenho certeza de que vou precisar conversar sobre isso com o Dr. Gutierrez na reunião do comitê, mas vamos falar de qualificações, filho. Precisamos de alguém que conheça a disciplina, alguém com uma boa formação, que saiba se relacionar com os alunos. Alguém jovem, mais um professor que um editor. Tecnicamente seria apenas pelo resto do ano, um cargo de professor adjunto temporário, até que se possa conduzir um processo de contratação mais sistemático. Mas ainda assim, uma vez que você estiver dentro, uma vez que faça contatos com o corpo docente...

Ele ficou assentindo, encorajando-me, deixando-me vislumbrar o cenário. Vislumbrei.

Conversamos um pouco mais sobre o processo da entrevista, sobre quando eu poderia voltar para dar uma aula demonstrativa se o comitê decidisse dar o próximo passo. Eu não estava ansioso para que isso acontecesse, mas disse que estaria disponível. Mitchell assentiu, contente.

Ele abriu a pasta que eu havia lhe entregado e percorreu minhas credenciais e estudos em Berkeley. Começou a fazer um gesto afirmativo com a cabeça e sorrir.

— Você é bilíngue.

— Espanhol e inglês. Inglês médio. Um pouco de espanhol clássico e latim, anglo-normando suficiente para pescar as piadas dos *Fabliaux*.

Mitchell assobiou baixinho e fechou a pasta.

— Você completou um programa de cinco anos em três. Essas cartas de recomendação são extremamente fortes. Como depois de tudo em que você se meteu enquanto...

Ele procurou por uma palavra educada.

— Fazia o trabalho sujo? — ofereci.

Ele deu uma risadinha.

— Fiquemos com "as investigações".

— Pura sorte. E o fato de que o único emprego que consegui com meu doutorado na época foi de bartender num bar na Telegraph Avenue. E de que um amigo me apresentou a uma advogada criminalista que meio que... me acolheu.

É provável que Maia Lee tivesse rido disso. "Me acolheu" era um bom eufemismo para ensinar alguém a arrombar uma janela do jeito certo, a desarmar um sistema de segurança, a rastrear pessoas fugitivas, a chantagear alguém com fotos para impedir que um caso civil vá a julgamento. Os colegas de Maia na Terrence & Goldman tinham torcido a cara para seus métodos até ela se tornar uma advogada associada.

Mitchell olhava para mim ainda sorrindo, mas com um pouco mais de melancolia na expressão.

— E também o fato de que seu pai era um homem da lei — sugeriu ele. — Desconfio de que sua mãe tenha razão... isso teve muito a ver com o desvio que sua carreira tomou.

Não respondi. *Desvio?*

— Então por que você voltaria à Academia agora? — questionou ele.

Acho que eu lhe falei sobre querer um desafio intelectual e aplicar a experiência do mundo real na sala de aula, blá-blá-blá.

Minha mente estava bem desconectada do discurso quando alguém bateu na porta.

Mitchell pediu licença, foi até o corredor e falou em voz baixa com um dos outros membros do comitê de contratação.

Retornou e se sentou, mantendo a expressão impassível.

— Não levou muito tempo — disse ele.

Eu me preparei para ir embora e agradecê-lo de qualquer modo.

Mitchell abriu um sorriso.

— Eles gostariam de ver uma aula demonstrativa na semana que vem. O Dr. Gutierrez disse que fazia muito tempo que não entrevistava um candidato tão animador quanto você.

Ao sair do gabinete de Mitchell, eu tinha um papel confirmando minha aula demonstrativa no seminário medieval da graduação na segunda-feira. Fiquei também com uma sensação atordoada e pegajosa, como se alguém já tivesse começado a colar quadrinhos do *Peanuts* em mim com fita adesiva.

36

Um Mazda Miata vermelho estava estacionado em frente ao número 90 da Queen Anne Street, com as rodas da direita em cima do meio-fio. Quando fui para meu lado da rua, Allison Saint-Pierre saiu pela minha porta e disse:

— Oi.

Ela estava toda de branco, Reeboks, saia plissada e uma regata cujas alças não se alinhavam com as do sutiã. Uma testeira atoalhada levantava a franja. Seu sorriso estava fortalecido pelo álcool. Dia de aula de tênis no country club.

Ela segurava duas Shiner Bocks. Uma das garrafas estava quase vazia, a outra ela me deu.

— Que coisa mais incrível — disse ela.

Encostou-se no batente da porta para que eu pudesse passar, como se eu quisesse dançar mambo com ela.

Fiquei na varanda.

— Deixe-me adivinhar. Meu senhorio deixou você entrar.

Seu sorriso se alargou.

— Que amor de velhinho. Ele pegou aquele envelope no balcão e me perguntou se eu sabia alguma coisa sobre o aluguel do mês.

— É, Gary tem uma queda por louras. Dinheiro do aluguel e louras. Talvez, se eu trouxesse mais louras, ele perguntasse pelo aluguel com menos frequência.

Allison levantou as sobrancelhas.

— Vale a pena tentar.

Então ela se virou para dentro da casa, como se suas costas estivessem fixadas por dobradiças no batente. Quase pensei que ela fosse cair na sala, mas no último segundo ela deu um passo e entrou.

— Uhuu.

Tomei um gole da minha Shiner Bock antes de segui-la para dentro.

Allison tinha tirado Julie Kearnes do toca-fitas e posto meu Johnny Johnson, assim como também havia tirado um *Texas Monthly* velho do parapeito da janela e deixado aberto na mesa de centro. A tábua de passar estava para baixo, e o telefone tinha sido puxado de trás.

Allison se sentou no banco do balcão da cozinha e estendeu os braços ao longo da fórmica.

— Alguém chamado Carol ligou. Eu disse que você não estava.

— Carolaine — corrigi. — Que ótimo. Obrigado.

Ela deu de ombros. Satisfeita por ajudar.

Procurei por Robert Johnson, mas ele tinha se enfiado num buraco bem fundo. Talvez embaixo da roupa suja. Talvez na despensa. Ao contrário do meu senhorio, Robert Johnson não era muito chegado a louras.

— Já enviou um cartão para Sheckly lhe desejando melhoras? — perguntei.

A bebedeira de Allison até parecia casco de navio de guerra. Minha pergunta passou de raspão por ela, um leve incômodo, mas nem chegou perto de fazê-la mudar de rumo.

— Um dos advogados dele me deixou uma mensagem hoje de manhã, alguma coisa a ver com contas médicas. — Ela batia o pé direito ao ritmo da música.

Aguardei.

— Você está no meu apartamento por uma boa razão, tenho certeza. Se importa de dizer qual é?

Allison me avaliou dos pés à cabeça. Ao chegar aos olhos, ela se fixou neles e sorriu, aprovando.

— Você está bonito. Devia se vestir assim com mais frequência.

— Este traje me lembra de muitos funerais.

— Esteve em algum hoje de manhã?

— Foi quase isso. Por que está aqui?

Allison levantou os dedos do balcão.

— Você estava na lista telefônica. Fiquei mal por você acabar levando um soco ontem.

— *Você* ficou mal.

Ela sorriu.

— Não sou tão terrível assim, meu bem. Você não me conhece direito.

— Os caras que a conhecem direito parecem acabar contundidos.

— Como eu disse, Tres, fui criada com quatro irmãos.

— Quantos conseguiram chegar à vida adulta?

Seus olhos brilharam. Não havia jeito de aborrecê-la hoje.

— Talvez eu só estivesse curiosa. O pai de Miranda me ligou hoje de manhã. Queria saber se ela estava comigo ontem à noite.

— É?

Ela me deu um sorriso forçado.

— É. Parece que ela desapareceu ontem depois da festa. Assim como você, por acaso.

Ela esperou por informações.

Felizmente, para mim, o telefone tocou. Allison se ofereceu para atender. Agradeci, mas não era preciso. Levei o telefone até a porta do banheiro, que era o mais distante que o fio chegava, e então atendi.

Erainya Manos disse:

— RIAA.

— Isso é grego?

O que ela disse a seguir *foi* em grego e nada lisonjeiro.

— Não, meu bem, estou lhe contando uma coisa que você nunca arrancou de mim. É a sigla da Associação da Indústria Fonográfica Americana. Eles aplicam as leis de direitos autorais na indústria da música e têm uma filial em Houston. Eles fazem contratos através de Sam Barrera para todo o sul do Texas.

Olhei para Allison do outro lado da sala. Ela sorriu para mim de maneira amigável, ainda movendo os pés ao som de Johnny Johnson.

— Beleza — disse a Erainya. — Que bom que não é nada grave.

Erainya hesitou.

— Você está com visitas?

— Ahã.

— Então, só escute. Sheckly esteve nos tribunais meia dúzia de vezes nos últimos anos, processado por artistas de grande nome que se apresentaram no clube dele. Todos alegam que ele gravou os shows para distribuir e não lhes pagou nenhum direito autoral nem porcentagem.

— Ouvi falar disso.

— Alegam também que CDs piratas dos shows andam aparecendo por toda a Europa. Gravações de excelente qualidade, feitas em instalações de primeira. Meus amigos me disseram que todo mundo sabe que Sheckly faz as gravações e ganha um dinheiro extra com isso. Ele fala alemão, vai à Alemanha com frequência, provavelmente usa as viagens para fazer alguns negócios, distribuir as matrizes, mas ninguém pode provar. Como os shows são gravados para serem retransmitidos, poderiam ter sido copiados e distribuídos em qualquer estação de rádio do país, por qualquer um que tivesse o equipamento certo.

Sorri para Allison. Articulei as palavras *amigo doente*.

— Não parece ser nada que vá matar. Só um incômodo sem importância.

Erainya ficou quieta.

— É, não parece nada que provoque assassinatos, meu bem. Você tem razão. Mas então de quanto dinheiro estamos falando? Que tipo de sujeito é o Sr. Sheckly? Você faz alguma ideia?

— Acho que sim. Por que não detectaram isso antes?

— Ouvi dizer que Sheckly mantém as coisas bem discretas. Não importa as gravações de volta para os Estados Unidos, o que tornaria o negócio mais lucrativo, mas dez vezes mais fácil de ser descoberto. Ele fica no mercado europeu, apenas gravações ao vivo. Isso o torna um alvo de baixa prioridade.

— Entendi.

— E, meu bem, você não soube de nada por mim.

— Quarto 12. Certo.

— Se você puder usar isso para dar uma espremidinha nas bolas de Barrera...

— Vou fazer isso. Pra você também.

Desliguei. Allison olhou para mim e perguntou:

— Bons prognósticos?

— Você se importa se eu trocar de roupa?

Ela comprimiu os lábios e assentiu.

— Vá em frente.

Peguei uma camisa e um par de jeans do armário e fui para o banheiro.

Robert Johnson espiou pela fresta da cortina do chuveiro.

— Ainda não — falei para ele.

Eu tinha acabado de tirar a camisa e estava virando as mangas do avesso quando Allison entrou e cutucou minhas costas, tocando na cicatriz acima do meu rim.

Fiz um grande esforço para controlar o reflexo de mover o cotovelo para trás.

— O que é isso? — perguntou ela.

— Você se importaria de não fazer isso?

Ela agiu como se não tivesse escutado. Tocou a cicatriz outra vez, como se a pele inflada a fascinasse. Seu hálito passou pelo meu ombro, parecendo a ponta de um pano úmido.

— Buraco de bala?

Eu me virei para encará-la, mas não havia muito espaço para onde recuar, a menos que eu me sentasse na pia.

— Ponta de espada. Meu *sifu* ficou meio entusiasmado uma vez.

— *Sifu*?

— Professor. O cara que me ensinou tai chi.

Ela deu uma risada.

— Seu professor o apunhalou? Ele não devia ser muito bom.

— Ele é muito bom. O problema é que pensou que eu também fosse.

— Você tem outra cicatriz. Essa é mais comprida.

Ela olhava para o meu peito agora, onde um traficante de haxixe havia me apunhalado com uma adaga balinesa no Tenderloin District de São Francisco. Eu vesti a camisa.

Allison fez um beicinho.

— Acabou o espetáculo?

Eu a fiz sair e fechei a porta do banheiro na cara dela. Ela ainda sorria quando fiz isso.

Robert Johnson ficou olhando para mim enquanto eu vestia os jeans. Ele parecia estar achando a mesma graça que eu.

— Talvez se a gente pusesse ela pra correr — sugeri. — Um ataque em duas frentes.

A cabeça dele desapareceu de novo. Não era um grande respaldo.

Quando eu saí para a sala, Allison tinha aberto outra cerveja e havia se mudado para o futon.

— Isso me lembra do lugar onde eu morava em Nashville — comentou ela, analisando o gesso manchado por um vazamento no teto. — Nossa, aquilo era ruim.

— Obrigado.

Ela me olhou intrigada.

— Só quis dizer que é pequeno. Eu vivi sem precisar de grandes coisas por algum tempo. Até sinto nostalgia, sabe?

— Os bons e velhos tempos. Antes de você se casar com o dinheiro.

Ela tomou um bom gole.

— Não ria, Tres. Sabe qual era a piada em Falfurrias?

— Falfurrias? Você é de lá?

Ela assentiu com azedume.

— A gente brincava que só ia à faculdade para ter um diploma de esposa. — Ela bateu na aliança com o polegar. — Eu pulei a graduação.

Allison segurou a garrafa com os dez dedos e botou os pés para cima no futon. Fiquei olhando para a cerveja, pensando em quantas eu teria que beber para alcançá-la.

— Quando eu tinha 18 anos, trabalhei durante o verão como secretária na concessionária de automóveis do Al Garland. — Ela olhou para mim de forma significativa, como se eu devesse conhecer Al Garland, obviamente um manda-chuva em Falfurrias. Balancei a cabeça, e ela pareceu decepcionada. — Eu estava tentando cantar em alguns clubes de Corpus Christi nos fins de semana. Tudo que eu sei é que logo Al estava me dizendo que ia largar a mulher por mim, que ia financiar minha carreira musical. Começamos a fazer viagens de fim de semana a Nashville, assim ele podia me mostrar o quanto era rico e importante. Ele deve ter perdido uns 10 mil dólares com os rastreadores de carteiras.

— Rastreadores de carteiras?

Ela abriu um sorriso.

— Os caras de Nashville que farejam o dinheiro das cidades pequenas a quilômetros de distância. Prometeram a Al todo tipo de coisas para mim, gravações, promoção, contatos. Nada aconteceu, exceto eu ter demonstrado muito minha gratidão a Al. Por algum tempo, achei que fosse amor. Por fim, ele decidiu que eu tinha ficado muito cara. Ou talvez a mulher dele tenha descoberto. Fui deixada em Nashville com uns 50 dólares em espécie e uns belos négligés. Que burrice, né?

Eu não disse nada. Allison bebeu mais um pouco.

— Sabe qual é a parte ruim? Eu finalmente reuni coragem para contar essa história a alguém em Nashville, e esse alguém foi Les Saint-Pierre. Ele só riu. Disse que isso acontece uma centena de vezes todos os meses, exatamente desse mesmo modo. O grande trauma da minha vida era apenas outra estatística. Então Les me disse que podia fazer as coisas do modo certo, e fui enganada de novo. Eu era lerda no aprendizado.

— Não precisa me contar nada disso.

Ela deu de ombros.

— Não ligo.

Tive a impressão de que ela havia dito essa frase tantas vezes que quase podia acreditar nela.

— O que aconteceu com a agência? — perguntei. — Por que Les decidiu tirá-la do negócio?

Allison deu de ombros.

— Ele não queria alguém puxando-o de volta à Terra quando ele ia longe demais com uma ideia. Ele não sabia onde parar. Na maioria das vezes, ele acabava se dando bem, mas nem sempre.

— Por exemplo?

Ela balançou a cabeça, evasiva.

— Não importa. Não agora.

— E se ele não voltar?

— Eu assumo a agência.

— Você parece segura. Acha que vai conseguir mantê-la sem ele?

— É, eu sei. A reputação de Les. Claro, vai ser difícil, mas isso supondo que eu fique com a agência. O nome vale dinheiro. É possível vendê-la a todo tipo de concorrentes em Nashville. Há contratos em vigor para os direitos de gravação de alguns sucessos que ainda rendem dinheiro. Les não era burro.

— Parece que você andou examinando isso.

Allison deu de ombros. Um leve sorriso.

— Você não faria o mesmo?

— Então deve estar a par dos bens dele.

— Tenho uma boa ideia do patrimônio.

— Sabe de alguma coisa sobre uma cabana no lago Medina?

A fisionomia de Allison ficou quase sóbria. Ela me lançou um olhar inexpressivo. Eu lhe contei sobre o inventário relativo à propriedade dos pais de Les.

— É a primeira vez que ouço falar disso.

Porém, havia algo mais se passando na cabeça dela. Como se algo a estivesse incomodando há muito tempo e agora viesse à tona. Fitei-a silenciosamente, pedindo-lhe que me contasse. Ela hesitou e desviou o olhar.

— Tem algum plano, meu bem?

— Pensei em ir até lá dar uma olhada.

Assim que falei, me arrependi de ter dado essa resposta.

Cambaleante, Allison se pôs de pé, segurou a garrafa para ver o quanto ainda havia nela e sorriu para mim.

— É melhor você dirigir. Eu me encarrego da navegação.

Em seguida, ela deu início a esse serviço tentando localizar a porta de entrada.

37

Durante a primeira metade da viagem, Allison permaneceu em silêncio. Antes de sairmos, ela reclamou amargamente por eu ter enchido uma garrafa térmica de café em vez de tequila, e depois por tê-la feito trocar de roupas, vestir algo mais utilitário. Achei no fundo do armário uma calça Banana Republic de amarrar na cintura e um blusão de Carolaine. Serviram bem em Allison. Depois que estávamos a caminho, ela se recostou no assento do passageiro do Audi de minha mãe com os joelhos no painel, o rosto escondido atrás de uma caneca de café e um par de óculos escuros roxo que tinha pegado no porta-luvas. De vez em quando, fazia uns sons convulsivos e eu achei que fosse vomitar, mas depois de sairmos da cidade ela começou a se reanimar.

Chegou até a entrar comigo no gabinete do avaliador de impostos quando chegamos a Wilming, uma pequena sede do condado, que consistia de uma base da Legião Americana, uma lanchonete e não muito mais. O gabinete do avaliador estava aberto no sábado porque também era agência de correios e mercearia. Depois de me inteirar da escritura e dos últimos cinco anos de impostos registrados sobre a propriedade de Les, de má vontade tive que admitir que estar com a mulher do meu objeto de pesquisa, com a mulher bem loura do meu objeto de pesquisa, tinha ajudado a despachar as coisas.

Ao voltarmos para o carro, Allison se serviu de mais café.

— Eca.

— Só está forte — falei. — Você não está acostumada ao Peet's.

Ela estremeceu.

— Isso é tipo Starbucks ou coisa parecida?

— O Peet's está para o Starbucks como Platão está para Sócrates. A gente passa a apreciar com o tempo.

Allison ficou me olhando por quase um quilômetro e então decidiu voltar sua atenção para os documentos do avaliador de impostos e o café.

Ela folheava os documentos da cabana de Les.

— Cretino. Dois anos antes ele mudou o endereço de entrega dos demonstrativos do Imposto de Renda para que não fossem lá para casa. Exatamente quando nos casamos.

— Ele queria ter um lugar que você não conhecesse. Talvez já estivesse pensando em dar o fora algum dia, deixando aberta uma rota de fuga.

Ela deu uma risadinha incrédula.

— Que endereço é esse em Austin para a entrega dos demonstrativos? É de alguma namorada?

— Provavelmente uma caixa postal. Uma namorada seria muito arriscado.

— Cretino. Você acha que consegue encontrar esse lugar?

Fiz um gesto negativo com a cabeça.

— Não sei.

Tínhamos o endereço exato da cabana, mas isso não significava muito no lago Medina. A maioria das pessoas tinha, no local de seus endereços registrados, apenas uma caixa de correio ao longo da rodovia principal, e havia centenas delas, todas prateadas, muitas com os números incompletos, apagados pelas intempéries. Mesmo que encontrássemos a caixa de correio certa, ela não ficaria necessariamente próxima à cabana. O mais provável é que se localizasse a uns dois ou três quilômetros, em alguma estradinha de terra sem nome, a curva indicada apenas por placas de madeira com os sobrenomes das famílias cujas propriedades se encontravam naquele caminho. Muitas vezes não havia nenhuma sinalização, nenhum modo de encontrar alguém por lá, a menos que houvesse instruções boca a boca. Se fosse possível evitar o pessoal local, o lago Medina não era nada mau para uma pessoa desaparecida se esconder.

Atravessamos o córrego Woman Hollow e seguimos nosso caminho por mais algumas colinas pela Highway 16. A quantidade de trailers passando começou a aumentar.

Allison examinou o saquinho *mojo* de minha mãe pendurado no espelho retrovisor, deixando as contas e penas escorregarem pelos dedos.

— Como você conheceu Milo? Vocês dois não parecem... sei lá, vocês parecem aquele filme *Um estranho casal*, ou coisa parecida.

— Sabe a cicatriz no meu peito?

Allison hesitou.

— Está brincando.

— Não foi Milo quem fez. Ele só teve a ideia de que eu seria um bom detetive particular.

A estrada era muito sinuosa para que eu pudesse olhar para Allison, mas ela ficou quieta por mais um ou dois quilômetros, os óculos escuros roxos virados para mim. Senti falta do barulho, do vento e do chacoalhar do Fusca. No Audi de minha mãe, os momentos silenciosos eram silenciosos demais.

Finalmente, Allison entrelaçou os dedos e esticou os braços.

— Tudo bem. Então o que aconteceu?

— Milo era assistente da defesa em um caso de homicídio. Seu primeiro serviço grande para a Terence & Goldman, de São Francisco. Ele queria alguém que seguisse uma testemunha, um traficante de drogas que tinha visto o crime. Achou que eu poderia fazer isso, achou que realmente iria impressionar a chefia.

— E você encontrou o cara.

— Ah, sim, encontrei. Passei alguns dias no hospital depois.

— O chefe de Milo ficou impressionado?

— Com Milo, não. Comigo, sim. Depois que eu saí do CTI.

— Ele lhe deu um emprego?

— Ela. Sim, ela se ofereceu para me treinar e despediu Milo.

— Isso foi ainda melhor. E uma mulher, além do mais.

— Sem dúvida alguma, uma mulher.

Allison abriu a boca, depois começou a balançar a cabeça.

— Ah-ha. Milo queria impressionar...

— Não era apenas profissional.

— Mas você e ela...

— Sim.

Allison abriu um sorriso e me deu uma cutucada no braço.

— Creio que o detetive particular está corando.

— Bobagem.

Ela deu uma risada, abriu a garrafa térmica e se serviu de outra xícara do Peet's.

— Esse troço está começando a ficar mais gostoso.

Contornamos o lago por mais de um quilômetro antes de realmente vê-lo. As colinas e os cedros encobriam a maior parte da vista ao nosso redor. A linha d'água estava tão baixa que a margem de barro e calcário parecia uma banheira redonda bege entre a água e as árvores.

O Medina não era um lago de fácil orientação. A água ia serpenteando, seguindo o curso do rio original que havia sido represado para formar o lago, delineando enseadas e becos, cada escoadouro e reentrância se parecendo muito com os demais. Podíamos ter ficado procurando a casa de Les pelo resto da semana se um velho amigo não tivesse nos ajudado. Cerca de um quilômetro depois do atalho da Highway 37, um Ford Festiva preto estava parado no lado direito da estrada, na frente do lago.

O vidro do motorista estava aberto, e um sujeito ruivo com jeito de orangotango encontrava-se sentado na direção, lendo um jornal. Segui por uns quatrocentos metros e então fiz uma curva em U. Esperei que um caminhão passasse e depois colei na traseira dele.

— O que estamos fazendo? — perguntou Allison.

— Olhando sempre para a frente.

Na segunda vez que passei, o ruivo no Festiva ainda não tinha prestado nenhuma atenção em mim, mas com certeza era Elgin. Ele estava com a cabeça firmemente enterrada na página de esportes. Métodos avançados de vigilância. É provável que logo, logo estivesse dando um jeito de fazer furos para espiar através do jornal.

Explorei rapidamente a área da qual ele estava tomando conta. Não havia ruas secundárias à vista. Nem caixas de correio. Era apenas uma curva da estrada em torno de uma colina. No lado onde ficava o lago, a pista caía num declive íngreme muito arborizado, e por isso não era possível enxergar o que havia ali, apenas uns fios oblíquos de transmissão de energia. Isso indicava a presença de pelo menos uma cabana e um único modo de ir até lá... passando por Elgin.

— Elgin sem Frank — falei. — Nada inteligente.

Allison olhou para trás.

— Do que você está falando?

Eu lhe contei sobre meu encontro na noite anterior com Elgin e Frank no acostamento da rodovia, como eles haviam apresentado minha cara ao asfalto e me oferecido um revólver plantado. Falei que deviam ser assistentes do xerife, amiguinhos de Tilden Sheckly.

— Que filhos da puta — xingou ela. — E estão vigiando a casa de Les?

— Um deles, pelo menos.

— Então nós vamos voltar e golpear a cabeça dele, não é? Amarrá-lo?

Arrisquei um olhar de relance para ver se ela estava brincando. Não consegui distinguir.

— Golpear a cabeça?

— Ei, eu também tenho spray de pimenta. Vamos.

Depois de seu desempenho com Sheckly na noite anterior, achei prudente não zombar de seu talento para golpear cabeças.

— Vamos deixar isso como um plano alternativo. Pegue uma nota de 50 dólares na minha mochila.

Seguimos em frente, voltando até a Turk's Ice House.

Após cinco minutos de conversa fiada com Eustice, a atendente de cabelo azul com camisa de cetim berrante, chegamos à conclusão de que a enseada que queríamos era Maple End, que não, Eustice não reconheceu Les pela foto, e não, Allison não tinha frequentado a escola com a filha de Eustice. Apesar da última decepção, a atendente concordou em nos apresentar a Bip, que concordou em nos emprestar seu barco de pesca de motor de popa por 50 dólares. Tanto Bip quanto seu barco eram grandes cunhas cinzentas, amassadas e sujas, e ambos cheiravam a isca viva. Bip não parava de sorrir para Allison e de suspirar cada vez que tirava os olhos dela.

Tentei dirigir a ele olhares de advertência, informá-lo que estava se colocando em perigo mortal, mas Bip não prestava atenção.

Com algum esforço, demos a partida no barco e saímos do píer do Turk's.

A enseada se alargava, transformando-se na espinha dorsal do lago. A uns oitocentos metros, na extremidade mais distante, as colinas eram pontilhadas de cabanas e torres de rádio. De vez em quando, uma lancha passava velozmente a alguns metros de nós; um minuto depois, ficávamos bamboleando para cima e para baixo ao cruzar o rastro deixado pela embarcação. Ao virarmos o barco rumo à entrada da enseada Maple End, estávamos com água até os tornozelos, e eu tive que tirar a mochila do chão e colocá-la no colo. Bip tinha nos garantido que aqueles furinhos no barco não seriam problema.

Allison tirou os sapatos e estava prestes a colocar os pezinhos fora do barco.

— Eu não faria isso — adverti.

O rosto dela se contorceu. Sob a luz da tarde, os óculos roxos lançavam reflexos vermelhos em suas faces.

— Por quê? Já estão molhados.

— Não é a água. São as cobras.

Indiquei um ponto adiante, onde a água ondulava de um modo um pouco mais agressivo que as marolinhas.

Allison pôs os pés de volta para dentro. Passamos pelo ninho flutuante. Cerca de uma dúzia de chicotes verdes e prateados se contorcia em nós de marinheiro logo abaixo da superfície.

Allison assobiou baixinho.

— As únicas cobras de Falfurrias viravam cintos. Espero que essas sujeitinhas entendam isso se o barco afundar perto delas.

— Eu também. Ano passado uma esquiadora trombou com um desses ninhos. Morreu na hora.

Allison pôs os pés no meu banco, um de cada lado das minhas pernas. As unhas dos dedos estavam pintadas de vermelho. As pernas da calça estavam dobradas até o meio das pernas bronzeadas e ficavam justas desse jeito, não soltas como teriam ficado em Carolaine.

Descansando o cotovelo no joelho, ela apoiou o queixo na mão e piscou para mim.

— Acho que inventou isso, Sr. Navarre.

Dei de ombros, tentei não sorrir, e nós passamos pelas cobras.

A ponta sul da enseada Maple End tinha uma enorme árvore de bordo destacando-se no topo da colina. Essas árvores são bem raras no Texas, mas pelo jeito essa não tomou conhecimento de que não deveria vicejar. Devia ter uns dez metros de altura e fulgurava com as cores outonais. O solo rochoso que a cercava estava coberto de um tom alaranjado escuro e amarelo. Logo abaixo, várias mulheres tomavam banho de sol numa velha barca atracada. Na margem, havia degraus cortados na rocha que levavam à barca, mas paravam a uns bons cinco metros acima, onde a linha d'água costumava ficar.

A enseada se estreitou rapidamente conforme nosso barco seguia em frente. Depois de uma curva, as margens se separavam num vão de menos de vinte metros. Nesse ponto, a água era verde-escura e cheirava a estagnação — espuma, vazamento de material séptico e peixe morto. A margem à direita era bem íngreme e cheia de cedros e carvalhos, com todos os galhos repletos de musgo. Dava para ver de relance o topo das carretas ou dos trailers que passavam pela rodovia acima, onde Elgin estava estacionado.

Havia duas cabanas, ambas naquele lado da enseada. A mais distante era uma casa bem-cuidada de madeira branca, localizada quase no topo da colina. No nível da água, havia um píer flutuante e acima dele um pequeno trecho gramado. Uma placa de madeira pintada à mão, feita para ser lida da água, anunciava com orgulho FAMÍLIA HEDELMAN, com margaridas e sapos em volta das letras. Havia um pequeno exército de aves aquáticas de plástico com hélices em vez de asas cercando o cartaz e um caminho de lajotas que subia até a casa. As janelas estavam todas fechadas, e não havia nenhuma luz acesa.

Meio hectare mais perto de nós, havia uma cabana semelhante a um galpão militar, que se projetava na colina a meio caminho entre a água e a estrada. Ela tinha um deque de madeira que dava para o lago. A parede da frente era pintada de marrom chocolate, tinha uma porta telada e duas janelas cobertas por cortinas amarelas. A estrutura era um arco de alumínio corrugado, tão insípido quanto o interior de uma lata de comida. No fundo, havia uma chaminé de metal.

— Meu marido. — Allison suspirou. — Será que vou conseguir adivinhar qual delas é a dele?

Desliguei o motor e seguimos à deriva para o capim alto da margem abaixo da cabana. O barco parou, rangendo ao roçar nas pedras.

Havia um píer, mais ou menos. As pilastras de cimento ainda estavam lá, assim como algumas tábuas que a podridão ainda não transformara em lascas. Eu não sabia bem se estava a fim de confiar meu peso a elas. A uns três metros à esquerda do píer, havia um barco afundado com a proa saindo da água. Talvez vestígios deixados pelo último freguês de Bip.

Fui chapinhando e escorregando até chegar à terra firme. Allison veio bem atrás de mim. Olhei para as janelas escuras e a porta fechada da cabana lá em cima.

Se Elgin fosse esperto, se estivesse vigiando porque achava que Les podia aparecer por aqui, seu parceiro Frank estaria em algum lugar aqui embaixo. Talvez na casa do Hedelman ou até dentro da cabana de Les. É claro, se Elgin fosse esperto, não teria sido tão fácil vê-lo na rodovia. Calculei que tínhamos boas chances no combate.

Subimos pelo que fazia as vezes de degraus — tábuas velhas pregadas perpendicularmente na terra batida do morro. As escadas para o deque ficavam ao lado da cabana. Ninguém poderia nos ver da rodovia. Ninguém saltou da mata num ataque surpresa. Provocamos muitos estalos e rangidos para chegar à porta de entrada. Se alguém estivesse lá dentro, com certeza teria percebido nossa apresentação.

A porta estava trancada — um daqueles arcos que passam por uma fenda numa dobradiça de metal. Burrice.

Pedi a Allison que pegasse uma chave Phillips da minha mochila e retirei a base da dobradiça em menos de um minuto. Podíamos ter entrado pela janela com a maior facilidade também, mas eu ainda não estava preparado para quebrar vidros.

Entramos na cabana.

— Eca — exclamou Allison.

Estava escuro, e o lugar cheirava a comida podre e roupa suja. Com a luz da minha caneta lanterna, era difícil ter uma visão geral do que havia exatamente à nossa frente, do que acontecia ali. Vi uma cama de solteiro desarrumada junto à parede esquerda, e na da direita um aparelho de som portátil estava rodeado de CDs e fitas cassete, a bandeja — ou porta-copos, segundo meu irmão Garrett — aberta. O piso era coberto com esteiras de palha, que começavam a se rasgar em quadrados separados. O teto estava coberto por um pano preto curvo que só deixava o espaço mais claustrofóbico. Nos fundos havia uma quitinete, um telefone, uma janela fechada com uma persiana e uma área minúscula reservada que devia ser o banheiro.

Quando nossos olhos se adaptaram ao escuro, Allison entrou na cozinha e tirou da grelha elétrica uma frigideira de ovos mexidos feitos pela metade, que estavam emborrachados em alguns pontos, cristalizados em outros.

— Dois ovos no café da manhã — disse Allison. — Todos os dias, sem exceção.

— Ele saiu sem terminar de fazer esses. O que você acha, dois ou três dias atrás?

Allison estremeceu e pôs a frigideira de volta.

— Por aí. Quer dizer que o cretino está vivo. — Ela não pareceu muito empolgada e me lançou um olhar titubeante. — Acho que eu imaginava. É só que...

Ela enganchou os dedos na calça Banana Republic emprestada, olhou em torno dos pés, onde roupas masculinas se espalhavam como se alguém tivesse caminhado em cima de uma pilha de roupa suja, e, vingativa, chutou uma das camisas de Les.

Fui até o banheiro. Um nécessaire masculino estava na pia, ao lado de uma Destroilet movida a gás propano com instruções na tampa de como evitar um incêndio quando se dava descarga.

Peguei minha Polaroid e tirei uma foto do vaso sanitário. Caso contrário, ninguém acreditaria em mim. Depois, tirei umas fotos do resto da cabana — dos ovos, da roupa suja, dos CDs espalhados.

Fui até o balcão da cozinha e peguei o telefone. Estava funcionando. Apertei o botão *redial*. Tive quase certeza de captar o número pelo som da rediscagem na primeira tentativa, mas desliguei antes que tocasse e depois tentei de novo. Anotei o número na mão e deixei o telefone tocar. Nenhuma resposta até contar dez, nenhuma secretária eletrônica.

— Tres — chamou Allison.

Eu me virei. Ela estava me olhando acusatoriamente, segurando a frigideira com os ovos. O mais baixo possível, ela disse:

— Então? Isso ou o spray de pimenta?

— O que...?

Então eu ouvi os estalos lá fora, como se alguém estivesse tentando subir os velhos degraus da varanda numa vaga semelhança a uma atuação furtiva.

38

Uma sombra passou pela cortina amarela em direção à porta e revelou-se como Frank, o Cara Legal, meu cortês policial extorsivo da noite anterior. Ele franziu o cenho e grudou o nariz na porta telada, tentando enxergar na penumbra interior. Estava usando jeans e uma camisa havaiana laranja. Mais técnicas avançadas de vigilância.

Olhei para Allison.

— Você é muito engraçada, mas agora eu quero que largue essa frigideira, OK?

— Está louco?

— Largue.

Os olhos de Frank se adaptaram ao escuro e focaram em mim. Eu sorri e acenei. Ele olhou para Allison. Devagarzinho, ela baixou a frigideira e acenou também.

— Se a gente tivesse um revólver — ponderou ela baixinho —, eu já poderia ter atirado nele umas cinco ou seis vezes.

— Fique quieta. Por favor.

Frank abriu a porta e entrou.

Seu rosto estava vermelho como se tivesse sido esfregado com soda cáustica, os olhos turvos. O bigode e as costeletas louras estavam espetados em ângulos estranhos. Ele parecia grogue e irritado, mas não particularmente surpreso.

— Claro — disse ele. — Vocês dois realmente tinham que estar aqui.

O walkie-talkie em seu cinto fez um clique e, em seguida, um som metálico. Enquanto o pegava, ele manteve os olhos em mim.

— Deixe pra lá, Garwood. Alarme falso.

A resposta truncada soou vagamente como a voz de Elgin. Não consegui entender o que ele disse, mas pelo jeito Frank sim.

— É — reafirmou ele. — Não foi nada.

Frank girou o botão do volume para zero.

— Alarme falso? — perguntei.

Frankie passou os olhos pela sala, batendo na coxa com o walkie-talkie.

— Elgin tem algumas ideias sobre o que pode fazer com você se um dia o vir de novo. Não quero que ele se empolgue demais.

Frank olhou em volta, procurando um lugar para se sentar, e optou pela cama. Deixou-se cair no colchão de espuma, hesitou, cruzou as pernas e começou a tirar a bota esquerda.

— Queiram me desculpar — grunhiu. — Meus pés estão me matando.

— Quer que a gente faça uma massagem? — perguntou Allison. Ela estava apoiada no balcão da cozinha, a mão segurando o rosto como se estivesse entediada. Olhou para mim e disse: — *Esse* cara conseguiu derrubar você?

As orelhas de Frank ficaram da mesma cor laranja de sua camisa havaiana. Ele levantou as sobrancelhas para mim.

— Mulher nova?

— Allison Saint-Pierre. Ela é realmente um encanto.

O nome foi registrado, talvez a reputação também. Frank me lançou um olhar abatido de condolências, trocou de pernas e tirou a outra bota. As meias eram de tons levemente diferentes de azul.

— Não gostei do que aconteceu ontem à noite, Sr. Navarre. Não gostei nem um pouquinho.

— Experimente ser o que fica com o nariz enfiado no cascalho.

Um sorriso vacilou por baixo do bigode.

— Você não entendeu o que estou dizendo. As pessoas incomodam o Sr. Sheckly, e eu não me importo de dar um aperto nelas. Não é disso que me queixo.

— Isso é tranquilizador.

Allison suspirou. Mexia pensativamente no spray de pimenta em seu chaveiro, segurando a lingueta de plástico.

— Sheck toma conta do pessoal dele — continuou Frank. — Nosso condado é muito unido. Detetives particulares aparecem o ano todo, metendo o nariz nos negócios do Paintbrush, procurando por processos de paternidade, fotos de chantagem, a lista é longa. Eu não me importo nem um pouco de dissuadi-los...

— Plantando armas em seus carros — interrompi.

Frank ficou sentado, calado por um bom tempo, e então pareceu decidir alguma coisa. Sentou-se para a frente, pegou a carteira e tirou uma foto de dentro.

— Olhe isso.

Peguei a foto. Mostrava Frank de bermudas brancas e outra camisa havaiana, com o braço em volta de uma loura gordinha vestida de modo semelhante. A mulher segurava uma trouxa branca que ou era o maior cotonete do mundo ou um bebê muito bem-embrulhado.

— Agora eu tenho uma família — disse ele.

Sorri educadamente.

Passei a foto para Allison, que deu a mesma olhadela entediada que dera a Frank.

— Isso tem significado para mim — insistiu Frank. — Me faz pensar de outro jeito. Cuidar dos amigos, tomar conta de gente que foi boa para o departamento... isso é uma coisa. Mas plantar evidências... e com uma mulher no carro...

— É — concordei. — Você realmente sabe como impor um limite moral.

Ele abriu as mãos.

— Tudo bem. Talvez você não queira ouvir. Eu só queria que soubesse...

— Que seu parceiro não compartilhou seus planos com você — completei. — Isso não faz com que eu me sinta melhor.

Frank ficou olhando para as botas vazias, endireitou-se e começou a calçá-las de novo.

— Você não entende como são as coisas hoje em dia, Sr. Navarre.

— Eu entendo que duas pessoas foram assassinadas. Entendo que Tilden Sheckly tem um negócio ilegal, que está muito ansioso para que isso não seja descoberto. Entendo que ele está fazendo você de bobo, dando-lhe o serviço truculento de me ameaçar, de vigiar os lugares menos importantes, de onde Les já foi afugentado. O que eu perdi?

— Ele é um medroso — disse Allison.

Frank olhou friamente para ela.

— Você não me conhece para dizer isso. Não conhece Sheck nem sabe com o que ele está lidando.

Allison deu uma risada.

— Então ele é uma vítima?

Frank cerrou os punhos e seus olhos perderam o foco. Algo me incomodou em sua reação. A raiva se transformou em algo semelhante a constrangimento.

O walkie-talkie em seu cinto fez um clique.

Nós nos entreolhamos.

— Eu vejo duas opções, Frank. A primeira é você me ajudar, me dizer o que está acontecendo, e talvez eu possa ajudá-lo a procurar as pessoas que irão ouvir os seus problemas. A segunda opção é você deixar Elgin entrar na dança e vamos ver aonde isso nos leva. Com qual delas você vai ficar mais confortável?

Allison se endireitou, dando um leve sorriso, indicando que qualquer uma das opções era boa para ela.

Frank se levantou. Olhou em volta da cabana desarrumada mais uma vez e decidiu por uma terceira opção.

Pegou o walkie-talkie e aumentou o volume.

— Oi, Elgin, estou tentando de novo. Achei que tinha visto uma coisa.

Ele tirou o dedo do botão.

— Vocês têm um minuto.

Allison fez beicinho. Foi preciso um olhar de absoluta frieza da minha parte para convencê-la a se desencostar do balcão da cozinha e sair pela porta.

Quando passamos por Frank, seus olhos ficaram fixos na janela de trás. Quando me virei no vão da porta, ele ainda estava lá parado daquele jeito, como um soldado atento.

39

No barco, Allison e eu mal nos falamos na viagem de volta. Atracamos no Turk's, agradecemos Bip pelo aluguel e entramos na loja com os sapatos encharcados. Seguimos nossos caminhos separados pelos pequenos corredores empoeirados e depois nos reencontramos na caixa registradora de Eustice.

Eu comprei Doritos sabor *nacho* e um refrigerante de laranja. Não me pergunte por que — quando estou estressado e desorientado, escolho o sabor laranja. Nunca planejo. Simplesmente acontece. Uma espécie de elo dietético com meu estado de espírito.

Allison comprou meia garrafa de vinho fortificado.

Olhei para a garrafa, depois para ela.

— Que foi? — perguntou ela.

— Está querendo morrer?

— Vai se foder.

Eustice se mexeu, desconfortável, e tentou sorrir:

— Tenham uma boa noite.

Rumamos para o sul, contornando o lago e indo em direção à represa. O sol de fim de tarde atravessava o topo dos carvalhos, deixando a estrada repleta de sombras e o lago prateado, cintilante. Allison bebeu seu excelente destruidor de estômagos, empurrou os óculos roxos de minha mãe mais para cima do nariz e ficou observando o cenário.

Só falou quando deixamos de virar na curva que nos levaria de volta para San Antonio.

— Estamos indo a algum lugar?

— Só mais uma parada no tour Les Saint-Pierre.

— O corpo dele, espero.

Fiz uma pausa antes de responder, tentando conter a irritação.

— Ele está vivo, Allison.

— Aqueles policiais devem tê-lo encontrado.

— Encontraram a cabana. Conhecendo Frank e Elgin, imagino que devam ter dado bandeira, deixado Les percebê-los antes que eles o localizassem. Les deu o fora. Deixou Frank e Elgin lá sentados, imaginando quando ele iria aparecer. Isso significa que Sheckly não matou Les, não sabe onde ele está e está ansioso para encontrá-lo.

— Isso descreve um de nós.

Passamos pela represa. À esquerda, o lago se estendia, sinuoso e cintilante, pontilhado por pequenas lanchas vermelhas de corrida que deixavam seus rastros na água. Do lado direito, as paredes de cimento da represa inclinavam-se para um vale de nacos de calcário, vegetação rasteira e um rio Medina bem reduzido, privado de tudo, menos de resíduos.

— Les saiu apressado — falei.

— Humm.

— Estava usando a cabana como uma escala, um lugar onde poderia ficar para completar sua documentação, pegar seus recursos, se acomodar à nova identidade. Como foi expulso de lá prematuramente, precisaria de um lugar aonde ir.

— A hã.

Dei uma olhada para o lado. A cabeça de Allison começava a afrouxar, o queixo subindo e descendo com os solavancos da estrada. Ela franzia o cenho e, por baixo dos óculos roxos, seus olhos estavam fechados. A garrafa de vinho estava vazia.

— Tudo bem com você?

— Estou com raiva — retrucou ela calmamente, o rosto tão relaxado que quase não parecia ser dela.

— Les a deixou. Você pode ficar com raiva.

— Não pedi sua permissão, Tres.

Tirei os dedos da direção.

— É, não pediu.

Ela enxugou o rosto.

— E não estou chorando por causa daquele cretino.

— É, não está.

Atravessamos a represa e rumamos para o lado leste do lago. Ao lado da estrada, pescadores descalços retornavam para seus carros. Estudantes universitários colocavam seus esquis aquáticos em seus trailers. Allison continuou sem chorar por Les Saint-Pierre e a enxugar o rosto com fúria. Eu mantinha os olhos na estrada.

Estávamos quase chegando a Plum Creek quando ela perguntou:

— Então, para onde ele foi?

— Como?

— Se teve que fugir do buraco onde se escondia antes de estar pronto para isso, para onde ele foi? Um hotel?

— Perigoso demais. Os hotéis se lembram de hóspedes que permanecem muito tempo. Existe um alto risco de cruzar por acaso com alguém que ele conhece. E Les não poderia pagar a conta sem chamar atenção, seja por deixar um rastro com o cartão de crédito ou por ser extravagante pagar em dinheiro. Não. É mais provável que procurasse alguém em quem confia para abrigá-lo por um tempo. Um grande amigo.

— Les tem 40 mil amigos desse tipo.

— Mas pessoas em quem ele confia para escondê-lo?

— Julie Kearnes — decidiu Allison. — Ou os Daniels.

— Os Daniels?

Ela fez que sim, esticando as pernas e cruzando-as na altura dos tornozelos. Ficou olhando para os pés, agora descalços, brancos e enrugados pela água do lago.

— No começo, Les os tratava como bichos de estimação ou coisa parecida. Sabe, gente simples. Precisavam levar um trato e serem cuidados. Por fim, acabou gostando da companhia deles. Willis é uma velhinho muito bonzinho na maior parte do tempo, e Miranda é um anjo. E Brent sabe ouvir, apesar de ser um pouco autodestrutivo, como Les. Rapidinho Les se apegou a ele.

— Mas você e Brent...

Allison deu de ombros.

— Faz um mês, mais ou menos. Não sei se Les sabia e não sei se iria se importar se soubesse. Entre eu e Brent é só... não é amor nem nada, meu bem.

Ela dava a impressão de querer me tranquilizar, tentando explicar um problema de saúde sem importância que estava combatendo.

— É assim que Brent encara?

Allison riu pela primeira vez desde que tínhamos entrado na cabana de Les.

— Imagino que Brent me veja como uma espécie de teste pelo qual precisa passar. Acho que você não passou muito tempo com ele, Tres. Ele é um doce. Também é sensível feito uma bolha no pé por causa de tudo que aconteceu com ele, tenta se punir cada vez que acha que poderia voltar a curtir a vida. Ele vive aquela rotina há tanto tempo que tem medo de sair dela, acho. Às vezes, não consigo suportá-lo. Em outras, é bom estar com ele.

— Isso é perturbador — falei.

— Que eu tenha transado com ele?

— Não. Sua avaliação das pessoas em quem Les confia o suficiente para procurar para se esconder.

— Por quê?

— Julie Kearnes foi assassinada. E os Daniels... será que este telefone é de quem estou pensando? — Li para ela o número escrito na minha mão, o último que tinha sido discado na cabana de Les.

Allison olhou pela janela do seu lado. Passaram-se uns quatrocentos metros antes que ela dissesse:

— É do rancho dos Daniels.

— É claro que pode ter sido discado meses atrás. Antes que Les sumisse. Pode ter sido uma ligação comum a um cliente.

— Humm.

Seguimos em frente, os dois tentando se sentir confortáveis com essa ideia.

Viramos depois da lanchonete de Plum Creek.

A garagem de barcos ficava colina acima, a uns bons cinquenta metros da água. Era uma clareira de cascalho cercada com tela hexagonal e arame farpado e com um grande portão. Lá dentro, havia galpões de compensado e metal corrugado, cada um com tamanho suficiente para abrigar um barco em cima do reboque. Quando cheguei lá em cima, o portão estava aberto e uma família engatava seu barco de motor de popa ao seu Subaru. Pelo menos, a mãe fazia isso. Os dois filhos faziam o banco de trás de cama elástica e, no banco do motorista, o pai lia atentamente a edição de moda praia da *Sports Illustrated*. Allison e eu desembarcamos e ajudamos a mãe a colocar o engate no lugar e a conectar as luzes do freio. Ela nos deu um sorriso simpático e perguntou se devia deixar o portão aberto. Dissemos que sim, claro.

O galpão do barco de Les era o A12.

A corrente e o cadeado na porta do galpão eram novos. Felizmente, a parede de trás do galpão não era. A parte inferior do metal se descascou facilmente e nos deu espaço suficiente para passarmos rastejando.

As paredes do galpão não iam até o teto. Havia uns trinta centímetros na parte superior que permitiam a entrada de luz, o bastante para se enxergar. O barco de Les era bem como Kelly Arguello descrevera, um veleiro de 25 pés com um mastro caído e o convés coberto com lona azul. A lona estava amarrada de qualquer jeito, mas com muitos nós e muito entusiasmo. Finalmente, tivemos que cortar as cordas. Subi no convés da popa e dei a mão para Allison subir.

Os assentos a bordo eram de um material emborrachado branco repleto de salpicos cintilantes. Havia uma pequena cabine vazia embaixo, na verdade um armário. Não caberia mais de uma pessoa ali.

— Certo — disse Allison. — É um barco. E daí?

— Calma aí.

Fui lá embaixo e dei uma busca. Nada. Na caixa de um vaso sanitário minúsculo, havia um exemplar da *Time*, agosto de três anos atrás. Nada encorajador.

Quando voltei para cima, Allison estava cutucando o piso do convés com os pés. Sempre que ela empurrava, o plástico azul mostrava uns sulcos quadriculares de sessenta por sessenta centímetros.

— O compartimento do colete salva-vidas — sugeri. Nós nos entreolhamos. — Por que não?

Dois minutos depois, estávamos sentados num banco com uma caixa térmica entre nós.

Era verde e grande o bastante para guardar dois engradados de seis latas, mas quando abrimos não havia cerveja. Havia pilhas de dinheiro. Notas de 50 dólares, como as que Milo tinha usado para me pagar. O equivalente a 50 mil dólares. Havia também uma folha impressa com endereços — alguns de San Antonio, outros de Dallas e Houston. Ao lado de cada endereço, uma data.

Em caso de afogamento, procure endereços. Arremesse grandes quantidades de dinheiro. Les Saint-Pierre, o capitão especialista em segurança.

Allison pegou um maço de notas.

— Mas que porra é...

— Depois. Agora vamos levar isso para o carro.

Allison parecia atordoada, mas me ajudou a fechar a caixa de novo, tirá-la do barco e passá-la por baixo da parede de metal do galpão. A caminho do Audi, cada um carregando uma alça da caixa, deixamos o portão aberto para outra família que estava chegando para pegar seu barco.

Talvez também estivessem escondendo dinheiro e endereços em seu galpão.

Eles sorriram e acenaram em agradecimento. Eu retribuí o sorriso.

Todo mundo é muito simpático no interior.

40

A volta começou bem.

Allison se recuperava da meia garrafa de vinho ruim, e a ficha começava a cair. Tínhamos 50 mil dólares escondidos embaixo do assento traseiro. Ao chegarmos à rodovia, ela já recapitula va a tarde em termos fulgurantes, lançando insultos ocasionais ao idiota do marido e ao Departamento de Polícia de Avalon County Sugeriu que fôssemos direto para o show de Miranda no Paintbrush para ver se encontrávamos mais algum policial a ser batido

— Mas primeiro, vamos nos vestir melhor — insistiu ela, puxando a manga da minha camisa. — E você precisa pôr botas de caubói.

— Usei botas de caubói apenas uma vez. Não foi um sucesso.

— Conte.

— Não, obrigado.

Mas ela continuou me perturbando até que, relutante, eu lhe contei sobre a foto que minha mãe ainda mostra sempre que eu cometo a tolice de levar amigos à casa dela — eu com 2 anos, com as botas pretas do xerife enfiadas até as coxas, tentando não cair, minha fralda de pano escorregando obscenamente.

Allison riu.

— Está na hora de fazer outra tentativa.

Não contamos a Rhonda Jean na Sheppler's Western Wear sobre a foto da fralda. Também não lhe contamos que estávamos daquele jeito porque tínhamos passado a tarde arrombando lugares em torno do lago Medina. Só lhe dissemos que precisávamos de uma rápida troca de roupas antes que a loja fechasse, em 15 minutos.

Rhonda Jean sorriu. Um desafio.

Catorze minutos depois, ela tinha me vestido com uma calça Levi's própria para ser usada com botas, uma camisa vermelha e branca e um par de botas Justin de couro cru tamanho 43. Vetei o chapéu e o cinto de couro de cascavel no qual ela prometeu gravar "Tres" no verso sem custo extra. Allison saiu ostentando uma camisa branca de franjas, botas pretas e um par de jeans justos que só uma mulher em ótima forma poderia usar. Allison estava muito bem.

Rhonda Jean assentiu, aprovando, e nos mandou para o caixa. Paguei com as últimas notas de cinquenta do maço que Milo me dera no Tycoon Flats.

Allison ficou me olhando esvaziar a carteira.

— Você vai pagar do seu bolso? Com tudo que temos lá no carro?

A caixa nos lançou um olhar estranho. Eu sorri para Allison e disse:

— Vamos, querida.

De volta ao Audi, seguimos adiante com os vidros abertos. O vento estava quase fresco agora, circulando pelos bancos da frente e fazendo as contas do saquinho *mojo* pendurado no espelho retrovisor dançarem como água-viva. Allison havia tirado os óculos de sol, e seus olhos pareciam mais suaves e escuros do que antes.

Eu comecei a organizar algumas coisas na cabeça, ideias sobre os endereços que tínhamos encontrado, o dinheiro e o rastro que Les Saint-Pierre havia deixado.

— Você conhece bem a indústria fonográfica? — perguntei.

Allison fez um gesto com as mãos, separando-as como se segurasse orgulhosamente um peixe que havia pescado.

— Dois anos com Les Saint-Pierre, caubói. O que quer saber?

— CDs.

— O que é que tem?

— Se você estivesse importando CDs em grande quantidade do exterior, como viriam embalados? Caixas? Engradados?

— Nada disso. Bobinas.

— Cilindros.

— É. Bem grandes. As caixas e os encartes são acrescentados no país de destino, com os fornecedores locais. Sai mais barato. Por quê?

— Tudo isso para manter o negócio discreto.

— O quê?

Esperei quase um quilômetro antes de responder.

— Devíamos falar sobre o dinheiro.

— Falar o quê? Les foi burro o bastante para deixá-lo quando fugiu, então fica para mim. Quer uma taxa pela descoberta, meu bem?

— É provável que Les tenha desviado esse dinheiro da agência.

Allison ficou olhando para mim.

— Então...?

— Então não é seu. Vou guardá-lo por um tempo, até saber do que se trata. Depois, o mais provável é que vá para a vara de falências e concordatas.

— Você está brincando.

Não respondi. Tínhamos voltado até o Loop 410 para chegar a Sheppler's e agora rumávamos para o norte de novo, indo direto para o Paintbrush. Perdi a saída do Leon Valley e continuei em frente, circundando a cidade.

— Você vai fazer um favor de 50 mil dólares a Milo Chavez — concluiu Allison.

— Não foi o que eu disse.

— Então vai ser assim: vai livrá-lo das dívidas e me deixar sem nada. É nisso que está pensando, não é?

— Estou pensando que você está exagerando de novo.

Allison bateu a bota nova e lustrosa no chão do carro, cruzou os braços e ficou olhando para as colinas.

— Bunda-mole.

Passamos pela I-10, seguindo em frente. Saí na West Avenue e virei à esquerda, em direção ao centro.

— Talvez eu devesse levá-la de volta — sugeri. — Deixar você pegar seu carro.

— É, talvez.

Seguimos em silêncio. West Avenue. Hidelbrand. Broadway. A noite de sábado se revelava ao longo das avenidas — letreiros em néon dos bares, carros de suspensão baixa e picapes customizadas. O cheiro dos churrascos de família, costelas de porco e pimentões assados permeava o ar.

Quando finalmente chegamos à Queen Anne Street, desliguei o motor e apaguei os faróis. Ficamos lá sentados, olhando para o Miata mal-estacionado de Allison, até que ela começou a rir.

Virou-se para mim. Seu hálito cheirava levemente a vinho fortificado.

— Tudo bem. Não me entenda mal, meu bem.

— Entender mal o quê?

Ela estendeu o braço e segurou alguns botões da minha camisa nova de caubói.

— Que eu não gostei do dia que passamos juntos. Só fiquei meio chateada, só isso. Não quero que você pense...

— O dinheiro vai ficar guardado, Allison.

Ela piscou lentamente, processando o que eu disse, e depois decidiu dar outra risada.

— Acha que só estou interessada nisso?

— Não sei.

— Então vá se ferrar. — Ela falou quase como uma brincadeira. Curvou-se para mim devagar, puxando minha camisa, convidando-me a ir ao seu encontro.

Senti um aperto na minha garganta. Dei um jeito de afastar a mão dela.

— Não é uma boa ideia.

Ela recuou e levantou as sobrancelhas.

— Tudo bem.

Depois de sair do carro, Allison bateu a porta, virou-se e sorriu para mim pela janela.

— Você e Milo que se divirtam dividindo os bens de Les. Obrigada pelo dia divertido.

Fiquei observando-a entrar no carro, dar partida no motor e sair de cima da calçada com um rangido e um solavanco e ir embora. Lembrei a mim mesmo que realmente era isso que eu queria.

Fiquei sentado no Audi escuro, encostei a cabeça no assento e expirei. *Sinta-se sortudo*, pensei. *Você acabou de passar sete horas com essa mulher, e nenhum dos dois verteu sangue.* Mas quando fechei os olhos, eles arderam. Tentei repassar nossa tarde de dez modos diferentes, revendo todas as coisas conciliadoras ou sórdidas que eu poderia ter dito. Isso me fez sentir ainda mais insatisfeito e furioso que antes.

Devia ter ido até o Indian Paintbrush. Havia muitas perguntas a fazer ao Sr. Sheckly, alguns relatórios para Milo, e eu tinha que ver uma moça que estaria cantando "A señorita de Billy" por agora, olhando para a plateia com belos olhos castanhos.

Em vez disso, saí do carro, as pernas trêmulas das longas horas dirigindo, e fui andando sem firmeza para meu apartamento com a sensação de que em algum lugar abaixo da superfície da água, em algum lugar rumo à proa, eu tinha acabado de ser torpedeado.

41

Tentei tratar a manhã de domingo como o início de um dia qualquer. Fiz meu tai chi, tomei café com Robert Johnson e fiz um depósito de 50 mil dólares embaixo da antiga roseira do meu senhorio.

Depois fui até a Vandiver Street enquanto todos dormiam na casa da minha mãe, deixei o Audi na frente, a chave na caixa de correio e peguei meu Fusca.

Rumei para o sul, em direção ao State Insurance Building.

Se a torre fosse no centro, ficaria invisível, mas naquele lugar — instalada no meio da planície ao sul da San Antonio College, cercada de parques e centros comerciais térreos — parecia imensa. Havia apenas um punhado de carros no estacionamento, sendo um deles o BMW mostarda de Barrera.

Apertei o botão do elevador para o sexto andar e fui deixado na frente de uma porta de vidro fosco que ainda exibia os contornos descoloridos das letras em estêncil que no passado diziam: SAMUEL BARRERA, INVESTIGAÇÕES. Agora havia uma placa de metal elegante acima de uma campainha em dourado e marfim igualmente elegante. Na placa, lia-se I-TECH.

Não optei pela campainha. Entrei na sala de espera e fui até a janelinha de correr. Estava aberta.

A recepcionista era tão pequena que precisou esticar o pescoço para me ver acima do balcão. A maior parte de seu cabelo estava calcificada de laquê, afastando-se do rosto em Us maiúsculos.

— Em que posso ajudá-lo? — perguntou ela.

Sorri e endireitei a gravata.

— Tres Navarre. Estou aqui para ver Sam.

Ela franziu o cenho. Não se esperava que alguém fosse lá no domingo de manhã perguntando por Barrera, especialmente pelo primeiro nome.

— Não quer se sentar?

— Claro.

A janelinha de vidro fechou na minha cara.

Sentei no sofá e peguei o último informativo da matriz da I-Tech em Nova York. Havia alguma propaganda sobre o desempenho positivo da empresa ao comprar empresas particulares em vários estados e vendê-las de novo aos seus proprietários em forma de franquias do McDonald's. Um anúncio que tinha em vista os leitores externos me informou exatamente o que significava ser "material I-Tech".

Eu estava começando a avaliar meu potencial I-Tech quando a porta interna do escritório se abriu e Sam Barrera passou por ela. Ele veio até mim:

— Que merda você quer, Navarre?

Larguei o informativo.

Barrera vestia seu terno-padrão de três peças, dessa vez marrom. A gravata era de um tom amarelo que miraculosamente combinava com o restante. Os anéis de ouro estavam lustrosos, e a colônia, forte.

— Precisamos conversar — falei.

— Não precisamos, não.

— Fui até o lago Medina, Sam.

O reflexo nos olhos espelhados de Barrera ficou um pouco mais duro.

— Você será repreendido, Navarre, mas não por mim. É melhor contar a Erainya...

— Havia mais do que uma cabana lá, Sam. Você deixou passar uma coisa.

Por um segundo, Sam Barrera não soube o que dizer. É provável que fizesse anos que alguém havia ousado sugerir que ele tinha deixado algo passar. O mais provável é que isso nunca tivesse saído da boca de um amador com metade da idade dele.

— Departamento de Parques e Vida Selvagem — falei.

Barrera processou rapidamente a informação. Seu rosto passou por uma fase camaleônica — de vermelho para marrom e depois café.

— Saint-Pierre tinha um barco? Ele registrou um barco *de lazer*?

— Gostaria de saber o que eu encontrei ou prefere me ameaçar mais um pouco?

Ele ficou quieto por tempo suficiente para que sua expressão impassível retornasse.

— Quer entrar?

Ele se virou sem esperar minha resposta. Eu o segui.

O escritório de Sam era um santuário à Universidade Texas A&M. O carpete era marrom-ferrugem, as cortinas da mesma cor. Na estante de mogno, antúrios se intercalavam caprichadamente com diplomas e fotos de Sam e seus filhos em suas fardas de fuzileiros.

Na escrivaninha, havia fotos de Barrera com seus amigos — tipos das forças policiais, o prefeito, executivos. Numa das fotos, Barrera estava ao lado do meu pai. A campanha de 1976 para xerife, acho. Papai sorria. Barrera, é claro, não.

Sam sentou-se atrás da escrivaninha. Eu me sentei na frente dele numa grande poltrona marrom-ferrugem, que era estrategicamente projetada para ser confortável e baixa. Tive a sensação de ser muito mais baixo que meu anfitrião, preso em sua curiosidade.

— Conte. — Sam se inclinou para a frente, ficou me olhando e aguardando.

— Discos contrabandeados — falei. — Sheckly anda gravando os shows de seus artistas, cria matrizes no estúdio e depois embarca as gravações para serem reproduzidas e distribuídas na Europa. Mais recentemente, ele ficou mais ganancioso e começou a importar os CDs de volta para os Estados Unidos. É por isso que você e seus amigos federais andam intensificando as ações.

Sam deixou de lado meus comentários.

— O que havia no barco?

— Antes, quero uma confirmação.

Sam crispou os dedos. A ira divina apareceu em seus olhos — uma escuridão contida, intensa, que significava que eu estava prestes a ser eliminado da face da Terra. Ele olhou em volta, talvez em busca de algo com que pudesse me matar; em vez disso, focou o olhar em sua foto com o xerife. Ficou com uma expressão aborrecida.

— Imagino que vá continuar estragando as coisas a menos que eu seja franco com você, Navarre. Ou a menos que eu arrume alguém que o jogue na cadeia.

— É bem provável.

— Dane-se o seu pai.

— Amém.

Sam reacomodou a barriga acima da linha do cinto. Virou a cadeira de lado e ficou olhando pela janela.

— O cenário que você descreveu é lugar-comum. Muitas vezes, alguém grava os shows numa apresentação. Muitas vezes, as gravações viram *bootlegs*.

Ele esperou para ver se eu estava satisfeito, se eu me daria por vencido agora. Eu apenas sorri.

O maxilar de Sam se contraiu.

— O que é incomum na situação do Indian Paintbrush é a escala. Atualmente, o Sr. Sheckly está gravando em torno de cinquenta artistas por ano. As matrizes são enviadas a fábricas de CDs via Alemanha, sendo a maioria na Romênia e na República Tcheca, e depois os discos são distribuídos para uns 15 países. Mais recentemente, como você disse, os sócios dele na Europa andaram incentivando o Sr. Sheckly a mirar no mercado dos Estados Unidos, transformando *bootlegs* em pirataria.

— Qual é a diferença?

— *Bootlegs* são gravações auxiliares, Navarre, sessões de prática no estúdio, gravações ao vivo, partes que normalmente não chegam às lojas. Os shows de rádio de Sheckly, por exemplo. Pirataria é diferente, são cópias exatas de lançamentos legítimos. *Bootlegs* podem render dinheiro, mas cópias piratas vendem mais barato que o mercado regular, tomam o lugar do trabalho legítimo. Elas têm um potencial enorme. Se forem bem-feitas, dá até para passá-las para os principais distribuidores, como lojas de departamentos, cadeias de shoppings etc.

— E as de Sheckly são boas?

Barrera abriu a gaveta da escrivaninha e tirou um CD. Tirou o disco da embalagem e apontou com o mindinho para os números prateados gravados em volta do furo.

— Esta é uma das cópias piratas de Sheckly. Os números do lote estão quase corretos. Mesmo se os agentes alfandegários soubessem o que estão procurando, o que raramente acontece, poderiam deixar isso passar. Quando os encartes são acrescentados, são impressões em quatro cores em papel de qualidade. Sheck tomou precauções até mesmo nas *bootlegs*. Nas informações sobre a gravação, está escrito "fabricado na UE". Isso é feito para que pensem que é uma importação legal, para explicar a diferença de embalagem.

— Qual é o lucro?

Barrera bateu o dedo na escrivaninha.

— Vou colocar desse modo: é raro que haja um sindicato controlando a fabricação e distribuição de tantas gravações em tantos países. No único caso semelhante de que tenho notícia, a IFPI confiscou o material recebido de uma operação italiana. Por um trimestre, pela obra de um artista, os piratas ganharam 5 milhões de dólares. Seria menos para a música country, mas mesmo assim... Multiplique o número de artistas, quatro trimestres por ano, e vai ter uma ideia.

— Vale a pena matar pelo negócio — concluí. — O que é IFPI?

— É a sigla para Federação Internacional da Indústria Fonográfica. A versão europeia da RIAA nos Estados Unidos.

— Seu cliente.

Barrera hesitou.

— Eu nunca disse isso. Está entendendo?

— Perfeitamente. Conte-me sobre os amigos alemães de Sheckly.

— Luxemburgo.

— Como?

— O sindicato é sediado em Luxemburgo. Por acaso, Sheckly fez seus contatos em Bonn e realiza a maior parte dos negócios na Alemanha.

Balancei a cabeça.

— Calma aí, Barrera. Luxemburgo é aquele país pequenininho?

— O país pequenininho conhecido por lavagem de dinheiro. O país pequenininho conhecido por manter ambiguidades nas leis de direitos autorais da UE. Os piratas adoram Luxemburgo.

Permaneci em silêncio por um tempo e tentei processar aquilo. Eu estava determinado a não me sentir um calouro, a não mostrar a Barrera que sairia dali correndo aos gritos se ele viesse com mais alguma sigla.

— Sheckly se meteu numa associação perigosa — comentei.

Barrera chegou o mais próximo que eu já vira de uma risada. Foi um pequeno ruído anasalado, facilmente confundido com uma fungada. Nada mais se mexeu em sua fisionomia.

— Não comece a derramar lágrimas, Navarre. O Sr. Sheckly está levantando alguns milhões extras por ano.

— Mas o assassinato de Blanceagle e de Julie Kearnes...

— Sheckly pode não ter sido o mandante, mas duvido que tenha tido uma grande crise de consciência. É verdade, Navarre, o negócio de *bootlegs* geralmente é coisa de colarinho branco, não muito violento. Mas estamos falando de um grande sindicato, contrabando de armas, de números de cartões de crédito e várias outras coisas.

— E Jean?

— Jean Kraus. Fugiu de processos por assassinato em três países. Uma das vítimas foi um garoto francês de uns 13 anos, filho da namorada de Jean, que decidiu roubar um dinheiro dele. Encontraram o garoto num beco em Rouen, jogado da janela do quinto andar de um hotel.

— Minha nossa.

Barrera assentiu.

— Kraus é esperto. Provavelmente esperto demais para ser pego. Está aqui incentivando a rede de distribuição dos CDs de Sheck nos Estados Unidos. É só uma questão de tempo até que Jean e seus chefes comecem a usar a empresa de transporte de Sheck para seus próprios interesses, especialmente armas. Isso foi o que finalmente deixou a Promotoria Pública, o FBI e o Bureau de Álcool, Tabaco e Armas de Fogo interessados. É preciso atiçar muito fogo para que eles se empolguem com contrabando de música.

— Seus amigos do primeiro time.

— Temos um caso por fraude nos correios em quatro estados, violações comerciais interestaduais... mandados impetrados e emitidos para alguns dos distribuidores de Sheckly. Demoramos anos para reunir tudo isso, para conseguir que um juiz se interessasse o bastante para nos dar acesso aos extratos bancários e registros telefônicos de Sheckly. Soma-se a isso o fato de que a força policial de Avalon County está na mão dele... não foi nada fácil. Noventa por cento de um caso como esse precisa ter informantes internos.

— Les Saint-Pierre. Ele se tornou a sua solução.

— O quê?

— Uma coisa que a mulher dele disse. Ele era seu informante.

— Para Julie Kearnes, sim. E Alex Blanceagle. E os três desapareceram assim que começaram a falar. Se não conseguirmos algo mais sólido logo, podemos perder o interesse do Gabinete da Promotoria Estadual. Agora é a sua vez. O que havia no barco?

Peguei os endereços que havia encontrado na caixa térmica — lugares com datas ao lado — e entreguei a Barrera.

Ele franziu o cenho para o papel. Quando terminou de ler, olhou pela janela novamente e seus ombros caíram.

— Certo.

— São os pontos de distribuição, não são? As datas de chegada das cargas de CDs.

Sem muito entusiasmo, Barrera fez que sim.

— Você tem os lugares — estimulei. — Sabe o que Sheckly está fazendo. Pode preparar um flagrante.

— Não temos nada, Navarre. Não temos fundamentos para requisitar um mandado de busca, nenhuma prova que ligue nada a ninguém, apenas uns endereços e datas ao acaso. Talvez, no fim, essas informações nos levem a algum lugar, mas não imediatamente. Eu esperava mais.

— Você está montando esse caso há quanto tempo... seis anos? — perguntei.

Barrera assentiu.

— É muito provável que Sheckly saiba ou vá saber em breve que essas informações estão comprometidas — prossegui. — Se você não aproveitar agora, ele vai movimentar os produtos, mudar as rotas. Você vai perdê-las.

— Prefiro seguir adiante por mais seis anos a tirar o caso do tribunal porque fizemos besteira. Obrigado pelas informações.

Ficamos sentados em silêncio, escutando o tique-taque do relógio com o símbolo da banda da A&M na parede atrás de Barrera.

— Mais uma coisa — falei. — Acho que Les fugiu para o rancho dos Daniels. Ou pelo menos pensou nisso.

Contei a Barrera sobre a chamada telefônica na cabana do lago.

— Seria burrice dele ir para lá — disse Sam.

— Talvez. Mas se *eu* tive a ideia de que Les pode ter recrutado a ajuda deles, os amigos de Sheckly podem ter pensado a mesma coisa. Não gosto dessa possibilidade.

— Vou pedir para alguém ir lá falar com a família.

— Não sei se isso vai ajudar muito os Daniels.

— Não há mais nada que eu possa fazer, Navarre. Mesmo na melhor das circunstâncias, vai levar muitos meses para que possamos coordenar qualquer tipo de ação contra o Sr. Sheckly.

— E se mais pessoas morrerem nesse meio-tempo?

Barrera bateu o dedo na escrivaninha de novo.

— As chances de a família Daniels ser um alvo são muito remotas. Sheckly tem problemas maiores, pessoas mais importantes com que se preocupar.

— Pessoas mais importantes — repeti. — Como garotos de 13 anos que roubam um trocado de Jean Kraus.

Barrera expirou. A cadeira estalou quando ele se levantou.

— Vou dizer o que já disse antes, Navarre. Você se meteu num negócio que está acima das suas possibilidades e precisa cair fora. Não tem que acreditar na minha palavra. Fui franco com você. Acha que um garoto sem licença e com poucos anos de experiência pode lidar com algo como isso?

Olhei de novo para a foto do meu pai com Barrera. Meu pai, como em todas as suas fotos, parecia sorrir para mim como se tivesse uma grande piada que não queria compartilhar, algo muito engraçado às minhas custas.

— OK — eu disse.

— OK, você está fora do caso?

— OK, você me deu muito em que pensar.

Barrera balançou a cabeça.

— Isso não é suficiente.

— Quer que eu minta para você, Sam? Quer ir adiante e me prender? Avalon County aprovaria essa abordagem.

Barrera fungou, foi até a janela e olhou para a cidade de San Antonio. Estava mortalmente parada num domingo de manhã — um cobertor cinza e verde amarrotado, salpicado de quadrados brancos, entrelaçado com rodovias e pastagens ondulantes com um horizonte azul esverdeado ao fundo.

— Você é muito parecido com seu pai — disse Barrera.

Fiz menção de responder, mas algo no modo como ele estava parado me advertiu a não fazê-lo. Barrera estava pensando na coisa certa a fazer. Em breve, teria que se virar e lidar comigo, decidir qual agência precisaria procurar para me entregar à dissecação. Teria que fazer isso enquanto eu representasse um problema, enquanto eu ficasse lá no escritório dele, dizendo-lhe o que era inaceitável ouvir.

Removi o problema. Levantei e deixei Barrera parado diante da janela. Ao sair, fechei a porta do escritório sem fazer ruído.

42

O dia não demorou a esquentar.

Às onze horas, quando saí da rodovia para pegar a Ranch Road 22 em Bulverde, as nuvens haviam evaporado e as colinas começavam a tremeluzir. Virei na Serra Road, passei pela barreira para o gado e estacionei meu Fusca embaixo do carvalho gigantesco na frente da casa dos Daniels.

Ninguém atendeu na porta da frente, então dei a volta pelo local onde acontecera o jogo de arremesso de ferradura.

O campo atrás parecia o playground do Corpo de Engenheiros do Exército — pirâmides de canos de PVC e cobre, valas entrecruzadas, montes de terra escavada com pedras. Na outra noite, estava escuro demais para ver a extensão da obra.

Encostados num galpão atrás do galinheiro, havia três tambores de metal, pouco menores do que carros — fossas sépticas. Duas eram cinza e mostravam buracos de ferrugem. A terceira era nova e branca, mas suja de terra em alguns pontos, como se tivesse sido instalada de modo inadequado e depois desenterrada de novo.

A retroescavadeira vazia estava parada no fim de uma vala, sua pá fuçando a terra. A máquina estava salpicada de sujeira e óleo, mas parecia bem nova, pintada com o verde e amarelo de uma empresa de aluguel.

Ouvi uma fita tocando atrás do galpão do trator. Eram um violão e um vocal masculino, parecidos com o do jovem Willie Nelson.

Segui naquela direção. O cavalo do campo vizinho ficou me observando com o pescoço sobre o arame farpado enquanto mastigava a metade de uma maçã.

Ao me aproximar, percebi que a gravação que ouvia era uma das canções que Miranda cantava, só que em uma voz masculina. Quando dei a volta no galpão, percebi que não ouvia uma gravação. Era Brent Daniels cantando.

Ele estava sentado em uma das duas cadeiras de jardim encostadas na parede do fundo de seu apartamento junto ao galpão do trator, ao lado do galinheiro. Estava de frente para as colinas e dedilhava seu Martin para as galinhas.

Seu cabelo estava molhado num arranjo preto alongado e desgrenhado, como se tivesse acabado de tomar banho. Usava uma camiseta e bermudas de brim.

Havia uma pilha de copos de papel e uma garrafa de uísque Ryman no cepo ao lado dele. A garrafa já tinha sofrido um bom desfalque. Ele cantava com todo o empenho, e pela primeira vez percebi como era realmente bom.

Ele não me ouviu chegando, ou não se importou. Fiquei a uns 15 metros de distância e esperei que terminasse a música. Tive a impressão de que ele cantava para alguém no alto da colina, lá no horizonte.

Ao terminar, Brent deixou o violão deslizar do colo, pegou a garrafa de uísque e se serviu de um copo cheio. Bebeu de um só trago e olhou para mim.

— Navarre.

— Pensei que fosse uma gravação.

Daniels franziu o cenho.

— Se quer falar com Miranda, ela está em Austin, mixando a demo. Willis saiu, foi pegar mais canos.

— Nesse caso, se importa se eu fizer companhia a você?

Ele pensou, como se quisesse recusar, mas estivesse tão sem prática que nem se lembrava de como fazer isso. Segurou a pilha de copos na minha direção. Peguei um de cima e me sentei na outra cadeira.

A vista era bem extensa. As colinas lá longe estavam verdejantes. O céu era azul com a mesma aparência artificial da água dos parques de diversões, tingida para os turistas, com fiapos de nuvens espumantes. Uma dupla de urubus-de-cabeça-vermelha voava em círculos a menos de um quilômetro ao norte, sobre um arvoredo. Uma vaca ou cervo morto, provavelmente. A leste, havia uma espiral de nevoeiro marrom de uma queimada.

O uísque desceu ardendo pela minha garganta.

— É a marca de Les, não é?

Brent deu de ombros.

— Ele distribui. Sorteia em eventos.

Eu queria fazer umas perguntas, mas o ar e a atmosfera campestre já começavam a surtir efeito. Percebi o quanto estava cansado, o quanto andava cansado nas últimas semanas.

O sol de meio-dia estava quente, mas não desagradável, o suficiente para evaporar o resto do orvalho da cerca do galinheiro e aquecer os ossos. As colinas convidavam a uma apreciação silenciosa. Os motivos que tinham me levado ao rancho começavam a se desfazer em minha mente.

— Você costuma cantar aqui fora?

Umas sombras se aprofundaram em volta dos olhos de Brent.

— Acho que sim.

— Vai ter outro show hoje à noite?

Ele balançou a cabeça.

— Só Miranda. Ela tem um show marcado com Robert Earle Keen na Floore's Country Store. Acho que Milo vai levá-la até lá.

Com o dedo, tirei os flocos de cera que soltavam do copo de papel da superfície da bebida.

— Miranda não dirige, não é?

Até perguntar isso, eu sequer havia pensado no fato. Não tinha questionado isso na sexta à noite, quando lhe dera uma carona até a cidade, nem nas outras vezes, quando ela havia pegado carona com Milo ou com o pai. O fato de eu ter simplesmente aceitado isso com naturalidade, sem sequer achar estranho, perturbou-me por alguma razão que não consegui explicar.

— Não que ela não saiba — disse Brent. — Ela não dirige.

— Por quê?

Brent me deu uma rápida olhada sem fazer qualquer comentário.

Pegou o violão de novo e dedilhou as cordas com tanta leveza que eu quase não conseguia ouvir as notas. Sua mão se movia rapidamente, contorcendo-se de várias formas no braço do violão.

— Você não se sente frustrado por ela tocar as suas canções? — perguntei. — Por receber toda a atenção com a sua música?

Brent continuou tocando sem falar nada, fitando as colinas enquanto trabalhava as cordas no braço do violão, às vezes semicerrando os olhos ao buscar uma nota mais difícil. Seu rosto e as mãos me lembravam de um pescador trabalhando com a vara e o molinete.

— No início, ela foi agradecida — começou ele. — Disse que não teria chegado lá sem mim, que me devia tudo. Ela olha pra gente com aqueles olhos brilhantes... — Ele sorriu, um ar divertido e tristonho. De repente, parecia-se com o pai, uma versão mais magra, menos grisalha, desgastada um pouco antes do tempo e de um modo um pouco mais áspero, mas ainda o filho de Willis. — Acho que você agora está na linha de frente, não é, Navarre?

— Você nunca deu muita importância ao fato de Milo contratar um investigador particular.

— Nada pessoal. Tenho a impressão de que Les nos jogou no lixo e Milo está tentando provar que as coisas estão sob controle.

Não é que... Eu reconheço... — Ele parou de falar, sem ter certeza de como prosseguir. — Miranda estava falando de você ontem. Parecia estar mais tranquila com essa situação... disse que você é um homem bom. Fico contente com isso.

Ele falava sério, mas havia uma inquietude em seu tom de voz que eu não consegui definir direito.

— Alguma coisa no contrato dela com a Century Records o incomoda.

Ele fez um movimento hesitante com a cabeça.

— Les tentou ligar para você?

Brent franziu o cenho.

— Por que ele faria isso?

— Só uma ideia. Você acha que ele poderia ter entrado em contato com Miranda?

— Les se foi. Isso é bem óbvio, não é?

— É isso que Allison espera?

Brent tocou mais alguns acordes. Seu olhar se distanciou bastante.

— Não devia ter acontecido nada entre Allison e eu.

— Não tenho nada a ver com isso.

Brent balançou a cabeça com tristeza.

Sem qualquer motivo, ele decidiu começar a cantar de novo. Era uma bela melodia — uma das lentas, "A dança do viúvo".

Vindo diretamente de Brent, a canção era cem vezes mais triste. Pude quase sentir o peso daquele apartamento montado junto ao galpão do trator, imaginar uma mulher jovem lá dentro, grávida, morrendo por causa da doença. Nem consegui me lembrar do nome dela.

Eu me servi de outro copo cheio de uísque. A bebida envolveu meus pulmões com uma camada grossa e quente.

Quando Brent terminou de cantar o último verso, nós ficamos quietos por um bom tempo. O sol estava lindo. Quanto mais eu bebia, mais fascinantes ficavam os urubus voando em círculos, o cavalo andando pelo campo e até os movimentos frenéticos, agitados, das galinhas. Acho que eu poderia ter ficado naquela cadeira de jardim pelo resto da vida.

— Você fica com algum dinheiro pelas canções? — perguntei. — Allison falou alguma coisa...

Brent fez que sim.

— Um quarto pelos direitos autorais.

— Um quarto?

— Metade para a gravadora.

— E o outro quarto?

— Vai para Miranda pela coautoria.

— Ela foi parceira na composição?

— Não, mas é a norma — explicou Brent. — O artista que grava a canção fica com metade do crédito pela composição, mesmo que não a tenha composto. Assim fica melhor no álbum. É uma troca que se faz para que o material seja escolhido.

— Mesmo que ela seja sua irmã?

— Les disse que é a norma.

Observei os urubus.

— Miranda não podia deixar isso fora da norma?

Ele deu de ombros. Não dava para saber se ele se importava ou não. Fiquei pensando nas conversas que Allison havia tido com ele sobre isso.

— Les já ficou na casa de vocês? — perguntei.

Ele assentiu com relutância.

— Uma vez. Uma noite eu vinha atrás dele depois de um show, e ele saiu da estrada por ter bebido demais e tomado bola. Tive que convencê-lo a vir dormir aqui até o efeito passar. Ele não era um cara feliz. Falou muito em acabar consigo mesmo naquela noite.

— E como você lidou com isso?

Brent tocou um acorde.

— Falei que já tinha estado no lugar dele.

Ele cantou outra canção. Bebeu mais. Meus pés estavam agradavelmente entorpecidos, e eu curtia o som da voz de Brent

Daniels. Sentia-me à vontade e confortável pela primeira vez em dias. Sem pensar se queria ser detetive particular, professor universitário ou uma mulher barbada vestida com néon azul para o Cirque du Soleil.

Entre as canções, Brent e eu conversamos mais um pouco. Era como um diálogo bilíngue — passávamos da conversa para as canções e vice-versa, até que parou de haver uma diferença. Depois de um tempo, Brent começou a tocar músicas de outros — "Silver Wing", "Faded Love" e "Angel Flying Too Close to the Ground". Coisas que me lembravam da coleção de discos do meu pai. Deus me perdoe, mas talvez eu até tenha cantarolado junto com Brent.

Depois disso, as coisas ficaram difusas, mas eu me lembro de ter dito durante um dos intervalos:

— Les não jogou limpo com ninguém nesse tempo todo. Não vale a pena protegê-lo.

Eu queria olhar para ele, ver sua reação, mas meus olhos estavam fechados e eu gostava deles assim.

— Desisti de proteção faz muito tempo — disse Brent.

Sua voz soava triste, os acordes nítidos e leves ao fundo.

A última coisa de que me lembro é que ele cantava algo sobre um trem.

43

Acordei com a sensação de que alguém havia drenado com uma seringa todos os fluidos da minha boca, dos olhos e do cérebro. Quando movi a cabeça, tudo ficou branco. Percebi, tardiamente, a dor que sentia.

Sentei na cama de armar metálica e esfreguei o rosto, que havia sido pressionado contra a textura do rayon. Uma das cortinas amarelas estava aberta, e a luz se derramava bem em cima do meu peito.

Outras coisas ficaram em foco — uma mesa dobrável com um pote de talheres em cima. Uma cama beliche de madeira, sendo que a de baixo estava sem lençóis. Um calendário de parede da *Playboy* que havia parado na Miss Agosto. Dentro do pequeno apartamento do galpão de madeira, as paredes eram iguais às do lado de fora — madeira bruta pintada de vermelho. As poucas imagens que havia ali estavam fixadas à parede com pregos. A faca de cozinha de Brent estava fincada diretamente na parede acima da pia minúscula. Não havia forno, na verdade não havia uma cozinha propriamente dita. Apenas uma chapa, uma máquina de café e um frigobar.

Era possível que uma mulher tivesse morado ali um dia, mas não havia provas disso.

Tentei me levantar.

Tentei novamente.

Quando finalmente consegui, percebi para onde tinha ido todo o líquido do meu corpo. Olhei em volta, procurando pelo banheiro.

Era um compartimento minúsculo atrás de uma cortina de plástico. Tudo ficava muito junto. A pia se sobrepunha ao vaso sanitário, e a água do chuveiro caía diretamente no piso, de modo que seria possível usar o vaso, tomar banho e escovar os dentes, tudo ao mesmo tempo.

Só experimentei a primeira opção.

Foi apenas quando vasculhei o armário de remédios na esperança de encontrar uma aspirina que encontrei um lembrete da mulher que já havia morado ali — frascos laranja de remédios controlados, uns dez pelo menos, todos com a impressão meio apagada do nome Marla Daniels. Insulina A. Suplemento vitamínico pré-natal. Glifage. Vários outros nomes que eu não conhecia. Alguns estavam abertos, como se ela tivesse acabado de tomar a medicação naquela manhã. Como se nada tivesse sido tocado no armário em dois anos. No canto, atrás do frasco dos comprimidos brancos de Glifage, havia um mordedor infantil, ainda dentro da embalagem plástica.

Peguei-o. Pequenas formas cintilantes — losangos, quadrados, estrelas — flutuavam lentamente no líquido dentro do anel de plástico, estéreis.

Atrás de mim, Brent disse:

— Acordou.

Fechei o armário. Quando me virei, segurando a ponta da cortina de plástico, Brent se esforçava para não dar a impressão de que havia percebido o que eu estava fazendo.

O cabelo dele tinha secado, e o rosto estava barbeado. Exceto pelos olhos, ele não parecia um homem que tinha bebido tanto quanto eu.

— Miranda ligou — falou ele. — Disse que Milo vai ficar na mixagem pelo resto da tarde e me perguntou se eu queria pegá-la. Eu poderia ou...

— Eu faço isso.

Brent assentiu, como se estivesse esperando uma má notícia. Fez um movimento com o queixo. Eu o segui de volta para o apartamento, onde só cabiam nós dois.

Brent abriu um armário acima do frigobar e tirou um saco de tortilhas e uma lata de feijão refrito.

— Tá com fome?

Meu estômago se revirou lentamente. Fiz que não com a cabeça.

Brent deu de ombros e acendeu a chapa. Olhei para a foto que estava presa ao lado de dentro da porta da despensa — uma foto em preto e branco de uma mulher morena de cabelo curto, rosto arredondado, um sorriso quase incontido, como se alguém estivesse lhe fazendo cócegas.

— É Marla?

Brent se contraiu, olhou em volta para ver do que eu falava. Quando percebeu que eu me referia à foto, relaxou.

— Não. É a minha mãe.

— Que idade você tinha?

Ele sabia o que eu queria dizer.

— Quase 20. — Depois, como se fosse algo que ele era obrigado a dizer, algo sobre o qual ele havia sido repreendido muitas vezes: — Miranda tinha apenas 6.

Brent jogou a tortilha diretamente na chapa quente. Ficou olhando enquanto começava a inflar e criar bolhas. É provável que estivesse velha e sem gosto, mas depois de um minuto na chapa ficaria tão boa quanto uma fresca. O único modo correto de aquecer uma tortilha.

— Willis talvez não goste muito da ideia de você ir buscar Miranda — especulou.

— Mas você não se importa.

Ele virou a tortilha. Uma das bolhas havia estourado, e as pontas estavam queimadas.

— Talvez eu coma um pouco — decidi.

Brent não comentou nada, mas tirou outra tortilha do saco.

— Eu não me importo — concordou ele finalmente. — Meu pai... — Ele interrompeu o que ia dizer.

— Ele tem um temperamento imprevisível, não é?

Brent olhava para a foto de sua mãe.

— "A señorita de Billy" — falei. — A única canção que Miranda escreveu... é sobre seus pais.

Brent mexeu o feijão.

— As brigas não eram tão más assim.

— Mas assustadoras para uma criança de 6 anos.

Brent olhou para mim por um tempo. Deixou um pouco de raiva arder em meio às cinzas.

— Se quer algo em que pensar, pense em como Willis se sente ouvindo essa canção todas as noites. Isso o pôs em seu lugar. Funcionou como um feitiço.

Fiz o que Brent disse. Pensei a respeito.

Brent acrescentou um pouco de pimenta, manteiga e sal aos feijões. Quando estavam fumegantes, espalhou sobre as tortilhas, enrolou-as e me deu uma. Sentamos e comemos.

Olhei pela janela lateral para o galpão do trator. Um enorme gato laranja dormia no assento do John Deere enferrujado. Duas pombas estavam pousadas nas vigas acima. Meu olhar vagou para o teto.

— O que tem ali em cima?

— Agora é um sótão. Antes era um quarto de costura.

— Costura?

Brent olhou para mim, um pouco ressentido por ter que dar mais detalhes.

— Marla.

Voltei a me concentrar na minha tortilha de feijão.

— Quero lhe contar uma coisa — decidi.

Brent aguardou, sem mostrar interesse.

Talvez tenha sido a passividade dele que despertou em mim a vontade de falar. Talvez a ressaca de uísque do meio-dia. Talvez o fato de que era muito mais fácil contar a ele do que a Miranda. Qualquer que fosse o motivo, revelei a história toda a Brent Daniels — o contrabando de Sheckly, Jean Kraus, o desaparecimento, voluntário ou não, das pessoas que poderiam dar informações sobre os negócios de Sheckly.

Brent ouviu em silêncio, comendo sua tortilha de feijão. Nada pareceu chocá-lo.

Quando terminei, ele disse:

— Você não vai querer contar tudo isso a Miranda, não é? Ela morre na hora. Espere até ela terminar a gravação.

— Miranda pode estar correndo perigo. Você também, aliás. Sobre o que Jean Kraus estava discutindo com você aquela noite na festa?

Brent deu um sorriso forçado.

— Jean discute sobre qualquer coisa. Isso não significa que ele vai me matar ou a minha família.

— Espero que tenha razão. Espero que Les não traga a vocês o tipo de sorte que levou a Julie Kearnes. Ou a Alex Blanceagle.

Os olhos de Brent começaram a ficar sombrios novamente.

— Miranda não precisa disso.

— Mas você não se importa. Não se preocupa com o fato de Les poder criar problemas para vocês.

Brent balançou a cabeça devagar.

Era uma pessoa difícil de julgar. Poderia haver uma mentira ali. Ou talvez não. O rosto desgastado e os anos de endurecimento cobriam praticamente tudo.

— Não é fácil para mim deixar alguém entrar aqui — disse ele por fim, olhando para as paredes vermelhas e rústicas do apartamento.

Fiquei lá sentado por mais alguns segundos antes de perceber que ele tinha acabado de me mandar embora.

44

Quando peguei Miranda no Silo Studios, outra frente fria se encaminhava para o sul e já se fazia presente, impondo um ar úmido e nuvens cinzentas sobre Austin como se fosse um cobertor elétrico suado.

O pessoal em Waco, a mais de cem quilômetros ao norte, devia estar refrescado e confortável. Mas, ainda assim, estavam em Waco.

Milo Chavez estava ocupado demais para falar comigo. Grudados na mesa de mixagem, ele e um dos engenheiros de som escutavam deslumbrados às novas faixas do vocal de Miranda gravadas nas últimas duas manhãs.

— Quinze gravações — murmurou Milo para mim. — Quinze malditas gravações de "A señorita de Billy", e ela estourou a boca do balão numa única tentativa hoje de manhã. Meu Deus, Navarre, perder aquela primeira fita demo foi a melhor coisa que já nos aconteceu.

Ele pôs a mão no pequeno alto-falante BOSE como se o abençoasse.

Chavez concordou que eu levasse Miranda de volta para San Antonio com a condição de que a conduzisse à apresentação da noite na hora marcada. Miranda disse que estava morrendo de fome e sugeriu que almoçássemos no caminho de volta para a cidade. Tive uma crise de consciência, liguei para meu irmão Garrett e perguntei se ele podia nos acompanhar. Infelizmente, podia.

Quando chegamos ao Texicali Grille, encontramos Garrett numa mesa do lado de fora. Ele tinha acomodado sua cadeira de rodas embaixo de um dos guarda-sóis metálicos, e Paspalho, o papagaio, andava de um lado para o outro em seu ombro. Danny Young, o proprietário do Texali, estava sentado do outro lado da mesa, de costas para nós.

Danny era um amigo da família, ligado aos Navarre por uma rede de parentes e quase parentes no sul do Texas, da qual eu nunca conseguia me lembrar direito.

Muitos anos atrás, Danny tinha mudado seu restaurante de Kingsville para Austin e decidido conceder a si mesmo um duplo diploma honorário em políticas alternativas e preparo de hambúrgueres. Anunciou que a metade de Austin abaixo do rio Colorado devia se separar dos yuppies do norte e hasteou uma camiseta verde tamanho GGGG no mastro do Texicali, começando então a se denominar "prefeito do sul de Austin". Acho que a plataforma política de Danny girava em torno de algo sobre chinelos de dedo, molho picante e cerveja mexicana. Disse a ele que poderia anexar San Antonio quando quisesse.

As mãos de Danny ocupavam a maior parte do topo do encosto da cadeira. Seu cabelo castanho grisalho estava puxado num rabo de cavalo, e quando Garrett disse algo sobre a Samsung Eletronics se mudar para Austin, Danny deu uma risada, exibindo a prata nos dentes.

— Ei, irmãozinho. — Garrett acenou para mim e então viu Miranda. — Caraca.

Ela estava vestida com sete horas de antecedência para sua aparição de 15 minutos no Robert Earle Keen's Halloween Night Show. Tinha escolhido uma blusa de algodão com grandes quadrados laranja e brancos, uma saia preta, botas de couro cru e muita bijuteria de prata. O cabelo e a maquiagem tinham uma perfeição de Photoshop. Na maior parte do tempo, eu teria considerado aquele *look* exagerado, o tipo de cabelo texano armado demais para o meu gosto. Nessa tarde, em Miranda, funcionou para mim.

Apertei as mãos de Garrett e Danny.

Comecei a apresentar Miranda, mas Danny se adiantou:

— Ora, ora, nós já estivemos juntos em um show seu.

Miranda riu, deu um abraço em Danny e lhe perguntou como andava seu som com a *washboard*. Danny disse que assistira a seu show no Sixth Street mês passado e tinha gostado muito.

Garrett continuava olhando para Miranda, sem conseguir fechar a boca.

O papagaio me vigiava com cautela, como se estivesse formando uma vaga lembrança de tempos menos felizes, antes de Jimmy Buffett e da maconha.

— Cretino barulhento — decidiu ele.

Danny deu mais um abraço em Miranda e nos perguntou qual era o nosso pedido. Garret lhe disse que queria praticamente tudo, especialmente Shiner Bock. Meu estômago deu uma pequena galopada, lembrando-me da grande quantidade de uísque a que eu o sujeitara antes do almoço.

— Para mim, chá gelado — corrigi.

Danny me olhou como se estivesse me estranhando, como se, afinal, não me conhecesse, mas entrou para fazer o pedido.

— A célebre Srta. Daniels — apresentei. — Meu irmão Garrett.

— Prazer em conhecê-lo — disse Miranda.

Garrett apertou a mão dela, olhando para mim.

Ele me fez umas perguntas silenciosas. Eu só levantei as sobrancelhas.

Garrett deu um daqueles sorrisos abertos que me faz pensar se ele vai ao ortodontista de propósito para entortar e afiar os dentes.

— Adoro suas canções.

Miranda sorriu.

— Muito obrigada.

— Pensei que você só *gostava* delas — lembrei a Garrett. — Achei que ela não fosse Jimmy Buffett.

Garrett me mandou calar a boca.

Miranda deu uma risada.

— Tome aqui, seu bunda-mole. — Garrett pescou uma coisa na bolsa lateral da sua cadeira e me entregou. Era do tamanho de um disquete, embrulhado em papel pardo e fechado com um adesivo preto e branco do símbolo da paz.

Quando comecei a protestar, ele levantou as mãos em defesa.

— Eu falei alguma coisa? Fique com a droga do disquete... não é nada. Só alguns programas de segurança que achei que você podia usar. Nem sequer considere um presente.

Miranda ficou olhando para um e para o outro, meio confusa.

— Não é nada — confirmei.

— Absolutamente nada — concordou Garrett. — Todo mundo chega aos 30 anos. Esqueça.

Foi a vez de Miranda abrir a boca. Olhou para mim, indignada.

— Tomara que alguém me dê uma corda de presente — falei. — Para o meu irmão.

— Você não... — Miranda começou a dizer outra coisa e em seguida percebeu que não sabia bem o que era.

Garrett ainda sorria.

— Ele fica constrangido. Está ficando velho. Ainda não tem um trabalho fixo.

— Ou talvez enforcar seja rápido demais — especulei.

— Paspalho — gritou o papagaio.

Miranda olhava de mim para Garrett, sem palavras. É um olhar que já vi muito nas mulheres que se encontraram entre dois Navarres.

— Fim de papo — anunciei. — Conte a Miranda como você está reconfigurando seu computador para dominar o mundo.

Sem muito mais incentivo, Garrett começou a nos contar sobre os cretinos que dirigiam a RNI, sobre seus últimos projetos não oficiais. Depois de um tempo, Miranda parou de olhar para mim. A conversa se desviou para Jimmy Buffett, é claro, e para o contrato pendente entre Miranda e a Century Records, que traria a ela fama e fortuna. Garrett tentou convencê-la de que poderia incluir "Brahma Fear" de Buffett em seu primeiro álbum. Depois da segunda rodada de Shiner Bocks, Miranda e Garrett tinham praticamente feito o novo arranjo.

Durante a conversa, eu bebericava meu chá gelado e sutilmente tirei o presente de Garrett de cima da mesa e o deslizei para a mochila. O que os olhos não veem etc.

Quando a comida chegou, Danny se sentou conosco por um tempo. Ficamos comendo os hambúrgueres Texali com molho bem picante e olhando o tráfego da tarde passar pela South Oltorf. Sentado no ombro de Garrett, Paspalho, o papagaio, segurava com as garras um petisco feito de tortilha e comia aos poucos. Ainda não tinha aprendido a mergulhá-lo no molho. É provável que isso levasse mais um mês.

Depois de um tempo, Garrett disse que precisava voltar ao trabalho, e Danny, à cozinha. Alguns pingos de chuva começaram a cair no pátio.

— Prazer em conhecê-lo — disse Miranda a Garrett.

Garrett moveu a cadeira de rodas e o papagaio abriu as asas, equilibrando-se.

— Sim. E irmãozinho...

— Falou, morreu — adverti.

Garrett abriu um sorriso.

— Prazer em conhecê-la também, Miranda.

Quando ficamos sozinhos, comecei a rasgar em tiras o papel de cera que envolvia o hambúrguer. Miranda pôs sua bota de leve em cima da minha.

Sim, eu estava usando as botas novas. Por acaso **elas** estavam na frente do armário.

— Às vezes, é difícil gostar deles — disse Miranda.

— O quê?

— Irmãos mais velhos. Ah, se eu soubesse... — Ela se interrompeu, provavelmente se lembrando de minha restrição a Garrett. — Você veio até Austin para me buscar, gastou metade do seu dia.

— Fiz questão.

Ela pegou minha mão e apertou.

— A gravação foi realmente boa hoje. Devo isso a você.

— Não sei por quê.

Ela ficou segurando minha mão, os olhos brilhantes.

— Senti sua falta ontem à noite, Sr. Navarre. Sabe quanto tempo fazia que eu não sentia tanta falta de alguém? Isso muda minha forma de cantar.

Fiquei olhando para o tráfego na Oltorf.

— Les se comunicou com você, Miranda?

Ela soltou um pouco minha mão. Teve dificuldade de manter o sorriso.

— Por que acha isso?

— Então ele não se comunicou?

— Claro que não.

— Se você tivesse que se afastar por alguns dias, se tivesse que ir para um lugar que poucas pessoas conhecessem, poderia fazer isso?

Ela começou a rir, a afastar a ideia, mas algo em minha fisionomia a fez parar.

— Não sei. Tem o show hoje à noite, amanhã estou livre, mas depois tem a gravação na sexta... você não acha mesmo...

— Não sei. Provavelmente não é nada. Mas digamos que você precisasse escolher entre manter sua agenda e ter certeza de que está segura.

— Eu manteria minha agenda e levaria você junto.

Olhei para baixo.

Virei a conta e descobri que Danny Young tinha feito uma cortesia. Ele havia escrito "Nada" em diagonal com pincel atômico preto no papel verde. O garçom Zen.

Miranda virou minha palma, pousando a dela em cima.

Os pingos de chuva começaram a cair com mais insistência, batendo em ritmo lento no guarda-sol metálico.

— Você precisa ir a algum outro lugar aqui em Austin? — perguntou ela. — Já que eu o fiz se deslocar até aqui?

Fiquei observando a chuva.

Pensei em Kelly Arguello, que provavelmente teria mais documentos para mim. Ela devia estar no balanço de sua varanda em Clarksville agora mesmo, digitando no computador portátil e observando os pingos de chuva baterem nos eletrodomésticos no jardim do vizinho.

— Nada que não possa esperar — decidi.

45

Duas horas mais tarde, estávamos de volta a San Antonio, no bairro de Erainya. Eu havia prometido a Jem que daria uma passada lá na noite de Halloween, mas só foi preciso completar cerca de dois quarteirões perguntando "doce ou travessura?" para ele decidir que o que *realmente* queria era brincar com Miranda.

Eles apostaram corrida em todas as calçadas. Ela riu de todas as piadas dele. Elogiou muito sua fantasia. Quase o matou de cócegas.

— Ela se dá bem com crianças — disse-me Erainya.

Nós estávamos sentados no capô de seu Lincoln Continental, observando o movimento.

E havia muito movimento em Terrel Hills naquela noite. As crianças brancas do bairro andavam em duplas ou grupos de três, usando suas fantasias de princesas ou ninjas compradas em lojas, com suas lanternas de abóbora acesas e cestinhos de plástico também com formato de abóbora cheios de balas. Os pais descolados passeavam alguns passos atrás, tomando suas Lone Stars, conversando nas portas, alguns deles com pequenos televisores portáteis para não perderem os jogos da liga de futebol universitário.

Depois havia as crianças importadas da parte sul da cidade, andando em grupos de dez ou vinte, descarregadas das velhas caminhonetes de seus pais nos bairros mais ricos para angariar o máximo de comida possível. Usavam lençóis velhos e uma ou outra pintura no rosto, às vezes uma máscara de plástico comprada por 10 centavos. Os garotos maiores, de 15 ou 16 anos, faziam o máximo para cobrir os braços e rostos peludos. Deixavam os irmãos menores pedirem. Os pais sempre ficavam bem atrás na calçada e sempre agradeciam. Nada de Lone Stars. Nada de televisores portáteis.

Depois havia os excêntricos solitários, como Jem. Ele seguia em frente saltitando, desajeitado em sua fantasia volumosa de aranha, feita em casa, a pele preta sendo arrancada pelas sebes e os braços de arame se chocando e ficando presos nos esqueletos de papel que as pessoas penduravam nas árvores. No terceiro quarteirão, já não sobrava muita fantasia, mas ninguém parecia notar, muito menos Jem.

Fiquei observando Miranda correr atrás do menino na outra calçada. Os dois saltaram sobre uma pequena árvore que crescia num jardim, junto ao chão, com o formato semelhante ao de uma onda.

Jem exibiu os confeitos e balas que imitavam fatias de melancia que ele havia angariado e saiu correndo de novo, com Miranda logo atrás.

— Muito bem, parceiro — falei para ele.

Miranda me deu um sorriso e foi atrás de Jem como se tivesse feito isso toda a vida. Ou toda a vida de Jem, pelo menos.

Erainya murmurou alguma coisa em grego.

— Que foi? — perguntei.

— Eu disse que você parece um turco, meu bem. Por que está tão azedo?

Ela usava o vestido polo preto padrão. Quando eu perguntei o porquê de não estar fantasiada, ela respondeu: "Como assim? Tenho que *parecer* uma bruxa também?" Agora, Erainya estava de braços cruzados, os cotovelos pontudos, e sua expressão estava um pouco mais suave que a usual. Desconfiei de que fosse devido ao cansaço.

Apesar das objeções de Erainya, Jem tinha me contado sobre o serviço rentável das seis horas daquela manhã. Ele adora o truque do "posso-usar-seu-telefone-para-localizar-os-pais-desse-menino". Segundo Jem, a namorada do marido que estava pulando a cerca abriu a porta imediatamente e até ofereceu uma Coca para eles. Erainya tinha recebido uma grana fácil do advogado da esposa.

— Não estou azedo — protestei.

Erainya endireitou o corpo um pouco mais, estendeu um dedo na minha direção como se fosse me espetar com ele.

— Você está com uma bela moça, semana que vem vai voltar a trabalhar comigo... qual é o problema?

— Não é nada.

Erainya assentiu, mas não como se acreditasse em mim.

— Acertou as contas com Barrera?

Fiz que sim.

— Ele explicou a você por que as pessoas estão morrendo nesse negócio com Sheckly?

— Sim, e as razões pelas quais isso está acima do meu nível.

Ficamos olhando Jem agitar os braços de aranha para o sujeito da próxima porta, que riu e lhe deu um punhado a mais de balas tiradas de uma grande cesta de vime que segurava. O sujeito também ficou olhando apreciativamente para Miranda quando eles se viraram e ela seguiu pela calçada. Pensei na força que seria necessária para enfiar a cesta de vime na cabeça dele.

— Não dê ouvidos a ele — recomendou Erainya. — Não se deixe abater por isso.

Olhei para ela sem saber se havia escutado direito.

Ela examinou suas unhas compridas de maneira crítica.

— Não vou dizer que você fez bem, querido, envolvendo-se dessa forma. Não estou dizendo que gosto dos seus procedimentos. Mas vou falar isso apenas uma vez... você devia trabalhar como detetive particular.

Era difícil fazer uma leitura de sua fisionomia na escuridão.

— Erainya? É você mesmo?

O rosto dela se contorceu defensivamente.

— O quê? Só estou dizendo para você não deixar Barrera tratá-lo como um detetive de segunda classe, meu bem. Os policiais se tornam os piores detetives, não importa o que ele lhe diga. Eles sabem como reagir, como serem durões. Só isso. A maioria não sabe como fazer uma pessoa se abrir. Não sabe escutar nem como solucionar um problema. Eles não têm a *ganis* nem a sensibilidade para esse tipo de trabalho. Você tem *ganis*.

— Obrigado. Acho.

Erainya continuou com o cenho franzido. Seu olhar dirigiu-se a Miranda, que descia correndo atrás de Jem os degraus da última varanda do quarteirão.

— Até que ponto a garota está metida no caso?

— Eu adoraria saber.

— Alguém vai se machucar aqui?

— Não se eu puder impedir.

Erainya cruzou os braços de novo e, apenas uma vez, chutou com força o pneu do Lincoln com o calcanhar.

— As coisas podiam ter sido piores para você, meu bem.

Jem e Miranda voltaram a toda a velocidade; Jem passou correndo e Miranda veio direto até mim, segurando-se em meus braços para parar.

Estava com uma migalha de amendoim no canto da boca. Roubando parte do saque.

— Oi — disse ela.

Jem disse que estava pronto para ir para outro bairro agora.

Uma família latina de doze pessoas passou, os pais dizendo praticamente a mesma coisa em espanhol. O pai tinha o olhar vazio, como se ele estivesse dirigindo por aí desde o nascer do sol. As crianças pareciam cansadas; a mãe, uma combinação de faminta e inquieta, fazia o melhor possível para se desviar, com seus filhos, dos pais descolados com seus televisores portáteis e filhinhos louros com fantasias que custavam mais que todos os calçados da família dela juntos.

Erainya franziu o cenho para a bolsa de balas de Jem, escolheu cuidadosamente uma Sweetart, a coisa mais ácida que conseguiu encontrar, e voltou a olhar para mim com ar de reprovação.

Depois, esfregou a touca peluda, já quase careca, do filho e lhe disse para entrar no carro.

46

— *Não* vamos conseguir.

Miranda não parecia exatamente preocupada. Era como se estivesse tomando gosto pela indolência e não tivesse bem certeza de se gostava disso ou não. Nunca tinha se atrasado para um show. Sempre havia alguém servindo de motorista. Alguém responsável. Nada de passeios paralelos com crianças de 4 anos para brincar de "doce ou travessura".

— Achei que seria só um improviso — falei. — Dar uma passada no Robert Earle, cantar uns dois números. Um lance informal.

— Milo levou um mês para marcar isso, Tres. A Century fez um pessoal da Divisão de Artistas e Repertório, a A & R, vir de Nashville e tudo. Milo *não* vai gostar nadinha.

Ela tentava retocar a maquiagem, tarefa nada fácil num Fusca em movimento à noite, mesmo com a capota para cima. Esperou até passarmos embaixo de um poste de luz da rodovia para verificar os lábios nos dois segundos em que seu rosto ficou iluminado no espelho. Ela estava bem.

No próximo instante de luz, dei uma olhada nas horas. Nove em ponto. Na Floore's Country Store, três quilômetros adiante,

Robert Earle Keen estaria iniciando a primeira parte do show, na esperança de ser agradavelmente surpreendido por sua velha amiga, Miranda Daniels. Milo devia estar na porta, andando de um lado para o outro. Provavelmente com um soco inglês.

Seguíamos velozmente com o porta-malas trepidando e a roda traseira esquerda oscilando em seu eixo danificado. Dei um tapinha no painel do Fusca.

— Não agora. Quebre na ida para casa, por favor.

É claro que eu dizia isso ao carro em todas as viagens. Fuscas são carros ingênuos a esse ponto.

Miranda guardou o estojo de maquiagem. Ficou olhando para a linha negra de acácias-amarelas passando indistintas.

— Gostei do seu irmão Garrett. De Jem e Erainya também.

— É. A gente acaba se apegando.

Ela passou as mãos pelos joelhos.

— Trinta? — especulou ela.

— Ei! — eu disse em sinal de advertência.

Ela sorriu.

— Garrett tem razão?

— Quase nunca.

— Quero dizer com relação a como você se sente, se acha que já devia estar com um emprego mais estável a essa altura?

A luz amarela que indicava a entrada para a John T. Floore apareceu no horizonte.

— Não se deixe enganar por Garrett — adverti. — Por trás do tie-dye e da maconha, ele é a pessoa mais católica que sobrou na família. Acredita em culpa moral.

Miranda assentiu.

— Imagino que isso seja um sim.

Viramos à esquerda.

Os fundos da Floore's Country Store davam para a rodovia, e a frente, para a Old Bandera Road, além de quilômetros e mais quilômetros de ranchos. Um milhão de anos atrás, quando John T. Floore abriu o lugar, era realmente uma grande mercearia na zona rural — a única opção para fazer uma refeição, comprar mantimentos ou tomar uma cerveja nessa rota para San Antonio.

O lado "mercearia" do negócio há muito se transformara num setor secundário do bar e da música country, mas um cartaz acima da saída ainda dizia: *Não esqueça seu pão.*

Nessa noite, a iluminação nos fundo da Floore's estava fulgurante. Havia picapes estacionadas nos dois lados da Old Bandera Road. A fachada verde limão do bar estava ainda mais coberta de cartazes que da última vez que eu estive lá. Alguns anunciavam cerveja, outros bandas, outros políticos. WILLIE NELSON TODOS OS SÁBADOS À NOITE, dizia um deles.

Passamos pela entrada, procurando um lugar para estacionar. Da estrada, a música de Robert Earle Keen soava como um bate-estacas aleatório, uma fita tocada de trás para a frente em alto volume. Na porta, havia um aglomerado de sujeitos com chapéus de caubói.

Virei de novo, passei pela oficina de equipamento agrícola e estacionei do outro lado da ponte que levava a Helotes Creek.

Pelo jeito, Milo estava esperando para ver meu carro, pois quando tiramos o violão de Miranda do porta-malas e começamos a atravessar a ponte, ele já estava no meio do caminho, vindo em nossa direção, fazendo uma cara feia que parecia o bicho-papão.

— Vamos — disse ele a Miranda e pegou o violão da minha mão sem me encarar.

— Desculpe — tentou Miranda.

Mas Milo já tinha se virado e andava de volta em direção ao bar.

Miranda abriu caminho direitinho para nós. O velho na porta tocou no chapéu, cumprimentando-a. Várias pessoas na fila recuaram para deixá-la passar e depois tiveram que recuar ainda mais para Milo. Um xerife assistente de Bexar County, de aparência sebosa e com um corte de cabelo grisalho à la Elvis, cumprimentou-a e nos acompanhou bar adentro até a porta dos fundos.

As vinte ou trinta mesas de piquenique dispostas no pátio estavam lotadas. Assim como a pista de dança. Em uma das mesas ao fundo, Tilden Sheckly estava sentado com vários de seus amigos ccaubóis. Captei seu olhar e sorriso fácil de sempre quando passamos.

A única iluminação sobre a pista de dança vinha dos postes da rua, luzinhas natalinas coloridas e propagandas de cerveja em néon ao longo da cerca. No palco de compensado verde, Robert Earle cantava sobre a pesca nos rios. Desde a última vez que eu o vira cantar, ele tinha deixado a barba crescer, havia adotado um traje mais classudo e tinha uma banda maior.

Miranda se virou para Milo.

— Onde...

Ele gesticulou com a cabeça para outra mesa de piquenique junto à cerca, a uns 15 metros de Sheckly, onde alguns rapazes de calças e camisas brancas sociais estavam sentados. Não eram daqui. Um deles até tomava um Keep Cooler. Definitivamente não eram daqui.

— Simplesmente seja você mesma — aconselhou Milo. — Cante as músicas que combinamos. Robert Earle irá apresentá-la com um dueto em "Love's a Word". Tudo bem?

Miranda assentiu, olhou para mim e depois para os caras da A & R do outro lado do pátio. Tentou dar um sorriso.

Milo a entregou ao xerife assistente com o corte de cabelo à la Elvis, e ele a acompanhou até o palco. Robert Earle acabara sua canção sobre pesca no rio e, em meio aos aplausos, anunciou que acabara de descobrir uma de suas amigas mais antigas na plateia e que certamente gostaria de convidá-la a subir ao palco e cantar com ele.

Uma salva de palmas começou de novo e se tornou um pouco mais entusiástica quando as pessoas viram Miranda subindo os degraus. Pelo jeito, a multidão a reconheceu.

Tenso, Milo esperou que ela chegasse a salvo no palco e até ter certeza de que seu microfone estava funcionando. Robert Earle começou brincando com ela sobre a última vez que haviam cantado juntos — algo sobre comerem larvas maceradas no mezcal e depois se esquecerem da letra de "Ashes of Love". Miranda retribuiu a brincadeira. Se estava nervosa, ocultou bem.

Milo me lançou um rápido olhar reprovador. Passou por mim em direção à mesa onde o pessoal importante se sentava.

Fiquei olhando para as costas dele por alguns segundos e depois decidi entrar e me dar uma cerveja de aniversário.

O bar lá dentro era uma caixa de madeira que surpreendentemente conseguia suportar o peso dos cotovelos do bartender e de seis ou sete fregueses sem desmoronar. Ninguém usava fantasia, a menos que se contem roupas de marca. Ninguém tinha abóboras nem balas. As cervejas estavam guardadas numa geladeira com porta de vidro juntamente com rolos grossos, enrugados e pretos que, segundo um aviso, eram linguiças secas. Cada rolo custava 3 dólares e 50 centavos.

Comprei uma lata de Budweiser e nenhuma linguiça seca. Voltei lá para fora. Esmigalhei o cascalho ao andar em direção à mesa de Sheckly.

No palco, Robert Earle dedilhava uma introdução acústica. Miranda começava a se balançar, sem o violão, os braços soltos ao lado do corpo, os dedos batendo de leve nas dobras da saia.

Quando Sheckly notou que eu me aproximava, murmurou algo para seus lacaios e houve uma gargalhada geral. A pele da face esquerda dele estava num tom amarelo cadavérico, manchado com mercurocromo no ponto onde Allison havia atirado a ferradura. O corte propriamente dito estava coberto com uma fileira de quadrados bege que pareciam fita adesiva.

O homem sentado ao lado de Sheckly era quase tão feio quanto ele, mesmo sem os ferimentos. Tinha pele clara, cabelo alaranjado, uma fisionomia primata sem inteligência. Elgin Garwood.

— Ei, filho — disse Sheck. — Bom te ver.

Sentei-me no banco em frente ao dele e fiquei ao lado de um de seus caubóis.

— Que surpresa vê-lo aqui hoje — eu disse a Sheck. — Não está cuidando do seu negócio?

Ele estendeu as palmas das mãos.

— Domingo é o meu dia de sair. Gosto de ver os outros clubes, não perder de vista quem anda tocando.

Gesticulei para a mesa do pessoal de fisionomia empedernida da A & R. Milo estava sentado com eles agora, tentando parecer confiante; sorria e gesticulava com orgulho para o palco.

— Especialmente quando os representantes da companhia fonográfica vêm ver Miranda — comentei. — Deixa Milo pisando em ovos, querendo saber se você vai estragar a noite.

Ele abriu um sorriso.

— Não tinha pensado nisso.

Elgin me olhava com ferocidade.

Sorri para ele.

— Liberaram você da vigilância hoje, Garwood, ou Frank encheu o saco das suas palhaçadas?

Elgin se levantou bem devagar, com os olhos sempre em mim.

— Levanta aí, seu filho da puta.

Os outros caubóis olharam para Sheck, esperando por uma deixa. Junto à cerca, um dos xerifes assistentes de Bexar County que fazia a segurança franziu o cenho em nossa direção.

— Vamos lá, Elgin — disse Sheck preguiçosamente. — Vá lá dentro e pegue outra cerveja.

— Vou chamar Jean — disse Elgin.

O sorriso de Sheck continuou no lugar, mas seus olhos se turvaram um pouco. O brilho deles se perdeu em seu crânio.

— Deve ser uma boa ideia — concordei. — Pelo menos, os seus amigos de Luxemburgo são profissionais.

Elgin fez menção de dar a volta na mesa e vir até mim, mas Sheckly levantou os dedos o bastante para retomar sua atenção.

— Ande — ordenou Sheckly. — Não chame ninguém. Entre lá e pegue outra cerveja.

Elgin olhou de novo para mim, pesando os prós e os contras.

— Ande — repetiu Sheckly.

Elgin enxugou o nariz com as costas da mão e se foi.

Sheck olhou para seus outros caubóis, e a comunicação foi tão eficiente quanto em um bando de chacais. Eles se levantaram e também deixaram a mesa vaga.

Atrás de mim, a voz anasalada de caubói de Robert Earle dera lugar ao som límpido da voz de Miranda. A canção era só voz e violão; dessa forma, a voz de Miranda soava ainda melhor. Ela cantou em resposta a Robert Earle sobre o motivo de ele a estar abandonando.

Sheck escutava, os olhos em Miranda; sua fisionomia era pura concentração. Quando Robert Earle assumiu novamente, Sheck fechou os olhos.

— Essa garota. Sabe, eu me lembro da primeira vez que ela veio a mim. Foi num dos bailes comunitários do Paintbrush, os que fazemos gratuitamente para o pessoal da região todas as quartas-feiras. Ela disse que eu devia ir ao Gruene Hall para ouvi-la. Piscou aqueles olhos castanhos para mim e eu pensei... será que essa é a filha do velho Willis? A pequena Miranda? — Ele deixou o sorriso se abrir mais um pouco. — Acho que fui ao Gruene no fim de semana seguinte na esperança de conseguir algo mais que um pouco de música, mas ouvi essa voz... não dá para escapar dela, não é?

— A não ser que ela escape de você.

O sorriso de Sheck não esmoreceu nem um pouco.

— Vamos esperar para ver, filho.

— Você não acha que a Century Records está levando-a a sério?

Sheckly seguiu meus olhos até a mesa dos representantes da A & R e deu uma risadinha.

— Acha que isso significa alguma coisa? Acha que eles não vão evaporar mais rápido que gasolina quando souberem que Les Saint-Pierre está fora do jogo? Quando ficarem a par do meu contrato?

— Então por que esperar para contar a eles?

Sheckly estendeu novamente as palmas das mãos.

— Tudo no seu devido tempo, filho. Vamos dar a Miranda uma chance para cair em si por conta própria. Pelo modo como ela falou na outra noite, antes que aquela idiota da mulher do Saint-Pierre bancasse a louca para cima de mim, me pareceu que estava percebendo as coisas. Miranda sabe que Les Saint-Pierre a deixou mal. Está querendo se precaver contra todas as possibilidades.

O dueto de Miranda e Robert Earle chegou ao fim. Os assobios e a gritaria começaram. Robert Earle deu um sorrisinho torto ao ver a reação da plateia, depois sugeriu ao microfone que seria melhor ele e Miranda fazerem outra tentativa com "Ashes of Love". Miranda riu. Os casais na pista de dança gritaram em aprovação.

— O que você quer dizer com "se precaver contra todas as possibilidades"? — perguntei.

— Nada do que se envergonhar, filho. Não posso culpá-la. Ela só me lembrou da oferta que eu fiz uns meses atrás, perguntou se ainda seria bem-recebida se optasse por se mudar para a mansão.

— *Ela* perguntou a *você*.

— Claro. Eu disse que podia ser uma boa ideia, uma vez que... — Seus olhos assumiram aquela expressão distante outra vez, como se alguém tivesse acabado de abrir a porta do forno e deixado sair uma lufada de gás. — Pode ser melhor para Miranda; lá eu poderei cuidar dela, uma vez que Les Saint-Pierre a meteu nessa trapalhada, enfiando essas ideias tolas na cabeça dela, de Brent e Willis sobre a direção que sua carreira devia tomar.

— Ideias tolas de como tirar você do jogo.

Sheck assentiu.

— É isso.

Tomei minha Budweiser. O topo da lata cheirava a linguiça.

"Ashes of Love" começou a pleno vapor. A banda de Robert Earle deu apoio aos vocais com uma boa batida, baixo, bateria e uma guitarra rítmica. Quando o primeiro verso chegou, Miranda se soltou — sua voz subiu meia oitava e cerca de um milhão de decibéis, com o tipo de energia que ela tinha mostrado no Cactus Café. Seus olhos se fecharam, uma das mãos segurando o microfone e a outra cerrada ao lado. Robert Earle recuou, sorrindo. Tocava seu violão e articulava com a boca "Uhuuu". Na pista de dança, agora lotada, a plateia reagia da mesma forma.

Era impossível conversar — não por causa do volume, mas porque era impossível não querer assistir a Miranda.

Por mim, tudo bem. Eu não sabia o que dizer a Sheckly naquele instante, o que pensar. Fiquei olhando para a mulher no palco, pensando numa noite há milhões de anos numa casa vitoriana da West Ashby — num quarto de hóspedes que cheirava a margaridas e gás de ar condicionado com uma pequena cama fria e um corpo do qual mal me lembro. O que consegui evocar era mais leve que o sabor deixado por um algodão-doce.

A canção chegou ao fim. Os aplausos foram prolongados e apreciativos. Lá na mesa com os representantes da Century que bebiam Keep Cooler, Milo Chavez parecia confiante e satisfeito. Até tinha conseguido fazer um deles abrir um sorriso.

Voltei a olhar para Sheckly.

— Você quis ser franco comigo no outro dia. Deixe-me retribuir o favor. Samuel Barrera acha que você é tão mau quanto seus amigos europeus. Quando ele os derrubar, você também vai cair com o mesmo estrondo.

Sheck levantou as sobrancelhas placidamente.

— Como assim, filho?

— Não acho que seja um assassino, Sr. Sheckly. Não acho que o assassinato de Julie e Alex tenha sido ideia sua. Acho que você é um comerciante medíocre do mercado negro que deixa as coisas fugirem do controle. Deixa que alguns profissionais gananciosos assumam sua operação e a ponham em marcha acelerada. Agora está assustado, incapaz, e seu pessoal está ficando nervoso. Acho que daqui a um ano, Jean Kraus vai estar sentado no seu escritório, dando as ordens. Ou isso, ou ele já terá se mandado há muito tempo, deixando-o com a imensa confusão que restará no lugar onde antes ficava Avalon County. Se seus amigos decidem que Miranda lhes causou qualquer um dos problemas que eles estão tendo, você acha que realmente vai conseguir deixá-la fora do fogo cruzado?

No palco, Robert Earle e Miranda tinham diminuído o ritmo novamente. Keen assumiu o comando com a canção de Brent, "A dança do viúvo", que ele obviamente conhecia bem. Porém, soava estranha vindo dele, com uma ponta sutil de humor negro que fazia com que a tragédia da canção parecesse irreal. Agora era apenas uma canção country do tipo minha-mãe-morreu-e-meu-cão-sumiu. Não gostei.

Lá no bar, os amigos de Sheckly haviam se reunido de novo com alguns novos recrutas, todos atentos a qualquer sinal para entrar em ação.

A fisionomia de Sheck estava sombria. Ele não tinha olhado para mim enquanto eu falava. Concentrava-se em Miranda novamente, mas sem nenhum prazer. Levantou a mão e apalpou a face em torno dos curativos. Quando finalmente falou, seu tom estava forçadamente suave e completamente inegociável.

— Não brinque mais com sua sorte, filho. Entendeu?

Não era uma ameaça. Soava o mais próximo que Sheck conseguia chegar de um conselho sincero. Foi também o fim definitivo da conversa.

Assim que eu saí, os companheiros de Tilden Sheckly voltaram para a mesa. Tentaram ao máximo reconstruir a atmosfera jocosa de antes — abrindo mais cervejas, acendendo cigarros, conversando em voz alta sobre mim. O chefe deles sorria friamente, sem olhar para nenhum ponto específico, como se a maior parte de sua mente já tivesse encerrado o expediente essa noite.

Robert Earle e Miranda estavam bem sintonizados no palco. Casais dançavam em ritmo lento. Milo entretinha os figurões de Nashville com histórias engraçadas e uma nova rodada de Keep Coolers.

Ao entrar, assenti com simpatia para o xerife assistente de Bexar County. Minha Budweiser de aniversário estava vazia. Uma a menos, mais 29 por vir.

47

No intervalo, fiquei do lado de fora da entrada do bar, observando os faróis ocasionais que seguiam pela estrada. Tilden Sheckly e seus amigos já tinham ido embora há muito tempo. Cerca de cinquenta outras pessoas haviam chegado, muitas se empolgando quando o homem que coletava os ingressos lhes dizia que Miranda Daniels estava na casa. Ninguém ficou particularmente empolgado de me ver na porta. Ninguém pediu meu autógrafo.

Poucos minutos depois de o DJ começar a tocar, Miranda apareceu na entrada, seguida por um cortejo de caubóis sorridentes. Ela agradeceu a eles e recusou os convites para tomar um drinque até eles finalmente dispersarem. Então ela se aproximou, sorriu e me deu o braço.

Sem falar nada, começamos a descer o morro em direção à ponte de Helotes Creek. A uns cem metros de distância, a noite se fechava a nossa volta. O céu ainda estava encoberto, mas ao sul havia um brilho fosco, o reflexo das luzes da cidade. Paramos na ponte.

Miranda se apoiou no gradil, e eu a acompanhei. Nossos olhos estavam praticamente emparelhados com o topo das algarobeiras atrofiadas que enchiam o leito seco do riacho abaixo. Não se enxergava muito bem, mas dava para sentir o cheiro de hortelã e anis silvestre que evaporava no ar depois do dia quente.

— Milo disse que o som foi bom.

— Bom? Foi demais.

Miranda não precisou se inclinar muito para se encostar em mim.

— Ele não gosta muito de você, não é?

— Robert Earle Keen?

Ela me deu um esbarrão de brincadeira.

— Milo. Achei que vocês fossem amigos.

— Ele está preocupado com o seu contrato de gravação. Seu futuro é muito promissor, e Milo está com medo de que Sheckly arruíne suas chances. Ele está descontente por eu ainda não ter dado um jeito em Sheckly.

Ela deslizou a mão pelo gradil até encontrar a minha.

— Isso não é tudo, é?

— Não. Da última vez que eu e Milo trabalhamos juntos... havia uma mulher. Depois disso, levamos uns três ou quatro anos até nos falarmos de novo. Ele deve achar que eu estou me distraindo novamente, com alguém em quem ele está apostando.

— E você está? — Havia uma nota rouca, calorosa em sua voz.

Fiquei com os olhos fixos nas algarobeiras.

— Acho que podíamos falar sobre isso. Acho que devíamos falar sobre o motivo que a fez decidir que isso seria útil.

Era impossível ver a fisionomia dela no escuro. Precisei ler seu silêncio momentâneo, a súbita ausência de sua mão na minha e do contato do corpo no meu.

— Como assim? — perguntou ela.

— Você disse na sexta à noite... parece que está envolvida só pela curtição. Todo mundo se preocupa em tomar conta de você porque todos têm certeza de que qualquer outra pessoa vai fazer mal o serviço. Você cultiva muito bem esse tipo de dependência, isso já a levou longe.

— Eu não... — A voz dela vacilou. Parecia contida, ainda meio brincalhona, como se tivesse passado do limite numa provocação e só agora se desse conta de que a pessoa que gritava "pare" estava sério. — Não sei bem se gosto do modo como está falando, Sr. Navarre.

— O engraçado é que não a culpo — continuei. — Quero ver você chegar lá. Você teve uma vida familiar bem complicada até agora, fez o que podia para chegar onde está. Deu um jeito de manter seu pai sob controle. Fez de Sheckly seu porta-estandarte. Fez seu irmão vender as canções dele para você. Quando o patrocínio de Sheck se tornou muito confinante, você fez Cam Compton lhe dar informações que poderiam libertá-la, depois incentivou Les Saint-Pierre a tentar um pequeno esquema de chantagem. Quando as coisas começaram a ficar assustadoras, você imaginou que seria útil me ter ao seu lado, então me deu a noite de sexta. Agora está insegura sobre suas chances com a Century Records e então está se garantindo com Sheck outra vez. Estamos todos obcecados por você, Miranda. Milo, Sheck, eu, até Allison. Estamos todos correndo, dando carrinho uns nos outros, tratando-a como uma bola de futebol, e aqui está você, quietinha, tomando todas as decisões. Parabéns.

— Não acredito que você acabou de dizer isso.

Passei as mãos pelo gradil.

— Então me diga que estou errado.

Na direção das colinas, uma nova canção começava no pátio da Floore's. Era possível distinguir o som de um baixo e um violino.

— Você acha que eu fiquei com você na sexta à noite só porque... — Ela deixou a voz se desvanecer, cair no silêncio. Tudo em mim dizia que eu devia reagir, oferecer uma retratação imediata.

Resisti.

Uma brisa subiu do leito do riacho, trazendo uma nova onda de cheiro de anis.

— Não vou deixar que pense isso — insistiu ela.

Encostou-se no meu peito e deslizou os braços por baixo dos meus, apertando minhas omoplatas com os dedos.

— Mas não está negando — falei.

Ela encostou a face no meu pescoço e suspirou. Continuei abraçando-a de leve. Parecia haver grãos de areia na minha garganta.

Não sei quanto tempo levou antes que a picape branca e marrom dos Daniels passasse por nós na ponte. Quase sem fazer ruído, o veículo seguiu pela Old Bandera e estacionou na frente da Floore's.

Consegui fazer minha voz funcionar.

— Estava esperando seu irmão?

Miranda se afastou, deixando as mãos escorregarem até se engancharem nas minhas. Olhou na mesma direção que eu e viu seu pai descendo do lado do passageiro da velha Ford. O homem que saiu pela porta do motorista e passou em frente aos faróis da caminhonete não era Brent, mas sim Ben French, o baterista. Os dois entraram juntos no bar.

Comecei a ter uma premonição que logo se tornou um peso sólido em minhas costelas.

— Por que... — disse Miranda.

Ela se virou e começou a andar de volta para o bar, puxando-me junto.

Willis, Ben e Milo Chavez nos encontraram na esquina da Old Bandera, embaixo do poste de luz.

Daniels estava abatido e velho, não apenas pela bebida, embora fosse óbvio que tinha bebido, mas também pela raiva e por um vazio esgotado, pelo modo atordoado que as pessoas ficam quando saem de uma onda de pesar e esperam pelo próximo golpe. Ele se apoiou na bengala, como se estivesse tentando enfiá-la no solo. Ben French estava igualmente abatido. Milo trazia uma fisionomia sombria e irritada.

Ao darmos os últimos passos ao encontro deles, a mão de Miranda apertou mais a minha.

— Achei que você estivesse em Gruene hoje — disse ela ao pai.

— Miranda... — A voz dele estava embargada.

— Por que está dirigindo a caminhonete? — perguntou ela.

Willis olhou para a mão de Miranda na minha, confuso, como se estivesse tentando mentalmente distinguir quais dedos pertenciam à filha e quais eram meus.

— Navarre — Milo se interpôs e gesticulou com a cabeça para o bar lá atrás, querendo que eu o acompanhasse, que deixasse pai e filha a sós.

A mão de Miranda continuou apertando a minha.

— O que aconteceu? — A voz dela estava dura, como eu nunca ouvira antes, impaciente.

— Houve um incêndio no rancho. — Willis conseguiu dizer.

— Um incêndio — repetiu Miranda num sussurro.

Milo continuava olhando para mim, querendo que eu me afastasse.

— Onde está Brent? — perguntou Miranda, mas agora com a voz fraca, sem vida.

Como ninguém respondeu dentro de cinco segundos, Miranda tentou perguntar de novo, mas dessa vez sua voz era apenas um fiapo de som.

Willis Daniels olhou para a bengala, viu que ainda não tinha sido enfiada no solo e enxugou o nariz com resignação cansada.

— É melhor você pegar carona com seus amigos — sugeriu Willis e se virou para voltar à caminhonete, com Ben French segurando seu braço.

48

O velho galpão do trator havia se rachado ao meio como uma casca de ovo preta.

Ainda dava para ver as cicatrizes profundas feitas no cascalho e na lama pelo carro de bombeiros, que havia arrancado a cerca de arame farpado para chegar aos fundos da casa. Agora só restavam três viaturas de Avalon County no pátio da frente, as luzes do teto girando preguiçosamente, cortando os galhos do carvalho centenário com arcos vermelhos. O carro do médico-legista estava estacionado ao lado da casa, em diagonal ao pequeno espaço usado no jogo de ferradura.

Nos fundos da casa, um gerador gemia, dando força aos holofotes que iluminavam a ruína coberta de fuligem que antes era o apartamento de Brent. O cheiro forte das cinzas molhadas era sentido a metros de distância.

Miranda e o pai estavam na varanda dos fundos, conversando com um detetive à paisana. O rosto de Miranda estava lívido e apático. A cada poucos segundos, ela balançava a cabeça sem razão aparente. Sua blusa laranja e branca tinha escapado para fora da saia no lado esquerdo e estava amassada como um balão congelado em gelo seco.

Fui ver o que tinha sobrado da parede da frente de Brent Daniels. Lá dentro, as cinzas molhadas formavam uma superfície grossa, cintilante, quase arredondada. Em meio à lama e sujeira, apareciam coisas, objetos — pedaços de madeira que miraculosamente não se queimaram ao lado de grandes poças de metal derretido.

A parede de trás, à minha direita, ainda estava quase toda de pé. A maior parte da madeira havia criado bolhas e enegrecido, mas um armário tinha se aberto depois do fogo, revelando uma pilha intacta de pratos. Por dentro, o armário era rosa. A foto da mãe de Brent Daniels fora preservada.

Os incêndios têm um senso de humor detestável.

Jay Griffin, o médico-legista de Avalon County, havia isolado a área onde ficava a cama de Brent, o lugar onde eu tinha dormido naquela tarde. Jay e dois outros homens de luvas brancas cutucavam as cinzas com o que pareciam ser réguas de plástico.

Milo voltou do galpão de ferramentas, onde tinha conversado com um dos xerifes assistentes.

—Você ouviu?

Fiz que sim. Eu tinha ouvido. A porta havia sido trancada pelo lado de fora. Sinais claros de substâncias incendiárias nas paredes externas e também no lado de dentro, no local onde ficavam as janelas. Uma vítima deitada na cama — talvez drogada, talvez já morta. De qualquer modo, sem ter lutado para sair. A maior parte do que o legista tinha eram ossos carbonizados. Talvez uma análise da arcada dentária. É necessário muito fogo para queimar um corpo humano. Alguém tinha tomado essa providência.

Olhei para o campo, artificialmente iluminado pelos holofotes. Até parecia que eu estava de volta a um jogo noturno no estádio da escola, todas as sombras longas e elásticas.

No galinheiro, as aves eram montinhos de penas avermelhadas — mortas devido ao calor. As tiras entrelaçadas das cadeiras de jardim estavam abauladas no meio, onde haviam derretido.

Mais adiante, duas fossas sépticas enferrujadas e sujas de terra estavam encostadas no galpão. Pelo jeito, as novas tinham sido enterradas nos lugares apropriados, prontas para armazenar a água suja para o jardim e para as descargas dos vasos sanitários do rancho. Tenho certeza de que isso teria sido um grande conforto para Brent Daniels, o homem que escrevia a maioria dos futuros sucessos de Miranda: saber que havia passado sua última tarde reparando a tubulação de esgoto.

— Aposto dez contra vinte — disse Milo — que isso vai ser considerado um acidente. Suicídio, talvez.

Na varanda, Willis Daniels assentia vagamente, soturno, para algo que o detetive lhe dizia. Miranda tinha os dedos encolhidos e pressionados nos olhos.

— Não poderiam fazer isso — falei.

Eu já tinha posto Milo a par de minhas últimas descobertas. Ele não mostrara surpresa com as informações que Sam Barrera havia me passado nem com o fato de que as autoridades não viriam socorrê-lo a tempo de salvar seu contrato de gravação, apenas soltou um lamento azedo por Les não ter levado adiante seu plano de chantagem. Eu não tinha lhe contado sobre minha conversa com Miranda.

Milo virou uma tábua chamuscada com o pé.

— Uma maldita assinatura. Toda essa comoção e tudo que precisamos é de uma maldita assinatura... nem sequer uma admissão de que o contrato de Sheckly foi forjado. Apenas uma abdicação. Precisamos fazer alguma coisa, Navarre. Sexta...

— Você ainda está pensando no seu prazo? Depois disso?

— Vamos lá, Navarre. Se a Century souber...

Dei um chute na tábua, que saiu deslizando pela grama molhada.

— Provavelmente será uma boa publicidade. Fique feliz, Milo. Não vai ter que pagar a Brent seus 25 por cento pelos direitos autorais.

— Caramba, Navarre...

Mas eu já estava me afastando. Era isso ou dar um soco em Milo, e eu não estava com a combinação certa de raiva, embriaguez e burrice para isso. Ainda não.

Não olhei para onde ia.

Abri caminho, empurrando dois repórteres que tentavam entrevistar um delegado, e a meio caminho da varanda colidi com um policial corpulento à paisana que ajudava o perito a montar um tripé de máquina fotográfica.

Antes que eu pudesse me desculpar, o xerife assistente Frank se virou e me pediu para olhar por onde eu andava.

Ao me reconhecer, ele engoliu quaisquer outros comentários irritados que talvez estivesse por fazer.

— Vai segurar isso, Frank? — perguntou o perito atrás dele.

Frank me encarou. O que eu vi em sua fisionomia foi um excesso de informações, um excesso de perguntas que, juntas, tornavam-se algo incompreensível. Uma transmissão cheia de interferência. Sua expressão era o equivalente visual de pegar um fone e ouvir os ruídos e sibilos de um modem.

Ele desviou o olhar.

— Sim. Claro.

Então ele se virou e ajudou o perito a levantar o tripé.

Fui até os degraus da varanda dos fundos.

Willis tinha acabado de fazer uma pergunta em voz baixa, e um detetive do condado respondia num tom igualmente baixo, com voz suave. O policial tinha uma curva de cabelo preto brilhante penteada que vinha quase até os olhos, como se a asa de um corvo estivesse grudada em sua testa.

— Não sabemos — disse ele. — É provável que a gente não vá... pelo menos não por enquanto. Sinto muito.

Willis começou a dizer alguma coisa, depois pensou melhor. Olhava com fúria para as tábuas do chão pintadas de azul. Parecia dez quilos mais magro — a maior parte desse peso tirada do rosto. A pele em volta dos olhos estava sobrenaturalmente cinzenta; as rugas que iam das laterais do nariz até o bigode e a barba eram tão profundas que seu rosto parecia entalhado.

Ao me ver, seu pesar se transformou em algo mais pesado, mais vivo.

Fui até onde Miranda estava sentada, na balaustrada da varanda. Ela estava de braços cruzados. Seus cabelos cuidadosamente ondulados tinham se desintegrado em simples mechas embaraçadas novamente, e a maquiagem perfeita para o show havia escorrido completamente.

Não perguntei como ela se sentia.

Eu só notei que ela percebera minha presença por uma mudança em sua respiração — uma inspiração trêmula e uma longa expiração. Ela tentou relaxar os ombros, e os olhos se fecharam.

O detetive fazia mais algumas perguntas a Willis... A que horas ele tinha saído para ir ao Gruene Hall? Ele tinha certeza de que Brent planejava ficar em casa a noite toda? Brent havia recebido alguma visita incomum recentemente? Ou rompera algum relacionamento?

Na última pergunta, Miranda abriu os olhos e me olhou de relance. A compostura que ela estava reunindo até agora começou a se desfazer.

Willis não ouvia as perguntas do detetive. Ele nos observava, Miranda chorando. Fiz um esforço para não perceber a maneira como os olhos do velho estavam fixos no meu rosto.

— Quer ir embora? — perguntei a Miranda, baixinho, e depois ao detetive: — Podemos ir?

O detetive fez uma cara feia. Tirou a asa de corvo da testa e em seguida a deixou cair de volta, dizendo que não via problema em nós irmos.

Devagar, Miranda reuniu força suficiente para ficar de pé. Equilibrou-se na coluna da varanda.

— Tudo bem — sussurrou ela. — Não posso...

Ela olhou para o galpão do trator enegrecido, para os holofotes. Pareceu incapaz de completar o pensamento.

— Eu sei — falei para ela. — Vamos.

— Não vão, não.

As palavras de Willis Daniels pegaram de surpresa até o detetive da Homicídios. Não pelo tom de voz alto, mas pela acidez, a rapidez com que o velho veio em minha direção.

— *Você* o matou, seu filho da puta. — Ele apontou a bengala para os meus pés, pronto para estraçalhar meus dedos. — Foi alguma coisa que você fez, não foi? Algum problema que você causou.

Miranda se escondeu uns poucos centímetros atrás de mim. Não houve hesitação, nenhum vacilo no modo como o fez. Era obviamente uma manobra que há muito tempo se tornara instintiva nela.

O detetive olhou para nós dois, interessado.

— Gostaria de explicar?

Willis olhava furioso para os meus pés.

O detetive olhou para mim.

Eu lhe dei uma explicação. Contei algumas das coisas que estavam acontecendo a Miranda desde que a Century Records havia se interessado por ela. Contei que fora contratado para descobrir o que pudesse e que, pelo que eu sabia, Brent Daniels não teria dado motivo algum para ficar na linha de fogo. Dei ao detetive meu nome, número e endereço e disse que claro, estaria disposto a falar mais.

— Mas agora — falei — vou tirar Miranda daqui.

O detetive olhou para Miranda, depois para mim. Seus olhos se suavizaram um pouco, e ele disse que tudo bem.

— Esta é a casa dela — vociferou Willis.

Eu me flagrei dando um passo em direção ao velho, agarrando a ponta da bengala que ele tinha levantado para mim. A tensão no cabo de madeira era desigual, o aperto na outra extremidade, fraco. Sem fazer muita força, eu podia tê-la puxado ou empurrado para trás. O que eu quisesse.

— Tres... — implorou Miranda.

Seus dedos se cravaram nos meus ombros com uma força surpreendente.

Empurrei de leve a ponta da bengala.

— Ligue quando quiser — falei ao detetive.

O detetive não parava de me reavaliar, como seu eu fosse uma partida empatada ainda em andamento. Prorrogação com morte súbita.

— Farei isso — prometeu ele.

Os dedos de Miranda relaxaram.

Quando voltei a descer os degraus de mãos dadas com Miranda, Milo Chavez discutia com um dos repórteres algo sobre a privacidade da família. Não pude saber se ele argumentava a favor ou contra. O xerife assistente Frank ainda olhava para mim, transmitindo-me aquele ruído de interferência com os oihos. Jay Griffin, o legista, tinha levantado algo comprido, negro e fino das cinzas do galpão do trator e o virava. Sob a luz dos holofotes, o braço parecia surreal, como um pedaço de cerâmica preta esmaltada, nada que pudesse ter feito parte de um corpo humano.

49

Na manhã seguinte, os camelôs vendiam oferendas para os mortos ao longo da General McMullen Road. O estacionamento do centro comercial de estuque laranja estava cheio de picapes velhas e furgões de entrega, todos os veículos cheios de coroas e cruzes feitas de flores de seda azul, quadros de Jesus, molduras floridas vazias e prontas para a inserção da foto do ente querido. Havia mesas de comidas — *pan muerte*, o pão dos mortos, *tamales* frescos, tortilhas, biscoitos em forma de gato preto, abóbora e caveira.

O Dia de los Muertos era amanhã. Hoje — o Dia de Todos os Santos — era apenas um aquecimento. Caso contrário, nunca teríamos conseguido virar no cemitério San Fernando sem ficar presos no tráfego.

Mesmo assim, o labirinto circular de vias de mão única não se encontrava totalmente livre em trecho algum. Em cada seção do cemitério, havia pessoas descarregando seus porta-malas — latas de café cheias de cravo-de-defunto, cestas de piquenique, todas as coisas de que seus antepassados necessitariam. Velhos com colheres de pedreiro arrancavam as ervas daninhas das placas de mármore ou cavavam buracos para novas plantas. Metade dos túmulos já tinha sido enfeitada, e vários deles estavam soterrados por uma camada tão grossa de flores que mais pareciam a lixeira de um florista.

Os túmulos mais convencionais estavam cobertos por falsas teias de aranha, flores plantadas em abóboras de Halloween, fantasminhas de pano pendurados em um galho acima. Outros tremulavam com fitas e cata-ventos em forma de girassóis e flamingos.

— Meu Deus — disse Miranda.

Ela usava jeans, botas e uma camiseta enorme da U.C. Berkeley que havia pegado emprestada no meu armário. O cabelo estava preso atrás. Seu rosto lavado e sem maquiagem estava pálido e mais jovem. Ela ainda não tinha voltado ao normal — a cada hora, mais ou menos, suas mãos começavam a tremer de novo ou ela subitamente começava a chorar, mas havia pausas em que ela parecia surpreendentemente estável. Chegara a me dar um sorrisinho quando eu levei *huevos rancheros* para ela tomar café no futon. Ou talvez ela tivesse sorrido por causa da minha aparência pela manhã, depois de dormir no chão com o gato. Ela não quis me dizer.

Contornamos um imenso montículo de pedras com um crucifixo também de pedra em tamanho natural. Aos pés de Jesus, um vira-lata marrom tirava uma soneca. Continuamos seguindo para os fundos do cemitério e então fizemos o retorno.

Eu procurava por um Cadillac marrom.

Finalmente, encontrei-o na parte central do cemitério.

Ralph Arguello estava a uns vinte metros do meio-fio, de pé ao lado da mãe, uma mulher volumosa de vestido solto marrom, que se ajoelhava diante de um dos túmulos, plantando cravos-de-defunto. Ralph era fácil de ser localizado. Estava com seu traje preferido — uma *guayabera* enorme, jeans e botas pretas. Seu rabo de cavalo parecia ter sido feito recentemente. O cabo da .357 havia ficado preso na camisa verde oliva, o que o deixava bem exposto. Ele segurava uma porção de balões prateados decorados com figuras de trens e carros.

Estacionei atrás do Cadillac. Miranda seguiu meu olhar.

— *Aquele* é o seu amigo?

— Venha.

Andamos entre os túmulos, cuja maioria era de placas horizontais de granito cinza que refletiam perfeitamente o céu. Os lemas nas lápides eram trilíngues — latim, espanhol e inglês. Os adornos, diversificados — algo entre o asteca antigo e o Wal-Mart moderno.

Ralph se virou para nós quando percebeu que andávamos em sua direção. Os óculos redondos e grossos pareciam feitos do mesmo material dos balões e das lápides. Era difícil saber se ele estava olhando para Miranda ou não.

— *Vato* — disse ele.

Assenti.

Permanecemos um instante em silêncio enquanto Mama Arguello completava o rosário sobre o túmulo.

A princípio, não me dei conta de onde estávamos, em que parte do cemitério.

Então notei o quanto os túmulos eram próximos uns dos outros, que cada espaço não tinha mais de sessenta centímetros de largura. E assim se sucediam, uma fileira após outra, pelo que parecia um bom meio hectare. Ali perto havia outro Jesus de mármore, esse cercado de crianças. A inscrição em espanhol: *Deixai vir a mim estas criancinhas.*

A decoração à nossa volta estava repleta de balas de Halloween, brinquedos, arranjos florais em forma de cordeiros. Mama Arguello terminou suas orações, pegou o amarrado de balões da mão de Ralph e o atou numa estaca fincada na grama. O entalhe na lápide dizia: "Jose Domingo Arguello, n. 8 de agosto, 1960, m. 8 de agosto, 1960. *In recuerdo.*"

O gancho na estaca tinha nós puídos dos balões dos anos anteriores — eram todos de fitas azul-bebê, alguns talvez com décadas de idade.

Mama Arguello sorriu e me deu um abraço. Cheirava a cravo-de-defunto — um cheiro marcante como o perfume de uma caixa de joias enterrada há uns cem anos. Depois, ela abraçou Miranda, dizendo-lhe em espanhol que ficava feliz com a nossa presença.

Não importava que Mama Arguello não conhecesse Miranda. Desde que deixara de enxergar, ela já não se importava com essas coisas. Os óculos, Ralph me garantiu, eram pura exibição. Com ou sem eles, o mundo para Mama há muito tinha se tornado uma série de luzes e pontos indistintos. Agora, em grande parte, tratava-se de cheiros e sons.

— Venha comigo — disse Mama a Miranda, cravando seus dedos morenos rechonchudos no braço dela. — Eu tenho chá.

Hesitante, Miranda olhou para mim, depois para Ralph. O sorriso dele não deve tê-la deixado nem um pouco mais à vontade. A velha a levou até o Cadillac, onde começou a descarregar coisas nos braços de Miranda — uma garrafa térmica, uma cesta de piquenique, dois vasos de flores, uma coroa grande.

Ralph deu uma risadinha. Quando olhou para a lápide, o sorriso não vacilou.

— Meu irmão mais velho — disse Ralph.

Assenti. Jose Domingo. Um nome de homem mais velho.

Pensei em quantas horas Jose tinha vivido e no que ele pensava dos mais de trinta anos de presentes infantis e balões que vinha recebendo em seu túmulo.

— Você tem mais familiares aqui? — perguntei a Ralph.

Ele acenou para a direita, como se fosse sua propriedade.

— Levamos dois dias, Mama e eu. Começamos por aqui e vamos dando a volta. A Yvette fica logo ali. Almoçamos com ela, cara.

Yvette, a mãe de Kelly Arguello. Ralph e eu nos entreolhamos, mas ele não precisou me dizer que Kelly não estava lá nem o que pensava de sua deserção.

Ele olhou para Miranda, que lutava para segurar as *ofrendas* que Mama Arguello continuava a lhe passar. Ela lhe dava orientações em espanhol e contava histórias que Miranda não entendia.

Miranda começou a sorrir. A princípio, foi um sorriso tenso, cheio de pesar. Depois Mama lhe falou sobre uma garrafa de uísque em particular e para quem era, um verdadeiro *cabrón*, e Miranda teve que rir mesmo sem querer, quase deixando cair um prato de biscoitos que equilibrava no braço.

— A *chica* está com problemas? — perguntou Ralph.

— Não sei. Acho que pode estar.

Eu contei a ele o que estava acontecendo. Ralph meneou a cabeça.

— Malditos caipiras. Maldito Chavez. Hoje você não vai ver o cara aqui.

— Pode ajudar, Ralph?

Ele olhou para a lápide do irmão, depois se abaixou e arrancou um capim na beira do mármore. Jogou-o para trás descuidadamente. O capim pousou num dos túmulos não enfeitados atrás dele.

— Essa moça significa alguma coisa para você?

Hesitei, tentei formar uma resposta, mas Ralph levantou a mão.

— Esqueça que eu perguntei, *vato*. Faz quanto tempo que nos conhecemos, hein?

De outra pessoa, isso teria me irritado, mas de Ralph a declaração era tão honesta, o sorriso que a acompanhava tão divertido, que eu não pude deixar de sorrir também.

— Faz muito tempo.

— Cara, é.

Miranda voltou, carregada de presentes para os mortos, porém mais à vontade, com um sorriso hesitante. Seguiu Mama Arguello, que ia na frente em direção ao próximo ancestral. Miranda olhou para mim e perguntou:

— Você vem?

Fomos visitar Yvette, a cerca de meio hectare dali. Sua lápide era um pedaço de mármore branco reto, mal-acabado nas bordas. A lápide era quase tragada por um arbusto enorme, cujos galhos pendiam para baixo em forma de polvo. Cada galho estava carregado de frutinhas vermelhas do tamanho de munição de chumbinho.

Do outro lado da passagem, estavam cavando uma nova cova. A retroescavadeira vazia tinha cavado no gramado uma vala exatamente do tamanho de um caixão e agora estava lá parada, abandonada.

Fiquei olhando para a retroescavadeira.

Miranda ajudou Mama Arguello a esticar a manta ao lado do túmulo e a depositar uns pratos de papel com torradas de canela e xícaras de chá fumegante que cheirava a limão.

O ar frio varria o vapor do chá. Mama pôs um prato e uma xícara em cima do túmulo de Yvette e então começou a contar à lápide o quanto Kelly estava indo bem na faculdade.

Ralph ouviu sem fazer qualquer comentário.

Miranda balançava a cabeça, olhando para cenas semelhantes pelo cemitério, em diferentes túmulos. Estava novamente com lágrimas no rosto.

— Hoje é melhor — disse-lhe Ralph. — Amanhã... *loco*. Pior que *Fiesta*.

Miranda passou a mão embaixo do olho, atordoada.

— Morei a vida inteira em San Antonio... e nunca.... — Ela balançou a cabeça.

Ralph assentiu.

— Em qual San Antonio, hein?

A poucos metros de distância, uma família desceu de um sedan preto comprido. A avó usava óculos escuros grandes e andava retesada, como se essa fosse a primeira vez que saía da clínica geriátrica em um bom tempo. Estava acompanhada de uma mulher com mechas alaranjadas e castanhas, que usava um conjunto de moletom rosa e muita bijuteria. Atrás, iam duas adolescentes, cada uma com roupas caras de ginástica e uma versão menor do penteado e dos acessórios da mãe.

Elas seguiram para um túmulo branco e verde, a coroa com o emblema do time de beisebol Oakland. Sobre o túmulo, havia uma foto emoldurada com flores — um adolescente num caixão aberto, o rosto da mesma cor do cetim branco, vestindo sua camisa do time, o cabelo penteado, o bigode fino aparado e uma aparência de orgulho esculpida em seu rosto morto. Com certeza era membro de uma gangue de rua. Talvez tivesse 15 anos.

— Ralph tem uma casa para alugar aqui perto — falei. — Já a usei antes.

Miranda olhou para além do cemitério, para a vizinhança composta de lojas decadentes e casas de um só cômodo multicoloridas. As lágrimas ainda corriam.

— É seguro?

Ralph começou a rir baixinho.

— Ninguém que você conhece a procuraria aqui — falei. — É isso que interessa. Fique com Ralph e estará segura.

Miranda pensou nisso, depois olhou para Mama Arguello, que lhe oferecia chá de limão.

— Tudo bem — disse Miranda. Depois, como se o timer dela tivesse chegado ao fim do tempo marcado, ela inclinou a cabeça sobre os joelhos e estremeceu.

Mama Arguello sorriu, não como se soubesse do que falávamos; em seguida, contou à lápide de Yvette o quanto era bom receber visitas, como o *pan muerte* estava fresco este ano.

50

Quando voltei ao número 90 da Queen Anne, um pacote embrulhado em papel dourado do tamanho de dois tijolos de vidro me esperava na varanda. O cartão dizia: *Isso vai ficar perfeito na sua escrivaninha da UTSA. Boa sorte hoje. Feliz aniversário.*

A letra da minha mãe. Ela não comentou nada sobre minha ausência em sua festa de Halloween/por acaso foi aniversário de Tres na noite anterior. Dentro do pacote, havia o *Riverside Chaucer*, nova edição. Um livro de 75 dólares.

Levei-o para dentro.

Dei uma olhada em algumas anotações que eu tinha feito duas manhãs atrás para a aula demonstrativa que estava prestes a dar. Depois da noite passada, toda essa ideia parecia absurda, trivial — e estranhamente reconfortante. Os estudantes iriam às aulas hoje. Professores assistentes iriam bocejar, tomar café e, com muito esforço, cumprir suas rotinas entediantes, e a maioria deles não teria cheiro de casa incendiada. Eles não veriam ossos carbonizados cada vez que fechassem os olhos. Não se pegariam cantarolando músicas de um homem que acabara de ser assassinado.

Com uma espécie de pavor, desejei que a aula fosse boa.

Robert Johnson, é claro, dormia sobre as roupas que eu precisava vestir, então acionei o truque da toalha de mesa. Ele deu uma cambalhota, ficou de pé e olhou feio para mim. Levei cinco minutos e todo o rolo de fita adesiva para tirar o pelo preto da camisa branca. Mais cinco minutos para dar o laço na gravata com a ajuda de Robert Johnson.

Depois disso, tudo foi apenas um borrão.

A aula demonstrativa foi bem, acho. Escolhi "Complaint to His Purse", de Chaucer, e fiz as coisas mais radicais que pude me lembrar dos seminários da faculdade — dividi a turma em pequenos grupos, pedi que lessem o poema em voz alta enquanto seguravam suas carteiras, pedi que escrevessem uma interpretação para os dias atuais. Demos algumas risadas comparando Chaucer a um telefonista de telemarketing e depois tentando encontrar uma expressão em inglês medieval equivalente a "puxa-saco". A maioria dos alunos não chegou nem perto de pegar no sono.

Apesar do terno, eu devia estar com a aparência de quem havia dormindo no chão na noite anterior e passado a manhã no cemitério, mas tudo bem. A maioria dos alunos me dava a mesma impressão.

Depois, o professor Mitchell apertou minha mão no corredor e comentou sua certeza de que eu conseguira o emprego. Os outros professores se enfileiraram sem dizer nada. Tinham o cenho franzido, da mesma forma que na minha primeira entrevista. Talvez rastrear a etimologia de "puxa-saco" tivesse sido um pouco demais.

Saí do estacionamento de visitantes da UTSA sentindo-me vazio e formigando. Estava a meio caminho da I-10, indo a impossíveis cento e dez quilômetros por hora, quando me dei conta de que havia entrado em uma rodovia.

Peguei a primeira saída, estacionei o Fusca em um centro comercial e desliguei o motor.

Sem muita sorte, tentei controlar meu batimento cardíaco.

Não consegui definir a sensação de imediato — parecia que um gerador de eletricidade estava ligado dentro do meu intestino. A energia não ia a lugar algum; ele não se conectava a nada, apenas gerava eletricidade inútil. Levei mais alguns minutos para identificar aquilo como estado de choque. Eu tinha sentido isso há um ano, depois de matar um homem. Acordei algumas noites depois com essa mesma sensação — desconectado por dentro, como se outra pessoa tivesse acabado de deixar meu corpo vago, apenas com a casca. Disse a mim mesmo que isso era apenas uma aula na faculdade, pelo amor de Deus.

Dei a partida no carro. Decidi me consolar no trivial e dirigi até o Taco Cabana mais próximo para pedir enchiladas para viagem.

Quando voltei para a Queen Anne Street 90, meu carro predileto estava estacionado do outro lado da rua. O xerife assistente Frank estava com o vidro abaixado em seu Ford Festiva preto e coçava o bigode enquanto lia uma revista.

Ele poderia ter ficado um pouco mais óbvio se pusesse mãozinhas acenando para mim nos limpadores de para-brisa, mas só um pouco.

Estacionei meu Fusca e fui até o carro dele. Frank fez de conta que me ignorava.

No assento do passageiro, havia seu equipamento normal de vigilância — salgadinhos, máquina fotográfica, água, gravador e microfone de longo alcance. Ele estava sem o paletó do terno, com o coldre axilar bem à vista. Havia uma pasta preta entre seus joelhos.

Ele virou uma página da *Today's Parents*.

— Cólicas — explicou ele, como se estivesse falando consigo mesmo. — Estão me levando à loucura.

— É dureza — concordei.

Aguardei. Frank virou mais algumas páginas. Parecia estar lendo instruções de montagem, os olhos indo e vindo pelas páginas sem uma ordem específica, procurando os esquemas que mostravam a montagem adequada de um bebê.

— Você está me vigiando? — perguntei.

Frank assentiu, batendo o polegar numa foto de uma nova fralda superabsorvente.

— Sheckly?

Frank assentiu novamente.

— Quer entrar e comer uma enchilada?

Na terceira vez, sempre dá certo.

Frank largou a revista, pegou sua pasta e saiu do carro.

Andamos para a lateral da casa. Meu senhorio, Gary Hales, estava em sua sala, olhando pela janela, quando entrei em sua propriedade com um homem armado e uma pasta preta. Gary adora quando eu faço esse tipo de coisa.

Abri a porta do apartamento e Robert Johnson veio andando, esbarrou na perna de Frank e recuou indignado, seu senso animal aguçado repentinamente avisando-o de que eu não estava sozinho.

— Ei, pretinho. — Frank se curvou e afagou a orelha de Robert Johnson.

Pelo jeito, Frank passou pela inspeção. Robert Johnson começou a esfregar o rosto vigorosamente em seu sapato.

Frank olhou pela sala, ainda fazendo uma leitura rápida do ambiente, até seus olhos pousarem na espada presa no suporte da parede.

— Tai chi?

Fiz que sim, surpreso. Ninguém nunca adivinha.

Frank gesticulou para o futon.

— Tudo bem?

— Claro — falei.

Ele se sentou, colocando a pasta na mesa de centro. Fui para a cozinha e tirei da sacola as duas caixas de isopor com as enchiladas. Robert Johnson se materializou no balcão imediatamente.

Peguei três pratos de papel, coloquei nos *sousplats* de vime e servi duas enchiladas para mim, uma para Frank e uma para Robert Johnson. Tortilhas com arroz, feijão e gordura para todo lado.

Levei a comida para o cômodo principal, acomodei a de Robert Johnson no tapete e entreguei a de Frank.

Frank chegou mais para a frente no futon. Enrolou sua tortilha, mergulhou no molho e mordeu a extremidade.

— Agora já chega, vamos direto ao ponto — disse ele. — Tenho aqui na pasta umas preliminares do legista sobre Brent Daniels e uns documentos que peguei emprestado em Hollywood Park sobre Alex Blanceagle. Tem também outros casos do Departamento de Avalon em que... — ele se deteve, pensando — ... em que o nome de Sheckly se sobressai.

— E você vai mostrar tudo isso a mim?

Frank ficou olhando para a parede, mastigando sua enchilada.

— Uns caras que eu conheço em Bexar County... Larry Drapiewski, Shel Masters... eles me disseram que você é sólido.

Tentei não parecer surpreso. Larry e Shel nem sempre me diziam que eu era sólido. Os adjetivos que usavam ao se referir a mim tinham muito mais frequentemente a ver com gás ou líquido. Frank deve tê-los encontrado num momento de fraqueza.

— Você devia entregar isso a Samuel Barrera — sugeri.

Frank me deu um breve sorriso e deslizou a pasta pela mesa na minha direção.

— Só que Barrera se sentiria obrigado a dizer de onde veio a informação — continuei. — Você precisa de alguém que possa aguentar o rojão.

Ele terminou a tortilha, limpou os dedos e se levantou.

— Uma pena você não ter vindo para casa hoje — especulou ele. — Vou esperar até a meia-noite e então decido dar o assunto por encerrado. Concorda?

Fiz que sim.

— Boa sorte com as cólicas.

Frank deu um sorriso de verdade.

— Valeu. E, Navarre, ouvi uns lances lá no departamento. Elgin e alguns outros que estavam na Floore's ontem à noite. Eles estão na expectativa de que você volte a Avalon County uma hora dessas, quando eles estiverem de serviço. Se eu fosse você, não faria isso.

Quando Frank se foi, tirei as botas e deixei os dedos voltarem ao tamanho normal. Robert Johnson se aproximou e descobriu que sua cabeça cabia perfeitamente numa bota tamanho 43. Ele se enfiou até a cintura e ficou assim, a cauda abanando.

— Você é estranho — eu disse.

Suas patas de trás deram alguns passos. O rabo dele se agitou.

Aí eu me lembrei de que não devia estar em casa.

Isso me deixava várias opções, nenhuma delas agradável. Recuperei as botas e segui em direção a Monte Vista.

51

Quando cheguei à casa dos Saint-Pierre, a corretora de imóveis estava de saída.

— Sr. Saint-Pierre? — perguntou ela.

Seu tom era levemente divertido. Ela segurava a porta de entrada aberta para mim com a ponta dos dedos na altura das orelhas, do jeito que minha mãe costumava segurar minhas camisetas sujas, perguntando se uma vez na vida eu poderia colocá-las no cesto.

— Obrigado — falei.

— Fiz alguns esboços. — Ela enfiou a prancheta embaixo da manga do blazer marrom cor de maçã podre. — A casa tem uma fluidez maravilhosa.

— É. Eu sempre achei.

Ela assentiu, comprimiu os lábios e avaliou a fachada da casa mais uma vez.

— Bem, eu lhe dou um retorno.

— Allison lhe deu um prazo?

— Imediatamente.

— Perfeito.

Ela me deu outro sorriso divertido — devia ser o primeiro agente de talentos que conhecia —, depois me ofereceu seu cartão de visitas. Sheila Fletcher & Associados. A tinta era da mesma cor marrom do casaco e das unhas. Ela acenou com três dedos para mim ao descer pela entrada de carros e entrar em seu Jeep.

Com certeza, o interior da casa tinha uma fluidez maravilhosa agora, sem os sofás brancos e pedestais com obras de arte. As tapeçarias de Oaxaca tinham sido retiradas, de modo que as paredes se resumiam à pintura branca e às janelas. Seis milhões de caixas de mudança empilhavam-se perto da porta.

Mas o bar ainda estava de pé e havia dois copos em cima, um deles marcado de batom e com um resíduo de bourbon, o outro com água pela metade. A lareira tinha sido usada na noite anterior. O cheiro de fumaça pairava devido ao mau funcionamento do cano da chaminé. Depois de ontem, o cheiro de fumaça não era o que eu queria sentir.

Subi e comecei a verificar os quartos. O primeiro estava com tudo encaixotado. No de Les, a cama de quatro colunas estava desnuda, a escrivaninha com tampa, fechada, e o armário, vazio. Abri uma das caixas de mudança que se empilhavam num canto. O livro do ano de Les na Denton High School estava bem em cima.

— Mas o que você está fazendo?

Eu me virei e encontrei Allison no vão da porta.

Ela havia penteado com os dedos o cabelo louro molhado, mas não lavado com shampoo. Sua tez estava pálida, os cantos dos olhos, de um vermelho nada saudável. Suas formas estavam ocultas sob uma camisa social branca e calça *baggy* cáqui, que talvez fosse de Les. A camisa estava salpicada com um líquido marrom claro.

— Que bom ter alcançado você antes que saísse da cidade — falei.

Ela me lançou um olhar furioso.

— Cai fora daqui, Tres. Já não é suficiente... — gaguejou, acenando com a mão vagamente para o norte, em direção ao rancho dos Daniels.

Rocei o pé na caixa de mudança.

— A corretora me disse que você está se mudando imediatamente.

— Você tem alguma coisa a ver com isso?

— Possivelmente.

Ela passou a mão pelo antebraço como se estivesse cobrindo um machucado. Olhou por cima do meu ombro.

— Vou alugar a casa, entendeu? Assim pago a hipoteca até poder vender. É praticamente a única escolha que tenho.

— O que aconteceu com a ideia de assumir a agência?

Allison deu uma risada e sua voz ficou subitamente trêmula.

— Milo anda bem ocupado com Miranda, mas não o suficiente para não providenciar uns advogados. Por que não pergunta a ele?

Ela entrou e se sentou na beirada do colchão desnudo. Ficou olhando para as caixas com as coisas de Les.

— Quem você recebeu aqui ontem, Allison?

— Isso *com certeza* não é da sua conta.

— Você vai precisar de um álibi.

Ela abriu a boca, procurando por algo a dizer, mas não encontrou.

— Incêndio criminoso com morte é quase sempre para cobrir vestígios — comentei. — Homicídio realizado precipitadamente por alguém que perdeu a cabeça. Isso se parece com quem?

Ela soltou um resmungo.

— Você acha...

— Eu não acho. Mas não causa boa impressão você fazer as malas e se mudar. Se eu fosse o detetive encarregado do homicídio de Brent, talvez com Tilden Sheckly me pagando para encontrar uma solução conveniente, eu começaria por você. Seu marido desaparece, seu amante é incendiado, você tem um histórico de comportamento imprevisível e violento. Duvido que muita gente venha em sua defesa.

Ela cruzou os braços.

— Eu não tenho nada. Brent morreu, Les se mandou, Milo ficou com a agência, e eu não tenho nada. Dá para me deixar em paz?

Ela se curvou para a frente até ficar com o rosto quase sobre os joelhos.

Contei até dez.

Não ajudou.

— Levante. — Minha própria voz pareceu estranha. — Venha.

Agarrei Allison pelos braços e a pus de pé. Ela era pesada — não peso morto, mas os ossos pareciam ser de chumbo. Tive que usar quase toda a minha força para não deixá-la se esquivar. Finalmente ela conseguiu e se afastou. Ficou lá parada, olhos molhados, esfregando as marcas esbranquiçadas nos braços, no ponto em que meus dedos estavam.

— Seu *bosta*.

— Não gosto de autocomiseração. Não vai nos levar a lugar algum.

— Cai fora, Tres. Está me ouvindo? Eu achava que você era um cara legal.

Ela me olhou com fúria, querendo me ver longe, mas sua raiva era insustentável. Ela respirou fundo, trêmula, e olhou em volta para as caixas novamente, para a escrivaninha fechada, as paredes vazias. Por fim, afundou-se na cama de novo.

— Estou tão cansada — murmurou. — Vá embora.

— Vamos sair daqui. Vamos fazer alguma coisa construtiva.

Ela balançou a cabeça de maneira apática. Quando me sentei ao seu lado, Allison se encostou em mim — nada pessoal, apenas como se eu fosse uma nova parede.

— Estou voltando para casa, voltando para a maldita Falfurrias — afirmou ela. — Dá para acreditar? Posso comprar umas seis casas lá com o valor desta, e das melhores. Posso criar gado. Ficar ouvindo os grilos à noite. Não é uma loucura?

Ela me encarou. Estava com os olhos marejados.

— Sou a pessoa errada para essa pergunta.

Ela riu ao mesmo tempo que soltava um *merda*.

— Você nunca me dá uma resposta direta, não é? Onde está Miranda?

— Em segurança.

— No seu apartamento? Dividindo aquele pequeno futon?

— Não. Não está comigo.

Allison me encarou, hesitante. Ouviu a objetividade e a ponta de amargura em minha voz e não soube bem o que fazer com isso. Começou a se levantar, mas eu a segurei pelo ombro, sem fazer força.

Gostaria de dizer que os acontecimentos haviam tomado seu próprio rumo e que eu fui pego de surpresa. Mas não foi assim.

Eu a beijei.

Uma vez na vida, Allison Saint-Pierre não começou uma briga. Entregou-se ao beijo com um alívio exausto.

Depois de um bom tempo, ela se deitou na cama e eu a acompanhei. Ela me mordeu e me beijou, e senti sua respiração no meu ouvido enquanto eu tentava futilmente abrir o primeiro botão da imensa camisa até ela rir e sussurrar.

— Esquece.

Ela se sentou, só o bastante para tirar a camisa pela cabeça. Depois se encostou em mim, e a sensação era de que o corpo dela estava ainda mais quente, quase febril. As costas de Allison estavam arrepiadas.

Rolamos na cama de Les Saint-Pierre, e a cada novo ângulo, uma peça de roupa ia sendo chutada, puxada ou tirada com um palavrão. Acho que Allison parou de chorar quando estava sem roupa alguma. A pele dela estava muito quente, exceto pelos dedos, que estavam gelados.

Havia um acordo tácito de que aquela transa requeria uma movimentação contínua, não necessariamente frenética, mas sem dúvida ininterrupta. Parar levaria a pensar, e pensar seria ruim. Nós nos revezamos, esmagando um ao outro contra a superfície escorregadia, desconfortavelmente irregular do colchão, sentindo as alfinetadas dos pontos de fio sintético nas costas. O ar-condicionado estava ligado, mas nós logo ficamos suados e barulhentos até que os sons se tornaram um motivo incontrolável para risadinhas e, quase com a mesma rapidez, deixaram de importar. Rolamos para um pouco longe demais, caindo da cama. Eu me lembro de uma dor no cotovelo, mas isso não importou muito também. Nós nos reacomodamos, sentados num abraço, o queixo de Allison na altura da minha boca e seus pés unidos atrás da minha cintura. Ela me apertava com os braços e as pernas, enterrando o rosto em meu pescoço, tremendo discretamente, como se estivesse chorando de novo. Respirei fundo e a acompanhei, sem que meu corpo soubesse como deter o movimento até a voz abafada de Allison falar no meu pescoço:

— Por favor... OK, OK.

Ficamos parados então, sentindo a respiração um do outro até que os pulmões diminuíssem o ritmo e o chão de madeira começasse a ficar desconfortável. Nossas peles foram se separando como cera sendo arrancada da vela.

Allison pressionou o nariz na minha face e continuou esfregando-o até seus lábios grudarem nos meus. Quando a beijei pela segunda vez, demonstrei reprovação.

— Quando diz "vamos fazer algo construtivo", Sr. Navarre...

— Cale a boca.

Ela deu uma risada, afastou o rosto e falou no meu ouvido com as mãos em concha.

— Não aconteceu.

— Claro que não.

Ela me beijou de novo.

— Você ainda não me falou nada sobre os 50 mil dólares.

— Você só está tentando pegar o dinheiro.

Ficamos mais algum tempo mostrando um ao outro o quanto nos detestávamos.

A certa altura, eu me lembro de olhar para cima e ver a empregada latina no vão da porta, mas quando abri os olhos para ver melhor, ela já se fora, apenas uma visão momentânea de olhos entediados, envelhecidos, numa fisionomia impassível, que mostrava mais irritação que constrangimento diante dos gringos no chão do quarto desnudo, dando risadinhas tolas e murmurando curtos "eu te odeio". Talvez, para ela, fôssemos apenas mais um item do qual ela ficaria feliz de se livrar quando a casa passasse para proprietários mais respeitáveis.

52

— O Audi era melhor — disse Allison.

Estávamos sentados no Fusca com a capota levantada, as janelas abertas, mas sem que ar algum circulasse. A tarde tinha ficado densa, cinzenta e morna. Nada de interessante acontecia no depósito do outro lado da rua.

— O que é isso? — perguntei. — Um sete?

— Cinco — corrigiu ela, empurrando os óculos escuros mais para cima. — Só parece um sete.

Peguei a lista de endereços da mão dela, uma fotocópia do documento que tínhamos encontrado no galpão do barco de Les Saint-Pierre. Um total de 23 endereços apenas em San Antonio. Se continuasse nesse ritmo, eu não conseguiria encontrar todos antes de sexta-feira, muito menos pensar em modos de entrar nas propriedades e ver se tinham algum valor no caso contra Sheckly. É provável que Sam Barrera tivesse colocado sua agência em campo e feito o serviço numa tarde, caso não se deparasse com restrições legais. Sam Barrera que se ferrasse.

Até agora, todos os endereços eram depósitos ou pátios de carga. Nem todos tinham Paintbrush Enterprises escrito no portão, mas eu desconfiava de que, de um modo ou de outro,

Tilden Sheckly ou seus amigos de Luxemburgo tinham alguma relação com aquilo.

Cada endereço tinha uma data ao lado. Allison e eu havíamos começado a busca com os locais associados à data mais próxima do dia de hoje e fomos avançando no tempo. Agora estávamos em 5 de novembro, tínhamos avançado quatro dias. O endereço ficava num parque industrial na esquina da Nacogdoches com a Perrin-Beitel, um lugar que, no pensamento verdadeiramente criativo do Texas, havia sido nomeado Naco-Perrin.

O depósito compreendia dois prédios compridos e paralelos, pintados de verde-oliva com remates malva. As paredes que davam para o interior tinham portas de enrolar feitas de aço e plataformas de carregamento, que se distanciavam umas das outras apenas o suficiente para que uma carreta pudesse entrar de ré e depositar seu baú de carga. O asfalto entre os dois prédios era marcado por grandes semicírculos pretos feitos pelos pneus dos caminhões. Parecia que alguém tinha o hábito de beber Coca-Cola em latas gigantescas e não havia tido o bom senso de usar porta-copos.

O complexo era protegido por uma cerca telada de três metros, sem arame farpado em cima, mas com um segurança dentro de uma cabine no portão de entrada e iluminação noturna em toda a volta. Durante o dia, o tráfego nos fundos do parque industrial era pesado — uma sucessão constante de carros passava pelos feios centros comerciais e restaurantes fast-food da Naco-Perrin. No lado da entrada do endereço indicado, havia menos tráfego. O único vizinho era uma fábrica de processamento de enxofre do outro lado da rua, com hectares de erva daninha e montanhas de poeira.

Nesse instante, o segurança no portão não causava boa impressão; ele lia uma revistinha, provavelmente o *Almanaque dos seguranças de portão*. Os portões estavam fechados, e havia dois baús de carga soltos na frente das portas fechadas das plataformas. Não havia movimento de saída nem de entrada.

Allison suspirou.

— Isso é melhor que ficar olhando para as paredes da antiga casa, mas só um pouco.

Antes de sairmos de Monte Vista, Allison tinha começado a se referir à casa na qual morou durante dois anos como *a antiga casa*. Ao se sentar no banco do carona do Fusca, ela insistiu que estava muito bem, que superara Les, que acabara de chorar por Brent e que estava pronta para me ajudar, convencida de que nossa tarde juntos não passara de um pequeno intervalo da realidade. Eu não estava acreditando em nada disso e acho que nem ela, mas isso nos permitiu deixar de lado as questões de maior peso e nos concentrar na observação das plataformas de carregamento vazias.

Eu estava prestes a sugerir o endereço número seis quando um BMW branco passou por nós na Nacogdoches. Diminuiu a velocidade e virou no portão. O segurança largou imediatamente a revista e foi até a janela do motorista.

— Ignição — falei.

Allison se endireitou no assento e olhou.

Jean Kraus abriu o vidro do BMW e falou com o segurança, que assentiu. Jean falou de novo, sorrindo, e o segurança assentiu ainda mais vigorosamente.

O segurança foi até o portão, tirou a corrente e o abriu. O BMW branco passou. Jean Kraus estacionou ao lado do primeiro trailer, e ele e dois outros homens desembarcaram. Estava impecável — terno Armani bege, gravata preta fina e muitos acessórios prateados. Não reconheci os outros dois. Um deles era branco, bem-proporcionado, cabelos castanhos crespos e calça social que não combinava com a camiseta sem mangas. O terceiro era mais alto, mais velho, usava um conjunto preto de moletom e tinha alguns resquícios de cabelos pretos.

Jean parecia estar apontando coisas para os homens, mostrando-lhes as instalações. Após uma conversa de cinco minutos, meneios de cabeça e olhares para as plataformas de carregamento, os três voltaram para o BMW e saíram.

— Eles vão levar a carga embora — falei. — Vão se livrar dela mais cedo.

Allison olhou para mim.

— Já estamos sendo construtivos?

— Estamos quase lá.

Dei partida no motor do Fusca.

Seguimos o BMW de Jean por alguns quilômetros pela Perrin-Beitel até que a tarefa se tornasse muito difícil. O tráfego estava ruim, Jean era um motorista meio nervoso e meu carrinho laranja era tudo, menos discreto. Para ficar na cola dele, eu teria que me arriscar a ser descoberto. Fiquei para trás e deixei-o ir.

— Isso quer dizer que não vamos meter a porrada em ninguém? — Allison queria saber.

— Sinto muito, meu bem.

Ela fez beicinho.

Começava a escurecer quando eu a deixei de volta na *antiga casa* em Monte Vista. Allison insistiu em ficar lá e insistiu em ficar sozinha. Não discuti muito sobre a segunda parte. Ao vê-la sair do carro, comecei a sentir um interessante vazio na minha cavidade intestinal, o que significava que ou eu queria muito ficar com ela ou não queria de jeito algum. Quando se chega a sentimentos tão extremos sem ser capaz de diferenciá-los, é hora de ir para casa sozinho e dar de comer ao gato.

Observei-a andar pela calçada, entrar e depois fiquei olhando por um bom tempo. A porta não abriu de novo.

Quando cheguei em casa, tomei banho, peguei as coisas mais limpas que pude encontrar em meio à pilha crescente de roupa suja e fiz duas ligações.

Ray Lozano atendeu no gabinete do médico-legista de Bexar County.

— Raymond. É Tres.

Um instante de silêncio.

— O cara que me deve ingressos para o jogo do Spurs?

— É, sobre isso...

— Poupe-se, Navarre. Você está sempre fazendo promessas e eu continuo acreditando. Isso só vai me deixar mal.

— A fé é uma qualidade admirável, Raymond. Gosta dos Oilers?

— O que você quer?

Li para Lozano as anotações que Frank tinha me dado sobre a necropsia de Brent Daniels emitida por Avalon County.

— Então? — disse ele.

— O que você entende disso?

— Eles tiveram sorte de conseguir todo aquele tecido humano, levando-se em consideração o estado do corpo. Parece que o cara já estava morto antes de queimar. Não havia partículas de fuligem nos brônquios. Nem hemoglobina-carboxila nos fluidos. O cara não morreu respirando fumaça.

— E a falta de uma identificação positiva?

— É meio incomum, visto que eles conhecem a vítima, mas é cedo para dizer. Precisam ter cem por cento de certeza. Se for preciso esperar que os raios X de um grande hospital ou um odontolegista ou talvez um antropólogo venham de Austin, a identificação pode demorar até dez dias. Às vezes mais. Mas não parece haver qualquer dúvida. O tamanho está certo, compensando o encolhimento, e idade e sexo também.

— E os traços químicos? — Li os nomes de uns componentes difíceis de pronunciar que o legista havia encontrado no pouco fluido que sobrou no corpo de Brent.

Lozano produziu um estalo com a língua.

— Eu teria que verificar com o toxicologista. Esse cara era alcoólatra?

— Provavelmente. Sim.

— Certo... isso nos dá um quadro de dano hepático, mau processamento da glicose. Se o cara tivesse ingerido algumas outras drogas numa dosagem grande, elas poderiam ter desencadeado o tipo de substâncias químicas que você está vendo aí, mas isso significaria que o sujeito estava em coma diabético antes de morrer.

— Coma... Como se ele tivesse ingerido medicamentos para diabetes? Alguma glifa-qualquer-coisa?

— Glifage. Sem dúvida.

Fiquei em silêncio por tanto tempo que Lozano acabou perguntando:

— Você ainda está aí?

— Estou, sim. Você acha... que alguém tomaria uma dose excessiva disso para se matar?

Lozano respirou fundo.

— Não, a menos que fosse muito idiota. As chances de que isso não mate são grandes, só transformam a criatura num vegetal. Cara, eu conheço uma enfermeira no Centro Médico que misturou álcool e remédios para diabetes. Agora estão trocando as fraldas dela três vezes por dia. Além disso, não faz sentido... o cara entra em coma, morre, depois vira torrada.

— Certo.

— Essas informações ajudam alguma coisa?

É provável que eu não tenha soado muito entusiasmado.

— Claro. Ajudam, sim.

— Agora me conta, o que você comentou sobre os Oilers? — começou Lozano, mas o fone já estava a meio caminho do gancho.

Milo Chavez ficou ainda mais animado ao me ouvir.

— Diga que Miranda está em segurança — exigiu ele.

— Miranda está em segurança.

— Diga que eu não devia matar você por sair com ela do jeito que saiu.

— Qual é, Milo?

— Dois detetives de Avalon County vieram ao meu escritório hoje de manhã, Navarre. Vieram fazer umas perguntas sobre como Les e eu nos dávamos com Brent Daniels, por que eu tinha contratado um detetive particular e que tipo de serviço você fazia, se tinha licença ou não. Não gostei da direção que a coisa estava tomando.

— O pessoal da Divisão de Homicídios de Avalon County não conseguiria encontrar a saída de um túnel, Milo. Só estão tentando deixá-lo desconcertado.

— Estão conseguindo.

Contei a ele sobre minha tarde — sobre os arquivos da necropsia que eu tinha conseguido com Frank, depois sobre o endereço do depósito que eu havia visitado na Perrin-Beitel.

— Conheço esse lugar — comentou Milo. — Isso é bom, não é? O cara da RIAA, Barrera... ele vai ter que verificar essas informações agora, não é?

— Pergunte a Barrera e ele vai dizer que nada mudou. Ainda não há provas, nenhuma razão provável para uma busca. Só o fato de eu ver alguém de quem não gosto lá não é o bastante. Barrera está disposto a aguardar mais alguns anos se isso significar o fortalecimento de seu caso legal.

— Eu tenho até sexta — murmurou Milo. — E você está falando de anos.

— Tecnicamente, Barrera está certo. Não há nada que eles possam fazer com o que eu descobri. Pelo menos, não agora.

— Tecnicamente certo — grunhiu Milo. — Isso é simplesmente ótimo.

— Vamos arranjar alguma coisa — prometi.

— E Les?

Era mais difícil parecer confiante em relação a isso.

— Considere-o fora da jogada. Para sempre.

Milo ficou quieto, provavelmente tentando formular algum tipo de plano B. Ao falar de novo, sua voz estava estranha, tensamente controlada.

— Vou precisar falar com Miranda. Se tivermos que contar a verdade à Century quando levarmos a fita, preciso falar com a minha cliente sobre a estratégia. Ela precisa saber dos riscos. Talvez...

— Eu trago ela mais tarde, à noite — prometi. — Vai levar algumas horas.

— No meu escritório, às nove — sugeriu ele.

— Combinado. E... Milo, Barrera é bom. O pessoal que trabalha com ele também. Eles vão acabar pegando Sheckly.

O outro lado da linha ficou mortalmente calmo.

— Milo?

— Estou aqui — disse ele.

— Relaxe, cara.

— Pode deixar.

— No seu escritório às nove horas.

Milo confirmou. Ao desligar, ainda murmurava pensamentos raivosos, insatisfeitos. Tive a sensação de que eu não fazia mais parte da conversa.

53

A Mendoza Street corria ao longo da parte leste do cemitério San Fernando. Do lado esquerdo da rua, a cerca de arame ficava côncava a intervalos irregulares, como se um time de futebol americano a usasse para treinar bloqueio. A neblina que pairava junto ao chão à noite havia se acumulado no gramado do cemitério, diluindo as lápides, o ar e as árvores num borrão cinzento.

Do lado direito da rua, havia uma fila de casas feitas de tábua pintadas em cores vibrantes, janelas gradeadas contra ladrões e telhados de telhas pretas. Os pátios eram quadrados de capim alto, algum cascalho, algumas áreas servindo de depósito para móveis quebrados e pneus usados. Não havia crianças à vista, nada de valor nas varandas, nenhuma janela aberta e poucos carros estavam estacionados na rua, exceto por aqueles que tinham sido roubados em outras partes da cidade, desmanchados e abandonados ali. Havia muitos desses.

O número 344 era uma casa turquesa de um quarto, num estado de manutenção um pouco melhor que o das outras. O Cadillac marrom de Ralph e um Camaro azul-bebê estavam na entrada.

O pátio da frente era de cascalho branco, decorado com tampas de garrafa. As grades na porta telada e nas janelas eram pintadas de branco e tinham a forma de hera, mas eram tão ornamentadas e grossas que mais lembravam uma cortina de ossos.

Toquei a campainha e fiquei na varanda por uns vinte segundos até Ralph atender a porta em meio a uma risada. Em algum lugar atrás dele, pude ouvir Miranda rindo também. O cheiro de fumaça de *mota* esvoaçou porta afora.

— Ei, *vato*. — Os óculos de Ralph tremeluziam amarelados ao refletirem a luz da varanda.

Ele deu um passo para o lado para me deixar passar.

A sala não tinha nada, exceto por um sofá marrom do outro lado da janela. As paredes internas eram brancas, o piso, de tábua corrida, e no teto havia vários orifícios de balas que tinham sido mal tapados. Lembranças deixadas pelos proprietários anteriores. Ralph conseguira comprar a casa por um bom preço por causa disso.

Do outro lado de uma arcada, pude ver Miranda sentada a uma mesa de jantar na frente de outra mulher. Elas riam tanto que enxugavam as lágrimas. Miranda ainda usava as mesmas roupas da manhã — jeans, botas e minha camiseta. No entanto, seu rosto tinha mais cor, sua postura estava menos curvada. A outra mulher era uma jovem latina de cabelo comprido cor de cobre e um vestido amarelo-claro que mostrava bastante as pernas. Ela usava sapatilhas pretas, brincos prateados e maquiagem.

Ao me verem, as duas mulheres sorriram.

Miranda disse meu nome como se fosse uma lembrança agradável de vinte anos atrás.

A outra mulher se levantou e veio me dar um abraço.

— Ei, *vaquero*.

Ela beijou minhas duas orelhas e depois recuou para me avaliar.

— Cally — falei. — Como vai?

— *Así, así.* — Depois, ainda em espanhol. — Você tem uma garota e tanto aqui.

Olhei para Miranda, que ainda sorria e enxugava os olhos. Havia apenas um baseado aceso — na mão de Ralph —, mas na mesa havia uma variedade de comidas — sacos de chips de tortilhas, uma panela fumegante dos tamales de carne de veado feitos em casa, um prato com o *pan dulce* especial de Ralph — do tipo que leva flocos verdes no glacê. Ops.

Ralph viu minha expressão e ergueu as palmas das mãos.

— Está tudo tranquilo, *vato*. Só relaxando, passando pelo processo do luto, certo?

Fiquei olhando para ele.

Ralph deu de ombros, virou-se para Cally.

— Ei, *mamasita*, vamos embora, pegar o Chico para levá-la em casa.

Cally se despediu de Miranda, deu-lhe um abraço e depois me beijou uma última vez. Ralph me deu um sorriso divertido e conduziu sua amiga pela porta telada.

No pátio dos fundos iluminado por holofotes, o Chico da bandana amarela de pirata, numa boa posição para levar um chute no saco, trabalhava num Shelby semimontado. Ralph mantinha o carro lá fora só para seus capangas — como se fosse um brinquedo para as crianças na sala de espera do consultório médico. Quando Cally e Ralph saíram, Chico parou de mexer na bomba de combustível e limpou as mãos rapidamente.

Sentei à mesa diante de Miranda e mexi no prato do *pan dulce* batizado.

— Quantos?

Miranda piscou bem devagar.

— Dois? Não lembro.

— Ótimo.

Pelo jeito, minha expressão estava benevolente o bastante para autorizar outra risada. Ela pôs a mão na boca, tremulou silenciosamente e então deu uma bufada.

— Acho que não preciso perguntar como está se sentindo — arrisquei.

— Desculpe — disse ela. — Eu só... é tão bom dar umas gargalhadas, Tres. Cally é tão legal. Ralph tem muita sorte.

— Claro.

— Faz tempo que eles estão juntos?

Hesitei.

— Na verdade, eles são mais sócios que qualquer outra coisa.

Miranda franziu o cenho e estendeu a mão para outro *pan dulce* antes que eu movesse o prato.

— Melhor não — falei.

— Ah... certo. — Então ela foi para o saco de Doritos e o examinou. — Ralph e Cally me disseram para não ficar zangada com você. Eles falaram superbem de você... disseram que geralmente sabe do que está falando, mesmo que não tenha graça ouvi-lo.

Lá fora, Ralph acabou de dar suas ordens a Chico, jogou-lhe um molho de chaves do carro e se despediu de Cally com uma palmada no traseiro. Ela sorriu e foi atrás de seu motorista com a bandana amarela, ficando fora de vista ao virar para a lateral da casa.

— Falei com Allison hoje — contei.

Miranda deu um sorriso pesaroso.

— Minha melhor amiga no mundo.

Eu contei a ela sobre a mudança de Allison, sobre os endereços que havíamos rastreado, sobre como eu tinha novas informações sobre o assassinato de Brent.

Miranda tentou recompor a fisionomia, ancorar-se em minhas palavras. Sua atenção se desintegrou rapidamente.

No canto superior do saco de Doritos, havia um buraquinho pequeno demais para que um chip passasse. O problema se mostrou muito complicado para o raciocínio atordoado de Miranda, que finalmente começou a quebrar os chips dentro do saco, tirando-os em pedaços pequenos o bastante para passarem pelo buraco.

Balbuciei minha história até parar.

Miranda ergueu os olhos, provavelmente se perguntando por que minha voz tinha sumido.

— O quê?

— Milo quer falar com você hoje à noite sobre estratégias. Talvez eu devesse ligar para ele, dizer que amanhã seria melhor.

Ela processou essas palavras.

— Milo quer... — A voz de Miranda se arrastou, como se ela acabasse de se lembrar do nome. — Meu irmão morreu, Allison está se mudando da cidade e Milo quer falar sobre a Century Records.

Um motor de carro deu a partida na entrada da casa. Segundos depois, os faróis do Camaro azul-bebê deslizaram pela janela da sala, passando pelo sofá e pela mesa, desaparecendo em seguida pela Mendoza Street.

Miranda moveu um pedacinho de chip de tortilha pela mesa como se fosse uma peça de jogo de damas.

— Devíamos conversar, Tres. Antes de falarmos com Milo.

— Eu sei.

— As coisas que você disse ontem, o modo como você me interpretou...

A porta telada se abriu com um guincho e Ralph entrou.

Voltei a me dirigir a Miranda.

— Como eu disse, amanhã seria melhor. Vou ligar para Milo.

— O sacana do Chavez — interpôs Ralph. — A ajuda que essa moça precisa não vai vir daquele bundão.

Ele olhou para Miranda, que o recompensou com um sorriso fraco.

Fui até o telefone. Ralph se sentou na cadeira que eu havia ocupado e se serviu de tamales. Ao levantar a tampa da panela, uma nuvem de fumaça e aromas de cominho e carne temperada formou um cogumelo no ar. Ele tirou três tamales, começou a desembrulhá-los e disse a Miranda que não se preocupasse com nada, que nós tomaríamos conta dela.

393

Gladys atendeu o telefone no escritório da agência.

— Milo está? — perguntei.

Pelo som ao telefone, Gladys parecia estar arrastando móveis ou talvez indo rapidamente para outra parte do escritório.

Seu tom de voz era baixo e urgente.

— Não, está fora — sussurrou ela. — Quer dizer que você não sabe...?

— Como assim, fora?

Nossas perguntas foram feitas ao mesmo tempo. Nós dois recuamos e aguardamos.

— Não, conte. O que aconteceu? — perguntei.

Gladys me contou como Milo havia cancelado um jantar de negócios com um cliente importante e saíra às pressas do escritório. Jogou seu pager na mesa de Gladys ao sair, dizendo a ela para não se dar ao trabalho de entrar em contato, pois tinha que cuidar de um negócio. Gladys ficou tão preocupada que foi verificar a escrivaninha de Milo, algo que tinha sido proibida de fazer. Mas, pelo jeito, ela a conhecia o suficiente para notar o que estava faltando — o revólver que Milo guardava na gaveta do meio. Então ela supôs, sendo eu a pessoa de mais baixa reputação que Milo conhecia, sem querer ofender, é claro, que ele tivesse ido a algum lugar comigo. Gladys estava prestes a falar mais alguma coisa, algo que justificasse sua bisbilhotice, mas eu cortei.

— Quanto tempo faz?

— Dez minutos? — disse ela, queixosa, desculpando-se.

Desliguei, olhei para Ralph, depois para Miranda.

— Que foi? — perguntou ela.

— Milo acabou de sair do escritório com um revólver.

Minhas palavras levaram um instante para causar efeito e, mesmo então, o impacto foi fraco. Os olhos castanhos de Miranda desceram pelo meu queixo, meu peito e foram para as próprias mãos. Ela empurrou os Doritos.

— Sabe para onde ele foi?

— Sei.

— Ele vai tentar alguma coisa perigosa. Por mim.

— Vai.

Ralph comia, seu olhar vagando de mim para Miranda. Sua expressão tinha a profundidade de alguém que assistia a um programa de TV num bar. Ao terminar seu tamale, ele limpou as mãos e então as estendeu, num gesto que indicava "estou aqui".

— Talvez — assenti.

Ralph abriu um sorriso, como se eu tivesse lhe dado uma resposta aguardada há dias.

Olhei para Miranda.

— Você pode ficar aqui. Ralph tem razão, nós dois podemos cuidar disso para você.

Miranda enrubesceu. A raiva pareceu afastar de seus olhos a lentidão proporcionada pela maconha.

— Eu também vou, só me digam para onde.

Ralph se endireitou na cadeira para poder puxar o Sr. Sutil, sua Magnum .357. Depositou-o sobre a mesa e disse:

— Sobremesa.

54

Nuvens de trovoada clareavam o céu noturno, e o cheiro do ar era metálico. Pingos de chuva espaçados caíam mornos e grandes como ovos de passarinho.

Ralph estacionou o Cadillac marrom atrás do Fusca na Nacogdoches, a cerca de meio quarteirão da entrada do depósito.

Ele veio ao nosso encontro junto à cerca de arame da fábrica de processamento de enxofre. O vento revolto fazia com que os cabelos de Miranda fossem até sua boca. A camiseta branca de Berkeley estava respingada de chuva.

— Ruim — falei a Ralph.

Do outro lado da rua, os portões do depósito iluminado por holofotes estavam meio abertos. A imensa picape preta de Sheck encontrava-se bem na frente. A cabine do segurança estava vazia; o Jeep Cherokee verde de Milo, parado na entrada num ângulo de 45 graus, estava com o para-lama enfiado no vão da porta da cabine, a porta do lado do motorista aberta. Se o guarda estivesse lá dentro, teria que rastejar sobre o capô de Milo para sair. De onde estávamos, não dava para enxergar o pátio entre os dois prédios.

Segunda-feira à noite. O tráfego ao longo da Nacogdoches estava tranquilo. Os poucos carros que circulavam por ali entravam no estacionamento do parque industrial antes de chegar à nossa quadra. Dois quarteirões adiante, cinco ou seis adolescentes aguardavam o ônibus no ponto.

Ralph olhou para o pátio.

— Isso não vai dar em nada. Cara, nem vale a pena salvar um idiota feito o Chavez.

— Você pode desistir — falei. — Não tem nenhuma obrigação.

Ralph abriu seu sorriso.

— ¿Mande?

Agradeci com um gesto de cabeça e olhei para Miranda. Ela estava de braços cruzados, o cenho franzido. No percurso até a região norte da cidade, ela conseguira se livrar da maior parte dos efeitos do *pan dulce* batizado, mas ainda estava com um ar retraído, levemente inchado, como um periquito com muito frio num poleiro. Ela transferiu o peso do corpo para uma perna e ergueu a outra bota para trás do joelho.

— O que posso fazer?

Acho que era para soar corajoso, entusiasmado, mas saiu queixoso.

Tirei da carteira um dos cartões do detetive Gene Schaeffer, que eu tivera a infeliz sorte de guardar em muitas ocasiões, e dei a Miranda.

— Pode ficar aqui se preferir — eu disse a ela. — Seja nosso apoio. Ralph tem um celular. Se ouvir algum problema, algum disparo, ligue para esse número e chame a Divisão de Homicídios, Gene Schaeffer. Insista em falar com ele. Diga onde estamos, o que está acontecendo, e peça para ele ligar para Samuel Barrera e virem para cá. Vamos dar a eles um bom motivo para invadir. Entendeu tudo?

Miranda assentiu, hesitante.

Ralph me olhou, pegou seu revólver de apoio, um Dan Wesson .38, e estendeu-o a mim.

— Eu sei o que vai dizer, *vato*, mas tenho que oferecer.

— Não, obrigado.

— Eu fico com ele — disse Miranda.

Ela o pegou com cautela. Segurou a arma corretamente, apontou para o chão, desengatou o tambor e verificou os cilindros. Fechou-o e olhou para mim com ar desafiador.

— Não vou ficar de apoio. — Depois para Ralph. — Pegue a droga do seu celular.

Ralph deu uma risada.

— Essa moça tem seu valor, cara. Vamos.

Ele pegou o Sr. Sutil, atravessou a Nacogdoches e andou em direção aos portões, posicionando-se perto da cerca.

Quando chegamos lá, a chuva estava caindo com força, produzindo um ruído alto nos telhados de metal galvanizado dos depósitos. Aqueles mesmos dois baús de carga continuavam no pátio, mas agora atrelados às carretas, que tinham os motores ligados. Uma das plataformas de carga estava com a porta aberta. Não havia ninguém lá, mas olhando por baixo do primeiro caminhão, dava para ver sombras alongadas de dois pares de pernas do outro lado — homens conversando entre os veículos. Um deles usava jeans e botas. O outro, calça e sapatos sociais.

Virei para Miranda.

— Última chance.

Mas tudo já estava acontecendo com muita rapidez. Ralph sabia quando tirar vantagem e sabia que não haveria melhor oportunidade de diminuir a distância. Ele foi pela direita, andando rapidamente em direção à cabine do caminhão. Eu fui pela esquerda, para a lateral do prédio, e comecei a correr em direção à primeira plataforma de carregamento. Miranda me seguiu.

Quando estávamos quase chegando à plataforma, os tiros começaram. Eu estava correndo quando realmente me dei conta do que tinha ouvido. Dois disparos, ambos muito altos, de dentro do depósito, seguidos rapidamente por outros dois vindos da direita, atrás do primeiro caminhão, tão altos quanto o som de uma .357. Ralph havia tirado vantagem das circunstâncias mais uma vez.

Encontramos Ralph embaixo da plataforma de carregamento, onde haviam colocado ripas de metal entre o cimento e a traseira da carreta. A plataforma tinha apenas um metro e meio de altura. Tivemos que nos agachar para não sermos vistos lá de dentro. Ralph segurava o revólver e balançava a cabeça, sussurrando xingamentos em espanhol e parecendo insatisfeito. Atrás dele, ouviam-se gemidos baixos, quase abafados pela chuva e os motores dos caminhões.

— Os *cabróns* tentaram dar uma de espertinhos. Acho que um vai sobreviver.

Olhei embaixo do caminhão. Do outro lado, a menos de trinta metros, o cara de calça social e camiseta que estivera com Jean Kraus no BMW mais cedo encolhia-se no asfalto com uma pistola a uns três metros dele; a arma provavelmente fora chutada por Ralph. Era ele quem gemia enquanto tentava interromper o sangramento na coxa. Ele se movimentava pelo pavimento com a perna boa, como se estivesse tentando chegar a algum lugar, mas só conseguisse se mover em pequenos círculos. Os dedos seguravam a perna de onde o sangue vertia, encharcando a calça e manchando o chão. Ele tinha conseguido completar pelo menos um círculo na própria poça, pois havia sangue em seu rosto e nos cabelos. Sob a iluminação externa, as partes pegajosas cintilavam, arroxeadas.

O ruivo Elgin Garwood estava a três metros de nós. Bem morto. Um projétil 357 abrira um rombo do tamanho de um punho cerrado em seu peito, à esquerda do esterno. Ele olhava para o céu, e a chuva corria por sua testa. Ainda segurava seu nove milímetros na mão direita.

Meus ouvidos rugiam. Eu tentava pensar, mas os motores, a chuva e o eco do disparo impossibilitavam qualquer raciocínio. Uma discussão estava em andamento dentro do depósito. Mais gemidos. Seria possível que eles não tivessem reconhecido o tiroteio aqui fora como outro problema? Talvez o eco dentro do prédio...

Uma caminhonete cheia de estudantes do ensino médio passou pela Nacogdoches, todos distraídos, sorrisos na cara, música heavy metal ecoando.

Prendi a respiração por um momento e depois levantei a cabeça para dar uma rápida olhada dentro do depósito.

Em dois segundos, vi Tilden Sheckly e Jean Kraus discutindo. Sheckly com um revólver enfiado no cós da calça. Kraus segurando a Beretta. O aparente objeto da discussão, uma massa humana ferida no chão diante deles. Milo Chavez, as solas de seus sapatos caros apontadas para mim, uma das mãos no ombro, talvez no coração. Um único fio de sangue vertia de seu corpo e se detinha um pouco mais adiante, infiltrando-se num documento de tamanho ofício que Milo devia ter deixado cair, para, em seguida, continuar.

Voltei a me agachar e apoiei as costas na parede de cimento da plataforma de carregamento. Fechei os olhos e tentei memorizar a localização das coisas.

Ao reabri-los, eu encarava Miranda, que estava com o rosto pálido, a mão na boca. Ela olhava para baixo do caminhão, observando um homem rastejar em círculo pelo próprio sangue e o outro com um furo no peito, o que levava a esposa Karen às festas de Willis.

Ela começou a tremer.

— Se manda daqui, Ralph. — Peguei o celular dele e, com maior hesitação, troquei-o pelo Wesson .38 que estava com Miranda. — Você acabou de matar um policial. Um xerife assistente de Avalon County, mas ainda assim um policial. Miranda também vai... Ela deve fazer a ligação para Schaeffer, e nenhum de vocês esteve aqui.

A fisionomia de Ralph endureceu. As lentes de seus óculos brilharam, amareladas. Ele esfregou o dedo na trava de segurança da .357.

—Sinto muito, *vato*.

— Não.

Mas não pude impedir. Ralph se agachou apenas o suficiente para fazer o disparo. A rajada do cano flamejou, iluminando a parte de baixo do caminhão. O homem que rastejava em círculos sobre o próprio sangue parou de chutar. Uma nova poça vermelha, menos arredondada, começou a verter no asfalto em volta de sua cabeça.

Contei três longos segundos. Miranda se agachou perto de nós, petrificada. Sua fisionomia tinha a expressão atordoada, infeliz e saciada de alguém que acabara de perceber que havia se excedido à mesa do banquete.

Ralph se virou para mim e me deu um sorrisinho frio.

— Não vou para a cadeia por causa de Milo Chavez, *vato*. *Lo siento*.

Então ele se foi, e Miranda o seguiu, querendo ou não. Não me dei ao luxo de pensar.

Houve um terceiro disparo. Jean Kraus ia sair.

Fazia quase vinte anos que eu não dava um tiro. Andei quase dois metros para a esquerda e me virei, esgueirando-me até a beira da plataforma, o suficiente para enxergar. Fiz um disparo para o teto, ligeiramente na direção onde estavam Sheck e Kraus. Sheck ainda estava lá, mas agora parcialmente agachado atrás de um grande caixote de madeira. Quando atirei, ele quase caiu ao recuar. Não tive tempo de ver se Milo ainda respirava. Recuei e me dirigi aos degraus laterais da plataforma.

— Sheckly! — gritei. — Dois homens estão caídos aqui. A polícia foi chamada. Temos uns três minutos para resolver as coisas.

Miranda e Ralph haviam desaparecido pelos portões. Não se ouviam sirenes. Ainda.

Um pingo enorme de chuva caiu no meu nariz, o que me obrigou a piscar. Lá dentro estava silencioso, até Sheckly emitir um ruído forçado, uma imitação ruim de uma risada.

— Você simplesmente não desiste, não é, filho? Se acha que vou parar agora para assinar os documentos do velho Milo, sinto muito... estou um pouco ocupado.

Eu me posicionei no alto da escada, o corpo grudado na parede junto à entrada.

— Você queria Chavez baleado? — gritei. — Era essa a sua ideia? Se eu fosse você, Sheck, tomaria distância de Kraus agora mesmo.

Agachei-me, olhei para dentro do galpão, e minha cabeça quase foi arrancada com um tiro. Kraus tinha boa pontaria. Retribui o tiro de maneira idiota, para o ar, sem nenhuma eficácia, e recuei de novo. Minha mão já estava dormente por causa do coice da arma. O cheiro de pólvora pairava no meu nariz. Odeio armas.

Nesse novo retrato mental do galpão, eu tinha notado algumas coisas novas. Fileiras e mais fileiras de grandes cilindros empilhados logo atrás de Kraus. Cada um tinha menos de vinte centímetros de diâmetro e entre um metro e meio e dois metros de altura, eram embrulhados em papel pardo e fechados com plástico em cada extremidade, como enormes canudos para guardar projetos de arquitetura.

A outra coisa que notei foi Sheckly. Ele estava novamente de pé, sem tentar buscar proteção. E não olhava para a entrada, me procurando. Olhava para o peito de Milo, cuja mão tinha caído e agora estava pousada no chão. Isso não era bom.

— Não há nada que não se possa discutir, Sr. Navarre. — A voz de Jean Kraus era contida, cordial, um pouco alta demais para inspirar confiança. — Acho que seu amigo precisa de um médico. Talvez devêssemos fazer uma trégua.

— Vá embora, Navarre — ordenou Sheckly. — Dê o fora daqui.

— Vamos negociar — falei. — Como propôs Kraus. Ele contou a você sobre o garoto francês de 13 anos que ele matou? Para sair daquela, Kraus negociou muito bem sua fuga. Imagino

402

que vá fazer a mesma coisa aqui, que ele vá para outro país em segurança e deixar você com os destroços e os corpos, Tilden. Que tal isso?

A voz de Kraus voltou um pouco mais alta e um pouco menos cordial. Ele fez questão que eu o ouvisse carregar o próximo disparo da Beretta.

— Estou com a arma apontada para a cabeça do seu amigo, Sr. Navarre. No momento, ele ainda pode ser salvo. Jogue sua arma no vão da porta, venha até aqui, e talvez eu reconsidere minhas opções. Entendeu?

Sheckly falou alguma coisa com insistência em alemão, uma ordem. Kraus respondeu com deboche na mesma língua.

Sheck vociferou a mesma ordem de novo, e Kraus deu uma risada. Bem ao longe, ouviram-se sirenes. A chuva continuava caindo no meu rosto, encharcando minha camisa.

— Nada bom, Sheck — gritei. — Desista, e eu garanto que eles vão te ouvir. Deixe que deem uma surra em Kraus e nos associados dele. Caso contrário, estamos falando de vários assassinatos, Huntsville e de um monte de sujeitos em Luxemburgo rindo da sua cara. Qual vai ser?

— *Um...* — Kraus começou a contar.

Milo Chavez articulou alguma coisa, um murmúrio que poderia ser um grito se não fosse pela fraqueza e por seu estado de choque.

Sheck vociferou alguma outra coisa em alemão, Kraus gritou *"Dois..."*, e eu perdi as esperanças e fui até a porta, apontando o revólver, pronto para atirar quando ouvi disparos.

Não da minha arma.

Lembro-me de Jean Kraus levantando sua Beretta em direção a Sheck e de Sheck sacando seu .41 com mais rapidez que qualquer coisa que eu já tinha visto, e os dois disparam. Três pontos vermelhos se expandiram rapidamente nas costas da blusa de gola alta branca de Kraus. Ele cambaleou para trás numa floresta de cilindros repletos de CDs, que se espatifaram no chão. As tampas de plástico foram ejetadas, e três CDs foram cuspidos como fichas metálicas de pôquer, deslizando pitorescamente pelo cimento. *Três.* A sequência foi incrivelmente silenciosa. A chuva tamborilava no telhado metálico. Os motores de caminhão soavam. Juro que consegui ouvir o som da respiração de Milo.

Sheck me fitou. Seus olhos estavam embotados. Com as costas da mão que segurava a arma, ele enxugou o suor dos lábios, deu um passo para trás e tropeçou no caixote onde estava se escondendo um instante atrás. Havia semicírculos gigantescos de suor embaixo dos braços em sua camisa de brim, semelhantes a meias-luas. Uma das pernas da calça estava sobre a bota. Seu chapéu estava inclinado num ângulo engraçado; ele sangrava na cicatriz que Allison tinha lhe arrumado dias atrás, agora sem os quadradinhos de esparadrapo, e um veio de sangue corria em seu braço, vindo do ponto onde o projétil de Jean passara de raspão, rasgando o tecido e uma camada de pele.

O som das sirenes estava mais alto.

Olhei para o corpo de Jean Kraus sobre os CDs. Ele estava curvado sobre os cilindros num ângulo estranho, a cabeça bem jogada para trás, o peito bem para cima. Um dos tubos tinha caído na curva do braço, dando a impressão de que ele o segurava como se fosse uma enorme lança. Uma das pernas estava dobrada para trás de modo pouco natural. Seus olhos estavam abertos, tão pretos e ferozes como sempre.

Eu me ajoelhei ao lado de Milo e olhei para a cara dele. Não pude distinguir nada. Ele continuava a respirar e sangrar. O ferimento era no ombro; provavelmente não havia atingido nenhum órgão. Seus olhos estavam vidrados e sem foco.

Olhei para Sheck.

A respiração dele era superficial, como se ele estivesse tentando se lembrar de como respirar. Quando olhou para mim e riu, o som mais pareceu um lamento dolorido, como se algo nele estivesse sendo cauterizado.

— Posso falar, filho — disse ele. — Vou falar. Diabos, já superei coisas piores.

Conforme as sirenes se aproximavam e eu cuidava dos ferimentos de Milo, Sheckly andava de um lado para o outro do depósito chutando os CDs piratas, dando risada e murmurando para o cadáver de Jean Kraus que tinha superado coisas piores, como se, ao dizer isso mais de uma centena de vezes, ele mesmo viesse a acreditar.

55

Terça e quarta-feira não passaram de um borrão.

Eu me lembro de policiais, de Milo Chavez no hospital, de mais policiais. Lembro-me de dormir várias horas numa sala de interrogatório, de falar com Sam Barrera e Gene Schaeffer em diversas ocasiões e de encontrar os amiguinhos de Barrera do FBI e da ATF. Sonhei que estava doando litros e mais litros de sangue e pedindo donuts e água, sem conseguir mais nada além de adesivos de smiles que diziam: SOU DOADOR.

Acordei na quinta de manhã no futon da Queen Anne Street 90, perguntando-me como tinha chegado lá. Lembranças vagas começaram a vir à tona: o assento de trás de um BMW mostarda, alguém que cheirava a Aramis xingando o nome do meu pai ao me tirar do carro, me arrastar escada acima e me pôr na cama de qualquer jeito.

Pisquei até abrir os olhos. Robert Johnson estava encolhido aos meus pés. A TV, ligada.

Olhei para as belas cores e rostos plásticos dos âncoras do noticiário. Lentamente, os sons que faziam viraram inglês.

Estavam recapitulando a grande notícia da semana, contando coisas que eu já sabia. Tínhamos feito a segunda maior apreensão de CDs piratas e *bootlegs* da história dos EUA, bem aqui na cidade de Alamo — um lucro líquido de um milhão e meio de dólares nos últimos dois dias e 350 mil títulos de mais de noventa músicos country — tudo precipitado pela resposta da polícia a um tiroteio num depósito da região norte da cidade na segunda-feira à noite. Três homens tinham sido mortos antes da chegada da polícia. Uma das vítimas era um xerife assistente de Avalon County que devia estar em conluio com os contrabandistas. As duas outras vítimas eram naturais de Luxemburgo. Um dos repórteres chamou o acontecimento de uma desavença entre ladrões.

Tilden Sheckly, empresário da música country que se encontrava na cena do crime, tinha sido levado sob custódia e estava colaborando com as autoridades acerca de suas ligações com a rede europeia de contrabando. Ele levou agentes da Alfândega a três depósitos cheios de mercadoria, dinheiro em espécie e várias caixas de armas de fogo automáticas que a ATF afirmou serem as primeiras cargas de uma nova operação de contrabando de armas, que vinha pela mesma rede de distribuição de CDs. Diversos homicídios recentes na área de San Antonio agora foram ligados à organização de Luxemburgo, e pelo menos um estrangeiro ainda estava em liberdade, procurado pelo assassinato do xerife assistente Elgin Garwood, de Avalon County. O âncora mostrou o rosto do suspeito — o terceiro homem que estava no BMW de Jean Kraus — e divulgou um nome que eu não conhecia. A arma do crime tinha sido encontrada a várias quadras do local — uma pistola calibre 357 sem impressões digitais nem registro.

Já havia uma busca em andamento para encontrar o agente de talentos que atuava na localidade, Les Saint-Pierre. Segundo Samuel Barrera, investigador particular contratado pela RIAA e herói do dia, o Sr. Saint-Pierre não é suspeito de nenhum crime; ao contrário, Saint-Pierre desapareceu enquanto atuava como informante das autoridades, e presumia-se que, infelizmente, estivesse morto.

Quanto a Tilden Sheckly, era peixe pequeno. Ao ser pressionado, o porta-voz do Departamento de Polícia de San Antonio confirmou que Sheck tinha boas chances de receber acusações indulgentes se, como prometido, colaborasse com as autoridades de vários estados e de, pelo menos, três países da União Europeia com informações sobre seus associados de Luxemburgo.

Desliguei a TV.

Consegui tomar um banho e depois comer uns sucrilhos.

Por volta das dez horas, liguei para um amigo da seção de entretenimento do *Express-News* e me inteirei do restante da história. O "furo" que circulava dentro da indústria fonográfica era que Les Saint-Pierre na verdade havia desfalcado a própria agência em milhares de dólares e viajado para o Caribe. Alguns falavam em Mazatlán. Outros, Brasil. Muitos diziam que ele andava trabalhando com o pessoal de Luxemburgo. A agência que ele dirigia havia entrado em colapso nas últimas 48 horas, apesar de um dos sócios de Les, Milo Chavez, ter confrontado heroicamente os contrabandistas e estourado toda a operação. Diziam que Chavez estava se recuperando bem e fechando um contrato lucrativo para Miranda Daniels com a Century Records. Em consequência disso e da boa publicidade, ele recebeu propostas de emprego de várias grandes agências de Nashville. Consta que Miranda Daniels e um grande número de antigos clientes da agência Saint-Pierre o acompanharão. Pelo jeito, Milo havia se subestimado.

Segundo meu amigo do *Express-News*, a fita demo de Miranda Daniels apresentava um material de peso, teria sucesso garantido e emplacaria um disco de ouro. Tinha uma pegada forte, seja lá o que isso significa. Meu amigo previa a assinatura do contrato com a Century Records e via Miranda nas paradas de sucesso até o Ano-Novo, mais ou menos. Ele disse que o aspecto humano tinha ajudado muito — em primeiríssimo lugar, a morte trágica e recente do irmão de Miranda, que havia escrito algumas de suas melhores canções. O assassinato da ex-violinista do grupo também ajudou.

— Os tabloides estão devorando essa história — disse Carlon McAffrey. — Você não tem contato com esse tal de Chavez, não é? Nem com os Daniels?

Desliguei o telefone.

Fiquei na varanda dos fundos fazendo tai chi até quase o meio-dia. Em meio aos alongamentos, meus músculos começaram a doer novamente. A sensação enjoativa de vazio no estômago sumiu. Quando comecei a praticar com a espada, eu estava quase conseguindo me concentrar de novo. O telefone tocou bem quando eu terminava a última parte.

Entrei e atendi no terceiro toque.

— Allen Meissner — disse Kelly Arguello.

— Como?

— Pegue uma caneta, seu lento.

Peguei uma no vão da tábua de passar. Kelly falou rapidamente um número de seguridade social, outro de uma carteira de habilitação do Texas e o número de um voo.

— Meissner deu entrada em um número de seguro social dois meses atrás, aos 45 anos. Conseguiu a habilitação faz duas semanas, depois comprou passagens de avião para Nova York pela American, reservadas para amanhã. Um bom truque, considerando que o cara morreu em 1995. Meissner era auditor interno da Texas Instruments.

— Puta merda.

— Você disse antes de sexta, não foi?

— Você o encontrou.

Kelly deu uma risada.

— É isso que estou tentando dizer, *chico loco*. Seu cliente vai ficar feliz?

Olhei para o número do voo.

— Quando a reserva foi feita?

— Ontem Ei... é uma boa notícia, não é?

Hesitei.

— Claro. Você é incrível, Kelly.

— É isso que eu *também* estou tentando dizer. Agora, sobre aquele jantar...

— Fale com Ralph.

— Ah, não, não venha com essa de novo.

Eu me inclinei, encostei na tábua de passar e passei os dedos pelos cabelos. Fechei os olhos e escutei os leves estalidos da linha.

— Não — respondi. — Quero dizer que você devia ligar para ele.

Ela passou alguns instantes silenciosos tentando interpretar meu tom.

— O que aconteceu? Em que vocês dois se meteram dessa vez?

— Você só precisa ligar para ele, OK? Melhor ainda, vá até lá. Passe um dia com ele. Ralph precisa... sei lá... acho que ele precisa ser lembrado de que você está por aí. Uma influência sobrinhística.

— Sobrinhística é uma palavra?

— Ei, eu sou ph.D. em letras. Cai fora.

— É esse o agradecimento que recebo por ajudar você?

— Você vai?

Kelly suspirou.

— Vou, sim. Vou passar aí também para fazer uma visita.

Ela disse isso como se fosse a ameaça mais mortal que poderia fazer. Não pude deixar de sorrir.

— *¿Bueno?* — perguntou ela.

— *Bueno* — concordei.

56

Era manhã de sexta-feira e eu ainda não tinha falado nem com Milo nem com Miranda. Nunca descobri quem foi buscar as coisas de Miranda no esconderijo na região sul da cidade — Ralph deu seu jeito. Ele não me ligou, e isso significava alguma coisa.

Milo e Miranda combinaram de me encontrar no Sunset Café para o café da manhã. Quem marcou foi Gladys, a ex-recepcionista da ex-Agência Les Saint-Pierre.

O Sunset Café é o tipo de lugar pelo qual se passa sem perceber — um barraco de adobe sem divisórias no final da Broadway, espremido entre uma galeria de arte e um escritório de seguros. Apesar do nome, a *cocina* abria cedo e fechava cedo e servia ovos com bacon, tacos com guisado e café forte para operários. Quando o Fusca subiu pela entrada íngreme do estacionamento minúsculo, o Jeep de Milo já estava lá.

A picape marrom e branca dos Daniels também já estava estacionada, sem o trailer para cavalos. Willis Daniels encontrava-se sentado no assento do motorista. Se ele notou minha aproximação, não deixou transparecer, pelo menos não até eu ficar parado na janela dele por alguns segundos.

O velho tirou os olhos do livro e deu um sorriso contido.

— Sr. Navarre.

Ele estendeu a mão de maneira cavalheiresca. Quando a apertei, faltava-lhe a energia que havia nela em nosso primeiro aperto de mão, na entrada do Silo Studios, cem anos atrás.

— Não está com fome? — perguntei.

O sorriso assumiu um ar divertido e triste ao mesmo tempo.

— Vou ficar. Vá em frente.

Ele voltou ao seu livro e suspirou. Teria sido mais fácil se tivesse gritado comigo ou pelo menos feito cara feia. Entrei.

Milo e Miranda tomavam café na mesa junto à janela.

Dizer que Milo estava bem-arrumado é supérfluo, mas não deixou de ser um choque encontrá-lo imaculado novamente depois da maneira como o vi no chão do depósito e na cama do hospital. Sua calça era escura e bem-passada, a camisa branca engomada. Os curativos embaixo da camisa deixavam o ombro esquerdo mais volumoso que o direito. Ele usava um brinco de brilhante, e seu cabelo preto cortado à escovinha parecia ter sido recém-aparado.

Ele segurou o encosto de uma cadeira rosa e a afastou da mesa.

— Senta aí, Tres.

Sentei entre os dois.

Miranda usava óculos escuros redondos. Escolhera branco hoje — saia longa, uma blusa com tachas de madrepérola, só o bastante para se encaixar na categoria *western*, e botas de cano curto. Até o cabelo, escuro e cacheado, estava puxado para trás com uma faixa branca, deixando sua testa parecer alta e os óculos ainda mais evidentes.

Ela fitava o café, segurando a xícara com as duas mãos. Olhou de relance para mim e logo baixou a vista.

— Tome. — Pus minha caixa de sapatos ao lado do prato intocado de Milo, com tacos embrulhados em papel-alumínio.

Ele franziu o cenho, levantou a tampa e a fechou em seguida.

Pelo jeito, um dos operários de construção civil na mesa da frente tinha visto o que havia na caixa. Ele disse "minha nossa" bem baixinho e cutucou o amigo.

— Você me trouxe dinheiro vivo? — perguntou Milo, incrédulo.

— Foi assim que eu o encontrei.

Ele me fitou, meio intrigado com o meu tom.

— Tudo bem. Cinquenta mil?

— Metade.

Ele me fitou mais demoradamente.

— Algum problema? — perguntei.

— É possível.

— Vou dar o restante para Allison. Do jeito que as coisas vão, é provável que isso seja a única coisa que lhe restou desse negócio.

Milo desviou o olhar para Miranda, que de repente pareceu muito triste.

— Allison — repetiu Milo. — Você sabe que esse dinheiro é da agência, do Les e meu. Você sabe que ela não tem direito a isso... por que então...

— Se quiser falar com a Receita Federal, vá em frente. Tenho certeza de que você planejava informá-los dessa recuperação.

Milo fechou a boca. Seus olhos estavam com aquela ferocidade taurina, mas ele se esforçava para ocultá-la.

— Eu esperava que a gente pudesse ser um pouco mais construtivo aqui. Eu não queria... — Ele balançou a cabeça, decepcionado. — Poxa, Tres, eu sei que a gente está em dívida com você, mas...

Ele me deixou vislumbrar um pouquinho do seu interior, um pouquinho de mágoa e desconforto, um pouquinho da sensação de que ainda éramos amigos.

Eu me virei para Miranda.

— Está feliz com seu contrato?

A pergunta a pegou de surpresa, ou talvez fosse o simples fato de eu falar com ela.

Ela se endireitou na cadeira, afastando-se um pouco de mim.

— Vou ficar, sim. Agradeço a você, mas...

Ela estava se preparando para dizer alguma coisa, provavelmente algo que havia ensaiado com Milo antes de vir. Não estava conseguindo. Engoliu em seco e pareceu estar à beira das lágrimas. Era uma expressão que ela fazia bem.

— Miranda está se mudando para Nashville — antecipou Milo. — Nós dois estamos.

Voltei minha atenção de novo para ele.

— Vocês dois estão.

Por alguma razão, as palavras soaram absurdas. Senti como se estivesse falando espanhol e me deparasse com um coloquialismo desconhecido, destruindo de maneira brusca a noção de ser quase fluente.

Milo desembrulhou um de seus tacos, tirando o papel-alumínio com o interesse desapegado de um médico-legista. Um leve vapor ziguezagueou, subindo dos ovos.

— Tivemos sorte de as coisas terem funcionado tão bem — explicou ele. — Muita sorte. Ficamos lhe devendo isso, mas achamos que seria melhor... Miranda precisa ficar mais perto de onde as coisas acontecem.

Encarei Miranda. Ela não retribuiu meu olhar.

— A gente só queria que você soubesse — continuou Milo. — Tem uma porção de problemas pendentes a resolver depois disso tudo. Até que a carreira de Miranda realmente tome impulso, a situação ainda será delicada. Miranda precisa dar um tempo depois de tudo que aconteceu.

Continuei olhando.

— Ela perdeu o irmão aqui — prosseguiu Milo. — Não pode ser lembrada disso o tempo todo. Queremos ter certeza de que você se sinta recompensado, mas é preciso que fique fora de cena, Tres. Insisto nisso.

— Recompensado — falei. Outro termo estrangeiro desconhecido. Olhei para Miranda. — Você está planejando *recompensar* os outros também... Cam, Sheck, Les? E que tal Brent e Julie Kearnes?

Miranda enxugou uma lágrima. Ela oscilava entre o pesar e a raiva, tentando decidir qual abordagem seria a mais eficaz.

— Isso não é justo, Tres — murmurou com a voz rouca. — Não é mesmo.

Assenti com a cabeça.

— Quanto tempo vai levar até que Milo receba um recado de alguém de Nashville, algum figurão que decidiu que pode cuidar melhor dos seus interesses? Uma semana atrás você me disse que Allison era a única pessoa que te assustava, Miranda. Encontrei alguém ainda mais assustador.

— Pare — insistiu Milo.

Agora ele estava sendo estritamente advogado. Nosso relacionamento tinha uns trinta segundos de duração e seria desfeito assim que aquela conversa terminasse, como buracos feitos pelos dedos na massa de pão.

Eu me levantei para ir embora. A garçonete veio e me ofereceu café desculpando-se, pelo jeito pensando que tinha sido muito lenta. Quando não respondi, ela ergueu as sobrancelhas, ofendida, e saiu andando.

— Você cumpriu sua promessa, Chavez — falei. — Garantiu que as coisas não funcionassem como da última vez.

Fui andando para fora.

Quando cheguei ao carro, Willis Daniels nem se deu ao trabalho de tirar os olhos do livro. Estava com seu sorriso de Papai Noel no dia seguinte ao Natal.

Pela janela do Sunset Café, pude ver Miranda chorando e a mão enorme de Milo em seu ombro. Ele lhe falava de um modo tranquilizador, provavelmente dizendo que ela fizera o que tinha de ser feito, que dali em diante seria mais fácil.

Não havia ninguém no Fusca para fazer isso por mim.

Tudo bem também. Eu teria esganado quem quer que estivesse ali.

Virei à direita na Broadway e segui rumo ao aeroporto. Precisava dar adeus a um avião.

57

O principal terminal de San Antonio tinha a forma de um pirulito — um longo corredor com um carrossel de portões no final. No centro do círculo, havia uma banca de jornal, uma lanchonete cara e uma loja de souvenirs onde os visitantes tinham a última chance de comprar os típicos picles de japaleños texanos, tatus de pelúcia e assentos de vaso sanitário em resina plástica com cascavéis incrustadas.

O voo da American Airlines para Nova York sairia do portão 12. Eu tinha chegado com uma hora de antecedência. Um voo de Denver havia acabado de chegar — alguns executivos, um ou outro estudante universitário e um monte de pálidos aposentados texanos que chegavam para o inverno.

Peguei um chope de 4 dólares no bar e me sentei a uma mesa atrás de uma fileira de bromélias, de frente para o portão. Na mesa ao meu lado, dois pilotos sem uniforme conversavam. Tinham acabado de ser liberados do treinamento básico em Lackland e estavam indo para casa de licença por uma semana. Um deles falava da mulher.

Ninguém que eu queria ver se aproximou do portão. O balcão de check-in ainda não estava aberto para o voo. Duas aeromoças marchavam para o portão, louras, pernas longas e malas de rodinhas. O capitão gordo ia andando atrás delas, apreciando a paisagem.

Junto à janela, um garotinho latino que me lembrou muito Jem encostava o rosto na parede envidraçada da área de observação. Ele soprava a boca no vidro até as bochechas inflarem, corria um pouco adiante e fazia isso de novo. A vidraça já estava embaçada com borrões babados por uns bons seis metros. O pai estava a umas duas fileiras de distância, assistindo a um programa de esportes na TV presa logo acima. É provável que não fosse muito mais velho que eu. O garoto devia ter uns 5 anos.

Por fim, um funcionário da companhia aérea trocou os avisos do quadro do portão de embarque. Nova York. No horário. Bateu em algumas teclas do computador e contou uma piadinha para um dos funcionários do aeroporto.

Os passageiros começaram a chegar.

Os pilotos se levantaram e foram embora depois de um aperto de mãos. Um estava indo para Montana, o outro, não sei.

Comprei outro chope de 4 dólares.

O garotinho latino se cansou de emporcalhar a vidraça e foi escalar o pai, que não ligou muito. De onde eu estava, tive a impressão de que um parzinho de tênis azuis brotava das omoplatas do homem.

Finalmente, o recém-batizado Allen Meissner chegou, vinte minutos antes da hora do voo, pouco antes do início do embarque. Ele usava um chapéu de caubói que deixava seu rosto bem sombreado, óculos de grau e roupas de brim desbotado que não eram seu estilo normal. Tinha tingido o cabelo uns dois tons mais claro, e desconfiei de que suas botas de caubói fossem um pouco mais altas do que o normal. Ele havia tido aulas sobre como se disfarçar da mesma forma que havia tido aulas sobre como construir sua nova identidade. Não chamaria a atenção de nenhum observador casual. Teria uma boa chance de passar despercebido de qualquer encontro ao acaso com conhecidos, a menos que soubessem o que estavam procurando. Eu sabia. Sem dúvida, ele era o homem que eu procurava.

O novo Sr. Meissner viajava com pouca coisa — uma mochila verde-escura, exatamente igual a minha.

Fiquei atrás dele enquanto ele pegava seu cartão de embarque. Deixei que respondesse às perguntas e murmurasse um agradecimento ao atendente. Ao se virar, ele colidiu comigo e ficou tão perto que nem registrou meu rosto. Começou a tentar se desviar de mim da mesma forma que os estranhos fazem, como se eu fosse um obstáculo no jogo de fliperama.

Então, eu o segurei pelo braço e o fiz recuar.

Ele se concentrou em mim.

— Oi, Allen.

Já vi muitos tons de vermelho na vida, mas nunca um tão luminoso, que tivesse tomado conta de um rosto naquela velocidade. Não sei o que Brent Daniels teria feito se tivéssemos nos encontrado em outras circunstâncias, mas ali, no meio de uma multidão, sem um plano B, ele ficou paralisado. Era minha vez.

— Me pague uma cerveja — continuei.

Por um segundo, achei que ele fosse fugir. Os nós dos dedos nas tiras da mochila ficaram brancos. Então ele passou por mim, me empurrando, irritado, mas devagar, e se dirigiu ao bar como um garoto que fora mandado para a sala da diretora e soubesse o caminho de cor.

Sentamos na mesma mesa que eu ocupava antes. Minha cadeira ainda estava morna. Brent se sentou na minha frente com um chope. Um para mim, nenhum para ele. Ele me passou a cerveja e ficou observando minha reação, como se eu pudesse lhe dizer que ele podia ir embora agora.

Mas eu não disse.

— Nova York — comentei. — E depois, para onde?

Brent soltou um rápido sibilo de ar. Estava estranho com os falsos óculos de grau, mais velho. Parecia estranho também porque pela primeira vez se dedicara à aparência. Havia se esforçado muito. Estava bem-barbeado e imaculadamente limpo. Nada mau para um cara que poucos dias atrás era uma pilha carbonizada de cinzas.

Pelo jeito, algumas mentiras incoerentes lhe passaram pela cabeça antes que ele decidisse não tentar usá-las. Finalmente, disse apenas:

— Não sei.

— Les não tinha planejado além desse ponto? — perguntei. — Ou você simplesmente não sabe o que ele tinha em mente?

Brent balançou a cabeça.

— O que você quer, Navarre?

Ele não parecia muito ansioso para ouvir a resposta.

— Não preciso de uma confissão. Conheço o básico. Les precisava ir a algum lugar quando foi afugentado de seu esconderijo no lago Medina. Ele já tinha concluído que vocês eram parecidos; afinal, tinham passado algum tempo juntos, não davam a mínima para nada, sabiam como era ser apenas uma casca, sem conteúdo. Você também sabia como era ser ludibriado por Miranda. — Esperei que ele me contradissesse. Não o fez. — Les o procurou e você concordou em lhe dar abrigo no quarto de cima do apartamento. Talvez há uns dez dias?

Bem de leve, Brent concordou com a cabeça.

— Lá pelas tantas, ele ficou embriagado. Aí deu uma de imbecil. Adorava comprimidos. Achou que tinha reconhecido um deles no seu armário de remédios, um semelhante a uma de suas drogas prediletas. Tomou e caiu duro, coma diabético. Talvez não tenha morrido logo. Talvez tenha ficado em coma por um tempo, mas você acabou percebendo que tinha um vegetal humano morrendo em suas mãos. Les já tinha planos, uma identidade, dinheiro, uma fuga e tudo de que precisava para um recomeço. Um homem na faixa dos 40 anos, com dinheiro, sem vínculos. Les já não precisava disso, então você decidiu que assumiria o papel. Brent Daniels não tinha um grande futuro, não é? E com certeza não tinha um grande passado. Você incendiou o corpo dele naquele apartamento do galpão do trator junto com a sua identidade.

Só consegui julgar a verdade do que eu tinha acabado de dizer pelos olhos de Brent. Nada abalava sua expressão; ele não deixava nada atingi-lo, não dava indicação alguma de que algo estava errado. Ou talvez estivesse atordoado demais para mostrar alguma reação.

— É por isso que Les nunca foi pegar os 50 mil que tinha no galpão do barco. Não estava vivo para isso, e você não sabia de nada. Até onde você *sabia*, Brent? Com a chave para a nova identidade de Les, talvez com a troca de uma ou duas fotos... você poderia ficar com o que quisesse. Para funcionar, você deve ter acesso a, pelo menos, algumas contas do falecido Sr. Meissner.

— Você quer ir agora? — perguntou ele. Estava claro que o "você" realmente significava "nós", que ele esperava que alguém o algemasse.

— Não — respondi.

Brent ficou olhando para a minha cerveja e seus ombros caíram sob o peso da mochila.

— Não?

Descrença total. Incredulidade. Eu mesmo senti um pouco isso, mas mesmo assim balancei a cabeça e me ouvi dizer:

— Você tem dez minutos. Talvez eu ache que mereça. Muito mais que Les Saint-Pierre.

A princípio, Brent ficou paralisado. Depois foi levantando devagar, me testando.

— Só uma coisa — eu o interrompi. — Preciso de resposta só para uma coisa.

Ele aguardou.

Tomei mais um gole antes de tentar falar de novo e encarei Brent.

— Há outro enredo possível. Um em que não quero aceitar. O enredo em que você deu a Les aqueles comprimidos intencionalmente, ciente do que eles fariam ao seu fígado alcoolizado.

Les ficou morto por muito mais tempo que apenas um dia ou algumas horas; ele ficou morto por tempo suficiente para que você reelaborasse o plano. Aquelas fossas sépticas nos fundos da casa... uma das mais novas tinha sido enterrada e depois desenterrada logo antes do incêndio. Isso não foi coincidência. Assim como ela não estava apenas escoando os resíduos.

Brent esperou.

— Diga que não foi assim, que não foi intencional.

Brent balançou a cabeça e depois disse de modo quase inaudível:

— Não foi.

Ele arrumou a mochila nos ombros com um pouco mais de firmeza e me encarou.

— Eu não suportava ouvir aquelas canções — disse ele. — Foi um erro divulgá-las. Se eu ouvisse Miranda cantando no rádio...

Ele cerrou os olhos tão apertados que me deu a impressão de um homem a ponto de apertar o gatilho na têmpora.

— Vá pegar seu avião — falei.

Foi difícil soar convincente, fazer crer que realmente era a melhor coisa. Foi ainda mais difícil ir embora, mas fui. A última coisa que vi foi seu chapéu de caubói, pouco antes de o garotinho latino que cavalgava nos ombros do pai entrar na fila e começar a balançar para cima e para baixo ao longo do túnel de embarque, abrindo os braços como se fosse um avião e bloqueando minha última visão de Brent.

A aeromoça sorriu e revirou os olhos para o carregador de bagagem com uma cadeira de rodas vazia ao lado. Essas crianças.

Levantei-me e olhei para o chope que Brent tinha me dado, para o que sobrara dele. Derramei-o nas bromélias e fui embora.

58

Minha conversa com o professor Mitchell, da UTSA, durou exatos trinta segundos. Ele me ofereceu o emprego, eu disse que me sentia honrado e teria que pensar no assunto.

— Entendo, filho. — Ele tentou não deixar óbvio em seu tom de voz que não entendia e que me achava um idiota por sequer hesitar. — Quando você vai poder nos dar a resposta?

Disse a ele que daria um retorno na semana seguinte. Que tinha outro tipo de aula para terminar até lá. Ele falou que tudo bem.

Depois de desligar, fiquei um bom tempo olhando pela janela da cozinha para a reseda lá fora. Vinte minutos depois, foi um alívio ouvir Erainya dar sua batidinha nada sincopada no batente da porta telada.

Quando abri a porta, Jem riu e por pouco não jogou um bolo de duas camadas no meu peito ao entrar. Por sorte, peguei o bolo ainda inteiro e o ergui, dando liberdade para que Jem me atacasse.

Robert Johnson miou, reclamando, e foi se esconder no armário. É provável que se lembrasse da última visita dos Manos.

Erainya entrou e olhou em volta.

— Quer dizer que ainda está vivo. Por que não me ligou, esqueceu o número?

Jem estava me explicando sobre o bolo. Contou que teríamos que esperar até que eu realmente terminasse minhas horas como aprendiz para comer, mas que ele mesmo o fizera com seu conjunto de corantes alimentícios, e eu nem iria acreditar nas cores que haviam ali dentro quando o partisse. O exterior já tinha uma aparência bastante proibitiva — um glacê cinza encaroçado que parecia o resultado de uma sessão de pintura a dedo com cimento, as camadas irregulares e desmontando, dando a impressão de que o bolo se inclinava no prato, afastando-se de mim.

— Deve ser o bolo mais bacana que já vi, cara.

Jem deu uma risadinha e foi procurar o gato.

No alto do armário, uma caixa de sapatos se mexeu.

Erainya ainda esperava por uma resposta à sua pergunta. Ela me dirigia um olhar mortal, os olhos negros saltando na minha direção, os dedos que mais pareciam garras tamborilando no antebraço.

— Ainda me restam dez horas — falei. — Isso equivale a um serviço. Você acha que conseguimos não discutir por tanto tempo?

— São vinte — lembrou-me ela. — E não sei, meu bem. Você vai perder o foco de novo?

— É provável que o professor Mitchell esteja se perguntando a mesma coisa.

Erainya franziu o cenho.

— Mitchell quem?

— Eu disse sim. Estou disposto a terminar. E você?

Erainya pensou a respeito, pesando os prós e contras.

— Acho que o caso Langoria teria sido melhor se eu tivesse um sujeito com cara de bobo como isca, meu bem. Acho que há vantagens. Talvez você tenha algum potencial ainda a amadurecer. Nada espetacular, entende. E depois das vinte horas?

Jem voltou segurando Robert Johnson pelas axilas, as garras totalmente estendidas, o minúsculo V de seus testículos à mostra; a expressão em seu semblante era de que a qualquer momento morreria de humilhação.

Jem parecia inquieto.

— Cadê Miranda?

Ele tinha acabado de fazer a conexão: lembrou-se da parceira de doces e travessuras e de que ela tinha uma vaga relação com Tres.

Mordendo o interior da boca, com os lábios se mexendo para os lados, Erainya aguardava para ouvir uma resposta às duas perguntas, a dela e a de Jem.

— Miranda teve que ir embora, cara. Ela vai ser cantora em Nashville. Não é o máximo?

Jem não pareceu impressionado. Nem Robert Johnson. Os dois se viraram e saíram. Provavelmente para o banheiro, brincar de gatinho molhado/gatinho seco.

— Precisa de alguma coisa, meu bem? — A voz de Erainya estava mais suave agora, tanto que precisei olhar para ter certeza de que tinha sido ela mesma a falar.

Imediatamente, ela fez uma cara séria.

— Que foi?

— Nada. E não, obrigado.

Erainya olhou para a tarde que passava pela janela. Gary Hales estava no pátio da frente, molhando a calçada. Do outro lado da rua, um Mazda Miata estacionou em frente à casa dos Suitez. De tão carregado de caixas de mudança, o porta-malas encontrava-se meio aberto, precariamente preso com um emaranhado de cordas. Allison Saint-Pierre olhou para o outro lado da rua, tentando se certificar de que lembrava qual era a minha casa. Da última vez que viera aqui, estava embriagada.

Erainya e eu nos entreolhamos.

— Nashville, meu bem?

— Não é isso.

425

Ela fez um ligeiro gesto com a mão no ar.

— Ah, vou embrulhar o bolo com papel filme. Talvez se conserve.

Sabendo como Erainya usava o papel filme, tive a sensação de que o bolo se conservaria por séculos.

Fui lá fora.

Allison me viu, sentou-se no capô do Mazda vermelho e esperou. Ela segurava uma mochila — a minha mochila, a que eu tinha deixado com a empregada na casa de Monte Vista.

Quando atravessei a Queen Anne Street, ela já começava a menear a cabeça.

— O que é isso? — perguntou ela, exigente, segurando a mochila pela alça.

— Uma mochila muito velha — falei. — Uma lembrança. Achei que eu não fosse mais precisar dela.

Ela suspirou pelo nariz.

— Estou me referindo ao que está *dentro*, querido. Perdeu a cabeça?

— É o dinheiro de Les. Ou parte dele. Ele esqueceu o que tinha escondido, nós achamos. Concluí que você tinha razão... que parte dele devia ir para você.

Os olhos de Allison não conseguiam se fixar em mim. Vagavam pelo espaço em que eu me encontrava sem realmente me ver. Ela estava desleixada hoje, visual de dia de mudança... o cabelo preso para cima e a camiseta suja de antigas teias de aranha; abaixo da calça capri, as pernas estavam arranhadas e sujas. O rosto tinha marcas semelhantes a finas ruguinhas brancas, dando-lhe o aspecto de vidro rachado.

— Você está simplesmente me *dando* 25 mil dólares — disse ela, incrédula.

— Na verdade, são 24.300 dólares — corrigi.

— Eu sei. — Ela tinha contado. O fato de eu também ter contado a deixou ainda mais incrédula. — Isso é porque...

Balancei a cabeça.

— Não é por nada. Eu sei como está o patrimônio de Les. Sei que o nome dele não vai valer tanto quanto você esperava. O tribunal vai pagar as dívidas dele primeiro e duvido que sobre muito. Você está dura.

Isso não pareceu responder à pergunta dela. Isso tudo ela já sabia. Continuou olhando para mim, agora exasperada.

— Então entregue isso ao juiz, como você disse.

— Eu não conheço o juiz. Conheço você.

Ela finalmente baixou a mochila. Ainda parecia zangada.

— Exatamente — disse ela.

Um carro passou. Atrás de mim, a mangueira de Gary Hales borrifou no cimento e pingos caíram no gramado. Ele devia estar ocupado nos observando, e por isso falhou na mira.

— Ainda vai voltar para Falfurrias? — perguntei.

— Tem certeza de que quer saber?

Nossos olhos se encontraram. Eu desviei primeiro.

— Vá se danar. — Ela balançava a cabeça de novo, tentando continuar zangada, mas um sorrisinho começava a se formar.

— Como?

— Você tinha que deixar a droga da porta aberta, não é? Tinha que me dar apenas o suficiente para que eu pensasse que talvez nem todos os homens fossem uns merdas completos. Por que fez isso?

— Pense no Les — sugeri. — Ainda tem um forte exemplo.

Ela suspirou.

— Você tinha razão — continuei. — Sobre ele dar o fora, sobre se safar e deixar a bagunça para todo mundo. Você sempre teve razão.

— Grande consolo.

Ela se virou e jogou a mochila no banco do passageiro.

— Além disso — falei —, eram 25 mil.

Ela franziu o cenho.

— Como?

— A quantia... eu ia te dar 25 mil dólares. Afanei 700. Pode me culpar por isso.

Ela continuou me observando.

Ergui o pé.

— Eu me reembolsei por essas botas. Paguei meu aluguel Custaram quase a mesma coisa.

Allison abriu um sorriso.

— Eu vi seu apartamento. As botas são bem melhores.

Então ela veio e me abraçou. Seus dedos rastrearam minha pele, lembrando exatamente onde ficava a cicatriz da ponta da espada e girando em torno dela. Allison me deu um beijo prolongado, o suficiente para Gary Hales molhar a árvore, a rua e o para-choque do meu Fusca. Prolongado o bastante para eu me esquecer de como se respira.

Depois ela recuou um pouco e apoiou a testa na minha.

— Venha para Falfurrias qualquer hora.

— E você vai me apresentar aos seus quatro irmãos? — Consegui perguntar.

Ela sorriu, puxou minha orelha e doeu.

— Com certeza você conseguiria lidar com *eles*, querido.

Depois que o Mazda vermelho partiu, fiquei parado no meio da rua até que um Land Rover com uma família veio e buzinou. Com licença.

Fui para o pátio da frente e olhei para Gary Hales.

— Essa foi embora — falei a ele.

— Pois é — concordou Gary, desapontado.

Felizmente, eu tinha pagado o aluguel. Isso me dava trinta dias para conseguir mais dinheiro ou mais louras. Calculei que as chances estavam empatadas.

Entrei para averiguar o tal bolo.

Este livro foi composto na tipologia Minion Pro,
em corpo 11/14,3, impresso em papel off-white
no Sistema Cameron da Divisão Gráfica
da Distribuidora Record.